Zhengmin Chuangzuo
Sixiang Yanjiu

郑敏创作思想研究
兼及1940年代以降中国新诗发展动向的考察

周礼红 ◎ 著

图书在版编目(CIP)数据

郑敏创作思想研究：兼及 1940 年代以降中国新诗发展动向的考察/周礼红著.
—北京：中央编译出版社，2014.5
ISBN 978 – 7 – 5117 – 2101 – 3

Ⅰ.①郑⋯
Ⅱ.①周⋯
Ⅲ.①新诗–诗歌研究–中国–20 世纪
Ⅳ.①I207.25

中国版本图书馆 CIP 数据核字(2014)第 064579 号

郑敏创作思想研究：兼及 1940 年代以降中国新诗发展动向的考察

出 版 人	刘明清
责任编辑	邓　彤
责任印制	尹　珺
出版发行	中央编译出版社
地　　址	北京西城区车公庄大街乙 5 号鸿儒大厦 B 座(100044)
电　　话	(010)52612345(总编室)　(010)52612352(编辑室)
	(010)66161011(团购部)　(010)52612332(网络销售)
	(010)66130345(发行部)　(010)66509618(读者服务部)
网　　址	www.cctphome.com
经　　销	全国新华书店
印　　刷	北京金瀑印刷有限责任公司
开　　本	787 毫米×960 毫米　1/16
字　　数	288 千字
印　　张	18.5
版　　次	2014 年 5 月第 1 版第 1 次印刷
定　　价	68.00 元

本社常年法律顾问：北京市吴栾赵阎律师事务所律师　闫军　梁勤
凡有印装质量问题，本社负责调换。电话：(010)66509618

序言一

胡经之

周礼红的专著就要出版了,我想写点内心的感受和体会。他为人质朴笃实,虚心请教;他治学求真务实,勤学严谨。在这本著作中,他以郑敏的个案研究为切入点,对中国新诗有着系统而深入的思考,有些论述,发人所未发,颇有价值。

关于中国新诗,80年代后期,一些诗人开始移植西方后现代主义文论,新诗出现反传统、反文化,反意境和语言直白等现象。面对当前新诗危机,研究唯一健在的"九叶"诗人郑敏(兼诗歌理论家和翻译家)的创作思想形成,对当代新诗的发展具有重要理论与实践意义。

著作中将郑敏诗歌创作及其诗学理论作为一个典型个案进行全方位考察,通过分析郑敏创作思想如何由现代主义向后现代主义转变的过程,来折射出20世纪新诗发展的历程,试图为当代新诗的建设寻找一种有价值的启示。著作中把郑敏创作思想的转变作为出发点,以新诗的发展为主线,将郑敏的人生、诗歌、诗论和翻译融合在一起进行研究,文中认为郑敏1986年以前的创作思想基本是现代主义的,而1986年以后基本转向后现代主义;郑敏后现代主义的创作思想先是受美国的当代诗歌和解构主义的影响,然后在1986年后郑敏的后现代主义诗歌创作实践的基础上形成的;郑敏运用后现代主义思想提出反对二元对立的思维模式,倡导当代女性诗歌应是超性别写作,主张新诗应是心灵的书写;郑敏创作思想的转变,反映了中国新诗从学习西方到回归中国传统文化思想的历史性转变。其创作实绩和理论探索为当代诗歌建设提供了三个方面的启示。第一,中国新诗百年的发展,虽然五六十年代出现看似中断的现象,但总体上看是与西方诗歌呈现同步发展的趋势;第二,中国百年诗歌潮流的发展大致和西方发展趋于一致，但中国诗歌有自己的语言特色，既体现了中国诗歌的民族特征，也体现了中外诗学的互补功能；第三，新诗的发展在当代文化转型中具有重要的意义。

著作的主体研究分为五章：第一章现代主义诗歌自觉的追寻。以40年代郑敏现代主义诗歌形成过程为考察对象，讨论了郑敏在西南联大如何接受西方现代主义诗歌的影响，尤其是德国诗人里尔克的现代主义诗歌对其的影响，同时讨论郑敏40年代现代主义诗歌的独特艺术特征。第二章漫长而痛苦的冰桥。这一章主要以郑敏从美国留学归来的满腔爱国之情如何受到冷落与她怎样受到极左思想的迫害到1979年郑敏又恢复创作的心路历程为考察对象，讨论极左政治对郑敏的现代主义诗歌创作的影响和郑敏如何对自己的现代主义诗歌进行理论上的总结。第三章郑敏后现代主义创作思想的确立。以郑敏后现代主义思想形成的过程为考察对象，讨论郑敏的后现代主义创作思想先是受美国后现代主义诗歌和德里达的解构主义的影响，然后在1986年后郑敏后现代主义诗歌的创作实践的基础上形成的。第四章郑敏创作思想与当代新诗创作。以当前诗歌存在的问题为考察对象，讨论郑敏如何运用后现代主义思想对当前新诗反叛传统的虚无主义倾向和女性诗歌寻找自我的误区进行批判。最后诗人指出新诗的发展要回归到传统道家哲学精神中去，新诗的语言是心灵的书写。第五章郑敏创作思想与当代新诗理论建设。40年代郑敏和穆旦等人成功参与现代主义诗歌建构，把西方的现代主义诗学和中国古典诗学融合在一起。对当代现代主义诗歌的发展有正面指导意义。70年代，郑敏无法将中国古典诗学和俄国文学融合在一起，创作了不成功的《寻觅集》，对当代新诗的发展提供了反面的个案。面对诗坛误读西方后现代主义的现象，1986年后郑敏自觉地参与后现代主义诗歌的建构，1986年去美国访学，翻译了《美国当代诗选》，并指出美国后现代主义诗歌的特征；接着创作了后现代主义诗歌，对当代后现代主义诗歌创作起到示范作用。郑敏在美国研究后现代主义诗歌的时候，蓦然发现美国后现代主义诗歌和中国古典道家文化有许多相通之处，进而形成自己的文化保守主义诗学观，指出中国新诗的发展方向应多向中国古典诗歌学习。本章试图从郑敏与现代主义诗歌建构、郑敏与中国后现代主义诗歌的建构、郑敏文化保守主义诗学观的确立和郑敏论新诗向古典诗歌学习的方法四个方面，论述郑敏创作思想是如何参与当代中国诗歌理论建设的。

《郑敏创作思想研究——兼及1940年代以降中国新诗发展动向的考察》是一篇立意新颖、功底扎实、资料翔实、颇有新意的著作。作者以中国著名现代派诗人郑敏一生的诗学理论与创作实践为研究对象，全面论述了郑敏诗歌创作及其理论的美学价值及文学史意义，进而也探讨了中国现代主义诗歌几十年来崎岖坎坷的发展的道路，应该说对郑敏诗歌系统化研究，该著作是具有开创意义和学术价值的。

其一，该著作认为，郑敏在1986年代以前，属于现代主义的创作；1986年后，基本转向后现代主义。这一梳理是清晰完整的；其二，该著作在讨论郑敏后现代主义创作思想形成中，从郑敏所受美国当代诗歌的影响和解构主义影响入手，并结合1986年以后郑敏诗歌创作实践，提出了自己的看法。应该说，持之有据，论述周密；其三，该著作并不是一般的论述郑敏的诗歌创作，而是以中国新诗的发展为主线，将郑敏的生活、诗歌创作、诗论、翻译结合在一起，并放在整个20世纪整个新诗的发展背景下，以郑敏为核心，折射20世纪整个新诗发展的历程。这种研究，既不同于一般的诗歌作品研究，也不是一般的诗论研究。从方法论的角度来说，也是极有价值的。其四，该著作将对20世纪中国新诗的发展提供一个有价值的个例。特别是在20世纪中国新诗在受西方影响和中国诗歌传统的交互作用方面，更提供了一个分析范例。从中看出中外诗学的互补功能。其五，论者对郑敏诗歌前后期创作进行对比研究，并通过西方现代诗学理论去概括总结其不同的审美倾向与社会影响，这是具有很大理论难题的一次有益尝试。因为时间跨越为几十年，不同时代的社会文化对其影响极大，这需要回归历史原场并具有较高的艺术敏感度。论者充分考察郑敏后期诗歌对前期的超越，这是非常新颖具有价值的学术判语。其六，著作充分肯定郑敏诗歌受德国诗人里尔克而不是其他论者说的是受英国诗人燕卜荪的影响，其言论也是正确与合理的。郑敏学哲学出身，她对里尔克式的诗歌有着独特的哲学感悟，其许多诗作都深深包含有诗人对生命与宇宙的深度体验。在这一方面的学术论述，颇有深意和学术价值。

周礼红在展开郑敏个案研究时，大量吸收了学术界的研究成果，从而使理论最大限度地避免了偏颇。作者要处理的问题涉及中国古典文论、新文学、西方的法国文论、德国文论、美国文论和俄国文论及其之间错综复杂的关系。学术界不乏处理这些复杂的经验，从该书来看，作者对相关学术领域的现状和历史是了解的，因而处理起来比较允妥。

近百年来对新诗的发展研究，可谓众说纷纭，有些则是截然对立的，这体现了学术发展的常态。我以为不同见解的充分表达和自由碰撞，只会有利于学术的发展。青年学人在这一点上，尤其扮演了前卫的角色，这是让人感到欣慰的。我坚信周礼红在本书中体现出对于新诗的建议，一定会启发我们关于这些问题的进一步思考。

我认识周礼红，是2003年他来深圳大学工作的时候。当时他研究生毕业，就积极准备专著，利用一切时间在图书馆查找资料，并时常向我请教专著的写作问题。2008年5月1日去清华大学采访郑敏先生，接着去北京图书馆复印40年代大约4000份《大公报》上有关郑敏研究的原始资料。转眼间十年已过去，有关郑敏研究的文章已陆续发表出来，《西南联大与郑敏40年代诗歌》发表在《甘肃社会科学》；《论现代主义诗歌中节奏和意象的关系——以〈郑敏诗集1942—1947〉为例》发表在《东北师范大学学报》；《郑敏与〈九叶集〉》发表在《深圳大学学报》；《郑敏个人写作的坚守》发表在《南方文坛》；《郑敏与现代主义诗歌建构》发表在《深圳大学学报》；《新诗的语言哲学观：新诗的语言应承文化的踪迹》发表在《文艺评论》；《在现代主义和后现代主义之间——郑敏采访录》发表在《电子科技大学学报》；《郑敏艺术转型与中国当代新诗建构》发表在《海南师范大学学报》。我对他踏实勤奋的学习态度和孜孜不倦的钻研精神，表示真诚的钦佩，期盼他在学术研究中不断有新的、更加优秀的著作问世。

2012年3月30日于深圳益田村

序言二

袁国兴

在我很小的时候，有一个奇怪的想法：以为社会万物都是有性别的，比如说火车，载人的客车，我认为是女性的，因为它漂亮；载货的列车，我认为它是男性的，因为它粗犷。再以汽车为例，公交巴士我认为是女性的，大卡车我就认为是男性的。后来长大了，这些奇奇怪怪的想法就被扫地出门了。可是当我接触到文学研究以后，与其类似的想法又不期然而然地冒了出来，有时我以为，文学、特别是诗，就是女性的，她高傲，敏感，但也纤弱。就像楚楚动人的佳丽，就像风情万种的少女，需要人们特别地呵护，因此常常会引起一些风流才子的怜香惜玉之情，因而也大半不能如意，因为她太柔弱了。

我说上面一些话的目的，是因我想到了现代的新诗，想到了新诗的境遇。从她诞生之日起，到40年代，应该是她风华正茂，倾国倾城的年代；可是就在她最好的年华、最富创造力的时期，最有骄人资本的时候，也有一些不适意的失望在里面。在机枪、大炮占据主旋律的时候，诗的声音还是显得弱了点，虽然那也是一种诗的境界，但无论如何都不是诗的最佳选择。《九叶集》在1980年代出版的时候，我想，那九位诗人，多少都有些美人迟暮的感慨，他们对于自己作为诗的创造者的遭遇应该有一些"遇人不淑"、生不逢时的无奈情绪在里面吧？我自己从青年时期开始，就一直对诗人怀有某种景仰，对诗歌有一种偏爱，虽然当我走上文学研究道路以后，一直没有对新诗进行具体的专门性研究，那原因也可能就是过于小心而不敢贸然行事所致。正因如此，当周礼红拿着他的一叠发表过的文章的复印件找到我，谈他的研究计划和打算时，我被他的热情打动了。他以40年代的诗歌作为自己的专著选题方向，我表示赞同。可是正像我，不专门研究40年代的诗歌，也有不少想法一样；当你要把40年代诗歌作为专门课题来研究的时候，怎样把自己的打算和具体实施方案结合在一起，也并不容易——或者说也存在着一定风险。尤其是在当下的学术氛围中，更是如此，很多论题都有些似曾相识，具体深入下去又有些不甚了了。因此，把郑敏先生的诗歌创作和诗歌论著作为一个切入点，从中透视和研究40年代以降的中国新诗发展情况，这样一个具体的研究思路就在我们的商谈中最后确定下来了。是的，这样的研究路线对研究者自己的学术能力是一种考验，做得好，史料、见识融为一体，学术张力饱满；做得不好，或者是只见树木不见森林，或者流于泛泛空论。这倒不像有人疑虑的那样与著作的题目大小有什么必然联系。

40年代，是中国现代社会、现代文化和文学发展的一个特殊时期。仅就西南联大来说，它就是一个奇迹，一个待解的谜。论自然条件，颠沛流离、朝不保夕，绝不是学术发展、教育发展、艺术发展的好时机，可是有那么多的学术成果、教育成果、艺术成果，载入了中国现代文化史册，让后来人再重温这段历史时，不觉汗颜。相对于此，仅就我所了解的中国现代文学、现代新诗研究来说，对这一时期的相关问题研究，还不能说已经很充分了；这在很大程度上与当时的社会环境和后来的中国社会变迁有一些关系。连写一部抗日战争的"历史"都有些困难重重，本来就显得情感细腻、欲言又止的诗歌，被人粗放地去谈论、挂一漏万，也就不足为奇了。可是，历史不能任人摆布。就像女性群体和女性意识，在现实中难免不遭遇困境，但在历史上、在人们的记忆里、在文化的建构中，却表现得格外抢眼。随着时间的推移，人们对40年代历史的强烈反省意识，我以为总会与文化和文学、与诗歌和教育会有一些联系的。今天，我们是否有能力和有条件来认识这些问题是一个层面的事情，让人们意识到了应该怎样对待和如何对待这些问题是另一个层面的事情。我以为，不仅是本书的研究目的，还有作者的实践研究能力，最低限度都可以从这样的角度给予充分肯定。

郑敏先生是"九叶诗人"中至今还健在的老诗人，不仅如此，在大半个世纪的时间里，她也一直没有脱离开诗歌的队伍，写诗是一个方面，研究诗、探索诗是另一个方面，而"中国"的现代文化、文学和诗歌，一直都不仅仅是"做"的问题，还有一个"怎样做"和"如何做"的问题，后者对中国现代文学、现代诗歌一直都起着至关重要的作用。"五四"时期的白话新诗散文化，就与理论的诱导有一些关系，后来的"格律诗"和"智性诗"写作，也都往往存在着某种理论先行的色彩。正是在这个意义上，郑敏的诗歌实践有某种特殊意义，其"在场性"的特质是别人无法取代的，它是透视中国现代新诗发展的一个重要窗口，也是不容否认的。

由于以上种种原因，当本书的研究路线确定以后，怎样搜集和整理资料也值得特别提及。一般说来，当下人们在做某种研究时，"资料"来源主要有三个方面，也可以说是通过三种途径获取的。首先就是网上检索，它方便、快捷、便于统计，其缺点也很明显，最大的问题是，这里的所谓资料几乎都来自于"二手"，往往都是别人研究成果的一种显示，即使是纯资料性质的整理文本，也都经过了别人眼睛的筛选和认定，在这个基础上做的一些研究，可以被进一步充实和丰富，但一般说来对主要原创性观点的提炼，起不了太大作用。第二种资料收集的方式比较原始，也比较费力，那就是蹲图书馆、翻旧书和旧杂志。它方向清楚，但目的模糊，往往几天下来，收获不大，甚至还不知所收集的材料是否会对自己有用。可是一旦发现了某种有用的资料，就不仅仅是资料问题，与资料发现的同时也"发现"了观点，这是研究者最企盼的，有时也是可遇而不可求的。资料收集的最后一种方式，是最传统的，也往往是最不容易说清楚的，那就是实地考察。古人所谓读万卷书，行万里路，那种行路方式还不是现在人们所能够理解和体会得到的。打个不太恰当的比方，我们现在的学术考察是坐飞机的报团旅行，而传统的"行路"方式是"驴友"的"自由行"，但不管是哪种行路方式，到过的地方和没有到过的地方大不一样。当我们离开了书本，与现实中的人和事实际接触时，其所得所感，往往不能在论文中直接"引用"，但它有时会左右我们的情感倾向和思维路线，在意识底层制约了我们对问题的认识程度。据我所知，本书的作者在具体研究中，这三种资料收集方式都用到了，而我尤其赞赏他在第二种和第三种资料收集中所下的工夫，如果说这本书能给人们带来一些启示的话，第一手材料的发掘功不可没。当然做到什么程度，是见仁见智的事情。重要的是作者在坚持这样做。细心的读者，在书后的附录中可以体会到这一点。

周礼红的博士论文就要出版了,作为他博士论文的指导教师,我当然为他感到高兴;因为这样可以使他的书中的不足能够在更大范围内得到专家、读者的提醒和纠正。

愿以此与作者共勉。是为序。

2012 年清明节日于广州

目 录

绪 论 ·· 1

第一章 现代主义创作思想探索 ·· 13
  第一节 西南联大与郑敏40年代诗歌 ································ 13
    一、深沉的生命体验 ·· 16
    二、观看事物的角度,寻求客观对应物 ·························· 19
    三、十四行诗形式的借鉴 ·· 20
  第二节 生命和哲理的融合 ·· 25
    一、在生存与死亡中追问死亡的意义 ···························· 26
    二、在爱与恨中升华苦难的体验 ·································· 28
    三、在寂寞与迷茫中品尝寂寞的伟大 ···························· 31
  第三节 郑敏现代主义诗歌艺术追求 ································ 34
    一、凝定的智性化意象 ··· 34
    二、戏剧化结构 ·· 36
    三、心理现实的表现方法 ·· 37
    四、陌生化语言 ·· 39
    五、节奏和意象的完美融合 ··· 41

第二章 30年的痛苦过渡 ·· 51
  第一节 个人性格与时代落差的矛盾 ································ 51
    一、美国留学时期 ··· 51
    二、被改造时期 ·· 53

第二节　郑敏与《九叶集》 ································· 57
　　一、郑敏看九叶诗人诗坛的位置 ······················ 58
　　二、《九叶集》的编选 ································ 64
第三节　带枷锁的过渡 ······································ 69
　　一、被删除的诗 ·· 70
　　二、带光明尾巴的诗 ·································· 73
　　三、与40年代对接的诗 ······························· 75
第四节　现代主义诗歌的理论结晶 ························ 78
　　一、诗歌的意象 ·· 78
　　二、诗歌的内在结构 ·································· 81
　　三、诗歌的境界 ·· 83
　　四、诗歌的内容 ·· 85

第三章　后现代主义创作思想的形成 ······················ 88
第一节　后现代主义诗歌的图景 ···························· 88
　　一、垮掉派诗歌 ·· 91
　　二、黑山诗派 ·· 93
　　三、纽约诗派 ·· 96
　　四、深层意象诗派 ······································ 98
第二节　郑敏的解构思维的发现 ··························· 101
　　一、郑敏接受解构思想的途径 ······················ 101
　　二、德里达的解构主义对郑敏解构思维的影响 ········ 103
第三节　1986年后郑敏诗歌的艺术追求 ··················· 113
　　一、"无意识"的涌现 ·································· 114
　　二、表现现实生活，偏重自然界的禅意 ············ 118
　　三、表现流动的事物，不求永恒意义 ··············· 121
　　四、与生命相通的语言 ······························· 123
　　五、开放式的诗歌形式 ······························· 125

第四章　郑敏创作思想与当代新诗创作 ……………………… 131

第一节　郑敏与第三代诗歌 …………………………………… 131
　　一、反语言 ………………………………………………… 131
　　二、反文化 ………………………………………………… 133
　　三、反崇高 ………………………………………………… 135
　　四、反境界 ………………………………………………… 137

第二节　郑敏与女性躯体写作 ………………………………… 140
　　一、女性躯体写作诗歌 …………………………………… 142
　　二、超性别写作的诗歌 …………………………………… 146

第三节　郑敏与当代网络诗歌语言 …………………………… 149
　　一、新诗语言存在问题的四个阶段 ……………………… 150
　　二、新诗语言应是心灵书写 ……………………………… 155

第五章　郑敏创作思想与当代诗歌理论建设 …………………… 158

第一节　郑敏与现代主义诗歌建构 …………………………… 158
　　一、九叶诗人现代主义诗歌的美学追求 ………………… 158
　　二、郑敏《诗集 1942—1947》的美学特征 ……………… 161
　　三、郑敏现代主义诗歌美学对后世的影响 ……………… 166
　　四、郑敏对现代主义诗歌的理论总结 …………………… 169

第二节　郑敏与后现代主义诗歌的建构 ……………………… 172
　　一、美国后现代主义诗歌与郑敏的诗歌翻译及创作 …… 172
　　二、郑敏诗歌创作及翻译对美国现代主义诗歌的
　　　　选择与吸收 …………………………………………… 175
　　三、郑敏的后现代主义诗歌与第三代诗歌的比较 ……… 185
　　四、郑敏对后现代主义诗歌的理论总结 ………………… 189

第三节　郑敏新保守主义诗学观的确立 ……………………… 192
　　一、郑敏的新保守主义诗学观形成的文化背景 ………… 194
　　二、郑敏的新保守主义诗学观形成的诗学氛围 ………… 201
　　三、郑敏的新保守主义诗学的主要观点 ………………… 202
　　四、郑敏的新保守主义诗学在当代诗歌界的影响 ……… 206

第四节　郑敏论新诗向古典诗歌学习的方法 …………… 210
　　　　一、意象 ……………………………………………… 211
　　　　二、时空跳跃 ………………………………………… 212
　　　　三、用字 ……………………………………………… 215
　　　　四、格律 ……………………………………………… 218
　　　　五、音乐性 …………………………………………… 219
　　　　六、境界 ……………………………………………… 220

结　语 …………………………………………………………… 224
主要参考文献 …………………………………………………… 235
附录1　《在现代主义和后现代主义之间——郑敏先生访谈录》 ……… 249
附录2　郑敏诗歌创作与批评年表检索 ………………………… 254
附录3　郑敏诗歌创作研究索引 ………………………………… 262
附录4　郑敏个人写作的坚守 …………………………………… 268
　　　　一、个人写作的初创时期（1985年—1989年）……… 269
　　　　二、个人写作的成熟时期（1990年—2000年）……… 275
后　记 …………………………………………………………… 280

绪　论

郑敏（1920—　）是至今唯一健在的"九叶"诗人。40年代初郑敏开始诗歌创作，而对于她的研究也随之展开，由于建国后"左"倾思想的影响，这种研究到1949年后曾长期中断。这一时期郑敏的研究主要是来自两方面的评价：一方面是来自与郑敏创作风格不一致的七月派成员对郑敏诗歌反面的评价；另一方面是来自与郑敏创作风格一致的现代派成员对郑敏诗歌正面的评价。这些评价有的从思想层面来谈，有的是对郑敏诗歌的风格的整体性感悟，这一时期一般可以看作是郑敏研究的起步时期。50年代出现了反"右"运动，许多诗人被迫害，郑敏也受到迫害并且停止了诗歌的创作。"文革"期间，郑敏被下放到农村改造，直到1979年郑敏才开始恢复创作。这期间对郑敏的研究在大陆是空白的，在海外仅有零星的数人在研究。80年代初，随着政治环境的改善，郑敏诗歌研究取得了一定的进展，但总体来说这40年来对郑敏的研究较少，基本上处于一种失语状态。进入90年代后，诗歌研究开始从外部社会的和历史的研究转变为文学内部的研究，较多的关注郑敏诗歌的艺术特征，这时有关郑敏的研究显得异常活跃，学术界对郑敏及郑敏的诗歌创作进行了多方面的探讨。

40年代后期，随着郑敏诗歌探索的日益深入，其诗歌也日益受到评论家的关注，相关的研究在这一时期得到展开。这一时期的研究集中在七月派成员对郑敏诗歌的反面评论和现代派成员对郑敏诗歌的正面评论两个方面。七月派成员对郑敏现代主义诗歌反面的评价如初犊在七月派代表刊物《泥土》上发表文章，指责郑敏"恐怕唯天下的大诗人才有这样活泼而糊涂的想象。"① 张羽发表于《新诗潮》的《南北才子才女的大

---

① 初犊：《文艺骗子沈从文和他的集团》，《泥土》[J]，1947年，第3期。

会串》一文认为《中国新诗》作者的构成是"上海的货色"和"北平'沈从文集团'精髓"的合流,"集中国新诗的一种歪曲倾向的大成",然后全盘否定郑敏的《最后的晚祷》①。现代派成员的正面评价具有代表性的是袁可嘉、陈敬容和唐湜的评价。1948年袁可嘉在《诗的新方向》中高度评价了郑敏在艺术和现实之间寻求平衡的诗歌探索,指出:"她诗中的力不是通常意义上重量级拳击手所代表的力,却来自沉潜,明澈的流水般的柔和,使人心折。"② 同年,陈敬容在诗论专号《真诚的声音》中又指出郑敏诗歌的强烈的生命意识,称赞她的诗"丰富"、"新鲜",能叫人看出"一个丰盈的生命里所积蓄的智慧,人间极平常的现象,到她的笔下就翻出了明暗,呈露了底蕴"。③ 1949年唐湜的《郑敏静夜里的祈祷》(新意度集)对郑敏的1940年代的诗歌给予全面的评价,文中称郑敏的诗:"仿佛是朵开放在暴风雨前历史性的宁静里的时间之花,时时在微笑里倾听那在她心头流过的思想的音乐,时时任自己的生命化入一个个画面,一个雕像,或一个意象,让思想之流里涌现出一个图案,一种默思的象征,一种观念的辩证法,丰富、跳荡,却又显示了一种玄秘的凝静。"这里初步指出郑敏诗歌的雕塑品质。全文采取以直觉为主的批评风格,他选取郑敏7首代表作加以评点,于具体诗篇的解剖中抽绎出共同的特点,即诗人善用"哲人的感喟""歌颂着至高的理性"。④

总之,1940年代对郑敏诗歌艺术的研究呈现鲜明的时代特征。正如郑敏所说:"真正的诗人总是把自己的心裸露给历史的风暴,"⑤ 人们对郑敏诗歌的评价也是如此。郑敏作为"九叶"诗人的代表人物之一,她在1940年代诗歌的新探索与追求在遭到对立派的批判的同时又受到流派内部的极力肯定与支持,这样郑敏研究自然受到七月诗派和九月诗派不同流派文化碰撞的影响。这一时期郑敏研究过于零散,不够充分和深入。

1949年以后的30年,郑敏的旧著在中国大陆从未印发,郑敏的诗歌

---

① 张羽:《南北才子才女的大会串》,《新诗潮》[J],1948年,第8期。
② 袁可嘉:《论新诗的现代化》[M],北京:三联书店,1988年,第221页。
③ 陈敬容:《真诚的声音》,《诗创造》[J],1948年,第12期。
④ 唐湜:《郑敏静夜里的祈祷》,《新意度集》[M],北京:三联书店,1989年,第143页。
⑤ 郑敏:《唐祈诗选·序》,《唐祈诗选》[M],北京:人民文学出版社,1990年,第3页。

创作沉默了30年，有关郑敏的诗歌研究也出现了长期的空白。不过在海外，一些相关的研究和选本却没有忘掉这位诗人。1974年出版的香港张曼仪等人编写的《现代中国诗选1917—1949》一书中，对郑敏的诗歌作了以下的评价："也许由于研究哲学的关系，郑敏的诗，往往爱从人生种种情景转向深远的幽思。她不但继承了冯、卞二氏的文体风格，也继承了他们爱好冥想的创作路线。但如冯、卞二人一样，她也并不是一个枯燥的纯知性的诗人，相反地，她有极丰富的想象力。"① 这种评价揭示了郑敏诗歌情知合一的创作特征，同时首次揭示了郑敏与同人的联系和影响。1980年香港学者钟玲在《灵敏的感触——评郑敏的诗》中第一次将郑敏与冰心、白薇等名家并提，并且将郑敏划入优秀女诗人之列。对于郑敏的诗艺，钟玲在文中评价说："她的诗重感触的空间和层次，不是静态的，也非用于平铺直叙的方式表达，而是悠然的，跃动的，常有意想不到的转折，带着读者跃入一个全新的境界。"② 这篇文章就结构的巧妙等方面说明郑敏诗歌艺术的高超。另一位香港学者陈德锦在《折叶脉看叶纹——评〈九叶集〉里郑敏的诗》中指出"郑敏的长处无疑还是她的观察力和塑造意象的新鲜感"，"她诗中个别意象的处理，尤予人新颖耐读的感觉。"③ 这篇文章指出郑敏诗歌的意象善于寓哲理于平凡事物中的特点。

随着政治环境的改善，对郑敏诗歌的研究在80年代取得了新的进展。1983年袁可嘉的《西方现代派与九叶诗人》其中的一部分专门介绍郑敏诗歌。袁可嘉写道："她的诗富于形象，又寓有哲理。她善于从客观事物引起思索，把读者引入深沉的境界。她以诗来掌握世界的方式是里尔克式的。"④ 这里首次对郑敏诗作的西方渊源进行分析，并指出了郑敏诗歌与里尔克之间的诗学的亲缘关系。

总的来说，70年代到80年代郑敏的研究的视角和40年代一样比较

---

① 张曼仪等编：《现代中国诗选1917—1949》[M]，香港：香港大学出版社，1974年，第247页。
② 王圣思编：《"九叶诗人"评论资料选》[C]，上海：华东师范大学出版社，1995年，第279页。
③ 同上，第287页。
④ 袁可嘉：《西方现代派与九叶诗人》，《文艺研究》[J]，1983年，第4期。

单一,对郑敏的研究往往与对"九叶"诗人的整体研究交织在一起。

进入90年代后,郑敏研究开始有了新的研究方法,尤其在进入21世纪后显得异常活跃。在一批文学"史论"性质的著作中,郑敏所占的比重加大,如洪子诚、孙玉石、王泽龙、李怡、王光明和罗振亚等人的著作中,多从中国现代主义诗歌流派的角度去考察郑敏诗歌具有的现代主义诗歌共性及其独特的个性。同时学者们开始对郑敏诗歌的创作道路、主题、意象、结构、语言形式、艺术和创作手法等方面深入探讨,郑敏研究有了新的变化。

1992年5月,《当代作家评论》第5期上刊登了郑敏评论小辑,其中蓝棣之在《郑敏:从现代到后现代》一文中指出:"郑敏的道路,是从现代主义向后现代主义的道路"。① 这里指出郑敏创作道路转变的方向和"无意识"的自然涌现是郑敏后期诗歌的重要特征。1997年1月张同道的《郑敏诗论》以编年史的方式将郑敏1940年代的诗歌和1986年后的诗歌进行了对比,重点突出郑敏诗歌前后变化的过程,张同道说:"她作为个体生命体悟人生,创作诗,将哲学、诗和生命合为一体。她的诗呈示了一个敏感而富有良知的知识分子在历史风暴的心路历程。"② 蓝棣之和张同道的文章与前期许多人的研究文章不同,前期的研究者主要是研究郑敏1940年代的诗歌,而蓝棣之和张同道两位研究者把郑敏的1940年代的诗歌和1980年代的诗歌放在一起进行对比研究,突出郑敏创作道路转变的过程。

1990年代后的评论者在对郑敏诗歌主题意蕴的挖掘上,较前期更为深入和深刻。蒋登科的《论郑敏早期诗歌观照生命的多维视野与理性光辉》在1940年代陈敬容评价郑敏诗歌具有强烈的生命意识基础上,从生命的角度触及到郑敏诗歌广阔而深邃的精神层面,以挖掘其深刻的思想内蕴。文中指出郑敏的"主要艺术目标是揭示生命的现状和本质,从而体现诗人的生命理论。"并通过分析总结出诗人为实现这一目标,对生命现状和本质所做的全方位的观照,即"自我解剖、自然观照、社会观照、艺术观照"四个层面。"这些生命观照的结果使郑敏诗歌形成了感性与知

---

① 蓝棣之:《郑敏:从现代到后现代》,《当代作家评论》[J],1992年,第5期。
② 张同道:《郑敏诗论》,《中国现代文学研究丛刊》[J],1997年,第1期。

性结合、哲学与玄学交织的独特的艺术气质。"① 蒋登科在前人研究的基础上把郑敏的诗歌主题上升到更高的哲学层面上进行观照。张东的《论郑敏前期的现代主义诗作》（上）、（下）具体分析了郑敏使中国现代主义诗歌的转型成熟化创作轨迹与郑敏的个性魅力："经验内质和多声部"。张东对郑敏的研究虽然只局限于郑敏前期的现代主义诗作，但他将郑敏纳入20世纪世界文学大背景中，认为"郑敏虽然在创作中大量移借了西方现代派的创作理论、技法，但是，它们的内核依旧呈现了强劲的汉文化特质——即中国式的主题意识与题材。"② 以前许多评论者过多地强调郑敏的创作受里尔克现代主义诗歌的影响，而张东不但强调郑敏的创作受里尔克现代主义诗歌的影响，而且强调郑敏诗歌的内核依旧呈现了强劲的汉文化特质。

文化心理视角是90年代以来郑敏创作个案研究中新开辟出来的独特视角，较有代表性的文章是荒林的《郑敏诗歌：女性现代性文本》。作者从女性心理文化出发对郑敏的诗歌进行现代性解读，"在这种视野中，性别/时代/自我成为互为透视的因素甚至互为评判的标准。"③ 徐美恒的《论郑敏诗歌意象的天人合一境界》从文化角度出发，将郑敏的诗歌与中国传统文化联系起来，认为"郑敏诗歌创作上的'天人合一'境界基本上是一种自觉的追求"。④ 曾立平的《论郑敏诗歌意象的文化蕴涵》将意象与文化联系起来，创造性地提出郑敏诗歌中存在的"母亲意象、寂寞意象、生命意象和死亡意象。"⑤ 这四大意象群，通过对这些意象群的分析，为理清郑敏诗歌的脉络作出了有意义的尝试。

在语言形式和结构形式的研究上，姚国建的《论郑敏诗歌的语言魅力》一文，专门探讨了郑敏诗歌的语言艺术，指出郑敏的诗歌语言是"极富生命感和表现力的诗的语言，具有形象化、陌生化、张力感、玄远

---

① 蒋登科：《论郑敏早期诗歌观照生命的多维视野与理性光辉》，《淮南师范学院学报》[J]，2001年，第1期。
② 张东：《论郑敏前期的现代主义诗作》[J]（下），《广西民族学院学报》（哲社版），2000年，第3期。
③ 荒林：《郑敏诗歌：女性现代性文本》，《广东社会科学》[J]，1998年，第2期。
④ 徐美恒：《论郑敏诗歌意象的天人合一境界》，《诗探索》[J]，2004年，第2期。
⑤ 曾立平：《论郑敏诗歌意象的文化蕴涵》[D]，湖南师范大学文学院，2005年。

感的诗的语言",并探讨了其魅力之源,"她的诗歌语言不是来自某些概念和流行话语,而是来自自己生命的体验,是从生命深处自然喷发出的活语言,这就摆脱了理性对语言的干扰,避免了官方话语、流行话语、时髦话语、世俗话语等等对诗歌语言的侵蚀,使诗歌语言保持着生命的底色和个性。"① 文章指出郑敏的诗歌语言和生命是相通的。2007 年姚国建在《知性的塑形——论郑敏诗歌的意象化与结构形态》中又指出郑敏诗歌结构可分为展开式、层进式、意象组合式、荒诞式、实幻交织式和音乐式六种结构,文章中说"运用诗人的智慧,通过多种独特的结构方式,使诗人的'知性和感性'在诗的内在结构中得到和谐的统一,使诗获得神奇的内在聚合力、弹性和张力,以增强诗的质感和表现力。"② 张玉玲在《论八十年代后期郑敏诗歌的探索》一文中说,"80 年代后期的郑敏诗歌,在诗歌内容和手法上都表现出与 40 年代有很大不同,并显示出独特的品格。郑敏在诗歌手法上将西方存在主义、玄学和中国老庄、禅宗相结合,并对悟性、境界、意象等有关诗的创作方面提出自己独到见解";"郑敏在八、九十年代接连写出《心象组诗》、《不再存在的存在》、《诗人与死》等诗。在众声喧哗、价值失范的 90 年代,她不仅撰文呼吁诗歌回归古典,回归传统,还在保留 40 年代人文主义观念的基础上吸收了德里达的解构主义和里尔克、海德格尔的存在主义哲学。郑敏诗歌中的'不在之在'表现为爱情、童年的记忆、善良的韧性,包括深埋在意识下的潜意识、欲望等,郑敏的诗歌以有形写无形,以残缺写丰富,呈现出朦胧的特色。"③

郑敏诗学研究是郑敏研究中一个新的生长点。这一研究把郑敏诗学理论的研究逐渐从诗歌创作的研究及零散的论述中独立出来,成为专门的述说对象。进入 1990 年代后,郑敏不仅仅作为一个诗人,更是作为一名学者、诗歌理论家而受到诗学界乃至学术界的广泛关注。

使学者们把视线投放到郑敏理论研究上的标志性事件,是 1993 年《文学评论》第 3 期上郑敏的《世纪末的回顾——汉语语言变革与中国新

---

① 姚国建:《论郑敏诗歌的语言魅力》,《修辞学习》[J],2003 年,第 3 期。
② 姚国建:《知性的塑形——论郑敏诗歌的意象化与结构形态》,《安徽理工大学学报》[J],2007 年,第 2 期。
③ 张玉玲:《论八十年代后期郑敏诗歌的探索》,《文学评论》[J],2004 年,第 1 期。

诗创作》一文的发表。由此而引发了一场遍及诗歌界乃至整个学术界关于传统与现代、诗歌语言等问题的广泛论争。围绕该话题出现了一系列论述文章，各种观点相互碰撞，论争异常激烈，且一直延续到21世纪的今天。严格来说，这类文章由于未成体系，并不属于郑敏诗学研究的范畴。但由于基本都是围绕郑敏的诗学观展开的述评，为研究者系统地研究郑敏的诗学理论作了铺垫。它不仅涉及的是有关诗歌创作的问题，而且涉及诗歌语言与文化问题，指向目前文化发展的前沿，更关涉到今天我们对中国现代文化进程的根本态度，所以在当代显得特别重要。正是随着郑敏语言观的一系列论争，郑敏的诗学理论才逐渐地走入学者们的研究视野中。对郑敏的诗学研究也因此成为当今学术界研究的热点之一。于是刘纳先生在2003年《中国现代文学丛刊》中发表了《二元对立与矛盾绞缠：中国现代文学的发难理论以及历史流变的复杂性》一文作为对郑敏《世纪末的回顾——汉语语言变革与中国新诗创作》的回应。刘纳先生指出不能将"五四"的传统与创新的对立思维方式简单地看成二元对立的思维方式，其自有复杂的历史意义："新/旧或曰现代/传统的二元对立并不能涵盖五四革命的价值取向。新/旧的对立当然是最重要的时代议题，而胡适为新文学发难的另两组二元对立的概念白话/文言、活文学/死文学则是与新/旧对立存在着明显的交叉。在新文学的旗帜下，陈独秀又列出三组二元对立的概念、国民文学/贵族文学、写实文学/古典文学、社会文学/山林文学。胡适和陈独秀确实以非此即彼的断然的二分法提出，张扬和捍卫革命文学的主张。然而，由于若干二元对立的矛盾之间的绞缠，无论发难者的理论预设还是新文学日后的发展，都呈现出多层次价值坐标的错综。"① 接着2004年陈太胜发表的《口语与文学语言：新诗的一个关键问题——兼与郑敏教授商榷》一文对郑敏在《世纪末的回顾——汉语语言变革与中国新诗创作》一文中将口语误认为白话进行反驳，指出白话是由口语发展而来的文学语言。"新诗创立之初被称为'白话诗'的新诗，并不是口语诗，而是由口语（现代白话）发展而来的

---

① 刘纳：《二元对立与矛盾绞缠：中国现代文学的发难理论以及历史流变的复杂性》，《中国现代文学丛刊》[J]，2003年，第4期。

文学语言的诗。"①

在对郑敏的诗歌语言观进行广泛讨论之外，也相继出现一些颇有价值的关于郑敏诗歌理论的研究文章。1999 年张桃洲在《诗探索》第 1 期上发表了《诗思与诗学言路的共通性》，将郑敏在诗学上的贡献提到了与其诗歌创作同等的地位，由此得出"郑敏的诗与诗学是解构理论在汉语语境中寻求遇合的一个典型例证"②的结论。邱景华的《郑敏的解构诗学》是一篇专门介绍郑敏解构诗学观的文章。作者敏锐地察觉到了郑敏的解构诗学自 90 年代以来在文坛和学界产生的巨大影响。文章认为"郑敏融会贯通的解构诗学，不仅反对'西方文化中心论'，清醒地认识到古今、中西不是对抗而是互补而且认为在引进西方文化时，重点应放在对它的发展过程的理解上，而不是照搬它的结论，这样才能学到西方文化剖析事物的新角度和新方法。"③ 张桃洲的《从里尔克到德里达——郑敏诗学资源的两翼》中指出："郑敏是跨越中国现、当代两个时期的重要诗人，在长达 60 余年的诗学探索中，她的诗歌写作和诗学观念受到了西方诗学的影响，除长期浸润其中的诗人里尔克之外，她还受了多恩、华兹华斯、艾略特、庞德、威廉斯、布莱、阿胥伯莱等英美诗人的影响，在郑敏整个的诗学发展中，早期诗风的形成主要得益于里尔克，里尔克深刻地影响了郑敏早期诗歌的风格乃至她的生命气质，这种影响是深入骨髓的、不可替代的；自 80 年代中期以后，法国哲学家德里达越来越频繁地进入郑敏的视野，从而成为她后期诗学和文化观的重要支撑；不过，尽管它糅合了众多英美诗人特别是布莱的诗学滋养，但占据其核心的则是德里达。"④ 作者特别强调德里达的无意识与解构的踪迹对郑敏的诗论和诗歌创作影响较大。谭桂林在《论郑敏的诗学理论及批评》一文中指出郑敏的诗学理论包括三个方面：生命诗学、语言诗学和新诗批评，并认为："20 世纪 90 年代以来，郑敏将德里达的解构主义理论同中国新诗

---

① 陈太胜：《口语与文学语言：新诗的一个关键问题——兼与郑敏教授商榷》，《江汉大学学报》[J]，2004 年，第 6 期。
② 张桃洲：《诗思与诗学言路的共通性》，《诗探索》[J]，1999 年，第 1 期。
③ 邱景华：《郑敏的解构诗学》，《闽东日报》[N]，1999 年 12 月 6 日。
④ 张桃洲：《从里尔克到德里达——郑敏诗学资源的两翼》，《徐州师范大学学报》[J]，2007 年，第 4 期。

批评结合起来,她所写的一系列论文突出地体现了中国当代诗学的语言论转型倾向。鉴于这三个方面,我认为对郑敏诗学理论的研究不仅是对一笔具有丰厚内蕴的理论财富的发现与挖掘,而且是对中国当代诗学理论发展趋向的一种意义深远的瞭望与总结。"① 张立群《执着的轨迹——论郑敏的新诗"史论"》的独特之处在于没有涉及任何郑敏在诗歌创作方面的成就,而是选取郑敏的一部分诗论,对其新诗批评进行探讨。文章指出郑敏的新诗批评有别于一般意义上有关现代汉语诗歌的批评,而是一种"史论"式的批评。其"重点"在于"以一种诗歌史的角度——'站在20世纪汉语新诗的宏观高度'去探讨新诗的发生、发展、未来走向、功过得失以及与传统的关系。"② 把郑敏的诗歌与诗论结合在一起讨论的是伍明春的《诗与思比邻而居——论郑敏1979年后的诗歌与诗论》,论文"通过对郑敏1979年后的诗歌创作和诗论思考两个方面的考察论述,认为在郑敏那里,诗与思两者交融互动、相得益彰,并获得了各自的不菲成绩,从而为现代汉语诗艺术空间的拓展作出了双重贡献。"③ 这里着重指出郑敏通过自己的创作实践着自己理论上的主张,既提出了现代汉诗的各种艺术问题,又置身其中,参与了对这些问题的思考与探索。

1990年代以后郑敏研究十分活跃。一是既有对九叶诗派共性的评论,又有对郑敏的创作个案研究,但后者的比重较大,占据主流地位;二是开拓了新的研究领域和新的研究方法,这一时期开始了对郑敏诗学理论的研究,并把对郑敏诗歌的研究引入女性主义批评、解构主义、存在主义等西方理论视野。注重郑敏诗歌前后期风格的变化,注重郑敏后期诗歌中"无意识"的研究,同时把郑敏诗歌与西方文艺理论的联系转向对中国古典诗歌之间的联系。

综上所述,有关郑敏诗歌创作的研究文献缺乏系统性,仅从郑敏诗歌的主题、意象和语言等某一层面进行研究,部分研究还零散在专著中,没有成为专门的论述对象;有关郑敏诗论的研究相对薄弱,没有涉及郑

---

① 谭桂林:《论郑敏的诗学理论及批评》,《广东社会科学》[J],2003年,第3期。
② 张立群:《执着的轨迹——论郑敏的新诗"史论"》,《诗探索》[J],2004年,第Z2期。
③ 伍明春:《诗与思比邻而居——论郑敏1979年后的诗歌与诗论》,《海南师范学院学报》[J],2005年,第5期。

敏后现代主义诗学中的当代诗歌批评；有关郑敏的诗歌诗论相互融合的研究，尚未指明郑敏一生的诗歌创作和诗论之间的相互关联，鲜有学者站在新诗发展的历史高度，分析郑敏诗歌如何将外国诗学内化在中国古典诗学的传统中，以及郑敏的创作思想形成与当代新诗建构之间的关系。

选题意义：其一，在哲学思想层面上，郑敏认为真理是多元的，反对二元对立的思维；认为宇宙的万物是永远变化的，反对宇宙是永恒不变的思维。这种后现代主义思想可以破除形而上学的神学、人文主义的中心论和二元对立的认识论的错误观念；其二，在文化层面上，郑敏40年代受西方现代主义创作观的影响，80年代又去美国受后现代主义文化的熏陶，结果发现后现代主义文化和中国传统道家文化有许多相似之处。这一现象体现出中西文化的互补功能，同时也为繁荣社会主义文化提供经验；其三，在文学层面上，考察郑敏的现代主义创作思想如何向后现代主义创作思想的转变，以及郑敏的创作实践如何参与新诗的历史建构，拓展了当代诗歌的研究视野，有助于推动当代新诗的发展。

本课题立足于郑敏的创作思想研究，按照郑敏创作思想发展变化轨迹，提出以下研究内容：

第一部分现代主义诗歌自觉的追寻。以40年代郑敏现代主义诗歌形成过程为考察对象，讨论郑敏在西南联大如何接受德国诗人里尔克等人的现代主义诗歌的影响，并对郑敏创作的现代主义诗歌主题思想和艺术特征进行详尽阐释。

第二部分漫长而痛苦的冰桥。主要以郑敏30年的心路历程为考察对象，反思极左政治对郑敏诗歌创作的影响，讨论郑敏如何对现代主义诗歌进行理论总结，分析其现代主义创作思想的形成。

第三部分郑敏后现代主义创作思想的确立。讨论郑敏受到美国后现代主义诗歌和德里达解构主义影响，并进一步分析从1986年以后郑敏在后现代主义诗歌创作实践中如何逐渐形成自己的后现代主义创作思想。

第四部分郑敏创作思想与当代新诗创作。以当前诗歌创作存在的问题为考察对象，讨论郑敏运用后现代主义思想对第三代诗歌、当代女性躯体写作诗歌和当前网络诗歌存在的问题进行实践批评。

第五部分郑敏创作思想与当代新诗理论建设。40年代郑敏和穆旦等人成功参与现代主义诗歌建构，把西方的现代主义诗学和中国古典诗学融合在一起。对当代现代主义诗歌的发展有正面指导意义。70 年代，郑敏无法将中国古典诗学和俄国文学融合在一起，创作了不成功的《寻觅集》，对当代新诗的发展提供了反面的个案。面对诗坛误读西方后现代主义的现象，1986 年后郑敏自觉地参与后现代主义诗歌的建构，1986 年去美国访学，翻译了《美国当代诗选》，并指出美国后现代主义诗歌的特征；接着创作了后现代主义诗歌，成功地将美国后现代主义诗学和中国古典诗学结合在一起，对当代后现代主义诗歌创作起到示范作用。郑敏在美国研究后现代主义诗歌的时候，蓦然发现美国后现代主义诗歌和中国古典道家文化有许多相通之处，进而形成自己的文化保守主义诗学观，指出中国新诗的发展方向应多向中国古典诗歌学习。本章试图从郑敏与现代主义诗歌建构、郑敏与中国后现代主义诗歌的建构、郑敏文化保守主义诗学观的确立和郑敏论新诗向古典诗歌学习的方法四个方面，论述郑敏创作思想是如何参与当代中国诗歌理论建设的。

基本思路：本课题以新诗的发展为主线，将郑敏的人生、诗歌、诗论和翻译融合在一起进行研究，通过郑敏创作思想由现代主义向后现代主义的转变，见证新诗的发展历程，力求为新诗的发展提出合理建议。课题的思路：导论——40 年代现代主义创作思想（西南联大中西方诗学的影响、《郑敏诗集 1942—1947》的创作）——30 年的过渡时期（"左倾"思想对郑敏《寻觅集》创作的影响、《英美诗歌戏剧研究》对现代主义诗歌的理论总结）——后现代主义诗歌创作思想的确立（美国后现代主义诗歌的影响、解构主义影响、《郑敏诗集 1979—1999》的创作）——郑敏创作思想与当代新诗创作（对第三代诗歌、当代女性诗歌和当代网络诗歌批判）——郑敏创作思想之于新诗建设的理论价值（西方诗学与郑敏的创作思想、中国古典诗学与郑敏的创作思想）——结语（郑敏新诗史上的地位评价）——附录（郑敏访谈录，郑敏年诗歌创作与批评列表检索，郑敏诗歌创作研究索引）。

研究方法：一、文本分析和理论阐释相结合。郑敏既是诗论家，也是诗人，考察其创作思想方面，强调文本和理论相互回证或印证。二、历时分析和共时归纳相统一。既要对郑敏 70 年的学术生涯做一番梳理和考察，寻找其学术各阶段的内在联系，同时也要看到她与同时代学者的比较，如结构主义和解构主义等学者。三、宏观把握和微观分析相补充的原则。既要全方位的考察郑敏的整个思想世界,又要有重点地解读郑敏的诗歌理论。四、综合运用诠释学、社会学、文化学和符号学的研究方法。从理论和创作入手,对郑敏创作思想进行全方位、跨学科的综合研究。

第一章 现代主义创作思想探索

第一节 西南联大与郑敏40年代诗歌

终于像种子,在成熟时必须脱离母体
我们被轻轻弹入四周的泥土。
当每个嫩芽在黑暗中挣扎着生长,
你是那唯一放射在我们记忆里的太阳!

—— 郑敏《西南联大颂》

西南联大是郑敏记忆中唯一的太阳,是郑敏现代主义诗歌成长的摇篮。1939年郑敏考入西南联大外国文学系,后又转入哲学系,在联大度过重要的大学时光。坐落在昆明小西门外的西南联合大学是由清华大学、北京大学和南开大学三所大学组成。1937年,北京大学、清华大学、南开大学在抗日炮火中同赴国难,在长沙建立西南联大的前身长沙临时大学。1938年再迁昆明,合组国立西南联合大学,至1946年联大解散。

虽然联大在抗战时期饱受日本炮火的侵扰,但这里名流荟萃、高士如云,知名教授多会于此,是中国战时思想、学术和教育最活跃的地方。联大又是全国民主运动先锋的阵营。"人们喜欢说'联大造运动',运动虽然不是联大造的,但因为环境的特殊,联大人往往走在运动的前面。"①

---

① 西南联大除夕副刊主编:《我们的道路》,《联大八年》[C],昆明:西南联大学生出版社,1946年版,第82页。

"一二·一"运动就是一例,联大人把自己的命运同民族的命运视为一体,协同"盟军"作战时,大批的联大学生做译员,穆旦、杜运燮都在其中。在战场上穆旦几乎丧命于虎康河谷。

在学术文化方面,西方现代诗学潮流如雨后春笋般在西南联大涌现,在那里形成了一种浓厚的诗学文化氛围。在联大197名教授中,留学生为156人,其中有很多人在30年代就已经名声显赫。著名的教授学者们时常会集在联大进行西方现代诗的译介活动:卞之琳创作了《十年诗草》并翻译了奥登、艾略特的诗文;冯至译介了里尔克的诗与书集等。王佐良曾以评论家的口吻写道:"这些联大的年青诗人们,并没有白读了他们的艾里奥脱和奥登。也许西方会吃惊地感到它对于东方文化的无知,以及这无知的可耻。当我们告诉它:如何地,带着怎样的狂热以怎样梦寐的眼睛,有人在遥远的中国读着这两个诗人。"① 联大诗人似乎对奥登、艾略特表现出比30年代诗人们更真切的感受和更强烈的兴趣。更为重要的是,英国现代诗人、新批评家威·燕卜荪,在联大开设了《现代英诗》课程。"当时西南联大文学院的讲坛上,多的是有成就、有影响的学者和作家,包括几个曾经研究法国和德国文学的也对欧洲现代派诗感兴趣,甚至本人也是写现代派诗的,但是,带来英国现代派新诗风的始终是燕卜荪。一个出现在中国校园中的英国现代诗人,本身就是一个任何书本都不能替代的影响力。"② 在国外现代诗潮涌进的同时,联大内的学者和青年诗人们也异常活跃。闻一多主编的《现代诗钞》就编选了穆旦、杜运燮、王佐良等学生的诗;朱自清撰文评论杜运燮的《缅甸公路》;冯至在联大创作并出版了《十四行集》;杜运燮、刘北汜等人发起的冬青社影响很大,穆旦、汪曾祺、肖珊、林元等便是冬青社的社员之一。他们的《冬青杂文钞》、《冬青小说钞》和壁报一度走出了校园,《贵州日报》于1942年出版了《冬青诗刊》;林元编辑的《文聚》几乎成了西南联大的校刊;香港的《大公报》文艺副刊也经常发表冬青社员的作品,由此可见联大诗歌创作的实力和影响力。

在教书育人方面,教授和学生之间关系非常融洽。当时著名学者冯

---

① 王佐良:《一个中国诗人》,原载伦敦《生活和文学》[N],伦敦,1946年6月5日。
② 王佐良:《怀燕卜荪先生》,《外国文学》[J],1980年,第1期。

友兰、闻一多、朱自清、沈从文等先生就住在校园附近,学生们常去老师家中,教授和学生之间既是师生亦是朋友。郑敏也回忆说:"每个教授都同自己的学生融为一体,用自己毕生的智慧和学生对话,远离名利,学术气氛高于一切,这是一种无限的上升,它解放了人的智慧,给予学生一个极大的创造空间,培养独立人格,独立思考的能力。"① 而郑敏,就在这种独特文化的氛围中成长为一代名诗人的。

郑敏学的是哲学。他们哲学班只有四五个同学,师生亦是朋友,他们常去冯友兰、冯至家里,与这些令人仰观的硕学鸿儒一起品茗用餐。当时哲学系的前辈除了冯友兰、冯至还有金岳霖、贺麟、郑燮、邓以蛰、沈有鼎等,其中对郑敏影响较大的人应是冯友兰和冯至。郑敏曾回忆说,冯友兰先生的"新理学"和"人生哲学"依然让其记忆犹新,仿若昨日。而冯至则是她的生活和学业上的导师,师生之间情深意笃。除了哲学,郑敏还听别的课程,以扩大自己的学问领域。文学是郑敏常听的课程,文学方面朱自清、沈从文为当世名家;闻一多先生集古典诗词、现代新诗、外国诗歌于一身,其功力之深,一时无二,他的"楚辞"更是绝学。此外,卞之琳、王力、罗常培、罗庸、郑奠诸先生也是名家。历史课自然是必听的,当时钱穆、郑天挺、雷海宗、刘宏崇、皮名举、姚从吾等前贤皆云集于此。郑敏便是从联大的文化和文学的温床中走出的诗人,而其中对郑敏诗歌创作影响最大的人算是冯至老师了。后来郑敏回忆说:"在 20 世纪 40 年代以前,我的诗歌应该是比较接近一种古典的韵味。因为我学哲学,念德语,因此就听了冯至先生的课,冯至先生翻译了里尔克的《给一个青年诗人的十封信》,我看了后就特别能接受,里尔克对我的影响是深层次的。"② 40 年代里尔克对郑敏而言无疑是相当重要的,因为他深刻地影响了郑敏早期的诗歌风格乃至她的生命气质。里尔克对郑敏的影响关键是得力于冯至的帮助。1939 年郑敏考入西南联大外文系,后转入哲学系攻读西方古典哲学期间,曾选修诗人冯至所讲授的德语义学课程,在当时,冯至翻译里尔克的《给一个青年诗人的十封信》已经

---

① 张东:《论郑敏前期的现代主义诗作》[J](上),广西民族学院学报(哲社版),2000 年,第 2 期。
② 郑敏:《思维·文化·诗学》[M],郑州:河南人民出版社,2004 年,第 277 页。

面世（长沙商务印书馆 1938 年出版），冯至本人"轰动一时"的《十四行集》（1942 年）也已出版。由此可以看出冯至自身的诗歌创作受里尔克的影响很大，我们有理由相信接受了冯至言传身教的郑敏能够深得里尔克诗歌之真义，下面我们来看里尔克是如何通过冯至对郑敏产生影响的。

在 1949 年郑敏出版了《郑敏诗集 1942—1947》，在这本诗集中有十四行诗 14 首，风格典雅秀丽，较好地融合了诗思与哲思。因此，郑敏被公认为"里尔克式"的诗人。其实在这本诗集中，郑敏所受的里尔克的影响不仅仅只是十四行诗，从总体上看，里尔克对郑敏的影响有三个方面：一、深沉的生命体验；二、观看事物的角度，即寻求客观对应物；三、十四行诗形式借鉴。

一、深沉的生命体验

深沉的生命体验是里尔克对世界和生命独特的感悟，这种感悟是在寂寞的忍耐中形成一种沉静温和的精神气质。郑敏从里尔克诗歌里所感受的是精神的弥漫和与之心灵上的契合，是里尔克关于生命的深沉玄思。在一次诗歌座谈会上，郑敏曾认为里尔克的《圣母哀悼基督》是"短短的诗行，简单的语言，却捕捉到一个说不清的复杂，这是不可竭尽的艺术魅力，只有反复阅读，才能感受到它的震撼。"[1] 郑敏在认同里尔克的精神气质的同时，仿佛还在和这位德国诗人进行生命体验的交流与沟通。郑敏后来分析里尔克晚年的《杜依诺哀歌》中的生命意识时认为，"他敏感地领略到生命的崇高和寂寞，深沉的寂寞，使他转向自然"，这寂寞恰好契合她的内心，"寂寞会使诗人突然面对赤裸的世界，惊讶地发现每一件平凡的事物忽然都充满了异常的意义。寂寞能打开心灵深处的眼睛，一些平日视而不见的东西好像反射出神秘的光，和诗人的生命对话，"[2] 大概是受这一生命的启示，郑敏写出了她自己的《寂寞》：

---

[1] 郑敏：《不可竭尽的魅力》，《诗歌与哲学是近邻：结构—解构诗论》[M]，北京：北京大学出版社，1999 年，第 58 页。

[2] 郑敏：《诗与生命》，《诗歌与哲学是近邻：结构—解构诗论》[M]，北京：北京大学出版社，1999 年，第 419 页。

> 我突然跌回世界，
> 他的心的顶深处
> 在这儿，我觉得
> 他静静地围在我的四周
> 像一个沉着的池塘

郑敏对里尔克深沉的生命体验的体悟主要表现在对冯至翻译：《给一个青年诗人的十封信》的学习上。这些信札是里尔克写给一位喜爱他诗歌的年轻人的信，在这些信中，他坦白了自己作诗、生活态度，那便是"静静地严肃地"，"从自己的发展中成长起来。"以忍耐的态度面对痛苦、寂寞。"像蜜蜂酿蜜那样，从万物中采集最甜美的资料来造神。""用整个的生命，用一切的力量集聚寂寞、痛苦和向上激动的心去学习爱。"① 里尔克式的"早期现代主义中闪烁着没有熄灭的人类对灵性之美的追求和敢于接受失望的信念，以及在痛苦中存在的虔诚，"这些对郑敏来说越来越犹如"星空外的召唤"，并成为她生命中不可或缺的元素，在商业庞大的泥石流向她并想填塞她心灵的整个空间时，她需要保持自己内心岛屿的常绿，这需要大量的氧气和带有灵气的诗歌潮润，"这时我深深感到里尔克的诗能给我这样心灵的潮润。从他的诗中我了解到他并不是一位遁世者，不是一位天真的美感的追求者。他强烈地感受着人类性灵在世纪初受到的冲击，当他所谓的金钱的繁殖力使他的精神世界受到压力，人生的一些场景变成庸俗的喧闹的游艺场，他的丰富的想象能将他带入一个无人的星空，那里只有沉睡的逝者。"② 里尔克在《杜依诺哀歌》的第一首诗中这样写人们内心空间与宇宙空间的结合：

---

① 冯至：《冯至全集十一卷·给一个青年诗人的十封信》[M]，北京：三联书店，1994年，第 37 页。
② 郑敏：《天外的召唤和深渊的探险》，《诗歌与哲学是近邻：结构—解构诗论》[M]，北京：北京大学出版社，1999 年，第 410 页。

> 你还不知道吗？
> 将你怀里的空虚
> 抛入我们呼吸着的空间
> 或许鸟儿们
> 将用更热烈的飞翔感觉着那扩展了的天空。

十年后（1922年），诗人终于完成了哀歌的第十首，这时诗人将生命圆周的完成比作将凡人高举入星空的壮景：

> ——默默地
> 将那凡人的脸
> 举向星空，永远。

这是里尔克将人们内心的寂寞、孤独，上升到宇宙的恢宏空间的愿望，体现里尔克独特的生命体验。与这种强烈的生命意识相对应的是诗歌中"死亡"的主题。在这一点上，《郑敏诗集1942—1947》中《死》、《时代与死》、《死难者》、《一九四五年四月十三日的死讯》等作品中所持的"生"与"死"不是割裂的、"死"是最高潮的"生"的观念即是来自里尔克的影响。郑敏在《郑敏诗集1979—1999》的序中曾说："里尔克将死亡看成生命在完善自己的使命后重归宇宙时最广阔的空间，只在那时人才能结束它的狭隘，回归浩然的天宇。"[①] 郑敏的诗《死》有一种玄学意味，"每一秒是一个世界/穿过多少个世界/我们向无穷旅行//待望到生的边疆/却又像鸟死跌降/松舍了天空万顷。"这是富有悲剧与宿命意味的，不断地追求，待到刚刚有了希望的时候，"死"却来临了。这首诗实际上写的是人无奈的一生，较为深刻地传达了"生"与"死"的矛盾。"生"和"死"作为个体生命中一种不可抗拒的规律，人们无法回避它，但郑敏没有把"生"与"死"的抗争写得血淋淋的，没有张扬"死"的恐惧，反而有时会把"死"看成静穆之美，静静地欣赏它。这里显然是

---

① 郑敏：《郑敏诗集1979—1999》[M]，北京：人民文学出版社，2000年，第4页。

受里尔克死亡观的影响。

二、观看事物的角度，寻求客观对应物

里尔克观看事物的角度是从学习罗丹、塞尚和另一些印象派艺术家而来，"这种观看并不是里尔克自己的发明，而是同时代先锋艺术家的共识。里尔克的特别之处，则在于他借用了空间艺术为中介，在此平台上将词极度变形为物，犹如塞尚的颜色，罗丹用的材料，里尔克用词来表现视觉与语言之间的张力。"① 里尔克观看事物的角度还是一种"以更平静和以更大的公正观看万物"，"以一种克己的谦卑的虚怀的观看"，② 此时物不再是对象之物，而是与人打交道，聚集在人的周围，在人的日常生活中为人所使用的物，它包含着人类生存经验和维系着无数记忆的存在，每一个人只要回到和他曾经有过亲密的物中，都可以从"里面认出他们所爱的，所畏惧的和一切不可思议的神秘。"③ 这种物已经成为存在方式，任其自身丰盈地呈现而出，而此时写诗，便是从"物"的可见性中揭示存在的意义，把物"从常规习俗的沉重而无意义的各种关系中，提升到其本质的巨大联系中。"④ 我们把这种"物"称之为"客观对应物"，并把这样的诗歌称之为"咏物诗"。对于40年代的郑敏而言，里尔克给她的印象十分深刻，其"咏物诗"对她的诗歌创作产生了实质的影响。据说里尔克受罗丹的告诫，"像一个画家或雕塑家那样在自然面前工作，顽强地领会和模仿，"意识到艺术家的任务就是把外部现实变成艺术的"物"，使其从本身的偶然性、模糊性和时间流变性中解脱出来，因而学会了如何观看，并完成了一批"咏物诗"，其中最著名的一首是《豹》。郑敏十分细致地解析这首诗："在全诗里读者直接接触到的是对豹所居住的铁栏、豹的眼神、四肢的'紧张的静寂'，眼皮无声的开闭，'极小的圈中旋转'的动态与'中心一个伟大的意志昏眩'的静态形成强烈的对

---

① Carsten Strathausen: *The look of things: Poetry and vision around 1900*. Chapel Hill: University of North Carolina Press [M]，2003，p. 197.
② 李永平:《里尔克的诗歌之路》,《文艺研究》[J], 1998年，第5期。
③ [德] 里尔克著，张黎译:《艺术家画像》[M]，广东: 花城出版社，1999年，第162页。
④ 李永平:《里尔克的诗歌之路》,《文艺研究》[J], 1998年，第5期。

比等等。但那贯穿在这些客观细节描绘之中的却是里尔克主观的意识和情感,这就是对于一个被关闭在铁栏后的充满原始活力的豹,对于这只失去自由的豹的挣扎、痛苦、绝望的无限同情和惋惜。"① 郑敏显然是准确地领悟了《豹》及里尔克"咏物诗"的精髓。在郑敏看来里尔克为自己情绪的表达找到了某种"客观对应物",《豹》一诗中没有情绪的宣泄,诗人的情绪被转移到"物"(豹)之中而变得客观化,最终他的自我意念与她所观察的对象达到了统一。这种寻找客观对应物的协作方式极大地激发了郑敏,使她开始尝试着捕捉在心底瞬间流过情绪的音乐或思想的图画,而将之在一刹那定格,郑敏的《郑敏诗集 1942—1947》中《马》,其观察与咏叹的姿态同《豹》极其相似:

> 这混雄的形态当它静立
> 在只有风和深草的莽野里
> 原是一个奔驰的力的收敛
> 蔑视了顶上穹苍的高远
> 他曾经像箭一样坚决
> 披着鬃发,踢起前蹄
> 奔腾向前 像水的决堤

除了《马》之外,郑敏还写出了《鹰》、《池塘》、《树》、《兽》、《金黄的稻束》等类似《豹》之类的"咏物诗。"与郑敏同时代的唐湜曾对郑敏这时期的诗歌作出精彩的分析:"时时在微笑里倾听那在她心头流过的思想的音乐,时时任自己的生命化入于一幅画面,一个雕像,或一个意象,让思想流涌现出一个个图案,一种默思的象征,一种观念的辩证法,丰富,跳荡,却又显现了一种玄秘的静凝。"②

三、十四行诗形式的借鉴

"sonnet"(十四行诗)最初的意思是"littlesong"(短小的歌),原本

---

① 郑敏:《英美诗创作中的物我关系》,《诗歌与哲学是近邻:结构—解构诗论》[M],北京:北京大学出版社,1999 年,第 41 页。
② 唐湜:《郑敏静夜里的祈祷》,《新意度集》[M],北京:三联书店,1989 年,第 143 页。

是一种可以用来歌唱的民间抒情诗的体裁。13世纪时,出现在意大利的十四行诗已经趋于定型:全诗分为两部分,其韵式为"abbaabba, cdecde",第一部分称为"Octave";第二部分称为"Sestet"。"Octave"即起首八行诗,韵式比较稳定,"Sestet"即后六行诗,韵式有几种变体。十四世纪时意大利诗人彼特拉克(Petrarch)采用这种十四行诗体,写下了许多脍炙人口的诗篇。于是,后人将意大利式的十四行诗也叫彼特拉克体。到了16世纪,托马斯·威尔特(Sir Thomas Wyatt)和他的朋友亨利·霍华德(Henry Howard)一起将十四行诗引进英国,并将其改为四部分,韵式也被相应地调整为几种。后来,这其中的一种韵式"abab, cdcd, efef, gg"为莎士比亚(William Shake speare)所采用,写下了154首著名的十四行诗,将十四行诗体推向全盛。后来人们就将莎士比亚所采用的这一体裁称为英国式十四行诗。十四行诗在西方流传很广。除意、英之外,在西班牙、法国、葡萄牙、德国、波兰、俄国等也有人写十四行诗,但成就不及前者。西方的多种十四行诗体之间差别不大,它们在音节、音步、韵式、主题等方面有一些共同特征:1.有固定音节。意式、英式均为每行十个音节。2.有固定音步。意式、英式均为抑扬格五音步(每个音步一轻一重两个音节,每行共五个这样的音步)。3.有固定的韵式。意式为 abbaabba, cdecde;英式为 abab, cdcd, efef, gg。4.有固定的主题发展模式。闻一多称之为"起、承、转、合",即指十四行诗的主题发展最忌平铺直叙。例如,意式的第一部分和第二部分之间应该有转折;英式的最后两句应该统领全局,成为画龙点睛之笔。

中国新诗诗人主要是受意式、英式两种形式的影响。其中,闻一多、朱湘、冯至和卞之琳写的十四行诗较为出名。关于里尔克的十四行诗对郑敏的影响,不同人有不同的看法。有人认为郑敏诗歌的音乐性是从学习里尔克而来,学习了里尔克喜用元音或协音的重复:"里尔克诗歌的音乐性,主要源自于他在大多数诗歌中运用的声音模式:元音或协音的重复。郑敏的诗也有确定的声音模式。"[1] 也有人认为郑敏"她才跟冯至学了一年多的德语,她的诗学观、观物的方式、传达的思想都能受里尔克

---

① [比利时]伊歌:《形式意象主题:郑敏与里尔克的诗学亲缘》,《诗探索》[J],2006年,第1期。

直接的影响,但有过学习德语经验的人都知道要在短时间内,直接阅读里尔克精妙的十四行诗歌是很困难的。对于格律的学习,学习一些规则如格律的分类,在不同的地方如何安排押韵,如何安排章法是可能的。但那也只是一张'复杂地形的简图',要真正体会格律的妙处,也只有通过对大量诗作的阅读,才能训练出诗人的听觉。"① 其实,这两种说法都有不妥当之处,郑敏曾经说过:"我对于十四行诗的第一次接触是通过冯至的《十四行集》,接着我又读了冯至翻译的里尔克诗歌,后来又大量的读过英文版的里尔克的诗歌,至于德文版的里尔克的诗歌我是读的较少。因为当时我的德文没有英文好。"② 由此可以看出郑敏较少读德文版的里尔克诗歌,但也不能就此说明郑敏的十四行诗歌完全受冯至的影响。客观地说,郑敏对十四行诗的创作是由冯至启蒙,然后主要接受里尔克的影响(其实在 40 年代还有吴兴华翻译的中文版《里尔克诗选》)。里尔克的十四行诗对郑敏的影响包括两个方面,其一是十四行诗节奏形式的影响;其二是观看事物的角度,寻求客观对应物,下面就以郑敏的《垂死的高卢人》和里尔克《远古阿波罗裸躯残雕》来做对比说明郑敏如何接受里尔克的十四行诗形式的影响。德文原作:

> Wir kannten nicht sein unerhörtes Haupt,
> darin die Augen Apfel reiften. Aber
> sein Torso glüht noch wie ein Kandelaber,
> in dem sein Schauen, nur zurückgeschraubt,
>
> sich hält und glänzt. Sonst könnte nicht der Bug
> der Brust dich blenden, und im leisen Drehen
> der Lenden könnte nicht ein Lächeln gehen
> zu jener Mitte, die die Zeugung trug.
>
> Sonst stünde dieser Stein enstellt und kurz

---

① 陈芸:《论郑敏的十四行诗》[D],上海:华东师范大学文学院,2007 年。
② 周礼红:《郑敏访谈录》,2008 年 5 月 1 日,地点:清华大学家属院。

unter der Shultern durchsichtigem Sturz
und flimmerte nicht so wie Raubtierfelle;

und brächte nicht aus allen seinen Rädern
aus wie ein Stern: denn da ist keine Stelle,
die dich nicht sieht. Du muβt dein Leben.

附中文翻译：

《远古阿波罗裸躯残雕》

我们无法看见传说中他头部的模样，
一双眼睛仿佛即将成熟的水果。但是
体内的某种灿烂仍映亮了他的躯体，
犹若一盏灯；他的凝视虽已挪到下方，

却仍在力量中闪光。若不是这个缘由，
他弧形的胸膛绝不会令你如此炫目，
也不会有微笑穿过平静的髋和小腹，
延伸到那黑暗的中心，生命的源头。

若不如此，这块石头将显得晦暗
而残破，在双肩透明的瀑布下面，
绝不会像一头野兽的毛皮那样发亮；

绝不会让人感觉，它所有的边界都将
如一颗星炸裂：因为它的每一个角落
都盯着你。你必须改变你的生活。

在里尔克的德文原作中是标准的十四行诗，德文原作是十节的；音步是以五音的抑扬格；韵式为 abba, cddc, eef, gfg；有固定的主题发展模式为起、承、转、合；段式也是四四三三式的。接着再看郑敏的十四行诗《垂死的高卢人》：

> 他好像突然地跌到了，在
> 死亡的拱门前，犹自用一只手臂
> 支撑那山样倾颓的身体，
> 生命强烈的知觉正涌集
>
> 像为阴郁的云翳遮盖的前额，
> 啊，这里，垂死的高卢人在想着
> 生命里最后的一个思想，喝
> 着苦酒，独自地向死亡之杯呷啜
>
> 虽然你看见在他微俯的头额上
> 生命犹在闪动着明亮的双翼翱翔，
> 但是已经开始的必会不断增长
>
> 落日放出最后的灿烂，
> 但，远处绵延的峰峦
> 他的四肢，已沉入阴暗。

这首十四行诗是以公元前二世纪《垂死的高卢人》的雕塑为描写对象的，与里尔克的咏物诗常以雕塑、绘画为主题相同，郑敏也选择了视觉艺术为中介，以印象派为中介。这首诗基本是十节的；音步是以五音的抑扬格为主，但兼有四音步和六音步；韵式为 abbb，ccca，ddd，eee；有固定的主题发展模式为"起、承、转、合"，这首诗中的"转"在第八行以后开始出现，生命从走向死亡开始在第九、十行出现新的希望；段式也是四四三三式的，这和里尔克《远古阿波罗裸躯残雕》的节奏形式有许多类似之处。在观察事物的角度方面，两首诗都是以"直观"的雕塑为主，在原始静观的"物"中，赋予生命丰富的意义，诗人们都以"眼睛"去看，用"想象"去触摸，用"灵魂"去感悟，这样诗人们获得雕塑丰富的真实的生命本质。在《郑敏诗集 1942—1947》中还有《鹰》、《兽》、《濯足》、《Renoir 少女的画像》和里尔克早期十四行诗《早年阿波罗》、《瞪羚》、《罗马石橄》有许多相似之处。

西南联大是 40 年代现代主义诗歌的摇篮,对当年的学生郑敏产生了深刻的影响,先进的民主思想促使郑敏的诗歌介入现实,关心人们大众的苦难。浓厚的学术气氛促使郑敏受西方现代主义大师的浸染,特别是里尔克的生命体验、观看事物的角度和十四行诗直接影响了郑敏现代主义诗歌的创作。

第二节　生命和哲理的融合

在讨论 40 年代郑敏诗歌主题的特征时,唐湜曾说郑敏的诗歌是:"时时任自己的生命化入于一幅画面,一个雕像,或一个意象,让思想涌现出一个个图案,一种默思的象征,一种观念的辩证法,丰富,跳荡,却又显现了一种玄秘的静凝。"① 这里唐湜把郑敏的诗歌主题理解为生命。事实上《郑敏诗集 1942—1947》是继冯至的《十四行集》之后,中国现代主义诗歌中又一部充分地、集中地表现生命主题的诗集,它是一部生命的雕刻者之歌。在《雕刻者之歌》中郑敏已含蓄地把自己称为"雕刻者","我錾着,凿着,碰着,磨着","我默视着石面上光影游戏的白足","我用我的智慧照见／一尊美丽的造像"。在《郑敏诗集 1942—1947》中郑敏不停地錾着,凿着,碰着,磨着,雕刻的是座座鲜活的生命雕像;同时唐湜上面那句话又告诉人们郑敏是用"一种观念的辩证法"来雕琢生命的,这样郑敏的诗就把生命和哲理融合在一起。郑敏的诗歌创作特别注重对生命哲理性的体验,蒋登科评价郑敏对生命的认识是全面而复杂的:"之所以说全面,是因为诗人在作品中既以个体身份存在,又以圣者、哲人的面目出现,意识开阔,由个体广延人群乃至宇宙,这恐怕是与她深研哲学和接受里尔克、冯至等人的诗艺熏陶有关。之所以

---

① 唐湜:《郑敏静夜里的祈祷》,《新意度集》[M],北京:三联书店,1989 年,第 143 页。

说复杂,是因为郑敏不是在某种具体观念之下去演化对生命的模式化认识,而是从个体出发,试图全面解剖生命的存在状态。"① 郑敏所关注的生命中的哲理性体验往往是充满矛盾的现象。这一现象我国许多诗人都关注过,苏轼感叹:"月有阴晴圆缺,人有悲欢离合,此事古难全",李白吟咏思乡之苦:"举头望明月,低头思故乡",以上这些感受具有很开阔的广延性,诗人的个性特征往往被遮掩在哲理里。而"郑敏的优势在于,作为一个东方诗人,她接受了西方现代化,特别是西方哲学,能从更开阔、更深入乃至更个人化的感受中去把握生命的状态。"② 也就是说郑敏在生命与哲理的融合中往往要体现出诗人独特的个人感受。在《郑敏诗集 1942—1947》中充满着西方现代主义诗歌的形而上思辨的品质,诗人的生命体验主要蕴含着生存与死亡、爱与痛、寂寞与迷茫等矛盾着生命经验的哲性思考,并且诗人尤其偏爱"死亡"、"痛苦"和"寂寞"的主题性意象。在前一节也谈到了郑敏关于寂寞、死亡和痛苦的体验,但是前一节主要是从郑敏如何受里尔克的影响这个角度来谈的,这里主要谈郑敏在受里尔克影响之后自己形成独特的关于生存与死亡、爱与痛、寂寞与迷茫等矛盾性的生命体验。

一、在生存与死亡中追问死亡的意义

生与死是生命所必须面临的最根本的矛盾,一切其他的冲突皆由此而生。在大多数诗人眼中他们关注更多的是"生"的问题,这只涉及生命的一个侧面。对于生命整体而言,没有死便没有生,反之亦然。郑敏面对这一辩证的哲学问题有所感悟的抒写到:"生命在这里是一首唱毕的歌曲/凝成了松柏的苍绿,墓的静寂/它不是穷竭,却用'死'做身体/指示给你生命的完整的旨意"(《墓园》)。"死"不是"生"的终结,它是"生"的另一种开始,这当然是从哲学层面来理解的。关于死亡,叔本华有两句名言:"死亡是给予这哲学灵感的守护神和它的美神","如果没有死亡的问题,恐怕哲学也就不成其哲学了。"③ 丹纳认为:"艺术家从出生

---

① 蒋登科,《九叶诗人论稿》[M],重庆:西南师范大学出版社,2006 年,第 125 页。
② 同上。
③ [德]叔本华著,金玲译:《爱与生的苦恼》[M],北京:中国和平出版社,1986 年,第 149 页。

至死，心中都刻着苦难和死亡的印象。"① 30 年代以后的冯至在里尔克的影响下视死亡为人生过程的一个阶段，是灿烂人生的辉煌完成，死正是另一种意义上的生。正如冯至的诗歌写道："我们赞颂那些小昆虫，/它们经过了一次交媾，/或是抵御了一次危险，/便结束它们美妙的一生。"②"冯至、穆旦、郑敏在 40 年代诗人中与众不同之处首先表现在他们对生死的体悟上。"③正是由于这种对生命和死亡的双重自觉，郑敏的诗才表现出与众不同的特质。对于一个执著追求生命理想与生命价值的人来说，尤其需要对死亡的深沉的反思。郑敏写下了许多与死亡有关的诗篇，诗人用充满哲理和诗性的语言对死亡进行言说、审视，表现出诗人对死亡的考问和反思、对生命价值的独立思考和探索。

在郑敏看来，"生"与"死"不仅是生理上的，更主要是心理上、精神上的。"在长长的行列里/'生'和'死'是不能分割/每一个，回顾到后者的艰难，/把自己的肢体散开，/铺成一座引渡的桥梁，/每一个为了给后者以一些光芒，/让自己的眼睛永远闭上。"（《时代与死》）"死"不是毁灭、恐惧的代名词，而是一种"流光"，"照亮夜行者的脚步"。"死"往往是"生"的最高意义上的升华，而不是悲哀。郑敏在《郑敏诗集 1942—1947》中有几首专门吟咏与"死"有关主题的诗，如《死》（二首）、《一九四五年四月十三日的死讯》、《时代与死》、《死难者》、《人力车夫》、《垂死的高卢人》等，这些抒写的都是在"生"与"死"的关头所表现的某些精神和诗人的态度。在《死难者》一诗中诗人写道："安静，安静，你可曾看见/他比现在睡得更安宁吗？好像一只被遗弃的醉舟/无需再装载旅客的忧愁/自在的浮沉在风浪里。/好像一只枝梢跌落的果实/虽然碎裂在地上等候捡拾/却无需再担忧风雨的吹击。"不过，郑敏在表达对"死"静穆之美欣赏的同时还表达了对"生"之艰难的赞美。"你们的根里，不是旋风的吹打/雨的痕迹，却因为它从创造的/手里承受了更多的生，这严肃的负担。"在《人力车夫》中诗人认为永不停息的

---

① [法] 丹纳著，傅雷译：《艺术哲学》[M]，北京：人民文学出版社，1997 年，第 36 页。
② 冯至：《冯至全集一卷·十四行诗》[M]，石家庄：河北教育出版社，1999 年，第 216 页。
③ 王毅：《中国现代主义诗歌诗论》[M]，重庆：西南师范大学出版社，1998 年，第 45 页。

"人力车夫""是这古老土地的坚忍的化身"。"是谁在和他赛跑?/死亡,死亡,他想拥抱/这生命的马拉松赛者。/若是他输了,就为死亡所掳/若是他赢了,也听不见凯歌。""人力车夫"是种象征,是种抗争悲剧人生命运的形象:"对于/天空的风云,地上的不平/晨出的方向,夜归的路程/他不能预知,也不能设计/他的回答只是颠扑不破的沉默/路人的希望支配着他/他的希望被掷在路旁/一个失去目的人为他人的目的生活。"这里为"生"而去抗争死亡,成为没有目的的人,失去自我的人。这种悲剧是人生自我抗争与社会黑暗压迫之间的悲剧,是一种弱势群体悲哀生命的展示,但是诗人并没有就此迷茫,诗人认为那里还有实现求生的希望,"它已成为所有人的祈求/现在在遥远的朦胧里等候/它需要我们全体的手/全体的足/无论饥饿的或是满足的,去拔除/蔓生的野草,踏出一条坦途。"

在生存和死亡的生命体验中,郑敏似乎更偏重追寻死亡的意义,郑敏这里肯定的不是死亡,而是对现代哲学在本体论上对"死亡意识"的承认,渴求的当然不会是生命的终结,而是生命在价值意义上的恒久。

二、在爱与恨中升华苦难的体验

如果说"生"与"死"是两种人类生命状态的基本矛盾,那么爱与恨则成为一对由生命主体感受到的人性的体验。在《郑敏诗集1942—1947》中回响着爱的音符,其中有对爱情的执著和对母爱的赞美。爱情是一个永恒的主题,历来是诗人生命体验的重要内容。与其他诗人一样,郑敏对爱情也进行了吟唱,在《音乐》中诗人创设了一个纯净的意境:"站在月光的阴影里,/我的灵魂是清晨的流水,/音乐从你的窗口流出,/却不知您的青春的生命/可也是这样的奔向着我?/但若我们闭上了眼睛,/我们却在同一国度,/同一条河里的鱼儿。"在《晚会》中诗人以特有的细腻和敏感来捕捉微妙的情景,展示少女微妙的心理变化:"我不愿举手敲门,/我怕那声音太不温和,/有一只回来的小船,/不击浆,/只等海上晚风,/如若你坐在灯下,/听见门外宁静的呼吸,/觉着有人轻轻挨近……"此外,郑敏还在《濯足》、《怅怅》、《Fantasia》、《云彩》、《秘密》等早期的爱情诗中坦露出诗人对爱情的真情与真意。

随着诗人郑敏阅历的增加,诗人逐渐从个人的情感走出,把目光投向民族危难的现实生活，发现我们的母亲正承受着无穷的苦难，于是诗人笔下那一曲曲苦难、深情的吟唱汇入了"时代大合唱"。"一天你明白了什么是这一个战争，/看，那褴褛的衣裳，痛苦的嘴唇，/告诉你它没有光荣，没有止终。"(《贫穷》)"褴褛的衣裳"和"痛苦的嘴唇"这两个意象感情色彩强烈，以难民的部分特征代指难民整体，难民的生存状况就很自然地定格在这两个浓缩着满腔愁情和悲愤的意象上。"没有光荣，没有止终"延续着这所有的不幸，于是母亲发出了一次次痛苦的呻吟声。她痛苦，是她看到"落粉的白墙围绕着没落的人家，/没落的人家环绕着旧日的池塘"(《池塘》)，"旧日的池塘"不再见证着和平、富足，它映出的是"落粉的白墙"、"没落的人家。"诗人在这里不是简单地歌颂母爱的伟大，而是"爱与恨"常常交织在一起，恨是因为爱才有恨，恨就变成了爱的延伸。"是我们的爱哺育了他，是我们的恨击倒了他/同一块土地孕育了仇恨、孕育了圆寂/又孕育斗争，呵，最光辉最黑暗的印度，人性的象征/她先加给我们光荣，又掷给我们耻辱，暴力终于使/一座顽强的火山沉积了，虽然死去，他是农夫早已/在心灵的泥土里布下种子，那总有长成绿苗的日子！"(《最后的晚祷》)诗中"人性的象征"是对爱与恨的交织最好的总结。在人性中，因为爱与恨的存在，成就与毁灭也就自然存在，"慈悲"与"仇恨"、"圆寂"与"斗争"也就会存在。最后诗人将"爱与恨"、"慈悲"与"仇恨"升华到一个更高的层面："在心灵的泥土里布下种子，那总有长成绿苗的日子！"这样诗人以一种宽广博大的"爱"包容了"仇恨"和"斗争"。

在描写"爱与恨"常常交织在一起的同时，郑敏好像更偏重描写苦难。中国许多现代诗人对苦难有着不同的感受，有些人是在内心慢品个人的苦恼，像早期的何其芳就是这样。如《休洗红》中诗人写到："寂寞的砧声散满寒塘，/澄清的古波如被捣而轻颤。/我慵慵的手臂欲垂下了。/能从这金碧里拾起什么呢/春的踪迹，欢笑的影子，/在罗衣的变色里无声偷逝。/频浣于日光与风雨，/粉红的梦不一样浅褪吗？/我杵我石，冷的秋光来了。/它的足濯在冰样的水里。/而又践履着板桥上的白霜。/我的影子照得打寒噤了。"孙玉石在评价这首诗时说："这首诗中许多句子化用了古诗词的意境，有些句子是直接由古典诗歌借用来的。如'又践履着板桥上的白霜'，就是化自温庭筠的'鸡声茅店月，人迹板桥霜'，只是经过点化，由写人的足迹，改为写秋光的足迹，变得更有灵气，而非呆板的挪用。整首诗古典气息很浓，传达的却是现代人的感情。诗中有些句子：'能从这金碧里拾起什么呢？''我的影子照得打寒噤了'，对生活的感受和把握，对感情的暗示和传达的方式，已非古诗中所能有，而带有明显的现代人思考和构造的特征。"① 有些人是将苦痛吼叫出来，以求一种发泄与鼓动，田间便是这样。如田间在《雷声》中说："我要大喊一声：/地球，地球，/来一个大翻身。/让一切魔鬼，/在火海之中，/——烧绝，/烧尽"。这里诗人把自己愤怒的情感一泄而出，鼓动人们去推翻黑暗的统治；有人是把苦难写成耶稣受难一样的宗教式的品质，穆旦就是这样。如在《忆》："在过去那些时候，我是沉默，/一如窗外这些排比成列的/都市的楼台，充满了罪过似的空虚，/我是沉默一如到处的繁华/的乐声，我的血追寻它的跳动，/但是那沉默聚起的沉默忽然的鸣响，/当华灯初上，我黑色的生命和主结合。"在这首诗歌里，"与'到处繁华的乐声'形成强烈对比的是'我'的沉默。诗人之所以沉默是因为我回忆过去那些时候，'我'的心中充满了'罪过似的空虚'，那是诗人所不愿意接受的'黑色的生命'。这里，'黑色的生命'显然象征着一种罪恶与沉沦的生活，诗人面对着这罪恶，决心以永恒的'沉默'来赎罪，由此去换取与'主'的结合。诗人的受难品质在这里表露无余。"② 而有的诗人则于苦难中寻找生命的解放，郑敏则属于这类诗人。郑敏不仅抒写个人"苦痛"体验，而且把这种体验升华到集体甚至是人类的高度："早年的热望在冗长的等待里/滋长出怀疑的藓苔，信仰/动摇了，四肢在片刻里失去气力/哦，看那些彷徨的人，沉入生的波浪，"（《生命》）这是一种时代和民族的病痛。在《马》中同样忍受着严峻的苦难："也许他知道那身后的执鞭者/在人生里却忍受更冷酷的鞭策/所以他崛起颈肌，从不吐呻吟/载着过重的负担，默默前行/形体渐渐丧失了旧日的雄美"，在这里，诗人郑敏的"马"看成是普遍众生的生命的整体象征，有时诗人把个人苦难与人类苦难交织在一起，"住在那里的人们/说着，画着，

---

① 孙玉石主编：《中国现代诗导读（1917—1937）》[M]，北京：北京大学出版社，2007年版，第320页。

② 高秀芹，徐立钱著：《穆旦：苦难与忧思铸就的诗魂》[M]，北京：文津出版社，2007年，第108页。

呼喊着生命/却用他们粗糙的肌肤。""贫穷在他们的后面/化成树丛里恶犬,"(《村落的早春》)"即使在黑暗的冬夜里,/你走过它也应当像/走过一个失去民族自由的人民/你听不见那封锁在血里的声音吗?"在《战争的希望》中"宁静突然到来,/世界从巨大的音乐里退出,/生命恢复他原始的脉搏,/在远远的巨岩下/无人力达到的会在翻腾,/从一切的深渊里涌出。//自己的,和敌人的身体,/比邻地卧在地上,/看他们搭着手臂,压着/肩膀,是何等的无知亲爱。"

郑敏如此展示人间的苦难生命状态,并不是诗人真正的目的,诗人希望通过这种苦难的揭示,来唤起人们对这些苦难生命的关怀,甚至以这种充满博爱的心灵祈求生命苦难的解脱:"人们都在痛苦里哀诉/唯有你在痛苦生长/从一切的冲突矛盾中从不忘/将充满希望的主题灿烂道出/你的热情像天边滚来的雷声/你的声音像海底喷出的巨浪/你的心在黑暗里也看得见善良/","于是自辽远的朦胧降临/你心中:神的洪亮的言语/霎那间千万声音合唱圣经。"(《献给贝多芬》)

三、在寂寞与迷茫中品尝寂寞的伟大

生与死、爱与恨的变奏构成了生命的丰富和复杂的多面,而这一切矛盾都可能导致梦想与现实的冲突,每一个生命都无法摆脱这种冲突,郑敏也无法回避这种生命现实,这种种冲突最终导致的便是生命的迷茫与寂寞。寂寞是人的影子,与人的存在如影随形。寂寞是古今中外诗人们吟咏不衰的主题之一,里尔克经常在诗歌中吟唱"寂寞","他认为生活就是流浪,就是用流血的双足在荆棘遍野的大地上行走,生活永远在别处",他在《秋日》里唱道:"谁这时没有房屋,就不必建筑,/在林荫道上来回/不安地游荡,当着落叶纷飞"。[①] 里尔克曾以《孤寂》为题写了一首诗:"我们听着狂风里的暴雨,/我们在灯下这样孤单,/我们在这小小的茅屋里/就是和我们用具的中间//也有了千里万里的距离:/铜炉在向往深山的矿藏/瓷壶在向往江边的陶泥,它们都像风雨中的飞鸟//各自东西。我们紧紧抱住/好像自身也都不能自主。/狂风把一切吹入高

---

① 冯至:《冯至全集九卷·秋日》[M],石家庄:河北教育出版社,1999年,第431—432页。

空,//暴雨把一切又淋入泥土/只剩下这点微弱的灯红/在证实我们生命的暂住。"① 并且他在《给青年诗人的十封信》中说:"爱你的寂寞,负担那它以悠扬的怨诉给你引来的痛苦。"② 里尔克在寂寞中并没有迷失自己,而是"工作而等待"。在其诗歌生涯中里尔克曾有过十年的沉默期:"他沉默的时期,正是在第一次世界大战中间和战前战后,他看着世界一切的理想都敛了踪迹,再也没有什么可说的了,但是他锐利的目光无时放松时风的转变,他只向他的友人倾吐他的关怀"③。诗人冯至在诗中也吟咏过"寂寞":"我的寂寞是一条长蛇,/静静的没有言语"。④

里尔克和冯至的抽象思辨习惯和对于人的孤寂的抗争哲学,给郑敏"寂寞"的思考带来了一些影响。像里尔克一样,郑敏认为:诗人是寂寞的,但是"寂寞会使诗人突然面对赤裸的世界,惊讶地发现每一件平凡的事物忽然都充满放射神秘的光,和诗人的生命对话。"⑤ 郑敏的"寂寞"吟唱,有着别开生面的现代哲学沉思。郑敏的寂寞不是迷茫而是伟大的,在她诗歌不断深化的寂寞氛围中衍生出她独特的、诗意的探索。在《雕刻者之歌》里为了"从无生命里唤醒生命,"诗人必须有一份真诚和寂寞,因而她只得暂时忘记她自己的生命,退入孤寂的世界,"那里没有会凋谢的花,没有会终止的歌唱"。

寂寞负载着严肃的意义,他的背后正是生命的河流:"我想起有人自火的痛苦里/求得'虔诚'的最后的安息,/我也将在'寂寞'的咬啮里/寻得'生命'最严肃的意义,/因为它人们才无论/在冬季风雪的狂暴里,/在发怒的波浪上,/都不息地挣扎着/来吧,我的眼泪,/和我的痛苦的心,/我欢喜知道他在那儿/撕裂,压挤我的心,/我把人类一切

---

① 冯至:《冯至全集一卷·十四行集》[M],石家庄:河北教育出版社,1999年,第236页。
② 冯至:《冯至全集十一卷·给一个青年诗人的十封信》[M],石家庄:河北教育出版社,1999年,第301页。
③ 冯至:《工作而等待》,《冯至学术论著自选集》[M],北京:北京师范大学出版社,1992年,第488页。
④ 冯至:《冯至全集一卷·十四行集》[M],石家庄:河北教育出版社,1999年,第230页。
⑤ 郑敏:《诗歌与哲学是近邻:结构—解构诗论》[M],北京:北京大学出版社,1999年,第419页。

渺小，可笑，猥琐/的情绪都抛入他的无边里，/然后看见：/生命原来是一条滚滚的河流。"寂寞作为从宇宙众相和现实人生中抽绎出来存在的根本性状态，由于它是本真的，反而获得了一种难以磨灭的美。诗人说，人本然是寂寞的：人独自面对这个世界，这世界在顷刻之间有万物湮灭，谁能倾听他人的笑声、哀泣？谁能触摸他人内心的恐怖、憧憬？正是寂寞，与人的存在如影随形。但是诗人没有囿于寂寞的迷茫和咏叹，而是立足于寂寞，从寂寞里发现存在的真谛：诗人在寂寞无时无刻的围裹中忽然领悟到，寂寞实在是"一个最忠实的伴侣"，当"整个世界都转过他们的脸去，/整个人类都听不见我的招呼，/它却永远紧贴在我的心边"；因此她"将在'寂寞'的咬啮里/寻得'生命'最严肃的意义"——寂寞所引起的对宇宙人生的新鲜感和惊异感，寂寞对人的一切"渺小、可笑、猥琐"的摒弃。郑敏就是这样在"寂寞"中咀嚼着，寻找生命最严肃的意义。

应该说，《寂寞》是郑敏关于生命之思的真正起点。由于"寂寞"被诗人提升到统摄一切的高度而具有存在本体的意义，诗人后来认为凡是伟大的都是寂寞的，一般的人都要忍受寂寞。伟大的人要忍受更大的寂寞，不能忍受寂寞的人，不可能走向成功。这里郑敏的"寂寞"不再是30年代戴望舒《白蝴蝶》中知识分子惯常吟咏的哀伤婉约的暂时的情绪，而是一种与现实抗争的生存方式，正如郑敏所说："一个坚硬、但却有积极意义的寂寞感。"[1] 这里诗人从寂寞和伟大的依存的关系中，把寂寞提升到象征着生命的广度和深度意义的孤独层面上。"寂寞不仅进入了具有奋斗与拼搏力度的深广的人生思考，被赋予了强烈的时代特有的现实色彩，也真正进入生命哲学的层面得到了一种富有反拨与抗争力量的积极解释。"[2] 郑敏诗中生命哲理主要来自西方文化。这一点可以从她诗中赞美的圣者和艺术作品找到线索："歌德、贝多芬（悲多芬）是她心目中的圣者；而西方绘画、雕塑是她所赞美的艺术。同时，在对东西方文化进行对比时，她主要以西方为参照（如《时间》），而且对西方有更多的肯

---

[1] 郑敏：《诗歌与哲学是近邻：结构—解构诗论》[M]，北京：北京大学出版社，1999年，第181页。
[2] 孙玉石：《中国现代主义诗潮论》[M]，北京：北京大学出版社，2005年，第363页。

定。郑敏的诗像一幅油画,每一笔都凝重而有深蕴,不像中国画那般轻灵。"① 与众不同的是郑敏在对生命辩证的思考中形成了自己独特的主题意象:"死亡"、"痛苦"和"寂寞"。并且这三大主题意象在1986年以后郑敏的诗歌中得到了进一步的拓展。

第三节　郑敏现代主义诗歌艺术追求

郑敏的《郑敏诗集1942—1947》具有较高的艺术价值,体现了郑敏40年代现代主义诗歌艺术成就,具体表现为凝定的智性化意象、戏剧化结构、心理现实创作方法、陌生化语言、节奏和意象的完美融合五个方面。

一、凝定的智性化意象

唐湜在《论意象》一文中把意象分为直觉意象和思想意象。他认为直觉意象是直接的抒情,主观的突击;思想意象是间接的抒情、沉潜的深入、客观的暗示。前者多为浪漫主义诗人所钟情,后者多为郑敏等九叶诗人所自觉选择的智性化意象。他说:"由灵魂出发的直觉意象是自然的潜意识的直接突起,是浪漫蒂克的主观感情的高涌,由心智出发的悟性意象则是自觉意识的深沉表现,是古典精神的客观印象的凝合"。② 郑敏诗歌中的思想意象总表现具体事物背后隐藏着比它本身更为深广的意义或意义结构,这些意象包含了郑敏错综的人生经验和理性内涵,是理解郑敏诗歌意象类型的契点。

如郑敏咏物诗中的《马》:"它曾经像箭一样坚决/披着鬃发,踢起前蹄/奔腾向前像水的决堤/但是在崎岖的世界/英雄也仍是太灿烂的理想/无尽道路从它的脚下伸展/白日里踏上栈道餐着荒凉/入暮又被驱入街市的狭窄……也许它知道那身后的执鞭者/在人生里却忍受更冷酷的鞭策/所以它崛起劲肌,从不吐呻吟/载着过重的负担,默默前行……"这里鬃

---

① 蒋登科:《九叶诗人论稿》[M],重庆:西南师范大学出版社,2006年,第125页。
② 唐湜:《论意象》,《新意度集》[M],北京:三联书店,1989年版,第13页。

发、前蹄、栈道、街市、日暮几个意象的交融构成了一幅骏马前行图，句中"荒凉"、"冷酷"等词语无时不显示着悲戚忧郁的色泽。可在这些意象和情绪背后却耸立着哲理性的思想的山峰：人生旅途，历经磨难；英雄搏击，归于虚无。我们再来看一看《鹰》："它只是更深更深的/在思虑里回旋/只是更静的/用敏锐的眼睛搜寻/距离使它认清了世界/远处的山，近处的水/在它的翅翼下消失了区别/当它决定了方向/你看它毅然地带着渴望/从高空中矫健下降。""鹰"冷静但不冷漠，敏锐地搜寻着生命的本真意义，它飞离盘旋，象征着圣者在寻找目标进击之前的人生姿态，"鹰"这一意象蕴含着生命的哲理意义。此外，在诗人的笔下的"稻束"、"树"、"池塘"等等也具有深广的理性的思想意义。这种思想意义不是硬性加入，而是诗人从生活经验出发，在认识的途径中将理性的智慧向心理内化，这种内化的理性思想要通过凝定的意象表现出来，上文所言的"马"、"鹰"、"树"、"稻束"、"池塘"等就是思想凝定的意象。于是和郑敏同时代的袁可嘉在评价这种思想化意象时确切地指出："雕像是理解郑敏诗作的一把钥匙"，"深受德语诗人里尔克的影响，和西方音乐、绘画熏陶的郑敏，善于从客观事物引起沉思，通过生动丰富的形象，展开浮想联翩的画幅，把读者引入深沉的境界"。[1] 在后来的年月里郑敏多次解析里尔克的诗作，并声称自己从开始写诗时诗歌意象就深受里尔克的影响，而里尔克的诗歌品质被人们概括为："使音乐的变为雕塑的，流动的变为结晶的，从浩无涯涘的海洋转向凝重的山岳。"[2] 于是有人认同郑敏的自我评价，说郑敏的诗歌是"完全摒弃了追求音乐的幻动感和流动性的气体诗态，而是转向了追求具有实质性内涵、有金属的碰击声和强烈质感的视觉效果的古体诗态。"[3] 唐湜在《论意象》曾高度地概括这种意象的特征："就是最清醒（mind）与最虔诚的灵魂（heart）互为表里的凝合。"[4]

---

[1] 辛笛等：《九叶集》[C]，北京：作家出版社，1981年，第12页。
[2] 冯至：《里尔克》，《冯至学术精华集》[M]，北京：北京师范学院出版社，1988年，第483页。
[3] 张东：《论郑敏前期的现代主义诗作》[J]，广西民族学院学报（哲社版），2000年，第2期。
[4] 唐湜：《论意象》，《新意度集》[M]，北京：二联书店，1989年版，第13页。

二、戏剧化结构

所谓"结构",是指诗人"执术驭篇"(刘勰语)的技巧或谋篇的章法,是一种构架、造型的能力。郑敏曾说:"诗的内在结构是一首诗的线路,网络。它安排了这首诗里意念、意象的运转,也是一首诗的展开和运动的路线图。"① 诗的结构不像建筑的钢筋水泥,王夫之也曾说:"以意为主,势次之。势者,意中之神理也。"② 这里的"势"就是诗的结构,所谓"意中之理"就是指诗的内在逻辑"构架",他们都是为"意"服务的。势随意行,可以看作诗歌结构的总原则。袁可嘉在《新诗的戏剧化》一文中认为要突出强调:"诗歌创作中把意志和情感化作诗经验的过程",主张在诗的创作过程中,"要尽量避免直截了当的正面陈述而以相当的外界事物寄托作者的意志和情感",像戏剧那样,把人物置于戏剧性的处境中客观展现其性格与命运,使思想成分渗透于艺术转换的过程。同时袁可嘉在《新诗的戏剧化》一文指出:"诗的戏剧化的三个方向:第一类比较内向的作者,努力探索自己的内心,而把思想感觉的波动借助于客观事物的精神的认识而得到表现的。这类作者可以以里尔克为代表。里尔克把自己的内心所得与外界的事物的本质打成一片,而予以诗的表现,初看诗里绝无里尔克自己,实际却表现了最完整不过的诗人的灵魂。"③ 40年代九叶诗人中,郑敏在这方面是做得比较好的一位,王泽龙先生曾说:"在九叶的创作中基本呈现出两种戏剧化倾向。一方以穆旦、郑敏、唐湜、唐祈、陈敬容为代表,属于里尔克式"。④ 郑敏本人也承认这一点:"我希望能走入物的世界,静观其所含的深意,里尔克的咏物诗对我很有吸引力,物的雕塑中静的姿态出现在我们眼前,但它的静中是包含着生命的动的。"⑤ 她擅长将里尔克式的借助事物本质精神的认识来

---

① 郑敏:《诗的内在结构—兼论诗与散文的区别》,《英美诗歌戏剧研究》[M],北京:北京师范大学出版社,1982年,第42页。
② 王夫之:《姜斋诗话》(卷二)[M],上海:上海古籍出版社,1978年,第70页。
③ 袁可嘉:《论新诗现代化》,《新诗的戏剧化》[M],北京:三联书店,1988年,第26页。
④ 王泽龙:《中国现代主义诗潮论》[M],武汉:华中师范大学出版社,1995年,第56页。
⑤ 郑敏:《天外的召唤和深渊的冒险》,《诗歌与哲学是近邻:结构—解构诗论》[M],北京:北京大学出版社,1999年,第409页。

表现自我，把情思意绪投诸客观对应物上，形成了情思流动跳跃，而物象相对静止，具有雕像美的潜隐结构。

静与动相结合的结构追求在郑敏的《金黄的稻束》中有所体现。《金黄的稻束》前十二行诗对收割后静默地散布在秋野上的稻束做了意蕴深远的表现，他们是一幅静止的画，她们像出现在黄昏路上的"肩荷着那伟大的疲倦"的母亲，"那皱了的美丽的脸"在秋日的田野上"沉思"，而这时"收获的满月在/高耸的树巅上/暮色里，远山/围着我们的心边"，更显出沉思的肃穆庄严，"没有一个雕像比这更静默"。至此陡然一转，"静默，静默，历史也不过是/脚下一条流去的小河，/而你们，站在那儿/将成了人类的一个思想"。诗人的诗思是跳跃的，从对人世生命的感应到对历史流动的思考。思想感触层层递进推衍。而呈现在读者面前的物象始终是一个由"稻束"——"母亲"推出的"雕像"。这里"静中包含着生命的动，透视它的静的外衣，找到它动的核心，就能理解世界的真义和隐藏在静中的动。""这种静中见动，才使诗篇不致成为单纯的景物诗。"① 郑敏喜欢将视线停留在静止的物象上，捕捉物象静止的凝固美。诗人愈写愈深，愈写愈重，感情层次则波澜起伏、层层递进。与此有异曲同工之妙的诗篇还有《树》、《舞蹈》、《荷花》、《春天》、《小漆匠》、《Renoir少女的画像》、《濯足》、《马》、《鹰》等。这类善于表现心灵智慧的诗的结构却与30年代一般的抒情诗不同。这可以从《再别康桥》（徐志摩）与《金黄的稻束》比较即可看出。前者似起伏的山峦，首尾的复沓回环烘托出一种浓厚的依恋情绪；而后者则是一幅缺少复沓回环的徐徐展动的画轴，它有的只是情思推移。之所以如此，归根结底取决于两种诗歌的差异。前者是主情诗，讲究情绪节奏，需要以回环复沓增强情绪感染的绵长悠远的效应。后者是主智诗，它的目的不仅要使人感动，更要让人深思，它主要讲求智慧节奏，所以它不用复沓回环而求大幅度跳跃。

三、心理现实的表现方法

郑敏诗歌创作《郑敏诗集1942—1947》的时间从1942年到1947年，

---

① 袁可嘉：《现代派·英美诗论》[M]，北京：中国社会科学出版社，1985年，第385页。

这段时间正是民族抗战和民主解放战争的历史阶段。民族的生死存亡、人民的自由与苦难、人的生命存在环境的恶劣、黑暗与光明的尖锐斗争，这些十分尖锐的命题，一直作为时代的主题，提到每一个有良知的诗人面前。郑敏是生长在民族大觉醒、人民大奋起时代的诗人，她的诗歌毫无例外地要关注人民的前途和民族命运这一历史现实。

但是如何在尊重"人民本位"的立场的同时又不丧失自己独特的艺术个性，是郑敏所面临的严肃课题。当时的文学理论界存在着"人民的文学"与"人的文学"两种立场。评论家袁可嘉认为"人的文学"所坚持的"人的本位"（或生命本位），与"人民文学"所坚持的"人民本位"并不是相对立的。"人民的文学"是"人的文学"的一部分，它们是相辅相成的。评论家袁可嘉指出："我们必须重复陈述一个根本的中心观念：即在服役于人民的原则下我们必须坚持人的立场、生命的立场；在不歧视政治的作用下必须坚持文学的立场，艺术的立场"。① 在这种立场指导下，就文学与现实的关系方面来说，他反对诗只能表现"某一种模型里的现实"——浮泛的观念反映和描写现实，进一步强调诗人在创作中必须尊重的两个原则：（一）"最大可能意识活动的获得"，即"文学所处理的经验领域的广度、高度、深度及表现方式的变化弹性"；（二）肯定"意识活动的自动性"，就是强调诗人在创作活动中的自主性，强调关注现实的创作要"根于心灵活动的自发的追求"②。归根到底，就是强调心理现实表现方法。孙玉石先生称心理现实的表现方法为："不去直接地裸露地描写现实生活，而是采取诗人自身内心对现实生活和经验的体验，将它们凝结在一定的艺术意象和情境中，让现实最大限度地内敛化、个性化，然后以最迂回隐藏和给人以更深邃的体味、想象的美的形态传达出来。"③

郑敏自觉地实践着这种心理现实的表现方法。郑敏的创作中心理现实几乎没有多少现实斗争和广大人民生活的影子，或者这种影子表现得很淡，或隐藏得很深，或与人民的现实生活表面上没有联系，但是因为

---

① 袁可嘉：《论新诗现代化》[M]，北京：三联书店，1988年，第124页。
② 同上，第114页。
③ 孙玉石：《中国现代主义诗潮史论》[M]，北京：北京大学出版社，1999年，第347页。

他们的"个人"本身的心理世界的情感与人民的情感是相通的,他们诗的世界中出现的自我心理现实,也就包孕"大宇宙"的现实。比如在《树》中诗人表面看去是写自然物象,但主要写的是她内心体验中的自然景物,诗人通过内心所感受的树的声音、树的宁静这两种"品格",暗示抗战时代的气氛中诗人对民族力量新生和最后胜利的坚信:"你走过它也应当像/走过一个失去民族自由的人民/你听不见那封锁在血里的声音吗?/当春天来到时,/它的每一只强壮的手臂里/埋藏着千百个啼扰的婴儿。"在《村落的早春》中郑敏心与眼中的村落里,我们看到了寒冬的坚忍,春天的迷惘,那些"无端被认为愚笨的人们","憔悴的面容和被漠视的寂寞的心",也看到了春天来时,"解冻的河流的是那久久封锁着的欢欣","当他们看见/树梢上,每一个夜晚添多几面/绿色的希望的旗帜"。这些景象与情感,似乎是生活的现实,但更多是诗人心理的现实,它比那对生活的直接抒写具有更动人的想象的空间。郑敏的另一首《来到》完全是对"未来"吹着黑沉的大地时一种心里的感觉,"于是,才能像幻境的泄露,/他们只有赞美与惊愕,/你想象:一座建筑那样/凝结在月夜的神秘里,/他们听不见彼此的心的声音,/好像互相挽着手,/站在一片倾泻的瀑布前,/只透过那细微的雾珠/看见彼此模糊了面影。"诗的内涵难于确定,或是人民的心与心的联结,或是自身对于春的到来的欣喜,或是个人领受的爱与爱的感悟,在这里现实生活的影子是以心里感觉形态出现的。

四、陌生化语言

郑敏的诗歌语言常打破语言的历史惯性给人们以陌生化的感觉。"陌生化"语言体现诗的语言与日常语言的分离。诗歌语言作为一种"生成性语言"所具有的再生性、模糊性、多义性特征与日常生活中"消息性语言"具有的单一性陈述性特征是完全不同的。诗歌语言突出语言的朦胧性与模糊性,提倡"诗与散文分界",反对"诗是说明的"。"陌生化"就是力求运用新鲜的或奇异的语言,去破除这种自动化的壁垒。[①] 为了达到陌生化的效果,诗人采用一些"取远譬"的方法。许多现代诗人十分

---

① 转引自童庆炳:《文学概论》[M],武汉:武汉大学出版社,2000年,第169页。

注意运用新奇的想象和比喻,表现复杂微妙的情景。波德莱尔说,"想象力是真理的皇后"。想象力不仅创造了"比拟和比喻",而且可以"创造出一个新的世界,产生出一种清新的感觉"。① 李金发也说:"诗人需要image(形象,象征)犹人身之需要血液。"② 中国现代派诗人特别注意艺术想象和比喻的运用。但是他们这种想象和比喻则与一般比喻不同,一般的比喻,即"近取譬",是在相近或相似的事物间构造的比喻关系。他们是"取远譬"而不是"近取譬","所谓远近不指比喻的材料而指比喻的方法;他们能在普通人以为不同的事物中间看出同来。"③ 郑敏在《郑敏诗集1942—1947》中也常采用"取远譬"的手法,她时而创造令人眼花缭乱、不可重复的比喻,将一切事物化作内心世界的暗示联想。它的独特性在于:常启用前人未用过的形象事物作比,在貌不相干的比喻两物间造以寓意引导发现相似点。在《寂寞》中认为寂寞"只不过是种在庭院里/不能行走的两棵大树,/纵使手臂搭着手臂,/头发缠着头发;/只不过是一扇玻璃窗/上的两个格子,/永远站在自己的位子上。"这里诗人别出心裁地把寂寞比喻成两棵大树、玻璃窗上的两个格子,永远无法达到心与心的交流与沟通,只能永远保持距离。接着诗人又说:"直走入我的胸里/我只有默默望着那丰满的柏树/想他会开开他那浑圆的身体/完满的世界/让我走进去躲躲吗?/但是,有一天当我正感觉'寂寞'它啮我的心像一条蛇/忽然,我悟到:我是和一个最忠实的伴侣在一起/整个世界都转过他们的脸去/整个人类都听不见我的招呼。"诗人这里"丰满的柏树"比拟为人,把"寂寞"比喻为"一条蛇",同时又把"寂寞"比喻为"忠实的伴侣",比喻新鲜奇特,令人耳目一新,把"寂寞"的孤独无依,但又无法避免的特性表现出来。

语言陌生化显现了郑敏诗歌的创造性,它所造成的想象意义加大了诗的情绪张力与暗示性。对此,我们必须凭极强的穿透力,调动所有感官和文学经验方可领会理解。

---

① 伍蠡甫主编:《一八五九年的沙龙》,《西方文论选》[C],下卷,上海:上海译文出版社,1979年,第232页。
② 李金发:《林英强的(凄凉的街)》,《橄榄月刊》[J],1933年,第35期。
③ 朱自清:《新诗的进步》,《新诗杂话》[M],北京:三联书店,1984年,第10页。

五、节奏和意象的完美融合

人们一般认为节奏是表现诗歌的时间艺术，意象是表现诗歌的空间艺术，节奏和意象如何配合成为现代主义诗歌面临的主要问题，在二三十年代不同时期现代主义诗歌中人们往往偏重节奏和意象二者中的一方面，而40年代郑敏在《郑敏诗集1942—1947》中通过情绪节奏和独特的意象之间的相互配合来完成节奏和意象的融合。这是20世纪40年代郑敏诗歌的重要特征，促使郑敏逐渐成为一位自觉的现代主义者。

诗歌是纯粹的语言艺术，在讨论诗歌时是离不开语言文字的。首先，对于任何一种语言，节奏都是诗歌主要的特征之一。我们谈到旧体诗词时，习惯将其节奏称为格律，是因为旧体诗词的确有"格"有"律"，每种格式都具有定长，字有定数，音有定律，韵有定谱。但是所有这些规律总结起来都是在分清四声，讲究平仄清浊的基础上用对仗、粘对、押韵等原则建构而成的。现代新诗的格律却有许多变化，只能是在变化中求整齐，在变化中求和谐。因而我们探讨现代新诗音乐性时，通常会直接用"节奏"这个词，也就是表示我们将注意力放在其变化的规律上，确切地说是"诗歌语言中某种对立的语音形式在一定时间间隔里的反复。"① 大体上，我们可以把现代诗歌的节奏分为以下几个层次：顿节奏，平仄节奏，重轻节奏，韵。在现代诗歌中，各种节奏因素共同作用，创造出千姿百态的诗歌外在音乐形式。除了外在音乐性，诗歌还有内在音乐性，也就是通常所说的情绪节奏。其次，我们说在诗歌的空间艺术这一层面，意象的运用当之无愧成为最重要的艺术技巧。意象本身并非是单指"本文"中物态化的符号形式，它同时是作者创造构思中"神与物游"的心像。它是艺术家内在情绪或思想与外部对象相互熔化、融合的复合物，是客观物象主观化的表现。

人们一般把节奏认为是表现诗歌的时间艺术，把意象认为是表现诗歌的空间艺术，所以汉语诗歌是时间艺术和空间艺术、听觉艺术与视觉艺术的结合。当这种结合达到完美的境界时，就成为"如水中之月，镜中之花，透彻玲珑，不可凑合"的"神韵"。古典诗歌如是，现代诗歌亦

---

① 陈本益：《汉语诗歌的节奏》[M]，台北：文津出版社，1994年版，第6页。

如此。正像有学者指出的那样："深层结构上的同一性是中国现代新诗再现古典诗歌修辞现象的重要基础。"①只是问题在于：现代的节奏不是古代的格律，现代的意象也不是古代的意象，如何让现代新诗从摆脱"脚镣"后的"走路"，到在现代的节奏和意象之间寻觅属于自己的舞姿？换言之，现代新诗为"诗情""赋形"的过程，就是在现代的节奏和意象之间"构形"的过程，也是中国现代主义诗歌的发展历程要面对的问题。

在节奏、诗情、意象、诗形四个因素里面，每二者之间都是相互关联产生作用的。我们不能脱离"诗情"来讨论现代主义诗歌的形式建设，不能把节奏单独看成是"形式"的部分与"诗情"无关，也不能把意象仅仅看成是"诗情"的部分而与"诗形"无关。节奏、意象、诗情与诗形密切相关，更重要的是节奏与意象之间的隐秘关系往往成为诗情的表达和诗形的生成的最关键的力量。这四者之间错综复杂的关系的演变与发展，也就构成整个中国现代主义新诗的发展史。他们四者之间的关系是一种统一的整体，不可分割。韦勒克、沃伦在《文学理论》中反复申明的观点：如果把视觉意象与和谐声音的混合整体分裂成绘画和音乐两个部分，"诗就消失了。"②

但是从微观的角度来看，诗歌的内在节奏就是情绪的节奏，而情绪的节奏在某种程度上也决定诗歌的外在节奏。除了从诗歌的外在节奏把握情绪之外，我们更多的是从诗歌的意象及其与外在节奏之间的隐秘关系来把握诗人的情绪节奏。其中有几种把握的途径：诗人对意象的选择倾向，如对古典意象的选择和西方意象的选择（不同的意象往往蕴涵了不同的情绪节奏），如对某一类意象的偏爱；诗人对意象的处理方式，比如多次使用同一个意象来加强情绪节奏，在有限的空间内大量堆砌意象来延伸情绪节奏，利用意象的变形突兀或反逻辑处理来造成情绪节奏的强调、转折、中断，利用各种外在节奏因素来调节、强调情绪节奏等。诗人正是通过把握外在节奏与内在节奏，以及二者之间与意象的各种关系，通过各种途径的探索来创作现代诗美。郑敏就是通过情绪节奏形式

---

① 李怡：《中国现代新诗与古典诗歌传统》[M]，重庆：西南师范大学出版社，1994年版，第33页。

② [美]雷·韦勒克、奥·沃伦著，刘象愚等译：《文学理论》[M]，北京：三联书店，1984年版，第273页。

和独特的意象之间的相互配合来完成节奏和意象的融合,从而向一位"自觉的现代主义者"迈进。

20世纪初期是现代主义诗歌的草创阶段,胡适的诗歌主张一般被认为与这一时期的意象派有一定联系。著名现代主义诗歌研究者王泽龙曾论证:"胡适对文学本质的理解与新诗的基本观念也是受意象派理论影响的。意象派是本世纪二十年代出现的现代派诗潮,它极大地影响了英美现代诗的发展。"① 胡适在1919年发表的著名诗论文章《谈新诗》中指出:"诗须用具体的做法,不可用抽象的说法。凡是好诗,都是具体的;越偏向具体的,越有诗意诗味。"② 具体、客观、明白是胡适新诗理论的基本价值取向,这与意象派提倡诗歌的凝练、具体和客观性等基本观念是大致合拍的。

胡适曾在《尝试集·自序》中明确地提出"诗体大解放"的观点:"认定一个主义:若要做真正的白话诗,若要充分用白话的字,白话的文法,和白话的自然音节,非作长短不一的白话诗不可。这种主张,可叫做'诗体的大解放'。"③

作为中国现代白话诗的肇始人,胡适关于诗歌的核心观点是:打破旧体诗的一切成规,用口语化的现代汉语写现代诗。如胡适在《蝴蝶》写道:"两个黄蝴蝶,双双飞上天。不知为什么,一个忽飞还。剩下那一个,孤单怪可怜;也无心上天,天上太孤单",这里胡适所推崇的更多的是"作诗如作文",用平铺直叙手法写出的描述性意象,将抽象事物化为具体的、令人"清楚明白"的意象。对于古汉语诗歌中种类繁多的意象表现手法以及节奏和意象之间的关系,比如用典、对仗、非语法性、非逻辑性之类的种种特点,胡适一律反对。

在现代主义诗歌的草创期,诗人们急切地要摆脱旧诗词的影子,竭力实现新诗的"白话化",实现"破旧"的诗歌变革的目的,这样为了实现白话的"白",而造成了诗意诗境的直白无味,诗艺的浅白粗糙。这样在现代主义诗歌草创时期,诗歌陷入了一种"白而无诗"散漫无治的失

---

① 王泽龙,《中国现代主义诗潮论》[M],武汉:华中师范大学出版社,1995年,第17页。
② 胡适:《胡适文存》(一)[M],台北:远东图书公司印行,1953年,第182页。
③ 胡适:《尝试集·自序》,《胡适学术文集》[M],北京:中华书局,1993年版,第381页。

范的状态。建立一种什么样的现代主义诗歌价值规范，成为"五四"后诗人关心的重要事情。

20年代中期是现代主义诗潮的崛起时期，象征派诗人李金发出版《微雨》诗集为中国现代主义的崛起开辟了道路。李金发诗歌观的最核心的部分，也是李金发诗歌艺术最突出的部分，就是对主观邂逅、灵感发生的瞬间从潜意识中升腾起来的"刹那间的意象"的追求。这种"刹那间的"象征性意象显然与胡适那样平铺直叙的白描手法和直抒胸臆的抒情方式不同，李金发则毫不犹豫地把"个人灵感"发挥到一个极致：大胆地通过各种极具私人化特征的象征性的意象来暗示诗人的情感世界，根本拒绝直接的抒写而尽量呈现出各种曲折表达的效果，刻意追求那种"摇荡于透明的轻云中"的朦胧、神秘的意境。《弃妇》是《微雨》中的第一首诗，也是一首能够集中体现李金发诗歌艺术特点的诗。

李金发作为把象征主义诗歌带到中国的"第一人"，不仅为中国新诗坛带来了全新的主题情绪，而且围绕这种主题情绪而带来浓郁西方现代主义气息的意象。"弃妇"四节，每一节有一个主题情绪：第一节的主题情绪是"羞恶"。它是弃妇处境和心态的基本写照，而鲜血、枯骨、黑夜、蚊虫、狂风、游牧等意象都与此相关；第二节的主题情绪是"哀戚"，表达这种情绪的意象为草儿、游蜂、山泉、红叶等；第三节的主题情绪为"隐忧"、"烦闷"，于是意象又呈现为"夕阳"、"灰烬"、"游鸦"等；第四节的主题情绪为"哀吟"，意象呈现为"衰老的裙裾"、"丘墓"等。李金发用极具私人化的、缺乏普遍性象征意义的意象的营造（比如"游蜂"、"翼蛙"、"博虎"）来记录个人的灵感，这样造成了他诗歌意象联结的随意性、散漫无际甚至简单粗暴的现象，从而缺乏整体性的美感。李金发显然没有顾及诗歌节奏的问题。同理，他接受了象征主义诗歌的"暗示性"，却拒绝了"音乐性"。而法国象征主义诗歌的"音乐性"不管用多么隐藏的方式表现出来，也有其绝对不可忽略的、重要的"暗示"意义。于是就像我们看到的那样，李金发一边"明示"，将他诗歌中所要表达的情绪一一公开"点名"，一边又用多种手段（只排除了音乐性）将其埋藏、遮蔽、模糊化、朦胧化、陌生化。通过语言的生涩、陌生化造成意义上的阻断、空白与晦涩。

30年代左右是中国现代主义的发展期。这时以戴望舒为领袖的现代派诗潮已形成,他们继续的是象征诗派的纯诗化追求,采用西方象征主义诗歌讲究暗示性与多种蕴含的意象表现艺术,将写实性或单纯的比喻性意象发展为即兴的、隐喻式的象征性意象,但是他们对象征派诗歌神秘晦涩的怪诞诗风表示了强烈的不满。他们提出诗歌的"诗情节奏"或"内在韵律"的主张,注重采纳古代诗歌的优秀艺术传统,在诗歌中寻求诗歌的外在音乐节奏,来纠正象征派诗歌神秘晦涩的怪诞诗风,在中西诗艺的沟通中形成一种含蓄典雅的半隐半显的"朦胧美"。戴望舒的《雨巷》就曾以象征的题旨和富于外在音乐性的艺术魅力达到极致。如果仅从意象的角度分析,在这首诗的第一节里,意象就已经具备,然而诗人的笔显然已经被一种强烈的节奏感所控制,于是这些意象一次一次地被嵌入到后六节跃动的旋律中。为了保持这几乎停不下来的节奏,诗人不得不严格按照第一节所建立的节奏原则来建构后面的诗行,全诗七节,每节六行;每行二至三顿,而以三顿为主;每节第三行、第六行押韵,全诗一韵到底;首尾呼应,第一节和第七节之间只差一词,造成回环复沓效果。此外,这首诗还有和谐平仄节奏,下面我们就以这首诗第一节为例来看它的平仄节奏:

撑着油纸伞,独自	平仄平仄仄　平仄
彷徨在悠长,悠长	平平仄平平　平平
又寂寥的雨巷	仄仄仄仄仄仄
我希望逢着	仄仄平平仄仄
一个丁香一样地	仄仄平平仄仄仄
结着愁怨的姑娘。	平仄平仄仄平平

从中可以看到这节诗的平仄节奏既有一定变化而又蕴含着和谐的平仄交替的应用,后面的几节也大概遵循着这种平仄交替互对的原则。然而这首诗很快就遭到一些人们的批评,这首诗的外在音乐性太强了。他们指出这首诗的节奏感很强,而意象的部分除了第一节令人感到眼前一亮之外,余下的六节都没有新的进展,甚至过于分明的节奏、过于爽利而且过多重复的韵脚反而在某种程度上稀释了那种"朦胧悠邈"的意境。这对于深谙古典诗歌节奏同时又倾心于具有"暗示性"特点的法国象征

派诗歌的戴望舒来说是一种遗憾。诗人本来要表达的是一种"彷徨"、"惆怅"的情感，而这些情感的"名字"都堂而皇之地成了诗中韵脚，还不断重复，这与诗人那种"既不是隐藏自己，也不是表现自己"的初衷相反，他的情绪节奏竟被音乐性节奏所指引，也就是所谓的"因文至情"，以至于后来戴望舒发出"韵和整齐的字句妨碍诗情，或使诗情成为畸形的"① 感叹。

到了40年代现代主义诗人认识到诗的韵律不在字的抑扬顿挫上，而是在诗的情绪的抑扬顿挫上，即在诗情的程度上。诗人们认为诗歌的情绪节奏比诗歌的音乐性节奏更为重要。诗人郑敏就自觉地实践着把诗的字的抑扬顿挫向诗的情绪的抑扬顿挫上的转化，从而使诗情具有较大的深度。在《郑敏诗集1942—1947》中许多诗歌不但选择具有现代气息的意象，还巧妙地处理这些意象使之能更贴切地表现诗人的"情绪节奏"。节奏和意象之间有着千丝万缕的联系，好的诗句常常是二者之间绝妙的融合。卞之琳曾用自己的话总结"音"与"意"的完美结合："我们的'新诗'有希望重新成为言志载道的美学利器，善用了，音随意转，意以音显，运行自如，进一步达到自由。"② 在郑敏的诗中存在的节奏和意象之间的关系分为两大类。一类是节奏化的意象。所谓节奏化的意象是诗人在处理她笔下意象的时候，有意赋予这些意象一种节奏，或是使这些意象在整个诗歌中融为一体，或是使得一些意象充分突出，从而更恰如其分地表现诗人的情感指向和情绪律动。郑敏最常见的处理节奏化的意象方法有两种：利用押韵和跨行。下面来看她的代表作《濯足》："深林自她的胸中捧出/小径引向，呵——这里古树绕着池潭，池潭映/着面影，面影流着微笑——/像不动的花给出万动的生命。/向那里望去，绿色自嫩叶里泛出/又溶入淡绿的日光，浸着双足/你化入树林的幽冷与宁静，朦胧里/呵少女你在快乐地等待那另一半的自己/他来了，一只松鼠跳过落叶/他在吹哨，两只鸟儿在窃窃私语/终于疲倦将林中的轻雾吹散/你梦见化成松鼠，化成高树/又化成小草，又化成水潭/你的苍白的足睡在水

---

① 戴望舒：《望舒诗论》，《戴望舒精选集》[M]，北京：北京燕山出版社，2006年，第135页。

② 卞之琳：《重探参差均衡律——汉语古今新旧诗的声律通途》，见香港《明报周刊》[J]，1992年1月号。

里"。以用韵的角度说，前八句用了抱韵和随韵，后六句韵上有穿梭。没有遵守十四行的用韵规则，却有一种内在的呼应。安乐逸在分析这首《濯足》的时候特别点出了"行内的和谐"。①逗号前面的字，和韵脚一起考虑。倘若用"十三辙"的用韵法，每行的韵脚押"ang"韵。②前八句的"径"、"向"、"影"、"命"、"光"、"静"，都可视为押韵的。而后六句则以"ao"为主，"哨"、"高"、"草"都是押韵。这样在第一节每行中的韵引出一个意象，深林、小径、古树、池塘、面影，由远及近地一一现出，绿色的旋律自然地萦回在人们的心中。而全部意象又形成一个节奏和谐的、严密的整体。

在郑敏的诗歌中，跨行是一种常见的句式。跨行既是调节诗歌节奏的手段，同时也是调节意象的方式。再如《濯足》中诗的前四句，视点一直在跳转，由"小径"、"池潭"、"面影"重复，并没有给人累赘感，反而有了一种视线的迁移。注意第二句到第三句有一个跨行，把"映着"强行叉开，看似别扭，但联系到水面的倒映效果，正是一个镜面的上下距离。而从深林到小径，从小径到池水，从池水到临水而照的少女，一下子聚焦到少女的微笑上。这里我们看到跨行的作用的双重性：它先是造成了一种相对平衡的句式，使得诗歌富于节奏感，同时第三个跨句中的"面影"被强调出来，和深林、小径、古树、池塘成为一组鲜明的意象群。

另一类是意象化的节奏。所谓意象化的节奏是说节奏本身的特点十分独特鲜明，本身就会使诗人联想起某种意象，而这种意象正是诗歌中所要描述的或是已经描述出来的，从而有力地烘托意象表达诗情。为了达到这种艺术效果，郑敏诗中常见的手法有拟境等。

所谓的"拟境"是指诗句通过一系列的情绪节奏渲染特殊的情境，逐渐趋近主题意象，从而鲜活地衬托出诗句中主题性意象。这里郑敏的节奏主要是一种情绪节奏和30年代的戴望舒诗中外在的节奏有着明显的

---

① Lloyd Haft：*The Chinese Sonnet：Meanings of a Form* Leiden：CNwSPubzie ations［M］，2000，p. 243.

② "十三辙"：中国明清以来北方戏曲、曲艺等押韵用的13个［韵部］。"辙"也叫"辙口"，就是"韵"。"合辙"就是"押韵"，这是用顺辙行车作比喻的通俗说法。Ang iang uang 都是 ang 韵。

区别。在《金黄的稻束》中:"金黄的稻束站在/割过的秋天的田里,/我想起无数个疲倦的母亲/黄昏路上我看见那皱了的美丽的脸/收获日的满月在/高耸的树巅上/暮色里,远山/围着我们的心边/没有一个雕像能比这更静默。/肩荷着那伟大的疲倦,你们/在这伸向远远的一片/秋天的田里低首沉思/静默。静默。历史也不过是/脚下一条流去的小河/而你们,站在那儿/将成为人类的一个思想。"诗中诗人的情绪节奏由坚实而饱满的意象表现出来:由稻束→疲惫的母亲→美丽的脸→满月→树巅→远山→稻束等诗句组成了流动性情绪的节奏,这里由近及远,又由远拉近,动与静结合使诗中的画面形似隔而意相连,景和情互渗,彼此暗示,构成了一个深邃优美的艺术空间,渲染一种静穆的氛围。特别是:"静默。静默",这一复杂形式和其内涵的"仄仄,仄仄"的节奏造成一种深沉厚重的节奏美感,为人类思想者的雕塑的出现营造一种深沉的意境。

在《荷花》里诗人主要是通过对荷梗痛苦姿态的沉思,来表达作者对生命的追问。但诗人在第一节并没有写荷梗,而先叙述荷叶"这一朵,用它仿佛永不凋零/的杯,盛满了开花的快乐才立/在那里像耸直的山峰"。这里的荷花鲜丽而柔美象征"开花的快乐",静静的耸立又象征"永恒";接着第二节仍然没有写荷梗,而是描绘的是荷叶"那一卷,不急于舒展的稚叶/在纯净的心里保藏了期望/才穿过水上的朦胧,望着世界/拒绝也穿上陈旧而褪色的衣裳"。这里稚叶的往上张望既是"期望"的化身,也是"出淤泥而不染"的清新高雅。这里的情绪流是生命,只有像荷花一样充实了自己,才有美丽和不必言说的快乐,才能挺立得像"耸直的山峰",才能穿过现实的纷纭保持对理想世界的信念,才能不隐于"同化"的泥沼而保持鲜明的个性。在第三节中才出现了一个新意象"弯着的一枝荷梗,"在引入这个意象之前诗人突兀地叩问:"什么才是那真正的主题,/在这一场痛苦的演奏里?"显然,"荷梗"很可能就是"那真正的主题"的最后托举者,荷花耸直着像杯,像山峰,荷叶卷曲如娇羞自信的少女都是为荷梗主题意象的出现而渲染出一种美好的情境。在这种情境中由柔美荷花→稚嫩荷叶→弯垂荷梗自上而下的情绪流动的抒写形成一种轻舒缓急、平静张弛的变化节奏;荷花、荷叶和荷梗本身就组成一种想象的立体空间,象征着承担"生"痛苦的弯垂的荷花就出现在这样的艺术境界中。

从现代主义诗歌的节奏和意象配合的关系来看，在现代主义诗歌的草创阶段，诗歌明白如话，节奏和意象都十分简单，节奏和意象处于游离状态；到 20 年代中期的现代主义诗潮的崛起时期，李金发等人偏重对西方现代主义诗歌意象的选择，这样造成了诗歌意象的联结随意性、散漫无际甚至简单粗暴的现象，从而缺乏整体性的美感，李金发等人显然没有顾及诗歌节奏的问题。同理，他接受了象征主义诗歌的"暗示性"，却拒绝了"音乐性"；而到了 30 年代左右是中国现代主义诗歌的发展期，在诗歌中寻求诗歌的外在音乐节奏，来纠正象征派诗歌神秘晦涩的怪诞诗风，结果却造成诗歌外在节奏感太强；只有到了 40 年代现代主义诗人认识到诗的韵律不在字的抑扬顿挫上，而是在诗的情绪的抑扬顿挫上，即在诗情的程度上。诗人们认为诗歌的情绪节奏比诗歌的音乐性节奏更为重要，郑敏就成功地把节奏与意象融合在一起，从而把现代主义诗歌由追求外在的节奏转向追求内在的情绪节奏。

40 年代郑敏向西方现代主义诗歌学习的同时又努力与中国现实结合，给中国新诗坛带来了对生命存在的关注，拓宽了新诗艺术的领域。唐湜在评价郑敏 40 年代诗坛上的价值时说："我们虽然对诗人的虔诚的祈祷与真挚的思索，丰富的思想与生动的意象，感到一种莫大的喜悦；有时感到一种沉重的压力，有时又感到一种快乐的解脱；而压力愈大，解脱中跃起的生机也就愈能蓬勃；但我们仍不能不说：这仅仅是过于绚烂、过于成熟的现代欧洲人思想的移植，一种偶然的奇迹，一颗奇异的种子，却不是这时代的历史的声音。"① 这种评价是有道理的：一方面告诉人们与现实保持一定距离的郑敏的现代主义诗歌探索，给当时以延安诗派、七月诗派为主沉闷的诗坛注入新鲜的血液；另一方面郑敏有些十四行诗在分行断句方面过于西化，没有与汉语的特征很好地结合起来。唐湜又在《诗创造》第八集《诗的新生代》中对七月诗派和九月诗派两派诗人这样评价道："让崇高的山与深沉的河来一次浇铸吧，让大家都以自觉的欢欣来组织一次大合唱吧！"② 这里把七月诗派风格比喻为"崇高的山"，

---

① 唐湜：《郑敏静夜里的祈祷》，《新意度集》[M]，北京：三联书店，1989 年，第 155—156 页。

② 唐湜：《诗的新生代》，《新意度集》[M]，北京：三联书店，1989 年，第 24 页。

把九月诗派风格比喻为"深沉的河"。如果把七月诗派比喻为"崇高的山",把九月诗派比喻为"深沉的河",我们不妨把郑敏称为40年代诗坛上一条深沉的河。

总体上看,这个时期郑敏基本上形成了自己的现代主义创作观:"1. 承认超验的本体论,希望通过矛盾斗争达到宗教的哲学的最后和谐。2. 真理一元,有标准。3. 强调预先设计,控制,有最终目标的发展,创作也是这样。4. 认为作家要能自觉地将杂乱的生活想象组织成一个有机的整体,并道出其中的意义。5. 创作不是自发的、即席的。6. 文字为表达的工具,文学有表现的功能,不怀疑表达会失真。7. 重视事物(包括诗歌)的普遍性、世界性。8. 强调封闭式诗歌形式。"[①]

[①] 郑敏:《诗歌与哲学是近邻:结构—解构诗论》[M],北京:北京大学出版社,1999年,第145页。

第二章　30年的痛苦过渡

第一节　个人性格与时代落差的矛盾

从1948年到1979年大约30年的时间里郑敏没有进行诗歌创作，我们不妨把这段时间称之为郑敏的无诗的岁月。这一时期大致可以分为两个时段：第一个时段是1948年到1955年，郑敏在美国留学时期；第二个时段是从1955年到1979年被改造时期。前一时段培养了郑敏强烈的爱国主义情感，后一时段却让郑敏遭受无尽的痛苦，放弃了诗歌创作。为什么有着强烈爱国精神的郑敏却遭受到无尽的痛苦，放弃了诗歌创作呢？事实上这里隐含着诗人个人性格与时代落差之间的矛盾。

一、美国留学时期

1948年郑敏开始新的征程，郑敏去美国进修。从1948年到1952年是郑敏在美国布朗大学读文学硕士的艰难时期。由于1949年中美关系断绝，郑敏一直滞留在美国，到1955年日内瓦会议后才能回国。"从1949年到1952年我都在半工半读。由于我必须干笨重的体力活来维持生活，我比一些经济情况富裕的留学生更有机会接触这个富国的中下层。我居住的妇女宿舍每天都有不少来纽约找工作的外地人和本地无家可归的人迁入。失业、贫穷是那个宿舍的妇女（包括我自己）每天的课题。我就在那个宿舍的餐厅里洗碗，以此换得食宿。那时美国的盘碗是不会破的、很厚重的瓷器。每个就餐人的一份餐具加上大盘子就有好几斤重。洗碗的工作，虽说有洗碗机，也是十分紧张而沉重的。要连续搬运这些餐具，不停地走动，四个小时下来，堪称精疲力竭。当就餐者散尽，拖完厨房地板,我的未完成的论文就像一座山一样压在我的心头。因此在我的记忆里美国中下层的人民是真正走在黄金堆里的乞丐。那些光彩夺目的陈列橱窗,尤其是那些珠宝,对于不曾当过珠宝工厂女工的人也许能唤起多少美感和兴奋,但对于我这类曾多次当珠宝厂临时工的人却只能引起一阵阵恶心和头晕,因为我的眼睛曾因珠宝的刺激而终日流泪,我的胃曾因赶定额而恶心,对于那个世界的阔人是幸福象征的珠宝,对于我们却是痛苦的标记。"① 在这种繁重体力劳动的情况下,直到1952年郑敏才完成了硕士论文《约翰·顿的玄学诗》。

在美国学习期间,郑敏深深感到作为一个中国人,争得人格的尊严是件非常艰难的事情。她在半工半读期间,不仅承受了繁重的体力劳动,尝到了生活的困窘和艰辛;而且还处处遭受别人的白眼和冷遇。刚到美国时,她住在一个老太太家里,老太太见她很穷,时刻提防她,恐怕她交不起房钱,最后还是把她赶了出去。郑敏只好搬到青年宿舍去住。在艰难地度日中,她结识了不少华工,与他们眷恋祖国的情感产生了强烈的共鸣。他们当中有不少人是在海外漂流了大半生,积攒了一些钱,渴望抗战胜利后回国看看。但国民党当局却百般刁难,对他们进行敲诈勒索,有些人经受不起,只好又返回异国他乡。郑敏对这些父老同胞寄予深切的同情,特别是新中国的诞生,更使她激动不已,她思索着自己将来的命运和归宿。

从1952年到1955年是郑敏滞留在美国的惆怅阶段。1952年郑敏获得布朗大学文学硕士学位后,那时郑敏和她的爱人童诗白都无法离开美国,"因为在当时中美绝交的情况下,在美国的留学生,特别是自然科学的留学生都被禁止离境。"② 而郑敏的爱人是学自然科学的,所以他们只好在纽约住下,从1952年到1955年他们都在等待回国的机会。那时郑敏经常去看艺术画廊,听音乐会,这些活动虽然丰富了郑敏的文化知识,但郑敏从心里知道自己不会在这块异国土地扎下根,因为在他们血液里有鲜明而强烈的自己民族的思想感情,这种感情和思想所需要的营养只

---

① 郑敏:《诗歌与哲学是近邻:结构—解构诗论》[M],北京:北京大学出版社,1999年版,第486页。

② 同上。

有在自己的国家和民族的生活环境中才能获得。"西方的文化有它的令人敬佩的成就，但仅只是科学，艺术和文学并不能营养我们整个心灵，我们需要的是真正的生活，在自己的国土上和自己的人民在一起的生活。也许有人举很多二次大战后流落在美国，在事业上很有成就的科学家、文学家、艺术家为例，而怀疑我们的感觉的真实性。据我们所知无论是得意或失意的移居美国的外国人，他们内心深处都有一种遗憾，那就是失去了自己的国家和人民。这种遗憾有时被埋在心灵深处，成为一种很深沉的惆怅。"①

1955年一天，郑敏夫妇在乘车回家的路上，听到了周总理在日内瓦会议上的发言，非常兴奋。她顿时感到作为一个中国人腰板要硬起来了，民族自豪感在心头油然而生。中华民族新生了，郑敏夫妇和千千万万游子的心也复活了，他们想方设法也要回到祖国去。萦绕在他们头脑中的念头只有一个：早日回到祖国母亲的身边去。"母亲"再穷，也是自己的亲人，作为儿女是不会嫌弃的；美国再阔也是人家的，寄人篱下的日子已经过够了。

二、被改造时期

从1955年到1979年是郑敏遭受迫害的时期，这时郑敏辍笔不再写诗。在1955年郑敏和她的爱人童诗白决定回国，因为他们很顽固地觉得自己属于中国，那时郑敏的爱人（著名的科学家童诗白）辞去了他在布鲁克林工业学院的教职，摆脱了各种羁绊，于1955年夏天坐飞机回到北京。然而很快却被卷入批判胡风的风暴中。由于"胡风集团"问题和1957年的反右斗争，使不少诗人失去写作的资格。郑敏回国后，老师冯至将她介绍到社科院文研所研究华兹华斯。1960年的一天，郑敏因和一位同事说了一句话："国际上那么多的兄弟，怎么说没就没有了？"这里郑敏所说的国际兄弟指的是那些社会主义阵营的兄弟国家。第二天，领导就找她谈话，说她在美国待了太久，对国内的形势不太了解。这样就让她去北京师范大学外语系教书。后来郑敏回忆说："60年代初我因为向一位十

---

① 郑敏：《诗歌与哲学是近邻：结构—解构诗论》[M]，北京：北京大学出版社，1999年版，第487页。

分信任的领导披露了自己的一些困难，不久即被认为'反修立场不坚定'而调离我十分喜爱的科研岗位。"① 当时郑敏觉得这是莫大的羞辱。那时候俄语正吃香，她教的是英语，谁也不正眼看她。大学生们四年读四本书，用苏联式的方法来学语法，以前他们是两天就读完了，现在要学四年。后来学校领导让郑敏教课外阅读，这些课外阅读都是些名著的简写本，像什么《大卫·科波菲尔》的简写本等。郑敏当时也没用心，瞎混了一阵子。

当时知识分子都要接受贫下中农再教育。1960年郑敏从文化研究所调到北京师范大学教书，后来又参加"四清"运动，两次下乡接受改造。第一次，下放到山西农村半年。郑敏每天劳动强度大，饭吃得很少，饿得她浑身都肿了，而且路都走不动，后来还患了淋巴结核。第二次，郑敏正式插队到农村，跟当地农民住在一个炕上。那时男劳动力可以吃面条，女劳动力只能吃面汤，郑敏连一碗面条都吃不上。当时条件极差，郑敏无法洗澡，全身长满了虱子。"文革"期间郑敏又遭受红卫兵们的批斗和羞辱。

在这样的政治文化语境下，郑敏满腔的报国之志无法施展，只有痛苦和磨难，更是无法写诗了，这期间体现出郑敏的性格与时代落差的矛盾又是怎样的呢？

1949年新中国的成立，无论是在政治、经济、生活、文化，还是在思想、艺术上都产生了前所未有的变化。持续多年的战争终于结束，一切进入了百废待兴的和平建设时期，那么包括诗人在内的全体人民的喜悦与激动之情是自不待言的。但是，体现在文学上，战时文化尤其是解放区、根据地的文化形态在建国初期和平建设时期不但没有消失，反而是通过各种国家机构得以不断强化。从建国初期开始，包括诗人在内的知识分子普遍感受到因新生而自豪的感觉。然而在接连不断的思想改造和"精神洗澡"中，诗人尤其是那些早期的现代主义诗人应该具有的知识分子的批判立场与内省意识已基本消失殆尽。确实，不可否认的事实是在一个到处充满着革命理想主义与乐观激情的颂歌年代里，知识分子的反思和反省的精神就有些"不合时宜"。在这场新的政治体制与文化机

---

① 郑敏：《诗歌与哲学是近邻：结构—解构诗论》[M]，北京：北京大学出版社，1999年版，第481页。

制以及新的国家想象的巨大洪流的冲击下,诗人们是在焦灼、紧张而又充满热望的复杂情绪中进行转换与蜕变的。实际上朱自清早在1948年就对知识分子的命运有了某种忧虑:现在他们过群众生活还过不来。这也不是理性上不能接受的;理性上是知道接受的,是习惯上过不来。所以朱自清对学生说要教育他们得慢慢来。建国后对知识分子的思想改造绝非是和风细雨式的,倒是暴风骤雨式的。《光明日报》早在1949年7月5日就发表了费孝通的《当前大学种种问题》的文章,该文强调改革的过程必然同教师(知识分子)的思想改造相联系。1951年9月知识分子思想改造运动在批判电影《武训传》结束之后全面范围内迅速展开。毛泽东在1951年10月23日召开的全国政协一届三次会议开幕词中强调:思想改造,首先是各种知识分子的思想改造,这是我国在各方面彻底实现民主改革和逐步实行工业化的重要条件之一。因此,我们预祝这个自我教育和自我改造运动能在稳步前进中获得更大的成就。全国文联常委会在1951年11月17日召开扩大会议决定贯彻改造思想的号召,首先在北京进行文艺整风。1951年11月30日《关于在学校中进行思想改造和组织清理工作的指示的通知》下发,从思想、政治和组织上清除学校中的反动迹象和反革命分子,使教师和学生接受初步的思想改造运动。

在历次的思想改造和政治运动中,诗人作为知识分子的角色被反复进行"清理"和改造,诗人在这样的背景下只能是跟随时代唱应时的颂歌和赞歌,或者因受难而沉默暗哑,或者因经受炼狱而继续歌唱。诚如谢冕所言每个时代都在以它的精神塑造最能传达其精神的歌者,但是每个时代在做这种选择时又都表现出苛刻,因为它往往忽视并扼制诗人与众有异的独立个性和特异风格。建国之后,现代新诗史上的两个诗歌流派"七月诗派"和"九叶诗派"的集体隐没于诗坛,这相当能说明当时诗人所处的时代环境。但是二者隐没的原因还是有差异,目前研究界对之则缺乏细致而深入地辨析。以胡风为首的"七月诗派"是以文学的方式和突出的主观战斗精神积极介入到时代漩涡中去的,而这种类似于萨特式的介入方式则在建国后激进的政治和文化时代语境中是不被接受的。那么这一诗派的消隐则更多是政治上的原因,这从当时尖锐的批判和人身攻击乃至阶级属性划分上可以看出的。七月派诗人对光明和未来没有任何怀疑,他们奋不顾身地扑向未来的乌托邦远景。正如绿原的诗所说这是些"快乐的火焰",但这场大火留下的却是充满时代隐痛的灰烬与尘埃。七月诗人和大多数诗人一样感受到了新时代所带来的巨大的幸福感,诗人像孩童一样天真地唱着,像"快乐的火焰一样"燃烧着,跳跃着,"烧吧,火焰,快乐的火焰,/我们把心投给你,我们把血浇给你,/让我们成为你的一部分吧。/未来的空气是无穷无尽的,/你永远不会熄灭的。/烧吧,火焰,快乐的火焰。"(绿原《快乐的火焰》)

七月诗人,这些如孩子般纯真的歌唱者和由衷向往未来的憧憬者,在这场燃烧的火焰中没有看到大火中被点燃的正是他们自己,即将到来的只是凄凉的黑色灰烬和余烟般的痛苦。实际上"九叶"诗人唐湜在《诗的新生代》中对"七月派"的认识是相当准确的。唐湜认为"七月"诗人"私淑着鲁迅先生的尼采主义的精神风格",他们"崇高、勇敢、孤傲"而"狂放"。[1]

而与七月诗人不同的"九叶"诗人在反右和"大跃进"运动中并没有受到像七月诗人那样大规模的冲击和批判。但早在1940年代后期"现代主义"就被认为是颓废、反动的文学。在1950年代并没有展开对这一流派系统的批评,诗界采取的是从"历史"中清除、不予置评的方法。一些重要的文学史著作,权威的新诗史评述文章和作品选集都将之排除在外,"如1957年前后,出版了经过细心选择的《志摩的诗》、《望舒的诗》的选本,出版了何其芳的《预言》。至于李金发、穆木天的象征诗歌,后期新月派的陈梦家、孙大雨、林徽因的诗,具有'现代主义'倾向的早期卞之琳、金克木、曹葆华、徐迟、路易士,以及40年代的'中国新诗'派的诗人的创作,都没有获得再版的机会。这些诗人的创作,在诗史、文学史中,或者被批评性地叙述,或者根本就不予提及(如穆旦、郑敏等'中国新诗'诗人)。"[2] 面对这种的"历史压力","九叶"诗人们在一个时间里,也普遍产生某种负罪感。"在50年代,有些人不再写诗(袁可嘉、杭约赫),其他的则只偶尔有作品发表(辛笛、唐祈、陈敬容、唐湜、杜运燮、穆旦)。"[3] 这里洪子诚先生唯一漏掉了"九叶"

---

[1] 唐湜:《新意度集》[M],北京:三联书店,1989年,第23页。
[2] 洪子诚、刘登翰:《中国当代新诗史》[M],北京:北京大学出版社,2005年版,第10页。
[3] 同上,第40页。

中郑敏的诗歌创作情况,事实上郑敏在这时候已经不再写诗。

"九叶诗派"的消失,则很大程度上是因为这些诗人的气质是"内敛而又凝重的,所以表现的与贯彻的只是自己的个性。"而与这种相对理性和怀疑精神的个性相应的写作方式尤其是现代主义诗歌的特征则不能被当时的主流诗坛所认可,所以郑敏等"九叶"诗人的集体消失可以看作是这些诗人主动或自觉地退出诗坛的结果。代表性的诗人如郑敏,在回国后一直到1979年以前,她的创作几乎就是一片空白,而这种空白则是诗人主动放弃的结果。"文革"中,红卫兵的一个头头对郑敏说很喜欢她的诗,希望她能继续写诗,但郑敏仍是主动放弃了写作。实际上,郑敏受的西方文学和哲学的浸染较深,并且她放弃了一种"时间神话"的乌托邦幻想,即并没有简单而廉价地认为随着新的社会制度的建立,崭新的更加"高级"和"进步"的美好世界就会降临。也正如诗人布罗茨基在《第二个自我》中表达过类似的看法:每一种社会形态都会程度不同地损害或者缩小诗歌的权威,因为诗歌除了能与国家构成竞争之外,还会对自己的个性、对国家的成就和道德安全、对国家的意义提出质疑。郑敏回国后想急切地投入建设新国家的激流中去,她想如果能建立一种新型的国家她宁愿放弃诗歌。郑敏后来回忆说:"直到1955年我回来,那时候我自己也把新诗给埋葬了。我那时也是非常左的,回来后整天念马列,念完了我也觉得中国更重大的事是怎样建立起一个新的国家,这些个人的事就算了,什么诗歌爱好,整个不要了。"① 可见郑敏在诗歌写作这一点上她和其他九叶诗人的选择是一致的,没有一起加入到集体的颂歌和战歌当中去,而是在个人性格和时代落差有矛盾时,宁愿隐藏自己的个性,放弃诗歌写作。

第二节 郑敏与《九叶集》

《九叶集》是新时期出版的关于现代诗歌的第一部流派诗集,给我们

---

① 郑敏:《诗歌与哲学是近邻:结构—解构诗论》[M],北京:北京大学出版社,1999年版,第431页。

揭示了一个被历史忽略或遗忘了的历史,《九叶集》的出版也标志着"九叶"诗派被重新发掘。郑敏现在是《九叶集》形成的唯一见证人,郑敏如何看"九叶"诗人在诗坛不同时期的位置,以及《九叶集》如何编选她的诗歌是一个需要深入探讨的问题。

一、郑敏看九叶诗人诗坛的位置

当有年轻人问到郑敏如何看待"九叶"诗人从四十年代至今在中国诗坛的位置时,郑敏在《遮蔽与差异》(《诗歌与哲学是近邻》)中详细地表达了自己的观点。郑敏把"九叶"诗人在诗坛的位置分为三个时期:第一,被遮蔽的时期;第二,被埋葬的时期;第三,被重新发掘的时期。

(一)被遮蔽的时期

郑敏认为"九叶"在40年代是被遮蔽的时期。在《遮蔽与差异》中郑敏首先肯定了40年代诗坛开放的多元的状态,"'九叶'在40年代时,可以说是与整个新诗的传统融为一体的,当时没有什么主流不主流,新诗中有各式各样的,是比较多元的。"[①]

关于40年代多元化的诗坛,如果粗略的分析,大致可以分为三种艺术流派。首先是以"写实"、"大众化"为主要特征的延安诗派。写实的诗,从新诗诞生之日起就受到提倡。抗战前夕,中国诗歌会的蒲风、穆木天、杨骚、任钧等,认为那种把大时代及它的动向活生生地反映出来的"写实"诗歌,是诗的现今唯一的道路。但是,"写实"诗歌在一段时间里,没有获得较为成熟的艺术规范,总会受到诸如浅白、粗陋等的讥评。随着抗日战争的爆发,这种艺术经验却没能得到继续积累。不过,那种关于诗不应成为"私人",而应是"公众"艺术的要求,由于战争的环境和一批有艺术素养的诗人的支持,而得到广泛呼应,这样在解放区里出现了街头诗和朗诵诗。这些诗多表现战争和农村的日常生活,语言简洁朴素,多为口语,其代表作品为《王贵与李香香》(李季)、《赶车传》(田间)、《漳河水》(阮章竞)、《死不着》(张志民)。

另一类是以艾青为代表的诗人,和受到艾青深刻影响的"七月派"

[①] 郑敏:《遮蔽与差异》,《诗歌与哲学是近邻:结构—解构诗论》[M],北京:北京大学出版社,1999年,第460页。

诗人群。许多人把这一"派别",看做是新诗浪漫诗潮中重视表达时代和社会现实的一派。"沉厚、开阔而又忧郁的情感基调,和给人印象深刻的意象提炼,是他们那些有较高的艺术水准的作品的特征。"① 七月诗人主张诗歌"第一要义的任务是参加战斗",诗人要"跳跃在时代的激流里",并且"能够在事实的旋律里找到它的史诗的形态。"② 他们强调诗人的社会职责与战斗任务,应该与诗所体现的美学上的斗争联系起来。"一切客观素材,都必须为世人的主观激情和敏锐感觉力所穿透、所拥抱,而后方化为诗。重视诗人主观的感觉、想象、情绪的力量,是'七月派'诗人的一个基本的艺术主张。"③ 在艺术形式上,他们大都写自由体诗,用朴素、自然、明朗、真诚的声音为人民的今天和明天歌唱。

1940 年代后期出现了具有创新的艺术活力的"九叶"诗派。他们的创作起点并不一致,他们的写作也呈现各自不同的风貌。辛笛、穆旦、唐祈等人 1930 年代就开始写诗,而其他则大致在 1940 年代中期才开始他们的写作生涯。其中许多人曾在大学里学习哲学、历史和外国文学,穆旦、杜运燮、郑敏、袁可嘉先后就读于昆明的西南联大。他们在理论探讨和写作实践中,形成了相近的诗歌观念。这主要表现在两个方面。一是诗与政治无任何从属关系,诗不应成为政治的武器和宣传工具。认为诗与现代人生和现代政治密切相关,作为人的深沉生活经验所呈现的诗,当然不可能摆脱政治生活的影响,但不从属政治。他们提出"在现实与艺术间求得平衡,不让艺术逃避现实,也不让现实扼死艺术。"④ 二是提出"新诗现代化",创造一种"现代化"的新诗。他们认为"现代化"的新诗是一种高度综合的现代诗,高度综合是它的特质。诗应面对"人与社会、人与人、个体生命中诸种因子的相对相成,有机综合",而"绝对否定上述对称模型中任何一种或几种质素的独占独裁,放逐全体。"⑤ 在诗艺上,强调从表现人的现代经验出发的"现实、象征、玄学的综合

---

① 洪子诚、刘登翰:《中国当代新诗史》[M],北京:北京大学出版社,2005 年,第 3 页。
② 胡风:《论战争期的一个战斗的文艺形式》,《胡风评论集》[M],北京:人民文学出版社,1984 年,第 23 页。
③ 洪子诚、刘登翰:《中国当代新诗史》[M],北京:北京大学出版社,2005 年,第 3 页。
④ 袁可嘉:《论新诗现代化》[M],北京:三联书店,1988 年,第 219 页。
⑤ 同上,第 6 页。

传统";"现实表现于对当前世界人生的紧密把握,象征表现于暗示含蓄,玄学则表现于敏感多思、感情、意志的强烈结合及机智的不时流露。"① 1940 年代诗坛虽说是多元并存的状态,但是"九叶"诗派却受到其他诗派的攻击。郑敏回忆说,"'九叶'当然是被'遮蔽'了的,这是没有问题的";"在 40 年代时,我们已受到很大攻击。当时是攻击沈从文先生,认为我们这些诗人是南北方的才子才女围着沈从文这个大粪坑转的苍蝇。这是 40 年代的革命者给我们的封号。"② 1948 年张羽曾在《新诗潮》上发表的《南北才子才女的大会串》一文大力抨击郑敏的诗歌,全盘否定郑敏的《最后的晚祷》。

(二)被埋葬的时期

郑敏认为从 1950 年代到 1979 年这段时期是"九叶"诗派完全被埋葬的时期,40 年代仅仅是被"遮蔽",还有自己的声音。到了 1950 年代已经完全被"左倾"政治埋葬了。"到 50 年代后,当时比我们更多一些革命色彩的诗歌也被打成资产阶级,小资产阶级情调之类,我们就更不用说了。'遮蔽'这两个字还不太合适,应该说被埋葬,也可以说是把我们当作旧时代的殉葬品给埋葬了。"③ 郑敏这里所说的"革命色彩的诗歌"是指"七月派"诗歌。"七月派"诗歌主张对诗的"自我"、"主体性"的追求。"在这方面,他们既与主张诗要反映社会现实的另一'左翼'诗派相异,也与'中国新诗'派重视'节制'、'客观性'相冲突。'七月'的理论家,如胡风、阿垅等,都把诗人的'自我',不仅作为诗歌写作的前提,而且作为诗歌文类'本体'特征来对待。诗人的主观激情、敏锐感觉力,对于对象的穿透、拥抱,主体精神的燃烧,诗人的感觉、想象、情绪的力量,这些构成了'七月派'的艺术基点。"④ 由于胡风这一文学派别在"当代"的困难处境,进入 50 年代以后,"七月诗人"的创作明显减少,他们的诗歌创作和理论也一再受到了批判。对胡风、阿垅诗歌主张的批判,目标是对"自我扩张"、诗人主观体验的强调的方

---

① 袁可嘉:《论新诗现代化》[M],北京:三联书店,1988 年,第 7 页。
② 郑敏:《遮蔽与差异》,《诗歌与哲学是近邻:结构—解构诗论》[M],北京:北京大学出版社,1999 年,第 460 页。
③ 同上。
④ 洪子诚、刘登翰:《中国当代新诗史》[M],北京:北京大学出版社,2005 年,第 41 页。

面。其他的问题还有：从诗歌民族形式和大众化的前提出发，批评他们对于"自由体"的崇尚；批判诗人对于"真诚"的强调，认为这是反对作家坚持阶级立场和学习马列主义的重要性；而"到处有生活"、起点"在你底脚下"的观点，则是对于诗表现工农兵生活，表现火热斗争的否定①等涉及对胡风的个性主张的批评。在胡风等成为"反革命集团"之后，诗歌创作和理论上存在的分歧，在政治的层面上被重新构造。主要的批判文章有袁水拍的《从胡风的创作看他理论的破产》（《人民日报》1955年2月20日）、臧克家的《胡风反革命集团诗的实质》（《人民文学》1955年，第8期）、霍松林的《批判阿垅的反动诗歌"理论"》（《人民文学》1955年，第8期）等。1955年，在有关胡风反革命集团的事件中，"七月"派许多诗人或被投入监狱，或一段时间被"隔离审查"；他们的诗歌写作权利被剥夺。所以郑敏说一些革命色彩的诗歌也被打成资产阶级、小资产阶级情调之类。

"九叶"诗派由于坚持新诗的"现代化"的理论原则，针对左翼诗歌强调诗是斗争武器、诗必须服务于现实政治主张，他们认为诗可以和政治有密切关系，但绝对否定二者之间有任何从属关系。此外，"九叶"诗派依循当时西方现代诗的艺术路线，即基于"内发的心理需求"而确立"现实、象征、玄学的综合传统"。显然与左翼诗歌强调的明朗和直接不同，"九叶"诗派甚至重视文体的曲折和复杂性。这些主张（连同他们的写作实践），决定了这一派在"当代"不可能获得生存的条件。早在40年后期"现代主义"就被认为是颓废、反动的文学，"在50年代，并没有展开对这一流派的系统的批评，诗界采取的是从'历史'中清除、不予置评的方法。一些重要的文学史著作，权威的新诗史评述文章和作品选集，都将之排除在外。"② 在50年代，袁可嘉、杭约赫和郑敏不再写诗，辛笛、唐祈、陈敬容、唐湜、杜运燮、穆旦则只是偶尔有作品发表。偶尔发表诗作的诗歌，大多失去原来的风采并且受到批判。如唐湜和唐祈成了右派分子，穆旦因发表《葬》、《问》、《我的叔叔死了》、《"也许"和"一定"》、《三门峡水利工程有感》、《美国怎样教育下一代》、《感恩

---

① 何其芳：《话说新诗》，《文艺报》[N]，1950年，第2卷，第4期。
② 洪子诚、刘登翰：《中国当代新诗史》[M]，北京：北京大学出版社，2005年，第39页。

节,可耻的债》和《九十九家争鸣记》等文章多次被检讨、审查和批判。

(三) 被重新发掘的时期

郑敏认为在 1979 年后九叶诗派被重新发掘出来,但是仍然还有一部分人用阶级分析的眼光来看待"九叶"诗派。"在 70 年代末、80 年代初,他们又被挖掘了出来。这不能说是再发现,因为再发现是指没被埋葬,而只是被遗忘的,而我们的诗确实是被埋葬了";"在 80 年代后,由于诗歌与文学的阶级分析的力量一度还存活,在《上海文学》上还登过一篇文章,认为'九叶'中有两类诗人,一类诗人是进步的,另一类诗人,主要指的是穆旦、袁可嘉、我、杜运燮,是一些小资产阶级的。"① 当时诗坛还存在着用革命的标准和艺术的标准来看九叶诗派:"今天有两个标准,从革命的标准来看,'九叶'是不革命的;从艺术的标准看,'九叶'还有它的成就。这就是一般政治挂帅的评论家心目中的'九叶',至今仍然如此。所以,才会引发出'九叶'与'七月'之间的一场没有意义的矛盾,就是有人曾经认为'七月'要多少比'九叶'更革命一些,因为'七月'中党员要多一些,而'九叶'当时还几乎没有党员,当然,今天也有了。如果以政治标准来衡量,'九叶'今天还是垫底的。但一些年轻人从欣赏艺术的角度来看,认为'九叶'还是有成就的。这是整个的中国历史造成的双重标准,和双重标准引起的不同艺术心态。"②

在 80 年代初期,思想虽然开始解放,但是左倾路线的影响仍然没有肃清,在诗坛上仍然影响人们对"九叶"诗派的看法。"'九叶'的读者群还是很不小的,尤其在中青年一代诗歌爱好者和诗人来看,'九叶'是中国新诗发展的一个重要阶段,代表 40 年代的成就的一部分。但如果从正统的角度来看,他们是没有资格代表的,不会作为创作界、诗歌界的代表,这很清楚。这从召开全国性的代表会之类就可以看出来,没有'九叶',或很少。这次好像唐湜是代表。总之,正统派不会承认我们在诗坛的地位。"③ 即使是当时比较开明的文艺界负责人也是这样地看待"九叶"的,认为他们有些艺术成就,但是政治上不行。郑敏曾经用一次

---

① 郑敏:《遮蔽与差异》,《诗歌与哲学是近邻:结构—解构诗论》[M],北京:北京大学出版社,1999 年,第 460 页。

② 同上,第 462 页。

③ 同上。

在美国加州开会的经历来表明人们对他们的看法,"有一次我参加1986年在加州召开会议,中美双方作家在发言的时候要对等,但是后来就没有叫我发言,我虽在代表团中,但没叫我发言,那么我算不算作家呢?后来,我还是发言了,因为美国方面问为何郑敏不发言,所以他们就让我发言了,当然我们都得服从代表团的布置安排。在此后的一次酒会上,我就问代表团团长,我说我为什么不算作家呢?这位团长很妙地回答我,说:'我把你看作一位教授。'在中国,作家的概念不是教授,教授就不能是作家,而是知识分子。我说,'噢。'但我心里在想,那么诗歌界的先驱,不管是闻一多、冯至、卞之琳、徐志摩,哪个不是在大学中教书呢?难道他们都不能算作家吗?可见这位当时以政治来划清作家与非作家界线的团长,虽然他本身也非常开放,但在考虑什么是诗歌,什么是作家时,还是认为作家必须是工农兵,而不能是知识分子。这些都反映一种积重难返的文艺界潜在的标准,这绝不是一个人的。"①

"九叶"以独特的风采在中国新诗发展史上揭开了新的一页。不过,诗歌创作如果没有个性,只有群体性,这群体性也就没有生命。因此,在这里郑敏曾对"九叶"内部作一番考察。"九叶"派诗人在从事创作之初,虽然或起步于传统的现实主义、浪漫主义,或直接师承现代派,但是最终殊途同归,走上现代主义的道路,并且以鲜明的艺术个性,显示出了创新精神。关于"九叶"诗人的艺术个性郑敏曾经做过以下评价:"40年代的现代主义诗歌除了它们所具有的现代主义特色之外,还保留其他阶段的艺术痕迹,他们可大致分为下列几种:1. 古典——现代主义:这一组诗人和作品在文字和情感上带有浓厚的中国古典的积淀。如卞之琳、陈敬容、袁可嘉的许多作品。2. 浪漫——现代主义:这一组诗人将浪漫主义的崇高理想和现代主义揉在一起。他们包括冯至、穆旦和郑敏。3. 象征——现代主义:这一组诗人为数不多,辛笛和陈敬容各有这方面的色彩。4. 现实——现代主义:这一组的实力较强,曹辛之、唐祈和杜运燮都是带有浓厚现实主义色彩的现代主义诗人。"② 从郑敏这句话中我

---

① 郑敏:《遮蔽与差异》,《诗歌与哲学是近邻:结构—解构诗论》[M],北京:北京大学出版社,1999年,第462页。

② 郑敏:《诗歌与哲学是近邻:结构—解构诗论》[M],北京:北京大学出版社,1999年,第229页。

们可以大致看出"九叶"诗人各自的艺术个性。

二、《九叶集》的编选

《九叶集》由辛笛等著，江苏人民出版社1981年7月出版，共发行17.8万册。诗集选收40年代（主要为1947—1949年）国民统治区9个年轻诗人的作品。为什么时隔30多年，还要重新编选这些诗呢？这是因为这些作品是40年代中国部分历史的忠实记录。九位作者作为爱国的知识分子，站在人民的立场，向往民主自由，写出了一些忧时伤世、反映多方面生活和斗争的诗篇。内容上具有一定的广度和深度，艺术上，结合我国古典诗歌和新诗的优良传统，并吸收西方现代诗歌的某些手法，探索过自己的道路，在我国新诗的发展史上构成了有独特色彩的一章。当时由于战争环境的限制，这些作品虽在一些报刊如上海的《诗创造》、《中国新诗》、《民歌》、《文学杂志》、《文艺复兴》、大公报、《星期文艺》、文汇报、《笔会》和天津益世报、《文艺周刊》上发表过，九人中的大多数也都出版过自己的诗集，也有一定的影响；但在动乱的年代，所能接触到的读者面终究是有限的。建国30年来，由于大家现在都知道的诸多原因，这些作品也和国统区其他许多具有各种不同风格和特色的诗篇一样，长期没有获得与广大诗歌读者见面的机会。以致在我国现代文学史上，对40年代国统区的诗歌创作缺少较全面完整的评价。党的十一届三中全会以来，百花齐放百家争鸣难得的正确方针越来越得到深入贯彻，九位作者也愿借这股强劲的东风，把青年时代的一部分习作呈献给读者，让它们在祖国日趋繁荣的百花园中聊备一格。这或许对新诗史上那个缺陷可以有所弥补，或许也还多少有助于新诗的发展。

《九叶集》中编选了郑敏的20首诗，分别是《金黄的稻束》、《濯足》、《寂寞》、《来到》、《时代与死》、《献给贝多芬》、《树》、《贫穷》、《春天》、《生的美：痛苦、斗争、忍受》、《小漆匠》、《村落的早春》、《鹰》、《池塘》、《诗人和孩童》、《清道夫》、《荷花》、《人力车夫》、《马》、《雷诺阿的少女画像》。《九叶集》还选了辛笛21首，杭约赫14首，唐祈13首，唐湜15首，袁可嘉12首，穆旦17首。除了辛笛21首外，郑敏的诗被选得最多。《九叶集》中为什么要编选郑敏的这20首诗呢？它编选的原则是什么呢？《九叶集》是以反映民族生活作为主要内容，九叶诗人一面自觉吸收西方现代主义诗歌养分，另一方面又力求把西方现代诗歌艺术与本民族的传统思想融合，形成自身独特的风格。"九叶"诗人所表现出来的独创精神，既产生于民族的艺术传统基础之上又向人们表现了独特的民族社会生活。所以在编选郑敏的诗时，坚持了大致这样的两个原则：

（一）坚持时代感受和艺术创造的统一原则。

袁可嘉在评价郑敏和其他"九叶"诗人的诗歌时说："他们认为诗是现实生活的反映；但这个现实生活既包括政治和社会生活中重大题材，也包括生活在具体现实中人们的思想感情的大小波澜，范围是极为广阔的，内容是极为丰富的；诗人不能满足表面现象的描绘，而更要写出时代的精神和本质来，同时又要力求个人情感和人民情感的沟通；在诗的艺术上，他们认为要发扬形象思维的力量，探索新的表现手段，发挥艺术的感染力。"①

郑敏抛弃了30年代现代诗歌疏离现实而沉溺于艺术形式的弊端，同时也不满足于另一些直接反映现实生活诗篇的直率浅露，她追求的是一种时代精神与内心艺术感受有机统一的现代诗歌美学。身处20世纪40年代腐朽污秽的大都市和黑暗弥天的现实环境，战争与民主成为时代对现实的最强音，郑敏对此并不回避，"不是醉心于狂乱的叫喊，而是把激情的呼叫渗透在对时代对现实的思考于解剖里面，为历史尽着'批判的武器'的义务。"② 郑敏感受到时代的心情是非常复杂的，在她的诗歌里并不是直接地去描摹这种感情，而是用独特的心灵去感受，用独特的形式去表现。于是现实通过心灵曲折地反射出来，带有更强烈的个体性与人文色彩。如郑敏的《雷诺阿的〈少女画像〉》中写道："追寻你的你，都从那半垂的眼睛走入你的深处，/它们虽然睁开，却没有把光投射给外面世界，/而像是灵魂的海洋的入口，从那里的一切/思维又流返冷静的形体，像被地心吸回的海潮。//现在我看见你的嘴唇，这样冷酷地紧闭，/使我想起岩岸封锁了一个深沉的自己。/虽然丰稔的青春已经从你发光的长发泛出，/但是你这样苍白，仍像一个暗淡的早春。//呵，你不是突出

---

① 辛笛等：《九叶集》[C]，南京：江苏人民出版社，1981年，第4页。
② 龙泉明：《中国新诗流变论》[M]，北京：人民文学出版社．1999年，第535页。

光芒的星辰,也不是/散着芬芳的玫瑰,或是泛溢着成熟的果实,/却是吐放前的紧闭,成熟前的苦涩。//瞧,一个灵魂先怎样紧紧地把自己闭锁,/然后才向世界展开。她苦苦地默思和聚炼自己,/为了向一片充满了取予的爱的天地走去。"这里诗人开始是在探讨关于爱的种种含义,诗人追求油画式的效果,以连绵不断的新颖意象表达蕴藉的意念,通过气氛的渲染,构成一幅想象的图景,"追寻你的你,都从那半垂的眼睛走入你的深处,/它们虽然睁开,却没有把光投射给外面世界,/而像是灵魂的海洋的入口,从那里的一切/思维又流返冷静的形体,像被地心吸回的海潮",事实上在这样图景中是隐含地表达了诗人自己的心声:对冷酷罪恶世界的憎恶,对光明自由世界的向往。正如诗人在诗的结尾说道,"瞧,一个灵魂先怎样紧紧地把自己闭锁,/然后才向世界展开。她苦苦地默思和聚炼自己,/为了就向一片充满了取予的爱的天地走去。"

再如诗人另一首不停呐喊呼号的审美批判诗《小漆匠》,诗中写道:"她从围绕的灰暗浮现/好像灰色天空的一片亮光/头微微向手倾斜,手/那宁静而勤谨的涂下辉煌/的色彩,为了幸福的人们。//它的注意深深流向内心,/像静寂的海,当没有潮汐。/他不抛给自己的以外一瞥/阳光也不曾温暖过他的世界。//这使我记起一只永恒的手/它没有遗落,没有间歇/的绘着人物,原野/森林,阳光和风雪//我怀疑它有没有让喜欢/也在这个画幅上微微染下一笔?一天他回答我的问题/将那天真的眼睛抬起。//那里没有欢喜,也没有忧虑/只像一片无知的淡淡的绿/野,点缀了稀疏的几颗希望的露珠/它的纯洁的光辉增加了我的痛楚。"这里诗人不是直接写劳动者的成果被掠夺、血汗如何被榨取的角度,字字血、声声泪地揭示旧制度的腐朽与凶残,而是把"小漆匠"塑造成罗丹式的"雕像",从精神伤残的层面,极冷静又极深入地披露了旧社会戕残人性的深重罪孽。首先矗立在我们眼前的,是诗人的作品中惯常出现的、具有很强的形体感的雕塑般的审美意象:工作中的小漆匠,尤其是他的头和手。他的手"宁静而勤谨"地涂抹着辉煌的色彩,他的头微微向手倾斜,心无旁骛,目不斜视,专注地面对着他的"作品"。这大师般、巨匠般的身姿,这庄严肃穆的气氛深深感动了诗人,使她"记起一双永恒的手"——"造物主"亦即自然的手,指点山川、"随类敷彩"而致"气韵生动"的天工神笔。然而,这近乎神圣的拟想非但没有成为赞美和颂扬的"酵母",反倒"催化"了忧郁与伤感的慨叹。因为勤谨地涂抹着色彩、创造辉煌、创造美的"雕塑"的身上,却没有阳光,没有温暖,没有欢喜也没有忧虑。他的眼睛——他的心灵"只像一片无知的淡漠的绿野,/点缀了稀疏的几颗希望的露珠。"神圣与无知、辉煌与淡漠间的巨大"反差",激发出了惊愕与痛惜,以及压抑的却又是更强烈的愤懑与抨击。这里愤懑与抨击并不是对于无知和淡漠的声讨,而是对制造无知和淡漠的社会制度的曲隐而坚定的否定与批判。

(二) 中国古典诗歌的优秀传统和西方现代诗歌的某些方法融合在一起的创新性,是编选的又一原则。

袁可嘉在评价郑敏和其他九叶诗人的诗歌时指出:"他们认真学习我国民族诗歌和新诗的优秀传统,也注意借鉴现代欧美诗歌的某些手法。但他们更注意反映广泛的现实生活,不局限于个人小天地,尤其是对颓废倾向;同样,他们虽然吸收了西方现代诗歌的表现手法,但作为热爱祖国的知识分子,他们并没有现代西方文艺家常有的那种唯美主义、自我中心主义和虚无主义情调。他们的基调是正视现实生活,表现真情实感,强调艺术的独创精神与风格的新颖鲜明。"[①] 这里基本强调了把中国古典诗歌的优秀传统和西方现代诗歌的某些方法融合在一起是一种独创性。孙玉石也曾说,"《九叶集》代表的'中国新诗'派,纵的继承闻一多、艾青、戴望舒、冯至等代表的五四以来中国新诗最优秀的艺术传统,横的吸收西方 T. S. 艾略特、里尔克、奥顿等代表的 20 世纪世界先进的诗歌探索潮流,徜徉于写实与象征的诗境,形成了'象征、现实、玄学'的综合的诗的新传统。"[②]《九叶集》中选编的郑敏的许多诗歌都具有这样的特色。比如说《荷花》这首诗的取材是传统诗歌题材,荷花被中国古代诗人吟咏无数遍,"映日荷花别样红"、"一一风荷举"等诗篇都把荷花作为意象。诗人郑敏在对传统诗歌的意象的处理上还是有所继承的:诗的前三段,作者先后描述了三个意象,一朵欢欣开放的荷花,一卷欲展内心的稚叶,一枝弯弯的、荷花垂下的荷梗的描述并加以发生。在最

---

① 辛笛等:《九叶集》[C],南京:江苏人民出版社,1981年,第5页。
② 孙玉石:《一个富有悠久艺术魅力的诗歌流派——为〈九叶集〉出版20周年》,《诗探索》[J],2001年,第3—4辑。

初的层面上,我们可以说郑敏像中国传统的题画诗人一样,把荷之花、叶、梗等各种姿态喻为人生态度的象征:美艳夺目直耸站立的荷花象征"快乐"与"永恒";稚叶的往上张望既是"期望"的化身,也是"出淤泥而不染"的清新高雅;而萎垂的荷梗则代表"生"之"负担"和"痛苦"。然而与传统的题画诗相比,郑敏的这首诗却用十四行体诗写成的,吸收了西方现代主义诗歌的一些合理的因素。这与郑敏的早年的经历有关。郑敏在西南联大时,最初主修外国文学,后转入哲学系,攻读西方古典哲学,深受德国诗人里尔克的影响。里尔克常把绘画、雕塑及音乐融入诗歌并成为诗歌的表现形式。郑敏试图像里尔克一样在《荷花》中寻求诗画结合在一起,以画中意象为诗的意象。有意思的是这首诗中四段文字排列的次序,正好对应着郑敏所观之画中荷花、荷叶及荷梗的空间顺序:耸直而立的荷花最高,因此毫无疑问(即第一段);"穿过水上的朦胧"的荷叶则穿过上一段,羞涩地展露自己在盛开的荷花下面,因此它占第二段;第三段中垂垂欲坠的荷梗,实际上往下面的空间靠拢,形成这首诗在空间上的最底层。由此可知,这首诗的叙事空间具体地呈现了画中之物的空间秩序,它变成了以文字排列而成的一幅有上下高低的画。这种全新的尝试在中国现代诗中绝无仅有。在这个意义上,郑敏的这首诗可以被称为是"图画诗"。下面看《荷花》的原诗:

> 这一朵,用它仿佛永不会凋零
> 的杯,盛满了开花的快乐才立
> 在那里像耸直的山峰
> 载着人们妄言的永恒
>
> 那一卷,不急于舒展的稚叶
> 在纯净的心里保藏了期望
> 才穿过水上的朦胧,望着世界
> 拒绝也穿上陈旧而褪色的衣裳
>
> 但,什么才是那真正的主题
> 在这一场痛苦的演奏里?这弯着的

一枝荷梗,把花朵深深垂向
你们的根里,不是说风的摧打
雨的痕迹,却因为它从创造者的
手里承受了更多的"生",这严肃的负担。

《九叶集》编选这 20 首诗是郑敏的经典之作,比《诗集 1942—1947》里许多诗篇的思想水平和艺术价值上都要高,这与诗人的学术经历有关。诗人郑敏留美攻读硕士论文,论文研究的题目是《约翰·顿的玄学诗》,学术上进一步提高,然后回国抱着强烈的爱国之心想报效祖国,结果却遭到批斗和批判,这样就使郑敏对事物的认识越来越深刻。让她再重新精选自己的诗歌时,一定会把只有艺术性而思想价值不高的诗舍去,比如《晚会》、《音乐》、《云影》、《怅怅》和《秘密》等大多表达的是青春时羞涩、渴望、欢欣,"我的灵魂是清晨的流水,"(《音乐》)可以说是诗人当时最主要的心绪,同样,"但若我们闭上了眼睛,/我们却早已在一个国度,/同一条河里的鱼儿,"(《音乐》)表达了诗人对生活与生命期待。在这些诗中,除了爱情与少女的秘密之外,没有别的深刻的思想,因此,诗的意象显得较单纯。同时也会把只有思想而艺术性较低的诗歌舍去,如《噢·中国》诗中写道,"你不会沉沦,你的人民第一次助你突破古老的躯体,第二次助你把自行的手臂举起,第三次,现在,他们向你呼唤,噢中国!觉醒!",这里几乎是散文的语言的诗,艺术上的价值不高,诗人当然也不会选入《九叶集》。

第三节 带枷锁的过渡

《寻觅集》是郑敏在 1979 年到 1983 年期间写的诗歌总集,1986 年由四川文艺出版社出版。一提到《寻觅集》,郑敏就感慨万千,"《寻觅集》我每次提到它都很痛苦,虽说它算是得奖了吧,可是事实上有的诗长达一百行,却删得只剩这一点点了,我回头一看,我那时的感情是非常充沛的,可我的诗歌还没找到自己的语言,多半还是受了"文化大革命"和 1955 年以来政治的逻辑思维的影响。每天我们的语言都是在会议桌上形成的,所以我在写诗的时候,光明的尾巴是必然的。一方面我担心,那时候邵燕祥非常扶持我们,我想别给他带来麻烦,别让人家说这是黑什么什么的。所以那些诗都是带着很重的枷锁,政治的枷锁,有个别的还可以。不过那时我的感情确实也是非常积极,非常符合当时的政治术语之类的,虽然没有直接用,可以说是主题思想还是那个调子上,还没有走出一元化的调子。"① 郑敏这段话已经告诉我们《寻觅集》里被删除的诗歌站在今天的眼光来看都是很好的诗歌。这样《寻觅集》大致可以分为被删除的诗,带光明尾巴的诗和与40年代对接的诗。因此《寻觅集》变成了带枷锁的过渡诗集。

一、被删除的诗

郑敏曾说:"我在新时期所写的第一个集子《寻觅集》只能算是一个过渡时期的产物。它是在许多内在与外在的绳索的羁绊中问世的。那时我只明确自己正在寻找诗歌的新路子,因此取名《寻觅集》,当时我只明确诗歌必须不断冲出危机,寻找新的生机,这是一位诗人必须有的心态。但不幸在当时尚未完全苏醒的文艺界,这种'寻觅'的思路被认为是离经叛道的。因此我为这个集名所写的一篇小小的前言被出于'保护作者'的良好动机,给删去了。"② 并且在本诗集中的《第二个童年与海》的几千字被删成了几十字。《第二个童年与海》的原稿是:(一、混凝土的广场)"海藻的长发带来/大海的沉思,/鱼腥乘海风/留恋在人们的鼻尖上,/循环在强壮的四肢里,/大海的潮汐淹没了,/人们的内海,那也有风浪,/寝室窗帷的微微皱纹。/望着星空的惊奇的眼睛,/不会再数屋前小径上的花斑石砾,/找到了森林的小鹿/不会再怀念御花园内的鹿苑,/人们曾抓着自己的头发/想挣脱地心的铁臂,/如今那来去在宇宙的班船/寻找着星球间的联系。/人们在青年时/曾为一枝桃花的枯萎惋惜,/一只小鸟的突然逝去落泪,/二十世纪带来混凝土凝成的/爱的广场,白鸽飞来,/却冻伤了它们的小脚,/但历史终于会进入它真正的童

---

① 郑敏:《诗歌与哲学是近邻:结构—解构诗论》[M],北京大学出版社,1999年,第432页。

② 同上,第479页。

年,/当红色的,黄色的,黑色的,白色的孩童/在海滩和深山的亲吻中,/抹去时间和偏见在人们心灵上/留下的衰老皱纹,/好像抹干净写满公式的黑板,/让历史写下它的第二个童年。(二、海的泡沫)海在不停地吐着泡沫,/气泡从黑黑的深处升起,/海在呼吸,海藻在呼吸,/海葵在舞蹈,海蟹在叹息,/漩涡,暗流,白浪,礁岩,/海的长发,白色的浪/暗绿的海藻,褐色的,黄色的,/给人们带来大海的消息,/海在梳理着头发,思考着过去与未来,/无限的激情,众多的疑问,/闪烁的惊讶,夕阳的喜悦,都涌现在白色的沙滩上,/人也在思考。/有许多双从窗帷窥视的眼睛,/海在欢笑?海在苦闷?海在犹豫?海在沸腾?/海风吹动了他们的心灵的幕帐,/登山人的幕帐在噼啦噼啦的响,/他们倾听着海的嘱咐,/心在激动而不安地跳跃,/然而每天在海边织网的渔夫,/却不费心瞧一眼海浪,/鲸鱼是不会惊奇大海有浪山,/从旅馆里出来散步的旅客/在假日里只逃出心头的内海,/却逃不出大海的声音。潮汐嬉弄着停泊的船只,/阳光下的波浪挤弄着眼睛。/人们忆起/他们的始祖/生活在混沌鱼的体内,/从那时起/心灵就追随着海浪,/跳跃的生命离不开海,/海离不开海浪,/海在吐着泡沫,/波浪永远在跳跃,冲击,/把人们的心灵当作峭壁,礁岩。/住在旅馆里人们/因此热爱着海。(三、在有水的地方)在有水的地方才有人、动物、草木/尼罗河、恒河、黄河……/在时间河流的岸边才有人类,/才有文明,/时间的钟摆下悬挂着文明/也许钟摆总是机械地左右摇摆,/时间却是一去不复返的变化着的河水,/每一个漩涡有着自己的水纹,/自己的典型,/文明比电脑更有记忆,/它不允许人们忘记/昨天的巴颜喀拉山,今夜的三峡,/明天的城市,后天的……/时间无私地对待它的每一段水流,而那/共饮一江水的人们,却有时相互憎恨,/人类的幼年牵着青年的衣裙/青年挽着成年的手臂,/成年拥抱着成熟的老年,/我们可引为骄傲的肌肉和心灵/却曾用来唾弃抚养我们的老人。/将过去埋葬了,但它也曾有过青春,/过去的青春在孩子的肥胖的小腿,/粉红色的小手掌里,/我们今天的青春是明天的皱纹,/这里的江面如此广阔,它却来自/深涧,峡谷的涓涓细流,/无情的历史,没有常在的青春,/江水滔滔地滚向大海,只有那里/是我们共同的归宿,/一切白色的渔帆都沐浴在朝阳的红色里。/江水每一秒钟/在追求最新的时代,你我的小船/不能留恋岸边的垂柳,沙滩上的温暖,/阴影中岩穴的安全。/但,要安全和生存,/只有和时间竟流,/只有承认波涛的力量,定睛看着/那船头的堵墙,要能登上它的波峰,/最好的航海船长从不命令海啸顺从,/却顺从地驾驶着小船,和面前的险礁结成对立的伙伴,/浪山啊,是它要吞没你,也是它/将你推着前进,赤道的死寂,/是多少帆船的绝望,时间爱你静止了,/生命平息了,波浪死亡了,只有/空虚呆滞的目光,向死鱼的眼睛,/直瞪着蓝空。人们多么渴望一丝微风/形成一阵强风,/一鳞微波形成一排巨浪,/好扯起一片白帆,/死了的水手又都复活,/幽灵变成肉体,站立在/光杆上眺望远方,白帆/满满地兜着时代的季风,/像一个用围裙兜满丰收的苹果的/年轻姑娘,带给人们/希望、喜悦、和等待。没有水手依恋平静,/安全的平静诗集最危险的死亡,/充满危险的波涛才是生命,/我们离开海上的蓬莱海很远,/可珍惜的不是静止,/而是季风中的波浪,/好送我们到第二个童年,/历史的又一个黎明。而在《寻觅集》中《第二个童年与海》却变为短短的几十行:"每个童年都像月光/为大海涂上神秘的光影。/心在沉醉中随着波涛荡漾,/沙滩变得如此洁白宁静。然而童年是短暂的;/只有当成熟使你找到/第二个童年,/海洋才无论有多大的风浪/却总是紧紧迷住你的心"。从此可以看出当时的文艺界仍然还受"左倾"的思想影响,真正自由的思想还没有到来。蓝棣之认为这是首好诗,"1982 年早春,她写了组诗《第二个童年与海》,这是她的一个新起点。诗的题旨是:历史的进入第二个童年,与诗人自己的进入第二个童年,是以抹去偏见和公式为转机的。从这里可以明确地看到诗人对于新的历史时期所怀抱的热烈期待和希望。她从大海写出了这样的启示:'没有水手依恋平静,/安全的平静是最危险的死亡,/充满危险的波涛才是生命。'她的心态,她的趋向,都以警句式的诗行表现了出来。"①

还有《海的肖像》这首诗本应该选在《寻觅集》里,但是当时的审稿人还是把它撤掉了。郑敏后来回忆说,"《海的肖像》第一次付排时原有一个副标题,是说这首诗记载了我在 1948 年赴美留学时船上所见的海。40 年代空中客运只供大人物使用,一般人都乘海轮。那时 20 多天在海上朝夕观看海的变化,如今则正成为只有乘得起豪华游轮的阔人才能欣赏

---

① 蓝棣之:《郑敏:从现代到后现代》,《当代作家评论》[J],1992 年,第 5 期。

得到的奇观。80年代回想那段海上所见，深感在海的性格中有不少值得深思的品质，因此就写了这首与海对答的诗。不料这首诗的副标题竟引起审稿人的怀疑，被临时撤稿。理由是1948年出国的人都是不走革命道路者，他们为什么还要回想当时旅途所见呢。因此当我改将这诗送当时另一大刊物《中国》时，副标题就改成了'忆一次航海所见'，这样在抹去年代后这首诗才和读者见了面。"① 《海的肖像》这首诗直到1991年人民文学出版社出版了《心象》才与人们见面。蓝棣之曾对这首被删除的诗给予了好评："《海的肖像》里的'大海'，是活力的象征。从对大海的观看、感觉和暗喻，诗人表明了她正在寻找青春的活力：'向前航行吧，也许在另一个经纬度上，/忽然，你又找回那青春的自己'，诗人希望在经历'怀疑、忧郁、灵魂的黑夜'之后，'再来到声音、力量、运动的经纬度上'。这首诗所写的，仍然是诗人灵魂的又一次醒来与复苏。然而，我们不妨从这里感受到时代的气息。"②

二、带光明尾巴的诗

在《寻觅集》中有部分诗作受政治的束缚，诗的主题迎合了当时的政治思想。70年代末80年代初正是中国"文革"结束之后拨乱反正和思想解放的时期。"文革"中数以千万计的干部群众遭受到无理的批判和斗争，有的甚至受到了错误的组织处理和刑事判决，其中又以文革主要斗争对象——革命老干部和知识分子受害最深。各级组织部门对文革所造成的大量冤假错案进行了分析甄别，推翻了强加在革命干部和知识分子身上的一切不实之词，为他们恢复名誉、平反昭雪，对他们的生活和工作做出妥善的安排，使他们能够投入正常的学习和工作。在此基础上，为了进一步解决历史遗留的问题，又改正了50年代中期被错划的数十万"右派分子"，摘掉了已经改造好了的地主、富农的政治帽子。通过这些落实政策的工作，广大群众特别是革命干部和知识分子的身心获得了解放，社会的阶级关系也得到了调整，整个国家的社会生活开始恢复生机，逐渐形成一个"心情舒畅，生动活泼"的政治局面。同时，对"文化大

---

① 郑敏：《郑敏诗集1979—1999》[M]，北京：人民文学出版社，2000年，第9页。
② 蓝棣之：《郑敏：从现代到后现代》，《当代作家评论》[J]，1992年，第5期。

革命"进行拨乱反正的本身就是一次思想解放的重大举措。为了进一步挣脱极左倾思潮的束缚,确立新时期的各项工作的指导思想和理论基础,在全国范围内又掀起了一场轰轰烈烈的思想解放运动的热潮,这次思想解放运动确立了"实践是检验真理的唯一标准"的思想路线。并就真理的标准等一系列的重大理论问题,在全国范围内开展了一场热烈而深入的理论讨论。

《寻觅集》有些迎合时事的"颂歌"写作。如写于1980年4月《祖国呵,我紧紧拥抱你!》就是以知识分子为题材,歌颂党的拨乱反正的"心情舒畅,生动活泼"的政治局面。诗中写道:"记得有一年,寒冬的天空又冷又阴,/抽屉里有不少寄不出去的信,/嘴边有不少没有说出的话,/我的心像被狂风吹刮着的竖琴:/呵,知识分子的良心,/这音乐不和谐,但这样激荡。"这里又冷又阴的冬天点出知识分子受迫害的残酷的现实,接着诗人又写道:"理想是我的根,/它扎在祖国的土地里,深深。/爱是我的呼吸,/它呼应着高山的气息。/土地在寒冬里冻了,/风发狂地啸叫。/祖国呵,我紧紧依附在你的身上,/我不能没有你,不能失掉你,/不能离开你…/不管寒冬多冷,他乡的暖流/引不起我的幻想。/不管那里多富丽,/她永远代替不了你。我们冒着风雪回到你的怀抱,/我们知道必须等待自己的春天来到。/像这棵寒冬里的大树,/叶落干秃,/但祖国呵,只要你存在,/它就伸出长长的须根,将你紧紧拥抱,/它在等待自己的春天来到。/它深信:雁儿会飞来,燕子会飞来/只要人们耐心地等待。"这里诗人深信严冬和黑暗即将过去,春天和光明即将到来。在《广场前的冥想》中以人力车夫为对象表达出光明即将来临时美好的景象,"那年轻的愤怒的脚步是/第一次打开闸门的孩子们,他们给古老的土地进行了灌溉。/那整齐而兴奋的脚步,是/建立起希望之国的人们,那脚步声还会再来。"在《十倍的请示》中诗人描绘春天即将到来时情景:"有时狂风夹着暴雪,/有时雷电照亮我的胸膛,/有时阳光像牧笛吹着单音小调,/穿过冬云。春天来了。/有时月季微香,轻风抚慰树梢,/有时只有蓝天,城墙格外鲜红"。

《寻觅集》有些诗歌表达正义必将战胜邪恶和黑暗,真理必胜的信念的。在《影子和真实》中诗人以革命战士为对象表达正义必将战胜邪恶和黑暗,人民必胜的真理:"你,英雄的纪念碑/在星空下屹然站在广场上，在这里的广场，在巴黎的广场，你的重量不会改变，我们当摸到你坚强的冰冷时，/影子再不能动摇我们的信念。我们要的是真实的你，/尤其是在秋天的雾里，/在树木凋落的冬季，/即使在完全黑了的黑夜里，你的洁白代替失去的颜色。/而且，清明总是要来到的。"在《骆驼的脚印》中表现一个知识分子对真理的执着："脚印、脚印、脚印/地球不是月球，/风沙会将脚印淹没，/但他相信/会有更多年轻的脚印、脚印、脚印。"在《钢的赐予》中持钎人对事业的坚韧："猛地我看见站在桥上的他，手中的钢钎和发亮的脸庞，/浓眉下的注视，紧闭的嘴唇，/我找到了真正的核心，/它仍然是'人'，一座钢铸的塑像：持钎人。"这些诗歌都打上了时代的烙印，带有长长的光明的尾巴。

三、与40年代对接的诗

这里所说"与40年代对接的诗"的诗是郑敏摆脱政治的枷锁和束缚，在一种完全自由的状态下创造的诗歌，这种诗歌不再迎合思想政治主题，诗歌中也不再有光明的尾巴，与郑敏40年代诗的风格相近的诗，这种诗在《寻觅集》中大致有四种类型。

第一种，是郑敏关于易逝的时间和生命的思考。在《晓荷》中诗人认为生命的价值和意义正是体现在它完整地走完了自己的生命历程，"让每个生命完成自己的历程，/这就是美。"为了世界尽了自己的一份力量，就算由于种种原因，错过了生命中最美丽的季节，那又何妨，"生命里有多少/遗忘时间的荷花，/尽管已是入秋了，/仍从容地舒展开花瓣，/走完自己的历程。"因为错过的生命转化成新的生命，"最终将残败的荷叶/低垂在水中，/那里有雪白的藕节。"在《昙花又悄悄地开了（一）》中诗人认为生命重要的是尽责，应该像昙花那样，即使在静静的深夜里，也要在这个世界上留下自己的声音、色彩、轨迹，"昙花又悄悄地开了，/只有朦胧的月光看到她。/洁白，芬芳，/在静静的深夜，/她尽了自己的一分力量，/为轻轻摇着树枝的夜风/送来自然的嘱咐和消息，/芳香在夜的庭院里飘散。"在《古尸（一）》诗中诗人意识到生命的意义其实是由死亡来见证的："在你的棕黄色的沉默里/有青春的笑声像银铃，/在你的棕黄色的枯干里/有青春的玫瑰含着朝露"。可以看出每一句诗分别是一个整体性的隐喻性意象，从意象来看，"沉默与笑声"，"枯干与玫瑰"两组对比构成强烈的对立统一效果。"有青春的笑声像银铃"和"有青春的玫瑰含着朝露"是两个富有勃勃生机的生命恰恰是通过"死亡"意象——棕黄色的沉默彰显出来的，生命虽是沉默的、干枯的，但是"沉默"中有"笑声"，"枯干"里蕴有"朝露"，生与死就是这样紧密地融合在一起了。而在《古尸（二）》诗中诗人运用丰富的想象与具体的描写，将古尸当年的生机、美丽与今天的干瘪、丑陋进行对比描述，"呵，它曾经半闭也还流露星光，/还有那鲜红、温柔的嘴唇，/曾经吻过、笑过、微喷过，/那隆鼻一座在青山样端庄/如今都被火焰山的烈日/烘干，古铜色的皮囊，/美人和丑女还原了，也都成/一具具干瘪的古尸/你才是不凋谢的花瓣，土地曾让/书本把你的青春压成枯黄的叶片，长存。"从而阐述什么是世间"纯净的真实"和"永恒的美"这样的生命哲学命题。

　　第二种是对母爱的歌颂。在物欲横流的世界里，眼看孩子们迷失了理性，越来越偏离正面积极的人生观、价值观。母亲焦虑了，"我小心地将一株生根了的月季/插入一天天冷下的土地。"（《母亲的心在秋天》）这里母亲在孩子们的人生征途上插上那枝代表希望的"月季"，使他们能勇敢地、坚定地沿着正确的目标前进。诗人明白母亲们不但要保护好这些幼花，还要放手让孩子们经历生活的考验，"让年轻的生命经受严峻的考验吧，/因为只有记得冬天的根/在春天才更渴望开花。"（《母亲的心在秋天》）在《知识，请让我的孩子……》中诗人以一种母亲宽广的胸怀和焦急的心态呼吁知识对指导孩子们成长的重要性，"一条没有人导航的渔船，/原想将满舱的银鱼载回港/却迷失在苍茫的海面，/绕到无名的小岛上，搁浅，/将鱼虾放臭了，/捕鱼人疯狂地寻找罗盘。/知识，/请让我的孩子不像我一样失明、迷路。"这里从反面入手来说明如果没有知识引导孩子就像一条没有人导航的渔船。

　　第三种是表现诗人对自由或创造力的向往的。在《诗人的心愿》中写道："谁能只走人人走过的大路，/只晒太阳，/只收听自己/懂的、爱的、希望的诗和音乐，/而能找到美和真理呢？"这里的"路"的意象喻指创造，要想找到美和真理及自己希望的一切，就必须踏上没有人走过的路，即使是人们正在走的路，如果有所创造，你也完全可以在别人的步伐中，找到属于你的东西。最后诗人写道："还是我们医好自己的目光/去赞美光芒四射的太阳？/这是两扇门，两把钥匙，/一个引向花园，/一个引向坟墓，/我们正在沉思和选择。"诗人试图告诉人们没有创造力的生命只能走向坟墓，只有创造才会让我们的生命焕发异样的光彩，如太阳般光芒四射，似花朵争奇斗艳，所以每个人要彻底进行沉思。我们在医治好自己的目光，执着生活的同时，更要让生命走向创造，这是诗人最具创造性的生命发现。与此相应的是在《诗啊，请原谅我》中"泉水"具有同样的喻指功能，诗中写道："你像泉水，/日夜地从我的心里涌出，/不管是太阳在笑，还是/月光在沉思，还是/星星们在考虑明天，还是/秋风将落叶吹到你的胸前，/从你的清凉里/我摸到自己的体温。"这里的"泉水"象征着自由和创造的生命的本身。在《渔网只是给鱼儿织的》中的"渔网"的意象也是喻指创造力，诗中说："没有一个诗人/不是游泳在时代的巨浪里，/没有一个民族/不是游泳在历史的波涛里，/渔网只是给鱼儿织的。"这里"渔网"固然是用来束缚鱼儿的，但鱼儿一旦冲破渔网的束缚，学会创造后，就能够真正地生活。

　　第四种是歌颂友情的诗歌。在《干枝梅》中写道："捧着粉红色的花朵/走进来，像一阵来自内蒙/带着青草香的凉风。/你说：它没有水也能活。/干枝梅从你的手里交到/我的手里，在我们的/身体里都流着民族的血液。"诗人捧着即将离去的友人送上的"干枝梅"注视着这没有水也不凋谢的"粉红色"的小花，感觉到"身体里都流着民族的血液"，体会着彼此的祝福与牵挂。这"不知渴"的梅花就是他们友谊的象征。同样的友情渗透在雨夜中垂柳下的小河边，诗人在《我渴望雨夜》中写道："每当我走过这垂柳下的小河，/我渴望雨夜，/如果我能撑伞/在这小河边走过/听着雨声，知道/柳丝正在滴着水……我们的心比湖面还要朦胧，/只有梦境的宁静/陪伴/我们雨中的脚步，/和湖面上的雨步。"在时间上，诗人选择了"雨夜"这传统的抒情意象；在地点上，"垂柳下的小河"边，四下笼罩在温柔宁静的氛围中；在景致上，滴水的"柳丝"，"朦胧的细雨"和"朦胧的湖面"交织在一起，将诗人引入"梦境"；与友人在雨中漫步，那"雨中的脚步"和"湖面上的雨步"交相呼应。此情此景将诗人对友人那淡淡而不绝如缕的怀想之情烘托得淋漓尽致。

第四节　现代主义诗歌的理论结晶

《英美诗歌戏剧研究》是在 1982 年 11 月由北京师范大学出版社出版的,这是九叶派诗人郑敏在停笔三十年后的一部理论著作。这部著作大部分谈的是诗歌理论,只有书后面的 50 页的篇幅谈的是戏剧理论。我们这里只讨论郑敏诗歌的理论部分。这本专著中诗歌部分由《意象派诗的创新、局限及对现代派诗的影响》、《诗的内在结构》、《英美诗创作中的物我关系》、《英国浪漫主义大诗人华兹华斯的再评价》、《诗的魅力的来源》、《探索与寻找》六个小部分组成。这些部分看似零乱地、随意地组合在一起,但仔细分析我们便可以发现诗人郑敏是在探寻英美现代主义诗歌是怎样形成的。具体来说诗人是从诗歌的意象、诗歌的结构、诗歌的意境和诗歌的内容四个方面展开讨论英美现代派诗歌形成的原因。

一、诗歌的意象

在《意象派诗的创新、局限及对现代派诗的影响》中论述到:"意象派在四年内虽然没有写出什么大作品,但却像一个天体,本身虽然毁灭了,却放出很大的能量,影响着诗的世界。它的特点:含蓄、集中、凝练、富感性,为现代派诗倒开了一条全新的途径。尤其是他们关于意象理论,被现代派诗人接过来,加以改造和运用,使得现代派诗和历来的诗都不一样,具有很独特的时代特点。"① 郑敏指出意象派的意象的派生、意象的重叠交融和心理的时空对现代派产生深刻的影响。

意象本身可以发展,又可以派生意象。在威廉·C. 威廉斯的一首诗中这种意象派生的现象十分明显:"在白杨间有一只小鸟,/它是太阳/树叶是黄色小鱼/在河中游/鸟儿在他们身上掠过,/它双翅驮着白昼,/菲白斯(太阳神)呵,/是他的歌声发光!/是他的歌声压倒/风儿吹弄树叶的声音!"在这样一首诗里,太阳是鸟,这是主要的意象;树叶是鱼,这

---

① 郑敏:《意象派诗的创新、局限及对现代派诗的影响》,《英美诗歌戏剧研究》[M],北京:北京师范大学出版社,1982 年,第 9 页。

是次要的意象。这次要的意象的产生是因为阳光如金色的河水将树叶都照成金黄色了,树叶在风中摇动,于是成了黄色小鱼在河中游。这样主要意象派生出次要意象,在派生次要意象的过程中是通过联想的活动来实现的。这样意象的派生在美国现代派诗人哈特·克莱恩的一首《致桥》中也能找到类似的例子,当诗人说桥上往来汽车的灯火是天上的星星时,他接着就说这些车灯"浓缩了永恒";由车灯→星星→浓缩永恒,这中间是通过联想来派生意象。在现代派诗中这种意象的派生很能说明诗人思想感情的流动和所构成的意识之流。

意象的重叠交融。所谓意象的重叠交融:"就是在一个意象上投影着另一个意象,两个意象互相渗透成一个新的意象,这新的意象保持两个意象的特征和功能。这效果很像立体主义的油画中的几何图形,它们互相渗透,互相重叠。"① 这种技巧在早期的意象派诗中已经存在。譬如在典型的意象派诗《山神》中诗人 H. D. 写道:"搅拌起来吧,大海/搅拌起你尖顶的松林,/溅起你的高大的松树,/让它们溅在我们的岩石上,用你的绿色的松林之海淹没我们。"这里山和海,松林和海浪互相交融渗透,松林成了海浪,可以打在岩石上,所以用绿色冲击着人们,而海浪成了松林,所以大海搅拌起的不是海浪,而是尖顶高大的松树,并且用松林之海淹没人们。松树似海,松涛如浪;海浪高高竖立,排山倒海,好像一座松林。

这种意象重叠的技巧在《山神》中仅只是一种单纯的试验,没有太大的社会意义。但是在《致桥》中,诗人使布鲁克林桥的自然风景和纽约城市的景象相渗透、交融:"多少黎明,水鸟从寒波中冷醒/展翅翱飞,点水回旋,引起银波漪澜,又猛地腾空,/在被锁住的水湾之上建起自由　然后划着完美的曲线,翩然离去/如帆影,它横过/一页页的数字,即将存档/——直到电梯将我们送下楼,结束了工作的一天……"前四行写海鸟翱翔,在被锁住的港湾上空建立起自由。这里自由暗指纽约港口的自由神像。鸟的自由与海湾中被锁定的海水对比。从第二节起忽然以水面为过门引入办公室的狭窄天地,那里人们成日伏案处理报表,直到

---

① 郑敏:《意象派诗的创新、局限及对现代派诗的影响》,《英美诗歌戏剧研究》[M],北京:北京师范大学出版社,1982年,第10页。

下班，城市的人们和港湾的水一样不自由。但鸟的飞翔经过帆影这个意象又与商业及数字相连，因而丧失了它的部分自由气质。报表如流水账被锁在档案里，人们每一天过着枯燥的办公室生活，这与飞鸟的自由、自然的恬静既互相对比，互相冲突；又互相渗透，互相转化。水鸟的自由中有城市生活的紧张、繁忙、枯燥；而办公室的生活中又有窗外的飞鸟和自然。这两个意象并排出现，重叠、交错、转化，相反又相成。

这种意象的交融重叠可以在一定程度上反映在繁忙的 20 世纪的生活，这是现代派诗从意象派诗那里继承的一种手法，艾略特等现代派诗人都深受其影响。

心理的时空。后期意象派的诗往往不受传统的时空观的约束，这派诗人接受了柏格森对于时间和空间的特殊理解。"在他们看来，时间空间是一种障碍，但当诗人从这种时空的障碍中解放出来。按照柏格森的理论，生命生存在真正的时间里，这种时间能将过去未来溶成一个有机整体。记忆贯穿这个整体。因此在诗中打破了传统的时空观念，过去的事物与现在的事物、未来的事物穿插交融。"① 现代派诗人继承了后期的意象派的这种表现手法，在诗的进展中不遵守传统的时空概念和理性逻辑，而是按照诗人"想象力中的逻辑"和诗人自己的心理时空进行。在艾略特的《荒原》中，20 世纪的泰晤士河的风景和 16 世纪的泰晤士河的景象穿插；20 世纪女打字员的爱情生活和 18 世纪妇女的爱情生活相结合，这就是艾略特在《荒原》中所用的意象。诗人利用意象中矛盾力量相反相成的效果在读者的感受上产生强烈印象。下面我们可以看出在泰晤士河这一重叠的意象中的相矛盾的力量：

泰晤士河 { 二十世纪：两岸的空酒瓶、面包纸、烟蒂、水面被汽油污染、运输发出的噪音，情人在荡船，谈些庸俗的事。
十六世纪：河水缓缓地流，风景幽静，伊丽莎白女王和莱斯特伯爵乘着华丽的游艇在河上游弋、谈情、风声飘来两岸城堡的钟声。

这就是代表着两个不同时代，不同精神的两种意象交融渗透的一幅

---

① 郑敏：《意象派诗的创新、局限及对现代派诗的影响》，《英美诗歌戏剧研究》[M]，北京：北京师范大学出版社，1982 年，第 14 页。

泰晤士河的画面。它通过强烈的对比刺激着读者的感情。

现代派诗人艾略特、克莱恩、罗伯尔·罗维尔、威廉·C. 威廉斯等人的诗里大量地使用了这种心理时空交错意象,在表现的客观中带有诗人的主观色彩,从而比意象派在社会意识方面要浓厚得多;和个人的生活经验、内心体会及社会动态联系更紧,因此现代派诗歌更有助于表现西方的意识形态。

二、诗歌的内在结构

郑敏在《诗的内在结构》中说"诗的内在结构是一首诗的线路、网络。它安排了这首诗里意念、意象的运转,也是一首诗的展开和运动的路线图。"① "诗与传统的小说、戏剧不同之处是诗的突出的含蓄。这种含蓄常常使它有着不同于上述的文学品种的内部结构。"诗歌的内在结构主要特性是:"通过暗示、启发、向读者展现一个有深刻意义的境界。这可以是通过一件客观的事或主观的境遇使读者在它的暗示下自己恍然大悟,所悟到的道理总是直接或间接地与历史时代、社会有关。"② 郑敏把诗的内在结构分为两种:一种是展开式结构;一种是高层式结构。

展开式结构一般是指人们开始读诗的时候,可能感觉到诗的意境在一步步地加深,但诗的韵味很平淡很一般,只有当人们读到诗的最后两行才引人进入美和智慧的世界,给人以心灵的顿悟。如华兹华斯的《致布谷鸟》中诗的开始,诗人和布谷鸟的鸣声都是生存在当前的现实中。但是随着诗的进展布谷鸟由真实中的鸟变幻成一个无形体的神秘的声音,这声音将诗人带回黄金的童年时代,直到在诗人的感觉里整个大地都变成了仙境。这首描写布谷鸟声的诗至此就完成了,同时也是诗人感情经历的旅程。展开式结构又分为三种表现形式:层层深入型、奇峰突起型和引人寻思型,但他们三者的共同点是一切寓意和深刻的感情都在诗的结尾,结尾是全诗的高潮和精华。

郑敏认为展开式结构多出现在古典的或浪漫主义诗歌中,而高层结

---

① 郑敏:《诗的内在结构—兼论诗与散文的区别》,《英美诗歌戏剧研究》[M],北京:北京师范大学出版社,1982年,第42页。

② 同上,第20页。

构多出现在现代主义诗歌里。"如果展开式是一幅轴画，一步步地在读者的眼前，高层式就像一座塑像，给读者强烈的立体感；如果展开式是我国传统的宅院，高层式就是楼房。这种诗的结构很少出现在古典的或浪漫主义的诗歌里（布莱克的诗例外），是现代派诗歌常用的一种结构。"①高层结构是郑敏论述的重点，它的特点是"高层的含义，在现实主义的描述上投上超现实主义的光影，使得读者在读诗的过程中总觉得头顶上有另一层建筑，另一层时隐时现，使人觉得冥冥之中有另一个声音。"②

郑敏认为高层式结构有两种形式：一种是诗人在两种不同的经验中找到共同的东西，因此在写 A 经验时，有意使与它有密切关系的 B 经验隐约出现；另一种情况就是在写一种经验时不仅写其形、而且写它的神，也就是本质的精神，隐约渗透，这样就成了高层式。"影射寓言属于前者的一种。影射和寓言虽然在民间、古典、浪漫文学文本中有，但传统的寓言很像一个葫芦，本身已被挖空，只起一个装药的作用，因此并没有高层、多层之感。而现代派的神话寓言和影射的象征意义正在于它同时呈现 A/B 两种经验，使之或相交织，或一者为主，另一者时隐时现，这样就产生一种现实与梦幻交替出现的恍惚的感觉。也就是带有梦境色彩的现实，和具有现实细节的梦境存在诗里，这一点是古典或浪漫主义文学所没有的"③。郑敏在这里进一步论证了高层式结构一般只有现代派诗歌才具有的特征。接着又用美国诗人罗伯特·佛罗斯特《雪夜林中小亭》中的高层结构进行举例说明。

《雪夜林中小亭》是一首既写实景又富有象征意味的小诗，诗中："这树林是谁的我知道/他的房子在村子那头/他不知道我路过小亭/看积雪压满幽径枝梢。"由于诗人只用一个"他"字代表树林的主人，"他"自然既是一个诗人的熟人，又含有比一个单纯的"熟人"更多的意思。"他"是谁？这里就产生了一个现实的"他"和一个象征的"他"的高层结构。由于"他"是有多层意义的，"他"的"树林"也增加了象征的色彩，而雪夜悄悄地经过一片不普通的树林这一行动也获得多层的

---

① 郑敏：《诗的内在结构—兼论诗与散文的区别》，《英美诗歌戏剧研究》[M]，北京：北京师范大学出版社，1982 年，第 30 页。
② 同上。
③ 同上，第 31 页。

意义。

最后，郑敏指出现代主义诗歌的高层结构到了 20 世纪中叶有了较大的发展，现实主义的底层结构是诗的主要骨架，而超现实的高层很少单独出现在诗里，却往往以虚幻的光彩浮泛，渗透在现实主义的结构上，使读者感觉到隐约之间还有一层超出诗中现实主义描述的深意存在。但在 20 世纪后半叶，有些超现实主义诗则进一步将高层结构引进诗行中，使它与现实主义的底层结构并存在诗中。这样，超现实主义的性质就更具体、更固定，而不是若有若无的飘忽的色彩。这是因为 20 世纪的后半期所产生的超现实主义诗更希望直接表现心灵中很多直觉的、无意识的活动。比如美国诗人罗伯特·布来的诗中就具有这种现实主义底层结构与直觉活动的成分。下面我们可以看看《圣诞驱车送双亲回家》，诗中说："穿过风雪，我驶车送二老/在山崖边他们衰弱的身躯感到犹豫/我向山谷高喊/只有积雪给我回答/他们悄悄地谈话/说到提水，吃橘子/孙子的照片，昨晚忘记拿了。/他们打开自己的家门/橡树在林中倒下，谁能听见？/隔着千里的沉寂。/他们这样紧紧挨近地坐着，/好像被雪挤压在一起。"老人回到家里，打开家门，消失了，这都是极现实的描写。老人的衰弱，对驶车在悬崖边的担心，对生活的眷恋，对孙儿的喜爱，这都是很现实的描写，是诗的底层，但笼罩全诗的却是那超现实主义的情调和气氛，生命的终结，这即将来到的悲剧，是这首诗的高层结构。门开了，他们的消失有着超现实的意味，老人们的孤寂使他们相依为命，然而将他们挤在一起的是"雪"，不是什么温暖的生活。在繁华的世界里，人们的关系发生了异化，老人们的死像橡树在林中悄悄倒下，千里外的亲友无法知道，路途遥远，只有一片沉寂陪伴他们的死亡。这首诗中现实主义的描写与高层的超现实主义的因素相辅相成，增加了诗的深度和魅力。

郑敏对现代派诗结构的详细论述是现代主义诗歌理论的独特贡献。

三、诗歌的境界

王国维曾把诗歌分为"有我之境"和"无我之境"，"有我之境，以我观物，故物皆着我之色彩；无我之境，以物观物，故不知何者为我，何者为物。"① 郑敏在《英美诗创作中的物我关系》中主要论述英美诗歌怎样从浪漫主义的"有我之境"过渡到现代派诗歌的"无我之境"的过程。郑敏指出:"现代派的诗在表达主观和客观方面就跳出了现实主义和浪漫主义各强调其一的倾向。"② 我们先回顾一下19世纪浪漫主义诗人中的主客关系。在雪莱的《解放了的普罗米修斯》、拜伦的《曼佛雷德》是以象征手法,借客观之驱(神话或传说)描写诗人主观的精神经历,侧重点是主观因素,客观不过是一个躯壳。实际上他们的诗歌的意境是"有我之境"。但抒情诗人济慈和华兹华斯在物我这个问题上有了创造性的发展。从某种意义上讲,开了现代之风。比如济慈的《希腊古瓶赋》就是一例。诗人在博物馆中看到一只刻有庆丰收画面和青年恋爱谈情的希腊古瓶,有感而写了《希腊古瓶赋》。诗人指出生活中的青春会消逝,而瓶上的恋人永远年轻貌美,爱情总在期望中等候幸福,树木永不凋零,最后诗人怀着矛盾的心情说瓶上的牧歌虽然是冷冰冰的,但却能长存人间,教导人们理解:"美就是真,真是美"。对于济慈这里所谈的哲学思想我们姑且不评议,郑敏主要论述是济慈在写古瓶这件事物时抒发了主观的情怀,这与当代西方诗中的咏物诗一脉相承。他在这首诗中用每节十行 ababcde 及 cdede 的各种排列的严整格式写下深刻的思想。它的艺术上的含蓄、凝练、纯正深得后人赞美。在这首诗里济慈结合了古典主义的严谨和浪漫主义的想象,结合了感情的强烈和思想的深隽,是写物中有我,在客观中体现主观的典范,也就是说诗歌境界向"无我之境"迈进。

华兹华斯的《致布谷鸟》中自然里有人的主观感情,人的感情中有客观影响,诗中形成物我交融"无我之境"的境界。诗人也是描写布谷鸟在绿叶中的神秘行踪,和四处传来忽远忽近的布谷鸟唤声。诗人写得虽是布谷鸟但实则要描写自己童年时幼小心灵在春天的欣欣和新奇感。诗人对童年的怀念使得诗中的布谷鸟不再是一只普通的鸟,而是能召回他失去童年的梦幻的一种力量。当布谷鸟将诗人带回童年的幸福时,他

---

① 转引蔡镇楚:《中国文学批评史》[M],北京:中华书局,2005年,第440页。
② 郑敏:《英美创作中的物我关系》,《英美诗歌戏剧研究》[M],北京:北京师范大学出版社,1982年,第52页。

说："呵，可祝福的鸟，我们脚下的土地又仿佛变成／一片虚无缥缈的仙岛，／这样的家乡和你相称！"在这首诗中诗人将早春的布谷鸟带给人们的愉快、神奇、希望等丰富的感情十分具体地描写出来，但又同时写了客观的情况，真是物（鸟的呼声）中有我的感情，我中有物的特性（布谷声表示早春的来到）。

上述的这种济慈和华兹华斯物我交流的传统在英美现代派中得到继承和发展。罗伯特·布莱的《睡醒》一诗中的诗人在"我"中看到客观的物，又把自己的身体比成海洋："在血管里军船在驶行，／船沿不断产生小小的爆破，／在含盐的血液里海鸥在风中翻飞"。冬眠过去了，诗人感到生命的复苏："现在我们醒了，起床，吃早饭，／血管的港口升起呼唤，／雾，船桅高耸，阳光中木勾碰撞闪光。"诗人说"我们的全身像一个黎明的港湾"。黎明的港湾，生活兴奋，繁复地进行着。生机在春天复苏，正如海港在黎明醒来一样。在这样一首诗里，很难说诗人在写自己。虽然他是写了在春天回来时兴奋的感觉，但通过写"我的感觉"显示了一幅客观世界的朝气蓬勃的画面，这就是黎明醒来的海港和繁忙的海面。这首诗的主观情感深深地溶在客观的景物中，真正达到了"无我之境"。

四、诗歌的内容

郑敏在《英国浪漫主义诗人华兹华斯的再评价》指出："没有华兹华斯的诗，英国怎样过渡到现代诗是很难想象的。华兹华斯的诗歌和诗歌的理论在18、19世纪英诗的发展史上起着承上启下的作用。因此也是英国诗从19世纪不甚兴盛的情况转向19世纪浪漫主义高峰，又进入光怪陆离的现代诗的过程中所不可缺少的一个环节。"[1] 18世纪新古典主义的诗歌辞藻华丽，有时带有浓厚的脂粉气，用娇揉造作的词句写上层社会和宫廷生活。他们的诗歌内容脱离了广大群众的现实生活，题材单调贫乏。这时华兹华斯正年轻，受到法国革命的感召，向往新的民主生活，但是他的理想很快就破灭了。他对浮华的宫廷生活是厌恶的。资本主义工业革命后，城市生活人欲横流，腐朽现象使他深恶痛绝，同时他较多接触

---

[1] 郑敏：《英国浪漫主义大诗人华兹华斯的再评价》，《英美诗歌戏剧研究》[M]，北京：北京师范大学出版社，1982年，第74页。

城市平民和农民,看到他们生活的简陋、贫穷和他们在贫苦中所表现出的种种美德与城市富贵人家的骄奢、贪婪恰成对比。华兹华斯一向认为诗应当写高尚的情操的,诗应当用平民的语言写穷苦人的生活。

华兹华斯的很多诗歌描述了 19 世纪初资本主义工业革命下贫苦农民的痛苦和创伤。在《露西葛雷》中,一个女孩在风雪之夜,提着灯笼走过荒原去迎接深夜从城镇劳动回来的母亲。但迷路的女孩永远走不到城镇了,她消失在风雪中。只有欢乐天真的形象至今仍好像徘徊在荒原上,"但至今人们坚信/荒原上仍生活着小露西,/她可爱的背影逶迤前进,/头也不回,/她的歌声将人们吸引。"一个天真的劳动人民的女孩,在风雪之夜中的乐观精神被诗人生动地刻画下来。她的死也是大工业对穷人的迫害的曲折反映。

华兹华斯把笔致移向平凡的小人物和农民,努力表现他们的喜怒哀乐。在华兹华斯以前,诗似乎只应当用来表达有教养的贵族和他们的子女的感情,而平民很难入诗,农民更难入诗。华兹华斯为普普通通的人打开了现代诗的大门。艾略特在现代主义的诗歌《荒原》就开始描写了平民女打字员的爱情生活:"打字员到喝茶的时候也回了家,打扫早点的残余,点燃了她的炉子,拿出罐头食品。/窗外危险地晾着/她快要晒干的内衣,给太阳的残光抚摸着,/沙发上堆着(晚上是她的床)/袜子,拖鞋,小背心和用以束紧身的内衣。/我,帖瑞西士,年老的男子长着皱褶的乳房/看到了这段情节,预言了后来的一切——/我也在等待那盼望着的客人。/他,那长疙瘩的青年到了,/一个小公司的职员,一双色胆包天的眼,/一个下流家伙,蛮有把握,/正像一顶绸帽扣在一个布雷德福的百富翁头上。/时机现在倒是合适,他猜对了,/饭已经吃完,她厌倦又疲乏,/试着抚摸抚摸她/虽说不受欢迎,也没受到责骂。/脸也红了,决心也下了,他立即进攻;/探险的双手没遇到阻碍;/他的虚荣心并不需要报答,/还欢迎这种漠然的神情。"

郑敏是九叶诗派中至今仍在写诗的诗人,许多人过多关注她的诗歌,很少人关注这部理论专著。郑敏在这部专著中打破一般人的思维常规,从 19 世纪末到 20 世纪初英美诗歌的一些变化中,寻找现代主义诗歌形成的原因。郑敏依据历史的事实,澄清人们错误的认识,主要从诗歌的意象、诗歌的结构、诗歌的意境和诗歌的内容四个方面论述现代主义诗歌的形成过程，这也表明郑敏在创作诗歌时比较注重诗歌这四个方面的特征。

这部作品是郑敏从实际创作中总结出关于现代主义的理论作品，而《郑敏诗集 1942—1947》中的许多作品并没有达到这部理论作品的高度。其一，有些诗的意象太多，有时缺乏统一性，诗的结构显得松散。例如《彩云》一诗中，"连用了十三个意象，'行云流水''山''石''月''云彩''月光''一章音乐''深山里的一口井''天空''苍鹰''郁黑的林'和'蓝天'。这些意象大致可以分成两组，'变幻'的有行云流水和云彩；'恒性'的有山、石、日月、井等，但'苍鹰'这个意象又象征什么？'苍鹰'与诗中的'我'又是什么关系？和'你'是什么关系？这些暧昧的关系，以及意象之杂多，造成这首诗整体上的松散。"① 这首诗的结构远没有达到高层的结构；其二，有些诗的思想深度不足，诗人往往先有基本概念然后再赋予形象描述。比如《时代与死》一诗，"她要表现的无非是小我牺牲以完成大我的主题。这类主题不容易写，如果作者对生命参悟不足，很容易变成轻浅浮滑，张口结舌的。郑敏犯的正是这个缺点。这可能是由于她还年轻，未能达到这类题材所必具的思想深度，所以流于虚弱无力。倘若恨正是为了爱/侮辱是光荣的原因/'死'也就是最高潮的'生'，这类阐释直陈的句子，完全失去了诗的紧凑性和说服力。这无疑是因为年轻的郑敏太过急于去表达思想，而疏忽了：没有近乎戏剧效果的意象取信于读者，也不可能令他们接受任何藉以传达的信息。"② 这里郑敏表达的思想远没有华兹华斯表达的思想过程真切自然。

《英美诗歌戏剧研究》事实上为郑敏以后《诗歌与哲学是近邻》中第三编《后现代诗歌的到来》做了准备工作。第三编《后现代诗歌的到来》中的《诗与后现代》、《威廉斯与诗歌后现代主义》和《美国当代诗与写现实》都需要《英美诗歌戏剧研究》中的理论知识来阐释。

---

① 王圣思编：《"九叶诗人"评论资料选》[C]，上海：华东师范大学出版社，1995 年，第 282 页。

② 同上，第 287 页。

第三章 后现代主义创作思想的形成

第一节 后现代主义诗歌的图景

谈到郑敏后现代主义诗歌创作就无法绕过郑敏 80 年代中期在美国访问的艺术积累。著名的诗歌评论家蓝棣之曾说:"《心象组诗》是郑敏诗的一个重要里程碑,创作于 1985 年。当时文坛的宽松气氛为郑敏的艺术探索提供了必要的条件。1985—1986 年去美国讲学与访问期间,她对美国人尤其是像她一样年老的人,仍在追求焕发年轻的精神深有感触,这帮助她从过去的约束里解放出来。她的意识的栅栏不再强烈地在那里把门,她打开了无意识这块领域,《心象组诗》就是在这种情况下创作的,其中很多首就是在美国写成的。一旦调整了心态,就忽然发现了很多过去被她所忽视的东西。"① 郑敏自己也说过:"我 80 年代中期在美国学习,受美国后现代主义诗歌影响较深,86 年我曾编译过《美国当代诗选》。"② 这里郑敏的《美国当代诗选》事实上告诉了人们她是如何受美国后现代主义诗歌的影响。

美国后现代主义诗歌始于美国二战后 50 年代,由威廉斯开创,盛行于美国 70 年代和 80 年代。二战以后的美国诗歌走进了一个既丰富多彩又不拘一格的新时代。在这个"风格变化多端,除旧立新"的时代里,产生了黑山派、旧金山派、垮掉派、纽约派、新超现实主义等风格各异的

---

① 蓝棣之:《郑敏:从现代到后现代》,《当代作家评论》[M],1992 年,第 5 期,第 12 页。
② 周礼红:《在现代主义和后现代主义之间》,《电子科技大学学报》[J],2008 年,第 6 期。

诗派。这其中一些诗人在"传统诗律的庇护下开始他们的创作生涯（尽管是意味着历史和文学的延续），他们后来充满反叛性地和传统决裂，讲他们自己与一些现代主义者或其弟子结合在一起，有些人还搞出了一套个人的美学，一种独特的文风，借此向迄今为止的所有诗歌宣布独立。"① 霍夫曼的《诗歌：现代主义之后》十分鲜明地肯定了二战以后的诗人们与现代主义诗人们的不同，后现代主义的终身追随者伊哈布·哈桑对这类据称是惠特曼嫡系风格的诗派，总结出了其精神特质："这样的风格倾向于太平洋而并非欧洲，着眼于自然甚过文化"。② 一些评论家称二战以后美国诗歌的变化是由现代主义过渡到后现代主义时代。对此，评论家们各执一端，有着激烈的争论。如罗伊·哈威·皮尔斯、海厄特·瓦格纳和哈罗德·布鲁姆认为美国诗歌是一个延续的过程。但如詹姆斯·布雷斯林等人认为美国诗歌是一连串中断和创造能量的爆发，因而它常常突然背离原来的特性和方向。并且他还指出："50年代后期发生了一次戏剧性的爆发，《嚎叫》、《生活研究》、《美国新诗》起了决定性的作用；"③ 持"延续"观点的评论家倾向于认为20世纪美国诗歌是一个整体，50年代以来的诗歌是现代主义诗歌的修正与发展。持"中断"观点的评论家倾向认为现代主义美学已经中断，被一种完全不同的美学即后现代主义所代替。④ 这个原来具有争议的议题在其进入中国文学的视野后，却出乎意料地获得一致的看法，袁可嘉于1983年在《后现代主义》一文中就将诗歌领域的后现代主义与二战后的美国诗歌画上等号，此后有关二战后美国诗歌的教材与论文多以此为界定。郑敏在关于美国当代诗歌的许多论文中也自然地将二战后的美国诗歌划入后现代主义的潮流。在郑敏《诗歌与哲学是近邻》中曾说："美国在20世纪初出现了三个诗歌及理论界的怪杰；庞德、艾略特及威廉·卡洛斯·威廉斯。其中在诗歌理论上

---

① ［美］丹尼尔·霍夫曼主编，裘小龙译：《美国当代文学》［M］，北京：中国文联出版公司，1984年，第629页。

② ［美］伊哈布·哈桑著，陆凡译：《美国当代文 1945—1972》［M］，济南：山东文学出版社，1982年，第133页。

③ Geoffrey Thurley, The American Moment: *American Poetry in the Mid-century* [M], London, Edward Arnoed, 1977, p.29.

④ 彭予：《现代主义的消亡——论战后的美国诗坛》，《北京航空航天大学学报（社科版）》［J］，2002年。

为 20 世纪诗歌,包括现代主义及后现代主义,奠定了理论基础的是庞德。仅以《阅读 ABC》一书来谈,从中就可以找到 20 世纪诗歌的现代主义与后现代主义理论的胚芽。在他的理论与文学活动及创作实践的影响下,美国出现了两位有世界影响的大诗人,就是艾略特及威廉斯。有趣的是,他们虽是孪生,却是两个长相全异的兄弟,而且各领 20 世纪诗坛风骚 50 年。在 50 年代以前是庞德——艾略特时代,而在 50 年以后,美国新诗就进入了庞德——威廉斯时代。这个有趣的现象只能从美国现代主义诗歌在二次大战后,随着西方文艺思潮的发展,也逐渐进入后现代主义这个事实来理解。"① 把美国后现代主义诗歌追溯到 20 世纪 50 年代有着深刻的历史原因。

首先,美国在这段历史时期跨入后工业社会,科技迅速发展,经济出现了前所未有的繁荣景象。电视和电脑在美国家庭中的普及,对宇宙空间的探索,各种新的发明创造和新的思维方式的创造性地提出,尤其是弗洛伊德和荣格心理学更广泛、更深入的引进,拓宽了人们的事业和思维空间。60 年代侵越战争所激起的空前的反战运动、黑人运动和女权主义运动,对德国法西斯集中营、广岛和长崎原子弹爆炸的痛苦回忆,对环境污染、吸毒等社会问题的忧虑都造成了美国人的心态、想象力和价值观的急剧改变,这势必给新时期的诗人带来新的题材和新的艺术手法。特别是德里达的《论文字》、《声音和现象》、《书写与差异》三部书的出版,宣告了解构主义的确立,形成以德里达、罗兰·巴特、福科、保尔·德·曼等理论家为核心并互相呼应的解构主义思潮。德里达文学批评思想,是以"解构"为显著特征,以"文字学"作为实践的方式,辅以"分延"、"播撒"、"踪迹"、"替补"等手段而形成的一个有机整体,打破西方的逻格斯中心、语音中心,形成了一种"在场"的文学批评思维模式。"德里达从小处着眼,从能指、所指、差异、踪迹、播撒、替补等不起眼的概念入手,挺进形而上学营垒深处,斩断其根基,颠覆其大厦,终于以感性的不确定性和自我解构拆除了形而上学的栅栏。"②

---

① 郑敏:《诗歌与哲学是近邻:结构—解构诗论》[M],北京:北京大学出版社,第 141 页。

② 王岳川:《后现代主义文化研究》[M],北京:北京大学出版社,1992 年,第 103 页。

在德里达的解构之下,文学不再是一种狭隘意义的文学,文学批评也不同于传统意义上的文学批评,而将"文学作为一种体制",正是这种"体制"的作用,使得从柏拉图形而上学时代开始的文学实质,在德里达这里被赋予新的思想内涵。从德里达的解构主义出发,我们可以看到美国当代诗歌呈现出令人惊异的美和丰富的含义。

其次,50年代中后期,艾略特的新批评所确立的美学原则成了绝大多数诗人和批评家的规范,然而,政治经济和社会形势的巨变促使不安于现状的第二代和第三代诗人开始寻找新的富于创造的艺术形式,以表现新时代的社会生活和个人经验。他们势必从不同的角度否定新批评派和新形式主义诗人所主张的封闭型的艺术形式,建立起自己的开放型诗歌形式。于是在诗坛上形成了大动荡、大分化、大改组的局面,垮掉派、黑山派、纽约派、深层意象派等也应运而生。恰好郑敏在编译的《美国当代诗选》(1987年9月由湖南人民出版社出版)中有较全面地展现出美国后现代主义诗歌的图景。

一、垮掉派诗歌

人们一般认为,打响美国后现代诗第一炮的是以艾伦·金斯伯格为首的垮掉派。艾伦·金斯伯格因写《嚎叫》出名,成为美国60年代叛离精神的代表。《嚎叫》长诗从语言、内容、结构上都打破二战以前英美现代诗的原则,充分反映了60年代美国激进青年的思潮,形成垮掉派的风格。

垮掉派诗歌又称为"节拍运动"或"敲打诗派"。"垮掉青年"对战后美国社会现实不满,又迫于麦卡锡主义的反动政治高压,便以"脱俗"方式来表示抗议。他们奇装异服,蔑视传统观念,厌弃学业和工作,长期浪迹于底层社会,形成了独特的社会圈子和处世哲学。50年代初,他们的反叛情绪表现为一股"地下文学"潮流,向保守文化的统治发动冲击。垮掉派诗人生活放荡不羁,吸毒纵欲,对于社会习俗无所顾忌。垮掉派诗人又称自己为"Beat Generation",约翰·克莱隆·霍姆斯在纽约《时报杂志》一篇文章"This is Beat Generation"里对"beat"一词专门作了解释:这词不只是令人厌倦、疲惫、困顿、不安,还意味着被驱使、用完、消耗、利用、筋疲力尽、一无所有的意思。这可是一语道破垮掉派诗歌的本质，如果去掉垮掉派诗人生活放荡的表面，人们发现垮掉派诗歌的实质是对脱离群众的艾略特式的学院派诗歌一次颇具规模的造反。这与解构主义反对一个中心论，追求无中心的多元思想相一致。同时，垮掉派诗歌在诗歌节奏上往往会有咒语似的独特诗歌节奏，给读者造成既惊诧不已又痛快淋漓的感觉。在语言上使用大量俚语、口语，也不避讳生动的污言秽语，从而烘托了垮掉派的行为方式。垮掉派的语言风格也与现代主义诗歌有所不同。

　　郑敏在《美国当代诗选》编译了垮掉派诗歌中艾伦·金斯伯格的《美国》，这首诗和艾伦·金斯伯格的《嚎叫》同时写成。"它发表于美国反共参议员麦卡锡刚倒台时，诗中讽刺麦氏所倡导的反共作风对共产主义国家的疯狂攻击，与此相对比的是诗人对三十年代的自由空气的怀念和对一些因同情工人运动而受迫害的白人和黑人及诗人自己对思想进步的母亲的敬慕之意。"① 《美国》作品写道："美国，我已经将一切交给你，现在我一无所有……我无法再忍耐我自己的思想。/美国，我们什么时候才能够停止人类间的战争？/……美国，什么时候你才能天使一样？/……美国，在你这傻瓜情调中我怎能写一首神圣祷歌？"这里表达出诗人对美国强烈的愤怒之情。接着诗人写到："美国释放了汤姆·慕尼/美国解救了西班牙的忠诚党/美国沙可与范参替不能死/美国，我是斯葛斯郡的孩子们/美国，当我七岁时，妈妈带我去共产党的/密室会议，他们卖给我们毛豆/一张票一把豆/一张票一分镍币/讲演白听，人人像天使一样/人人对工人怀着深情/一切如此真诚/你不知在1835年党有多好/斯葛德·尼林氏一个了不起的好老人/一个真正的负责明理的人。"这里表达了诗人对一些被迫害的好人的怀念和赞美之情。正是这些连珠炮般的猛烈轰击，宣泄着美国底层民众强烈要求改变自己经济状况和社会地位的不满情绪，这就使金斯伯格的诗作如决堤的波涛、消融的冰河，滔滔不绝，浩浩荡荡，成为一个时代的宣言书！这与郑敏前期追求和谐统一的一个中心的诗歌是不同的。比如郑敏的《噢，中国》写道："但是，你不会沉灭，你的人民第一次/助你突破古老的躯壳，第二次助你把自/行的手臂举起，第三次，现在，他们向/你呼唤，噢中国！觉醒！/这一次是血液里升出真

---

　　① 郑敏编译：《美国当代诗选》[M]，长沙：湖南人民出版社，1987年，第84页。

的觉醒，/从灵魂的田野里将隐/埋在泥土下的腐败连根掘去/还有那些怠惰的杂草。/首先要建起一座庙堂，崇高而静穆，/自废墟遗迹中耸立，唤醒我们心头假寐的美德。"在《美国》中诗人追求的是反叛一个中心的传统，而在《噢，中国》中诗人表达要建设一个美好和谐的国家的愿望。《美国》这首诗在艺术上使用了大量的口语，如："这可不好，哦，她让印第安人学会识字/她需要黑人大个子，哦她让我们人人每天工作十六小时，救命啊。"这样口语化的语言打破学院气，具有颠覆性作用。这种口语化的语言与郑敏以前诗歌中追求陌生化凝练含蓄的语言是不同的。如在《金黄的稻束》中金色的稻束"肩荷着那伟大的疲惫"；在《村落的早晨》中写树上的新叶时说，"树梢上/每一个夜晚添几面/绿色的希望的旗帜。"这些抽象化的词语中蕴涵着丰富而深刻的含义。

劳伦斯·费灵格蒂是垮掉诗派另一位主将，因办"城市之光"出版《嚎叫》的垮掉派作品而出名，为旧金山复兴派领袖之一，主要作品十余种，近年影响略减，"但五十年代、六十年代因提倡诗歌走向街头而发生影响。他的诗适合朗读，在音乐节奏上力求吸收摇滚乐，开巴布、迪伦式民谣的风气，文字流于疏散。"[①] 在《美国当代诗选》中郑敏编译他的《经常冒着荒谬的危险》、《五十岁时一只凤凰》、《高架铁路前的小杂货店》共三首诗。强烈的音乐节奏、民谣式诗歌语言是劳伦斯·费灵格蒂诗歌的主要特色。

二、黑山诗派

当垮掉诗派以怪异的思想和特异的生活方式引起公众注意的时候，一群更有哲理气息的大学师生正在偏僻的黑山学院同样进行着对诗歌的发展意义非同小可的尝试，他们用开放型的诗歌取代了新批评派提倡的封闭型智性诗，并在后现代诗学理论上独树一帜地提出了"投射诗"的新主张。这就是后来闻名遐迩的黑山诗派。这些诗人被称为"黑山派"诗人，也叫"投射诗人"。郑敏在《美国当代诗选》编译了黑山诗派查尔斯·奥尔森的《我，葛罗斯特德的马克西玛斯对你说》；罗伯特·邓肯的《我经常被允许回到草场上》、《诗、一个自然的东西》、《韵的结

---

① 郑敏编译：《美国当代诗选》[M]，长沙：湖南人民出版社，1987年，第77页。

构（Ⅱ）》；罗伯特·克利莱的《窗》、《花朵》、《休假》、《瞬间》。黑山派诗人在诗歌美学的破旧立新上比垮掉派诗人和威廉斯更有建树，"黑山派诗人创始人查尔斯·奥尔森则进一步打破威廉斯关于句子重音的有规则的格律，主张诗行的节奏只能决定于'呼吸'，而换气、停顿又决定于诗的情绪，这样就将节奏感与诗的内容完全结合起来了。诗行的长短，其间的停顿，全看成是具体的诗的需要。这也进一步实现庞德在实际中提出的音乐句式的节奏。威廉斯——奥尔森这个在形式上的创新（'投射派'诗）使得当代美国诗的语言一扫学究气，很多日常语言得以入诗，为当代美国诗增添了不少生活的真实感。"① 奥尔森在纲领性的论文《投射诗》里开宗明义地提出了他的主张："而今 1950 年的诗歌，如果要想前进，具有实质性的价值，我认为必须牢牢地把握呼吸和自我听到的某些呼吸的规则和可能性，即把一个人创作时的呼吸和自我听到的某些呼吸规则与可能性放进诗里。"② 奥尔森这种诗歌创作理论和解构主义对待传统文化态度是一致的。解构主义认为事物并无固定的中心，创新是对传统的反叛，但是又必须在传统的基础上吸收营养，创新是对传统的"非等同圆的重现"。根据这个以呼吸为诗歌节奏单位的创作主张，1953 年奥尔森开始陆续完成了《马克西玛斯》诗篇，下面就以《马克西玛斯》其中选段《我，葛罗斯特德的马克西玛斯对你说》领略"投射诗"的特点："爱是不容易的/单尼如何知道，/新英格兰，现在/腐朽在这里发生了，/老式电车，啊俄勒冈，/如何在午后叮当而过，冒犯了/一个黑色——金色的小腹/啊，捕剑鱼的人，/你将如何击中/那蓝红色的鱼背，/当昨夜你的目标/是颓唐的音乐、病态的/音乐、病态的音乐，/而不是那种纸牌游戏？/啊，葛罗斯的特人/织吧/将你的鸟、手指更新/你的屋顶和晒着/整洁的干鱼的鱼架/在美国的辫子上/晒着，和你一类的人一起，/这种能剥离的表面/好像羊人神和口语，/沙乎故乡瓷瓶上的/半人半兽神/啊，杀，杀，杀，杀/杀死那些用广告/出卖你们的人们。"这首诗的诗行长短不决定于音步，而取决于诗人对腐朽文化的痛恨，诗行

---

① 郑敏编译：《美国当代诗选》[M]，长沙：湖南人民出版社，1987 年，第 6 页。
② Charles Olson, Collected Prose, Berkeley, Los Angeles, London [M]: University of California Press, 1997, p. 255.

忽左忽右，长短不一，时而文字聚集在一起，时而文字疏朗，一直到两个字成为一行，以此显示作者的思想情感的变化。为了表达这种情感呼吸缓急的状况，诗人在原文用"mu-sick"自己制造的名词代替同声的music，即音乐，当晚听了很多令人作呕（sick）的音乐，是在白天无法产生的。结尾时诗人借用李尔王在受女儿侮辱后的喊声："杀、杀、杀、杀"。这些随着情感自由变化莫测的诗行最大限度地容纳了历史、人文、地理、古典文学以及政治等因素，使诗歌的内容包罗万象、博通古今，最大限度地发挥了诗歌的社会功能。从这一点讲，奥尔森的诗歌在利用形式拓展内容方面接近完美。"投射诗"的这种特点与郑敏前期诗歌恪守的"非个人化写作"是相反的，也与自白派诗人的自我坦白不同，"投射诗"中人将自我和非个性的自然地融合在一起。奥尔森和邓肯都认为：在我们的感知中，现实是偶然的、前后是不连贯的、一直变化的和难以解释的，反映这种现实的诗歌形式必然不可能预定，必然是多变的。奥尔森这种偶然的、前后是不连贯的、一直随节奏变化的诗歌形式与郑敏以前的诗歌有许多不同之处，郑敏以前的诗歌有着深层的蕴含与规范美学的思考，诗人创作了严谨致密的格律形式——十四行诗体。这种诗体严守十四行体的分节原则，通过跨行、跨节的诗句以适应格律要求，凸现重要的审美意象。比如十四行诗《求知》就是这样："（一）没有一条路比这更望不见尽头/有的疲倦了，长眠在路边的松树下/那些壮年和儿童继续走着，朝向/呵，什么地方？是果园？是荒冢？还是一个透//过厚雾的容貌，是神的，还是人自己的容貌？/这里没有答复，也许永远没有答复。他们只是/不停地追寻，自开始呼吸的一天，不停地掀/去一层怀疑，又一层……哦，这一会闪来一丝微笑//是智慧？但她却像那不朽的'微笑'，永远只停在画框里，/渺茫却又真实，我们都听见她向/人类召唤。人，一个因为幻想//而颤栗的儿童，他在剥着宇宙的果壳，你可曾怀疑/他没有尝到最后的果实，就夭逝？/或者，绝望的死去，因为发现一切只是恶意的玩笑。（二）我错了，应当忏悔，虽然在心灵的天空/确实掠过怀疑的暗影，但是，人，不要忘记你胸中/具有的良知，造物已将最后的钥匙交给你，/当你成了这充满诱惑的道路上的一个行旅。//我应当忏悔，曾这样不耐而贪婪的索要最后的果实/永远伸出手，向外面，而忘记体内的宝藏/那儿原埋有最可贵的种子，等候你从胸中将/它培养，伸向你身体以外,一株茂盛的树//我们岂是来到摘不尽/的果园里?我们愿意死在/叹息自己渺小,和抱怨欲望无穷里吗?//呵,假如你能想到,是来给些什么/你追求却为了给得更多,/你来,为了完成这个世界,用人的树增加它的美。"诗人的这两首十四行诗似乎像两个"同心圆":第一首诗着重对求知的外部描述,从求知者在望不见尽头的求知之路上疲倦地倒下,回顾了他们毕生的辛勤与艰辛,最后回到了对于夭逝者的痛惜;第二首诗着重对求知的内在评价,从"心灵的天空"中掠过的"怀疑的暗影",写到拂去暗影的天空下由挺拔的"人之树"构成的壮美世界,在广阔的心理时空中努力开发求知自身,而不是求知的功利目的的美与娱乐。从某种意义上说,这两首十四行诗又是同一个三百六十度的圆形:从树到"树",从第一首诗开头对于"长眠在路边的松树下"的夭逝者的怀念,到第二首结尾对于"为了完成世界"的"人之树"的赞颂。也许可以说,诗人运用十四行诗体,似乎更着重于诗歌内在精神的格律化、审美化。作为诗意"圆周运动"标志的审美意象,"树"曾在诗中多次出现。这一意象的反复运用,更强化了悲壮的行旅的"悲壮"意味。

三、纽约诗派

纽约诗派是指以纽约市为中心形成的一批典型的城市诗人。这些诗人超现实的诗歌常给人一种脱离大众现实的感觉,诗中罗列的文字时常引起人们的感官产生离奇的联想。丹尼尔·霍夫曼对纽约诗歌的特征曾经这样的概括:"一种不同的超现实主义——更具讽刺性、荒诞性、滑稽模仿、自我沉思和远离外界现实,他通过一群受过法国诗歌影响的诗人的作品进入了美国当代诗歌的主流。"[①] 这些形式怪异、语言飘忽、能指和所指模糊的诗歌作品背后却隐藏着深刻的社会文化、政治和经济因素。郑敏在《美国当代诗选》编译了纽约诗派弗兰克·奥哈拉的《黛女士死的那一天》、《给已故的父亲》、《诗》、《昨天在运河那儿》、《给约翰·阿胥伯莱》;约翰·阿胥伯莱的《这些湖畔城》、《街头音乐家》、《你从哪

---

① Daniel hoffman,*Harvard Guide to Contemporary American Writing*,Cambridge,MA and London [M]:The Belk,Press,1979,p.553.

块圣地来》、《乡村的傍晚》；葛尔维·肯耐尔的《第一首歌》、《在冻了的田野上》、《多少夜》、《在废墟又度过一夜》、《苍蝇》、《芒果》、《熊》；肯尼斯·柯克的《新鲜空气》、《致你》、《永久的》。其中弗兰克·奥哈拉和约翰·阿胥伯莱一般被公认为纽约诗派的优秀诗人。

约翰·阿胥伯莱是对郑敏影响较深的一位纽约诗派重要的诗人。他的诗只写人们的思维、情调，不写具体事情。诗抽象、晦涩难懂。约翰·阿胥伯莱的诗打破了传统的主题、逻辑等方面的因袭。他自己说："我是用一盘子意象招待读者。"① 这些意象常被放在诗的立体结构中，时空转换错位杂陈。他常以变幻无穷的心态看自己和世界，内心永远是动的、变幻的、转换的。这是因为他已经摆脱了常规的时空和有"中心"意识的束缚，这一点是深受解构主义的影响。因此约翰·阿胥伯莱的诗呈现出反理性、反逻辑性和反一贯性。他的《这些湖畔城》就是一首由破碎的意象拼贴成的。下面我们看诗的一二节："这些湖畔城，从咒语中长出，/变成善忘的东西，虽然对历史有气。/他们是概念的产物：譬如说，人是可怕的。虽然这只是一例。//他们出现了，直至一个指挥塔/控制着天空，/用巧妙浸入过去/寻找天鹅和烛尖似的树的枝条/燃烧着，直到一切仇恨者变成无能的爱。"在第二节显然是现在和过去的重叠，恨与爱的重叠，今天的智慧与过去的天鹅、树枝是重影。这里我们可以把这一节想象成一幅画。在诗的第一节诗人说湖畔城是一个概念的产物，这就是："认识可怕的"，在第二节这种可怕、仇恨通过燃烧变成"无用的爱"。也许这一切都不能使世界的阴暗扭转过来，所以是无用的。燃烧是在寻找过去中进行的，过去的优美和爱是用无邪的天鹅和燃烧着的树枝做符号，仇恨虽然被转变成"爱"，但对今天的世界来说爱是无用的。在这四行诗里诗人充分发挥了字的联想力。"浸入"两个字引进天鹅在湖水中将首颈浸入水中的形象，而"烛尖"一字本含有一端纤细并逐渐变细的意思，这里用蜡烛这个概念引进"燃烧"的概念，燃烧的树枝又有夕阳中树枝的形象，这样就使得几行诗同时映现出几个色彩丰富重叠的形象。这里诗人以一种流动变化的视角打破时空秩序从而呈现出一种含混

---

① 约翰·阿什贝利:《滑冰者》，引自郑敏的《诗歌与哲学是近邻：结构—解构诗论》[M]，北京：北京大学出版社，1999年，第176页。

不清晰的多层次的美。这与郑敏以前追求逻辑一贯的雕塑美的诗歌是不同的。如《马》中诗人写到:"这浑雄的形态当她静立/在只有风和深草的芒野里/原是一个奔驰的力的收敛/藐视了顶上穹苍的高远//它曾经像箭一样坚决/披着鬃发,踢起前蹄/奔腾向前像水的决堤/但是这崎岖的世界/英雄也仍是太灿烂的理想/无尽的道路从它的脚下伸展/白日里踏上栈道餐着荒凉/人暮又被驱入街市的狭窄//也许它知道那身后的执鞭者/在人生里却忍受更冷酷的鞭策/所以它崛起颈肌,从不吐呻吟/载着过重的负担,默默前行/形体渐渐丧失了旧日的雄美//姿态的潇洒也一天天被磨灭/也许一天他突然倒在路旁/抛下了负担和那可怜的伙伴//从那具遗留下的形体里/再也找不见英雄的痕迹/当年的英雄早已化成圣者/当它走完世间艰苦的道路。"这里的马是一座凝定的庄严的雕像。它形态浑雄,收敛了"奔驰的力",这是力的凝聚,它的筋肉凸起,"像一座幽闭在硬壳里的火山"。这里虽然有"飞扬的鬃发,踢起的前蹄"动态的描写,但是最终统一于静态的"圣者"中,这座雕像是人性中永恒的光辉的象征:平凡中蕴含着伟大,苦难中诞生了崇高。从日常的叙述中升到理性的思辨,从矛盾统一中展现出严密的逻辑性。

四、深层意象诗派

深层意象诗派是对50年代新批评派诗歌的一种逆反,他们都对无意识中的深层意象有着浓厚的兴趣,深层意象诗派通过对无意识的诗性发掘,使得想象的跳跃和比喻的转换成为可能,使意象仿佛从心灵的深层跃然而起。郑敏在《美国当代诗选》编译了深层意象诗派罗伯特·布莱《傍晚令人吃惊》、《湖上夜钓》、《圣诞驶车送双亲回家》、《三章诗》、《从睡梦中醒来》、《数着小骨头尸体》、《战争与沉寂》、《疾行》、《散布在犁过的田野上》、《雪困》;詹姆斯·莱特《一次赐福》、《明尼阿波利斯组诗》、《为一只死天鹅写的三节诗》;路易斯·辛普森的《在加州》、《晨光》、《橱窗模特》、《杰弗逊港》、《美国的诗》。

深层意象诗派往往写诗人和大自然交流时敏感的心理,从而表现人的心理无意识的流动。下面就以深层意象诗派的代表人物罗伯特·布莱的《傍晚令人吃惊》来看深层意象诗派的特点。"在我们附近有人们不知道的动乱/浪潮就在山那边拍击着湖岸/ 树上栖满我们不曾看见的鸟儿/装满着黑鱼，沉甸甸地下坠。/傍晚来到，一抬眼，它就在那里，它穿过星星之网而来，/透过草叶的薄膜而来，/静静地踏着水波，这庇护的庙堂。/白昼永无休止，我这么想：/我们有为白昼的亮光而存在的头发；/但最终黑夜的平静水面将上升/而我们的皮肤，像在水下，将看得很远。"诗的第一节写的是自己与他所处位置无法知道，但强烈地感觉到其与存在的自然环境之间的联系。"不知道的动乱"原文是 unknowndust，是一种多义的词语。这里之所以选译为"不知道的动乱"是取其有运动感，并且是我们所不理解的运动，是一种冥冥中进行的动乱。这样与第二行的浪潮，第三行的看不见的鸟群，第四行的满网的黑鱼组成一个包围着人们，充满了神秘运动的、不为人们所理解的，但时时被人们意识到的自然界，它"沉甸甸地"，不可见，却又在冥冥中影响着我们的存在。布莱强调人的意识必须和宇宙的意识沟通，否则人只能陷于自己日趋狭窄的意识中，这种追求与自然、宇宙通信息，进行心灵交流的意愿形成深层意象诗派独特的风格。在本诗的第二、三段诗人写傍晚的到来表达一种自然的力量进入人内心的感受，他来自遥远的宇宙，因此"它穿过星星之网而来"，但它也早已在我们身边，脚下，因此"透过草叶的薄膜而来"，这是写自然力量无所不在，当我们意识到它的存在时，我们感到"吃惊"，这种和自然交流之感不是每一分钟都有的，因此它的到来给我们神奇之感。这种对大自然的存在的吃惊，也曾让人想起陶渊明"欲辩已忘言"的意境。诗的第三段很具体地写出人永远是自然的一部分，白昼时"我们有为白昼的亮光而存在的头发"，当黑夜如平静的水面淹没一切时"而我们的皮肤，像在水下，将看得很远。"这样就是说人永远和自然息息相关，自然包含白昼和黑夜。当明朗和晦暗的不同情况交替发生时，人们都能不断地和自然联系。郑敏曾评这首诗说："黑夜、黑色的鱼，都是意味着自然神秘，不为人知的一面，这也包括人自己的无意识的领域，那充满活力但不完全为理性所掌握的人的性灵的一面"。① 罗伯特·布莱这种追求与自然、宇宙互通信息，进行心灵交流，最终指向人的无意识的思想和解构主义的语言观有相通之处，解构主义认为语言之

---

① 郑敏：《诗歌与哲学是近邻：结构—解构诗论》［M］，北京：北京大学出版社，1999年，第191页。

根被认为不在理性为主的上意识,而在无意识中。语言在无意识中以混沌的状态运动,待人的理性、逻辑去捕捉,使之成为有形的语言,此时必然会发生失真。因此诗人不要去说语言,而是要让语言向他说。最后形成诗的不是那清醒地用逻辑来说和写的诗人,而是那主动来到诗人笔下的语言。而郑敏以前的诗较多是按一种非常逻辑的上意识(一种受理性和逻辑推理控制的)写作,是在一种理性、逻辑的层次,而没有完全进入无意识(指人的本能冲动、被压抑的欲望及其替代物,如梦、癔症等,不受理性和逻辑推理控制的)的混乱层次。比如郑敏的《鹰》中鹰冷静的思考、敏锐的搜寻、认清了世界、看清了方向、向远处高飞,这里的鹰象征着圣者在寻找目标进击之前的人生姿态,而这寻找目标的过程较多是受理性和逻辑推理控制的。

总之,美国后现代主义诗歌有强烈的地域色彩,比艾略特时代有更多日常生活情景与细节的记载,有更多诗人的经历和内心状况的描写。可以说当代美国诗学是解构性的,反对形而上学的哲学体系,反对以传统伦理道德为诗的主题中心,反对传统的关于语言与思维的关系,反对封闭的形式,这时的美国诗坛是破坏和建设并存的。郑敏曾在《美国当代诗选》中总结后现代主义诗歌的特征:"1. 主张彻底摆脱英文诗传统的抑扬格。2. 主张摆脱欧洲中心主义的文化观,发掘美国自己的风土、人情、语言和美洲的神话。3. 反对非主格、无个人的客观文学,而主张深挖诗人的自我意识,并找出意识的形成与环境(地理的、文化的)的内在关系。4. 一切与上述有关的社会生活、社会细节都可以入诗,形成非诗化的倾向,提炼、凝练不再是写诗的首要美学原则。5. 主张开放式的现场创作,使得结构、形式全取决于内容。提出形式是内容的延长的看法。认为诗是能量的网络,使人将能量注入诗中,再通过诗传达给读者。6. 艾略特作品的文化背景是西方哲学和怀德海(A. N. Whitehead)和布勒德莱(F. H. Bradley)的现代哲学及英国国教的宗教观,而后现代主义的主要文化基础是现代物理的时空观、相对论、拓扑学、荣格的潜意识心理学、人类学以及东方的老庄、佛教禅宗。"①

---

① 郑敏编译:《美国当代诗选》[M],长沙:湖南人民出版社,1987年,第248页。

第二节　郑敏的解构思维的发现

一、郑敏接受解构思想的途径

1985年以后，郑敏开始教美国当代诗。当时郑敏发现自己不懂美国诗了，好像一点也没有逻辑，乱七八糟的。她开始怀疑这到底是怎么回事呢？她就去研究美国的当代诗论。她研究之后发现自己的诗和艾略特的诗都是按一种非常逻辑的上意识写作，无法进入完全无意识的混乱层次，所以对美国当代的诗歌无法接受。当时郑敏重点研究的是威廉斯，他开创了美国新诗的后现代主义，所以郑敏觉得要补一补后现代的哲学理论。1985年郑敏开始做访美学者，做美国加州大学圣地亚哥文学院的访问教授，这给郑敏提供了学习解构主义的好机会。"后来我到美国去的时候正好大家都在研究德里达，那么我也开始研究他的解构主义，我才觉得通了。"① 1985年郑敏开始深入地研究德里达的著作，但是郑敏发现自己所注重研究的方面是当时美国的理论家们并不重视的，或者说是他们不特别感兴趣的。美国是新批评的诞生地，所以美国人在研究德里达的时候，更希望把德里达的理论直接运用于文学批评的传统上。与此持相反观点的理论家（包括德里达著作《书写学》的第一本英译本的翻译者斯皮瓦克）认为当时美国人研究的德里达并不是德里达理论核心的部分。斯皮瓦克认为德里达理论最主要的部分是对于伦理和哲学的突破性的探讨，而当时的美国人把德里达理论作为一种文学理论来补充他们的新批评。郑敏对这种研究不感兴趣，她感兴趣的是如何从东方的哲学角度看德里达的理论。"我始终认为德里达最核心的理论是两个：一个是非中心论，一个是否认二元对抗。这两个理论是德里达解构西方形而上学几千年传统权威的武器。德里达在这点上发扬继承了自希腊以来就存在

---

① 郑敏：《诗歌与哲学是近邻：结构—解构诗论》[M]，北京：北京大学出版社，1999年，第433页。

的和结构相对的解构思维。"① 譬如在希腊时期，一方是柏拉图的"结构"，另一方是赫拉克里特的"非结构"。此后，德里达又在尼采、海德格尔，还有弗洛伊德的理论中找到现代的解构先驱，德里达在继承了这些人潜在的解构理论后，完成了他的解构学说。

解构学说诞生在60年代，是和其他许多法国的激进主义同时诞生的，那些激进主义多半是受中国"文革"的影响而产生的，但德里达的激进表现得更为彻底。这首先表现在反对黑格尔式的正反合理论上，或是特别热衷于用二元对抗的阶级分析来看待一切。郑敏认为德里达的这种更透彻的激进主义所得到的结论和其他那种所谓的激进主义不同。事实上，那种激进主义一直遵守二元对立和一个中心的思维观。二元对抗不是多元共存，这当然不是真正的激进。你死/我活，东风/西风，中/西，这种思维方式，从封建时代一直到前苏联，都是二元对抗和一个中心思维。那么更早的推导可以到希腊文明和中古专制时代，整个西方的神学都是一个中心的。当历史证明了一个中心论和二元对抗给人类带来不可挽救的灾难时，郑敏觉得德里达及海德格尔等人的思维走出了西方的形而上学传统，更贴近东方老子的思想。海德格尔翻译了很多老子的著作。郑敏曾说："我研究德里达是从他在哲学方面突破封建以及封建以前传统的形而上学的角度展开的。若从这个角度讲，我认为德里达是迄今为止最彻底的激进主义。但是很有意思，正是因为德里达不赞成二元对抗，一元消灭其他元的中心论思想，他对于结构主义的批判使他反倒认为对抗的矛盾在多元的世界里，并非绝对的，多元世界内部彼此间会有许多相互影响，没有一种矛盾关系是永恒的矛盾，没有永恒的绝对真理，也没有永恒的绝对矛盾。"② 郑敏在美国做访问学者期间，在关于解构主义传统与创新方面常和一些学者发生分歧。当时的一些青年学者和在海外留学的青年学者常产生这样的误会：认为解构主义是要把一切都解除掉，是不会保留传统的，而是要与传统决裂。郑敏认为这些是中国造反派的想法，并不是解构主义的。她在研究了德里达以后，感到他是

---

① 郑敏：《诗歌与哲学是近邻：结构—解构诗论》[M]，北京：北京大学出版社，1999年，第463页。
② 同上。

不同于他同时代的一些激进分子的,他是不主张消灭传统的。郑敏认为:"其实,解构主义一方面反传统,另一方面恰恰是认为任何创新都必须不断回到传统里,重新吸取传统中遗留的财产,并把新的力量带给传统,使古老的传统获得新的生机。"①事实上郑敏从1986年开始研读各种解构主义经典著作,其中包括范森特·李区和德·曼等的重要著作,但是德里达的著作对郑敏的影响是最大的。以上我们可以看出郑敏是通过研究德里达的解构主义来形成自己解构思维的,那么德里达的解构主义对郑敏解构思维的形成起了怎样的决定性影响呢?

二、德里达的解构主义对郑敏解构思维的影响

德里达的著作主要有《书写学》、《书写与歧异》、《哲学之边缘》和《语言与现象》等作品,德里达的解构主义思想主要影响了郑敏的语言观、文学批评观、文化传统观和文学史观。

(一)郑敏的语言观

自柏拉图以来,西方文化传统一直受到逻格斯中心主义的思维方式的支配。德里达认为,这种思维方式为结构主义的形而上学提供了现实的基础,其突出特点在于把意义、实在法则视为不变之物,把它们作为思想和认识的中心。逻格斯中心主义不仅设置了各种各样的二元对立,如主体与客体、本质与现象、必然与偶然、真理与错误、同一与差异、能指与所指等等而且为这些对立设定了等级,第一项对于第二项有统治和支配地位。按这种思维方式,言语是思想的再现,文字是言语的再现,写作是思想的表达,阅读则是追寻作者的原意。德里达认为,"逻格斯中心主义和言语中心主义貌似正确,但歪曲了思、说、写的关系,特别是歪曲了说与写的关系。'说'绝不是'思'的简单再现,说与思从一开始就存在差别,说的东西与思的东西不能等量齐观,说充其量只能与思的东西相近,因为说出的东西比思的东西要么多些要么少些。"②

在西方索绪尔的符号语音学便是典型的语音中心主义的代表。索绪

---

① 郑敏:《诗歌与哲学是近邻:结构—解构诗论》[M],北京:北京大学出版社,1999年,第464页。

② [法]雅克·德里达著,汪堂家译:《论文字学》[M],上海:上海译文出版社,2005年,第2页。

尔的语音符号学认为作为能指的声音与它所指的概念之间的关系是完全武断的，因此书写符号不能越出这种武断关系，而有其自己的象征意义或与自然物有相像的联系。它的职责仅在于以写的途径留下发音的结构。因此拼音文字本身与它所指的实物只有概念上的武断的联系，而无任何形象上的联系。这样索绪尔突出了语音符号的能指与所指的结构，以之代替语言符号学。以言语的共时性压制了语言的历史性，在他的理论中不是语言包括语音，而是代替语音。针对索绪尔的符号语音学，德里达认为文字的写更能反映语言的差别性，语音的说话常常掩盖乃至取消这种差别性，能指和所指并不是一一对应的。比如，不少同音异形的词，仅听读音是无法区别它们，只有通过辨形才能将这两个音同形不同的字区别开来。为了说明这一点，德里达还生造了 différance 一词，"在法语中，différance 与 différence 读音相同，仅听读音无法区分他们，根据字形却可以做到这一点。因此，写最能体现语言是一个差别系统的事实。"①

德里达生造 différance 一词还有更深刻的原因。他一方面对结构主义的结构概念怀有强烈的不满，另一方面激烈批评现代主义对文本与阅读的理解。德里达说，différance 是潜存于文本中的散漫力量。由于 différance 的存在，人们原以为有中心和本源的地方其实并无中心和本源，一切都变成了话语，变成了充满差别的系统，在系统之外并不存在超验所指 différance 有多种意义，但有两个源于拉丁文 différre 的主要意义，一为"差别"，一为"延缓"。因此，différance 实质上是包含差别的延缓或包含延缓的差别，我们不妨把它译为"分延"。德里达力图用 différance 表明，"差别不是同时性的差别，而是历时性的差别，是自由活动的差别。延缓不是同一物的无差别的保持，而是体现差别的活动。这就意味着文本不是一个已完成了的文集，不是一本书或书边空白之间存在的内容，而是文字之间互为参照的'痕迹'。"② 这样的"痕迹"在德里达的解构主义中指向语言的无意识，"我们想到的还有开拓而非经过其道路的

---

① [法]雅克·德里达著，汪堂家译：《论文字学》[M]，上海：上海译文出版社，2005年，第2页。
② 同上，第3页。

印迹之拓路劳动，拓路之印迹、自拓其路之印迹的重复劳动。在弗洛伊德那里如此频繁出现的被拓之路的隐喻，总是与下述论题相通：替补性延缓和意义的事后重建，与隐蔽通道掘进之后、某种印象的那种隐蔽劳动之后。而这种印象留下了一种从未被察觉、从未以其意义的当下在场方式被体验、也就是说从未浮出到意识层面的劳动痕迹。"①书写的"非语音空间（甚至在'语音'文字中）与梦境空间之间是不确定的。"②并把这种书写称为心灵书写，他于是举例说心灵书写就像在蜡纸上写字，"神奇打印装置乃一种深褐色蜡制或树脂镶有纸边的书板。板上稳当地固定着一张精致透明的纸，而纸的下方则自由地安放于板上。这张纸乃是这个小型装置上最为有意思的部分。它本身由两个除横向两端外彼此可以相互分开的层面所构成。上面一层是一张透明的赛璐珞片；下面一层是一张精致透明的蜡纸。不用它的时候，蜡纸背面轻轻附着在蜡板的正面。使用神奇打印装置就意味着在铺呈于蜡板上的赛璐珞片上书写。为了这个目的，我们既不需要铅笔也不需要粉笔，因为书写在此并不依赖于材料对接收面的介入。正是在那里有一种向古人在小粘土板或蜡板上书写之方式的回归。一个尖点击在面上，其压力导致了'被写下物'，在这个神奇打印装置中，打击点并不直接产生效率，而是借助于上层护页。尖点在它接触到的地方将蜡纸的背面压在蜡板上，而这些印痕就变得像印在具有另一种光滑与灰白的赛璐珞片上晦暗文字一样清晰可辨。"③郑敏从德里达的解构语言观中受到了极大的启发，郑敏说，"德里达在其《书写学》一书中专门指出汉语体系的非拼音语言所表达的是与西方形而上学全然不同的一种文化"，④"德里达千方百计要将拼音文字以音为中心的概念解构，正是为了将拼音文字开发成一种充满潜意识，有丰富踪迹活跃游戏其间的有生命力的文字，他倡导以'心灵的书写'为文字及语言的源泉，正是要引进一种活力到死板无生意的拼写符号中，他批判索绪

---

① ［法］雅克·德里达著，张宁译：《书写与差异》［M］，北京：三联书店，2001年版，第387页。

② 同上，第391页。

③ 同上，第402页。

④ 郑敏：《结构——解构视角：语言·文化·评论》［M］，北京：清华大学出版社，1998年，第145页。

尔的符号结构的缺乏活力,而写道:'只有当写下的字作为一个符号信号死亡时,它才作为语言而诞生'(《书写与歧异》第12页)。"① 郑敏认为20世纪西方语言观经历了一次根本的变革,就是走出了语言的逻格斯中心和唯理性主义。对于语言与无意识关系,语言作为独立于人的符号系统等方面的理论有了全新的拓展。人们不再将语言视为人们能以逻辑与传统修辞学完全支配的交流和表达的工具。语言的准确、透明和不容置疑度在后结构主义(解构主义)时代受到语言学和文学界的挑战。语言之根被认为不在理性为主的上意识,而在无意识中。语言在无意识中以混沌的状态运动,待人的理性、逻辑去捕捉,使之成为有形的语言,此时必然会发生失真。因此诗人不要去说语言,而是要让语言向他说。最后形成诗的不是那清醒地用逻辑来说和写的诗人,而是那主动来到诗人笔下的语言。因此在创作过程如何使无意识和有意识、无形的语言踪迹和有形的语言自由对话是关键。

(二)郑敏的文学批评观

解构主义在20世纪下半叶的出现是对于科学上已经提出的不决定论、反对理性绝对权威中心论以及对于新的物质观、思维空间及心理学的无意识观念的反应,尤其是不定论,几乎贯穿在所有的解构主义语言心理学、文学理论各方面。特别是德里达的"书写"理论对郑敏的文学批评观影响较深,郑敏指出:"德里达对语言学家索绪尔关于所指、能指的理论持肯定又反驳的态度,他反对语言表达功能的确定性,提出新的'书写'的理论,书写既不是一种行为,也不是一种概念,它不模仿言语,不受所指和意义的约束,不是语音中心的产物,书写与写的行为及已写成的东西不同,它是永远在变化的、无形的,它的同义词是歧异(différance)、踪迹(trace)及空间(space)等,也许我们可以将德里达的书写理解为人类先天所具有的一种功能,它时刻在发生作用,而又时刻在变化。因此是无形而不在的。"② 解构主义继结构主义之后将语言的不决定性推向深处,从而动摇了文本的整体意义,评论探求作品的原意

---

① 郑敏:《结构——解构视角:语言·文化·评论》[M],北京:清华大学出版社,1998年,第136页。

② 同上,第6页。

也就成为无谓之举。文字、语言的独立性、不定性和多义性使得文学批评脱离了传统批评探讨作品的真义（哲学的、历史的）的轨道。郑敏认为在文学批评方面解构主义主要是对"天"、"人"、"文"三方面解构传统观念的。

所谓的"天"，这里借用我国哲学中关于天、人关系中的天，它包括"永在"和"道"、"圣言"（逻格斯）。西方哲学自古希腊开始就以这种永在和逻格斯为其玄学中心。这种以天、天道、逻辑秩序、神言为中心的一元玄学是产生于人们对权威庇护所给予的安全感的寻求。这种先验一元权威的哲学框架建立在两极对立、一强一弱之上，如：善/恶；灵/肉；有/无等。而前者是价值的决定者，后者是被决定的受治者。为了打破这种价值中心的结构，解构主义将它的解剖刀对准人文主义的宗教情绪和真理的价值观。郑敏认为德里达解构得最猛烈，"解构主义的创始人德里达在60年代抨击人文主义对于并不存在的第一因（神的存在）的追求，并称之为不可能的'存在'的依恋，以及因为失望而产生卢梭式的悲观、忏悔之情。同时称赞尼采式的对这种第一因的不存在怀庆幸的积极态度。他认为前者只是妄自梦想解释真理，而后者对其抱着游戏人间的肯定态度，因而超越了人文主义及终生梦想理解神的完全存在的人。"① 解构主义在揭穿了人文主义的某些不符合真实之后，他们开始追求无系统、无中心的绝对自由。为此德里达创造了他们的歧义说。郑敏认为："歧异（义）（différance）是根据差异、延宕等涵义所铸撰的一个字，它和踪迹一词同是德里达用来反对永在、一元的传统玄学思想的工具。他说，歧异和踪迹既不是一个字，也不是一个概念，它们无定形、无定义，在一切结构中起瓦解作用，因此是解构主义的利器。它们不断运行，永无定踪，是和形成中心的功能相反的，哪里有中心，有体系，有定义，它们就去破坏和瓦解，但是它们并不将一切力量和因素完全消灭，而是使各种因素或力量都带有一种被擦抹后的模糊，而仍在还能辨认的状态中同时存在，互相干扰，达到无中心和无限多元的状态。因此解构主义者从不主张以一种力量压倒和替代其对立面，成为新的权威，也不认为

---

① 郑敏：《结构——解构视角：语言·文化·评论》[M]，北京：清华大学出版社，1998年版，第8页。

能像黑格尔所主张的综合两种对立面产生出第三种力量。无权威（不论新的、旧的）、无中心、无体系，一切经过擦抹，失去清晰面目的众多力量的共存是德里达的解构宇宙观。"① 郑敏接受了德里达的解构宇宙观，打破宇宙里存在着天、天道、逻辑秩序、神言为中心的一元玄学思想，反对形而上学的永恒真理和"永存"（神）的假设，认为宇宙中事物是无中心的多元并存的。

对"人"的解构。从文艺复兴以来人就被认为挣脱了中世纪的宗教阴影，走进灿烂的阳光。这阳光主要来自对人的理性的肯定，人因此高贵、尊严。这时人开始认为人的理性是全知全能的，人能够凭着自己的经验准确无误地掌握事物的本质。而德里达认为经验永远只是人对自己所经历事物的一种解释，它必然带有主观在一定时空的特点。这种解释（经验）的版本可以无穷，这也就是德里达所主张的"歧异"说，"她无所不在，又永无休止地变化，成为对'解释'的'解释'以致无穷"；"德里达认为人们要认识的领域从理论与实践上都是无法认知的。即使在一个理想的有限的范围内那手段也永远不能和它的假设目标吻合。像尼采一样，德里达也怀疑真理的价值。他们认为，所谓'真理'不过是知性呈现给人们的暗喻；由于人们来对它进行解释，进行破码，而人们由于有'权力意志'，就是说，以掌握知识来获得权力的愿望，就武断地将自己的破码和阐释看成真理。"② 德里达这些解构主义思想启发了对人的迷信的解构，郑敏认为人对自己接触的内外世界都不可能拥有完全无误的真知，人对自己对客观都只有经验，而经验不过是人在感觉基础上对事物的一种理论化的解释。虽能顺理成章，自圆其说，然而毕竟不是必然准确的真理。这样就要否定人的理性的全能全知，解构了人的理性的这种超凡入圣的能力也就解构了人对自我的虚妄评价。郑敏同时认为解构了人的理性的优越地位，也就是解构了人的自我核心，知识并非真理，事物的历史不过是一连串的符号，被人们加以不断更新的解释。从根本上否定正

---

① 郑敏：《结构——解构视角：语言·文化·评论》[M]，北京：清华大学出版社，1998年版，第8页。
② 同上，第11页。

确掌握真理的可能性，也自然就否定了人自中世纪以后给自己及人类所界定的、有意义的、崇高的地位。

对文字与文学的解构。索绪尔的语言符号学是结构主义的代表之一，索绪尔以语言为符号，解释这个复杂的世界，一切复杂的关系都无非成为所指与能指的关系，而重点则是能指。能指是一个符号，它在人们的头脑里引起所指关于某物的概念，二者的关系纯属武断的。后来的拉康将索绪尔的符号学与弗洛伊德的学说结合起来就证明了语言的深层结构是无意识，而梦则是可以通过能指符号来破译的。弗洛伊德所说的心理扭曲被拉康解释为滑动的能指符号，弗氏的梦的"替换"成了拉康的"同义词"，而梦的凝聚作用则成了"隐喻"，这样就将文字、文学、语言的活动与无意识活动联系起来，无意识成了潜在的文字系统。郑敏认为从这个角度看来，"解构主义者的语言观是不会支持传统所主张的语言修饰、提炼、推敲等文学写作时的驾驭语言的上意识活动的。德里达、拉康以及美国的耶鲁派解构主义学者都背叛了传统的修辞理论，最主要的是他们不认为语言能受人们支配，听命于作家个人，因为它是无意识的，语言不再是表达个人情思的工具。"① 同时德里达又说："只有纯'不在'——不仅此物彼物的不在，而是每一承认'现在'之物的不在——能启发我们，它能工作，而后让人去工作。"② 德里达的这种"不在"再次指向人的语言的"无意识"。德里达的解构主义的"语言关"，它刷新了郑敏对语言与表达、书写、阅读、语言与文化、语言与心理等方面关系的认识，也深深地影响了文艺评论，使它与只从形式看待修辞、诗歌、美学或只考虑文学的内容、主题、手法的传统文艺评论大不相同，它开拓了文艺评论的一个全新的领域。在这个领域里，郑敏认识到作品获得完全的独立，它与其创造者的依附关系被解构了，作品不属于作者，也不属于某一自称符合创作原意的评论家的立论。作品在创作完成后就完全脱离了它的创造者的原意，而成为拥有自己一套符号、又受文化体系的整套符号影响的一件作品，对它的阐释是多元而复杂的，因此要从作

---

① 郑敏：《结构——解构视角：语言·文化·评论》[M]，北京：清华大学出版社，1998年，第13页。
② [法]雅克·德里达著，张宁译：《书写与差异》[M]，北京：三联书店，2001年版，第8页。

品中追溯作者的原意是徒劳的。

（三）郑敏的文化传统观

在文化传统的继承与创新方面，郑敏提出创新是对传统的"非等同圆的重现"，这一观点深受德里达的解构主义的影响，郑敏曾说："《书写与歧异》的篇名是一个拉丁字'ellipsis'，但它又是两个英文词的根源，它们是'不完整，节略'（ellipsis）与'不完整的圆'（ellipse），而法文的'省略'、'椭圆'则是 ellipsis，这也是德里达等解构作家喜欢用的一词多义的风格。在全篇中德里达用这个字表示创新与传统的关系，创新的过程必然是从传统出走，但也必然又对传统多次回归，这样就形成不完整的圆的轨迹运动，经过省略的传统之圆，被突破（删节）而又增添新素质的圆的轨迹，有破裂、删除、有变形，因而不再是初始态度的传统。但创新的回归只是片刻的轨迹运动，很快又会离开传统，再度自由地进行无形的'踪迹'运动。"① 这里德里达事实上告诉人们传统和创新之间是剪不断、理还乱的分而又合、合而又分的关系。这里的"分与合"的关系和"出走与回归"的关系相似。返回是重新回到"传统"中汲取资源，它是"创新的历程中必须经过的一站和一段时间。"②

接着德里达又认为圆只能重现而不能重复，在时间中不停前移，相似而不相等，在空间中运动，唯有放弃固定的"中心"。"在《书写与歧异》的第十章'结构、符号与游戏'中德里达对形而上学中心论有极精辟批驳。首先解构理论是承认'结构性'功能的必要与必然的；然而任何一个结构在其形成后如果停止了在时间与空间中的自我充实的运动，也即，只承认一个永恒的中心、不变的权威，这个结构必将由于中心枯竭而自我解构。中心的枯竭在于它成为君临结构内一切因素上，虽属于结构，而又拒绝遵守结构内一切运转的规则，因而既属于结构又自外于结构，久而久之就成为于结构内一切因素脱离的孤家寡人，它的脱离结

---

① 郑敏：《结构——解构视角：语言·文化·评论》[M]，北京：清华大学出版社，1998年，第58页。

② [法] 雅克·德里达著，张宁译：《书写与差异》[M]，北京：三联书店，2001年版，第296页。

构必然造成结构的自我瓦解。"① 这里德里达破除了对中心的依赖，虽说新圆不是同圆心的旧圆，但新圆必须继承旧圆的某些特点才能发展。正是从德里达这些理论中郑敏得出自己的"非等同圆的重现"观点，郑敏认为在创新的过程中出走和回归是必要的：以圆的轨迹作为文化系统的符号，出走与回归并非重落入旧圆的轨迹，也非与旧圆成为同心圆。旧圆在时间的流动中也因为不断经受新事物的冲击而移动其圆心，向前滚动，同时在滚动与遗落中逐渐失去前圆的完整，而成为不完整的圆的轨迹（ellipse）。因此在回归中新圆也不可能找到昔日的旧圆，更无法与之成为同心圆。唯有将传统想成一系列滚动中无永恒中心的圆，旧圆与新圆不断相会，新圆不断出走与返回，才能理解在解构中继承与创新的相反相成，相克相生，及传统与创新都是能够不完整的演变中的圆，都是没有固定中心的圆。

同时郑敏也指出与创新相对的传统具有可塑性和顽固性，这一点也是深受德里达的影响，"以语言而论，德里达认为语言系统无可逃避地沾染了无数传统的痕迹，但人们在创新的过程中是无法抛弃自己的母语的，因此唯有擦抹语言上的陈旧的痕迹，使它们重获新的内涵。擦抹活动使得传统成为有可塑性的宝贵财富，传统一旦失去权威，就成为可以在创新系统内运转的力量。"② 传统又具有迷惑人的顽固性，传统这本书"是一个迷津，你以为已经离它而去，实则你已陷入其中不可自拔"，人为了创新不断希望不要走在先祖的阴影中，但传统的丰富对后人又是一个难以割舍的宝库和在困难时向其求援的先人的智慧之泉。对传统的反抗与依恋，矛盾地并存在每一个民族的无意识里："你必须撕毁那本书，但又没有决心去做。"③

（四）郑敏的文学史观

解构主义文学史观是和传统的玄学文学史观相对立。传统的玄学文学史观是围绕玄学的真、善、美为核心而形成的。它设想一部文学史应

---

① 郑敏：《结构——解构视角：语言·文化·评论》[M]，北京：清华大学出版社，1998年，第58页。
② 同上，第64页。
③ [法]雅克·德里达著，张宁译：《书写与差异》[M]，北京：三联书店，2001年版，第298页。

当反映在文学作品与批评活动中的知识性的真、道德性的善和艺术性的美，找出它们之间在垂直与横向时空中的关系；并且对它们做出所谓"公正"的评价。这种以绝对真善美为核心的文学史观是建立在假设人们对客观的认识是不违反客观存在的真实状态之上的。而德里达等一些解构主义者认为文学史的客观存在是一团由文学作品（包括各种文种与批评）所集合成的开放的、无定形的银河系的星云，不断地在活动，这些星云是由踪迹（trace）所汇集而成，踪迹本身是恒变的，它们所留下的痕迹（trace-track）之间有着内在的联系。修史者的研究对象就是那隐藏着踪迹间的内在联系，他必须用科学分析和创造性的想象去揭示它们。"按照德里达（Jacques Derrida）的说法，'踪迹'本身是由'主踪迹'（archi-trace）所源生的，它本身是与索绪尔（Ferdinand de Saussure）的能指相异的。"① 在如何理解和阅读作品方面，德里达不赞成将写出的文字看成能指与所指的关系，德里达说："只有当写出来的东西作为符号标记死亡之后，它才作为语言而诞生……"② 德里达所强调的书写，不是字面的，而是进行心灵深处的、无意识中的书写（psychic writing）。所以在阅读一本著作时我们要像用 X 光透视一张画下面所隐藏的另一张画一样，去寻找那字面下深层的踪迹。德里达这种阅读无定解、歧异离散的反中心论，加深了作品与作者的分离，特别否定作者的预先构想对作品的约束，每一部作品一旦诞生，就独立于其作者，它本身是一团小星云型的踪迹，在文学银河中，在读者中，在社会中，在意识形态中放射其并无定向的影响。每部作品，无论其规模大小，都是性质十分庞杂的踪迹团，其中至少包括社会、时代的踪迹、审美的踪迹，以及其他文学作品投射给它的文字、隐喻等文本间的痕迹。郑敏从德里达的这种解构主义的文学史观中吸取了重要营养。于是郑敏得出自己对文学史独到的看法，她认为无论写哪种文学史，这种史观要求我们跳出将历史与真实、作品与作家紧紧束缚在一起的传统轨道，而去寻找那游戏在作品与作品、作品与社会之间各种踪迹的千变万化的姿态，这样我们能对这种文本间、文

---

① 郑敏：《结构——解构视角：语言·文化·评论》[M]，北京：清华大学出版社，1998年，第52页。
② [法]雅克·德里达著，张宁译：《书写与差异》[M]，北京：三联书店，2001年版，第12页。

史间、文学与人之间的踪迹作出一些阐释,找出一些内在关联,我们就写成某一种文学史,而且是穿透现象外层的文学史。这种史观也迫使我们要创造性地去钻研作品及作品间的关系,而不是仅仅满足于将作者生平、作品分析按照编年史的方法汇集起来,作为史实的资料。

这样郑敏通过结构主义与解构主义的比较得出自己的解构思维。结构主义是:"1. 有绝对权威、绝对中心;神、逻格斯。2. 永恒不变,有预定设计,神与理性所设计。3. 有序、真善美的运转。4. 神全知全能、理性是神所赐,也可以全知,有绝对真理,是人可以用理性掌握的。5. 二元对抗,是与非,上帝与魔鬼,推广到各种成对的矛盾的对抗性斗争。6. 有等级的一元统治下的多元世界。"① 而郑敏认为的解构主义是:"1. 无绝对权威、无绝对中心。2. 恒变,无预定设计。3. 无序、'踪迹'运动。4. 宇宙常变故不可预知,因此无绝对的知识真理。5. 多元歧异,非二元对抗矛盾,有互补、互转化的可能。6. 无等级的多元世界。"②

第三节 1986年后郑敏诗歌的艺术追求

《郑敏诗集》是郑敏在人民文学出版社出版的一部重要诗集,这部诗集由郑敏1979年到1999年部分诗歌汇编而成。《郑敏诗集1979—1999》共分十卷:卷一《诗的交响:历史·人》,卷二《心象》,卷三《心中的声音》,卷四《幽香的话》,卷五《母亲没有说出的话》,卷六《不再存在的存在》,卷七《和自然对话》,卷八《醒来的时候:沉思和回忆》,卷九《诗·音乐·画》,卷十《〈诗人与死〉等十四行诗》,卷十一《天真集:梦中的困惑与爱》。在这里我们重点讨论郑敏从1986年到1999年诗歌的艺术内涵,因为这一时期是郑敏的诗歌艺术转换时期。郑敏曾说:"第二卷的卷首诗《心象组诗》写于1986年,那年自己走出早期的诗歌

---

① 郑敏:《结构——解构视角:语言·文化·评论》[M],北京:清华大学出版社,1998年,第67页。

② 同上。

语言，找到适合新历史时期的自己的风格诗语。"① 如果说里尔克只要是在诗思方式、生命体验等方面为郑敏诗风（尤其是早期）的确立起到了不可磨灭的作用的话，那么，在郑敏诗学探索后期扮演了非常重要角色的是法国哲学家德里达的解构思想，他的解构思想主要促成了郑敏在思维模式、文化观念等方面的转变。当然，这种转变还借助于威廉斯、布莱、阿胥伯莱等人的推动和启发，郑敏的诗学观念也渗透了这些美国后现代诗人的影响。所有这一切发生在 80 年代中期，在那时郑敏实现了自己的某种转向。1986 年后郑敏的诗歌形成了与郑敏 40 年代诗歌不同风格的艺术特征。主要表现为以下几个方面："无意识"的涌现；表现现实生活，偏重自然界的禅宗；表现流动的事物，不求永恒意义；与生命相通的语言；开放式的诗歌形式。

一、"无意识"的涌现

郑敏说："《心象组诗》的写作解放了自己长期受意识压抑的无意识，从那里涌现出一批心象的画面，在经过书写后仍多少保存了初始的朦胧、非逻辑的特点。这些图像并非经过理智刻意组织的象征体，也非由理性编成的符号表象。它们自动的涌现，说明无意识是创造的源泉，语言之根在其中。"② 这句告诉人们郑敏诗歌转型后艺术内涵指向了人的无意识。这里所说的"无意识"主要指德里达解构理论中的"无意识"。那么什么是解构理论中的"无意识"呢？众所周知，"无意识"是郑敏所敬佩的弗洛伊德发现的。郑敏指出："这个无意识之中，是混沌一片，没有逻辑性的，用诗的语言来说，又是一种不存在的存在。它是无形的，而且是不固定的，但它里边却积累了许多我们的祖先和我们自身的文化积淀、欲望沉淀，任何不属于我们的逻辑范围，逻辑所不能包括的东西，都在这里面。因此它可称得上一个地下宝藏"，所以"无意识"是"灵感之源"和"语言的故乡。"③ 也正是在幽深的"无意识"之光的烛照下，语言的本性才崭露出来："寂然无语才是真正的语言。语言的实质不是它的喧嚣

---

① 郑敏：《郑敏诗集 1979—1999》[M]，北京：人民文学出版社，2000 年，第 2 页。
② 同上。
③ 郑敏：《诗歌与文化》，《诗探索》[J]，1995 年，第 2 期。

的表层,而是那深处的无声,这深处在混沌的无意识中,在'前语言'阶段,在'无'(absence)中。"① 郑敏的这些论述可谓抓住了弗洛伊德以来海德格尔、拉康、德里达等为代表的崭新语言观的实质。像海德格尔严厉抨击语言工具论,将语言工具论所掩盖的语言多层性开发出来,揭示了语言的既显现又遮蔽的二重性;拉康受到弗洛伊德"无意识"学说的启发,着力强调语言的被压抑部分;德里达则发挥海德格尔的"显现/遮蔽"论,提出了涵括语言的"在"与"不在"的"踪迹"说。德里达提出的"踪迹"指的"是一种创造能力,是在不断运动的,本身无形,但能创造一切能力……这种运动就是他所谓的心灵书写。"② 而心灵书写似"踪迹",它是无形地、深深地扎根在无意识之中的。在郑敏看来这里"踪迹"说恰恰是"无意识"和解构主义相联系的纽带。郑敏认为德里达对解构理论的根本性贡献是"对西方形而上学的逻辑中心主义与二元对立思维模式的批判。"③ 德里达提出"多元、歧异、常变和运动"是宇宙的"规律"。"多元"即是对中心和二元对抗论的否定,前提是"歧异"("差异")的存在;而"差异"这个词在德里达那里指的不是一般的差异、具体的差异,而是指解构的"差异",是指具有不断创造能力的"trace"("踪迹")。这样郑敏在德里达的解构主义的无意识中找到诗歌创作的新的源泉,其中蕴涵着丰富的诗歌内涵。这里需要指出的是郑敏前后的诗歌中都存在着无意识和上意识,只不过是前期的诗歌中无意识受逻辑、理性的压抑,诗歌中呈现的以上意识为主。而后期的诗歌中无意识不再受逻辑和理性的压抑,自然地涌现出,这时诗歌较多地呈现出以无意识为主。郑敏前期的诗作很多都是理性地思考着人的生命应该承担的责任,以及个体在时代中的意义和价值,"诗人总是在沉思中升华,在沉思中创造,使沉思与美达到了真正的契合。"④ "在她的诗中,思想的脉络与感情的肌肉常自然和谐地相互应和……她虽然不自觉地沉潜

---

① 郑敏:《世纪末的回顾:汉语语言变革与中国新诗创作》,《文学评论》[J],1993年,第3期。
② 郑敏:《遮蔽与差异》,《诗歌与哲学是近邻:结构—解构诗论》[M],北京:北京大学出版社,1999年,第464页。
③ 郑敏:《解构思维与文化传统》,《文学评论》[J],1997年,第2期。
④ 孙玉石:《郑敏:攀登不息的诗人》,《当代作家评论》[J],1992年,第5期。

于一片深情,但她的那种超然物外的观赏态度,那种哲人的感喟却常跃然而出,歌颂着至高的理性。"① 郑敏有着丰富的情感,却总不会过分地渲染,而是通过雕塑似的无声去凝集在意象的背后,她真正做到了英美诗人庞德所标举的感情和理智的综合体。郑敏在追忆《金黄的稻束》的诞生过程时,明确地将哲学之思视为一种恒定之物,但这样的"静观"并没有回避诗人的自我意识,相反却充溢着一位中国现代诗人所一直追寻的诗歌母题:关怀生命。通过这样的观察方式,诗人从外部的经验世界进入到诗歌的形而上学的层面。

而到 1986 年郑敏创作《心象组诗》后诗风发生很大的转变,蓝棣之说:"《心象组诗》是郑敏诗的一个重要里程碑。"② 伍明春说:"创作于 1986 年的《心象组诗》,摆脱了'归来'之初那种特定的时代痕迹,是走向丰富和成熟的标志性作品。"③ 所谓"心象"是指那些交叠潜藏于人们无意识深处的变幻莫测、波谲云诡的关于生命内在本质和生存真相的心灵图景。在这里郑敏没有用抽象的哲理将之变成一堆干巴巴的概念,也没有逻辑推理将之演绎成自说自话、不知所云的呓语,而是在浮动的无意识捕捉一系列似是而非、似非而是的诗歌形象。在《"云"》中"充满了急躁和爱情"的"云"的无意识幻象:"然后,雨云出现了/ 阴黑了青山/ 它在天空的地板上狂驰/充满了急躁和爱情/一把抓住海的长发/ 将她向后推搡/闪电瞧着她的脸/海顺从了它的暴力/ 月亮黑了/ 只有海浪敲打着岩石/ 要进入它的胸膛/但岩岸捏紧/ 她那撕抓击打着的手/将她劫回他那原始的洞穴……生命的创造始于搏斗/在爱与恨之间/白云与乌云之间",这里"云"是流动的无意识幻象,由"白云"到"乌云",最后得出"生命的创造始于搏斗/在爱与恨之间/白云与乌云之间"的生命真谛。在《"那个字"》中秘藏守口如瓶的"那个字"呈现出无意识幻象:"我耳边响着/'G弦上的旋律'/它不想停下来,/延续、延续,直到……不,请不要说出那个字/ 让它流连吧/像那古瓶上的新娘/因为那个字之后/一切将只有沉寂。"这里"那个字"是不能被说出的,它的背后隐藏着无穷

---

① 唐湜:《郑敏静夜里的祈祷》,《新意度集》[M],北京:三联书店,1989 年,第 143 页。
② 蓝棣之:《郑敏:从现代到后现代》,《当代作家评论》[J],1992 年,第 5 期。
③ 伍明春:《诗与思比邻而居》,《海南师范学报》[J],2005 年,第 5 期。

的、无形的爱的神秘和力量。在《理想的完美不曾存在》中深含着"自然界生命的源泉"幻象:"一个战役引来/另一个战役/和平,均衡化成荒漠/友谊是冲突的死亡/咬、扭/悦耳和不悦耳的声音/是自然界生命的源泉/假如阴影必须睡在/阳光照耀的大树下/而呻吟必须搅拌入喜悦之歌/这里不会有理想的完美/它从来就不曾存在。"这里"悦耳和不悦耳的声音"是"自然界生命的源泉",辩证地告诉人们自然界事物的对立与统一的规律,其他事物战争和和平、阳光和阴影也同样如此,所以说自然界不会有理想的完美存在。

1988年秋天组诗《蓝色的诗》进入到无意识的纵深处的"不在之在"。在《敲门》中诗人写道,"生命是一幅水中的图画/随着漩涡的刻刀变换/变形,宁静,沉沦"。这里写出生命的无形和变换。又如《无题》中诗人说,"当我把脚趾伸入山溪/银鱼的脊背/带走的是/几千年灼热的欲望/树林在鼓掌/惊动了秋天/当月亮把他的手指/触到驼峰/沙漠像刀削的脊背/驼来了几千年的谜/没有什么被惊动/没有声音/也许能听见沙在流动"。诗人运用自己丰富的感觉来写记忆、情感这些"不在之在",诗人写少男少女的爱情是通过无声的语言传达出来的。再如《快乐》中说:"难道不是许多个一闪?/当阳光从不同的角度落在河面/风从动着的云块里泛出/记住的不是哪一片水/哪一丛树,哪一个落日/而是那化在无形中/不断释放震波的/一闪欢乐、美和幸福。"诗人用感觉寻找心灵之门,寻找到"不在之在"。正是郑敏敏锐的感觉培育了丰富的灵魂,帮助郑敏走进"那画在无形中/不断释放震波的/一闪欢乐、美和幸福"的"不在之在"这个神秘世界,并为我们构筑了一个空灵、玄远、朦胧的艺术世界。而《莫斯科演奏了被迫害的安魂曲》把法西斯的罪恶用无形的"不在之在"表现出来,"但不是所有的凶手都同样坦率而/愚昧地不带手套/然而它是无形的/在阴暗中指挥着屠杀交响乐/于是一场混乱的屠杀后/无数人失踪,像被砍伐过的森林/隐形的手也消失了。/'剩下的是沉寂',沉寂,沉寂/令人血液凝固的沉寂/凶手没有留下指纹"。

在《黑马》中诗人为了将无意识这一"不在之在"通过形象化和感觉化的手法表现出来。黑马(唐三彩)是生命、文化和历史的象征,"我知道你的故乡就在我灵魂深处",看到黑马唤醒诗人黑色的记忆,使诗人想到充满玄机的沙漠,"从深渊里是一条闪电击中/我似乎坚实的城堡;在雷声中/我看见一片沙漠。无边无涯//走来的那人,他不会揭开面纱,/他像浓雾一样坚实而不可触摸/然而我知道他是沙漠的主人/它使沙漠并不荒凉,只是无边无涯"。诗人将埋藏在无意识中的本质力量和黑色记忆借黑马的形态,以及与黑马有关的环境传达出来,使我们感到诗人潜意识所寓含的信息。时间的无限性往往是诗人表现"不在之在"的方式之一,"无限"的时间你无法看见,但你能意识到它的存在,"它的光和引力是一张/看不见的网//一切都在其中;"(《当你看到和想到》)时间又是不可逆转的,"明天就在门口/我从今天走向昨天/转过身来,/用背对着那必然会来到未来。"(《时间的不可逆转》)这最后一首《只有一种》是通过时空来表现"不在之在"的"无有","如果有谁拿走它们/而你还必须在地球上爬行/麻木地从一天到另一天/若不是你的灵魂能飞翔/它的透明的'无有'逃避了捕捉/穿过用鞭子筑成的铁丝网/栖落在绿色的原野上/你早已死亡,死亡在/疯狂的土地的痉挛中/现在,芦花摇摆着灰白的头/你已无法索回全部的贷款:时空。"

《心象组诗》是郑敏艺术创作的转折点。《心象组诗》中诗歌形象,向我们显示了生命、爱情、语言、欲望、时空、记忆、自然等投向"心象"的或轻或重、或明或暗的面影,从而使这些难以驾驭的复杂主题得到一种细致的、落到实处的表达。在谈到《心象组诗》创作时郑敏曾说:"写作的艺术正在于能使意识接受无意识的暗示和冲动,对于一般作者这是可遇而不可求的,因为每一个来自意识的干预都会使无意识更深更远地逃避开。但纯粹的无意识写作也同样不可能。意识与无意识的对话如何能为作者所窃听是写作艺术转换的关键。每一位大作家在这方面的能力一定是十分纯熟卓越的。而我的尝试只是一次大胆的偷桃行为。"[①] 从这组诗的艺术效果来看,诗人较为成功地"窃听"到"意识与无意识内容的对话",顺利地完成艺术转换。

二、表现现实生活,偏重自然界的禅意

郑敏 1986 年后期很重视对现实生活的表达,这里的现实包括客观外

---

① 郑敏:《郑敏诗集 1979—1999》[M],北京:人民文学出版社,2000 年,第 3 页。

在的社会现实与诗人主观的精神现实两方面。这种现实不像传统现实主义那样模仿现实，而是在写现实中表达诗人主观世界中对现实的感受，有时是哲理性的，有时是纯感性的，有时是对人生、社会、人类，甚至人类的前途、真理的探讨等方面的考虑，因此在读这种诗时常常觉得细节很真实，但整体难掌握。诗人往往躲避对自己的经验进行理性的逻辑的分析，而是努力将它的原始的模糊面貌记载下来，当一种震撼人们的思想感情来到时，它往往并不像人们回忆它时那样有秩序。只是当人们在回想时对它进行了理性的分析之后它才获得人们所习惯的逻辑程序，郑敏为了表达一些隐藏在意识深处的思想和感情，往往不给予事物以日常习见的外在的逻辑。由于科技主义的盛行和消费主义的滋长促使郑敏将目光转向对大自然、宇宙的重新思考。对现代文明的忧虑引起郑敏对东方文明的兴趣，侧重表现老庄、禅宗式的自然界的感受。

在《背向窗外的秋色》中诗人写道："用背向着玻璃窗/用背向着窗外的雨/我知道/淡黄的、深棕的树叶/正在萧萧洒下。"这是客观的自然现象，但是到了诗歌的最后诗人写道，"菊花在干枯时发出特殊的香味/不知最后的握手将是……/人们的面庞渐渐走远/那最后的一触/对时间将是永久，/永久的秘密/只有那驰向'无限'的灵魂/能回答你的询问/但愿宁静安详是/秋天带给一切人的信息。"这里诗人把主观的情感融入客观景物中，对秋天那种无限宁静安详的赞美之情隐藏在无意识的深处中，只是努力将它原始的模糊面貌记载下来，并不加以理性的逻辑经验分析，让人们自觉的进入秋天宁静的状态之中，体会出秋天无限的安详和静谧。又如诗人在《落叶》中写道："叶子，/自然的日记/一页页地飘落/人们不会遗忘/即使是两千年前的泥俑/也在阳光下重新驾车飞驰。/消逝的时间是地下水/又回到江河湖海/它们见过古人的喜怒/听过琵琶声，像落在玉盘里的珠子，/还有青松浓郁带来哀鸣/都在镜子似的江水上/印下了影子和声响。"这里诗人把自然界里的各种踪迹还原成原生状态，从而记载着生命本身所具有的价值和意义。这些自然的踪迹从诗人的无意识中涌出，不受外在的逻辑控制，她不模仿现实世界的结构、秩序、外貌，诗人的主观情感完全融入客观的景物之中。在《秋的组曲·深秋的林地》中诗人写道："深秋了/每一片叶子都有过绿色/又在寂静的破晓里/染上红、棕、褐、赭/熔化在深山的起伏中/焚烧着自己的躯体。"这里写深秋的叶象征着人的生命的意义不会因生命的消失而消失，而是化作深山的泥土融入历史的记忆，在深山的泥土中保存着生命的踪迹。此外，《夏日蝉声与蝉语》中诗人说："我总觉得在发黄的书页里/有诗人的声音/有哲人的呼吸/一息相通虽然不见/却在冥冥之中感知。"这里表现出智慧的生命永远不会老，在发黄的书中留有踪迹。诗人对时间踪迹逝去的直接描绘有，"夏季的死亡/喷涌出秋天的金黄/当太阳/是逝去的大提琴的颤音/偶然回头/看见耀眼的树冠//睡在沙滩上的肢体/是烘熟的玉米/秋天白色的牙齿将/咬入他的金黄的生命。"春去秋来，四季更替，通常给人带来时光如梭，岁月荏苒的沧桑感，诗人用"黄金"与"白色"造成视觉效应，像"烘热的玉米"般饱满的"金黄的生命"将被"秋天白色的牙齿咬入"，这是时光在残忍无情地吞噬着朝气蓬勃的机体，是生命的"夏天"在一步步"逝去"，一点点"死亡"。《秋天在发狂之前》中写道："秋天真的发狂了/烧得满山遍野通红/两颊的鲜艳和目光的疯狂/摄住人们的灵魂/缠住人们的脚步"。这里"两颊的鲜艳"，"目光疯狂"的女子出现人们的面前，这里的女子便是反抗时间巨轮不可逆转时留下的踪迹。诗人对踪迹的描绘还体现在对声音踪迹的描写上，"重叠的绿叶下豆荚紫黑/过熟的葡萄自动散发酒香/黄昏的暖流吹动蝉翅/没有生命愿意无声地消失/告别的歌唱家不只是晚蝉/太阳金色的光带上录满声音/葡萄的胸膛，白杨的躯干/波斯菊的腰肢，秋天充满/有声和无声的声音。"（《秋的组曲·有声和无声》）

郑敏40年代的一些诗歌也有许多表现现实的作品如《小漆匠》、《清道夫》、《人力车夫》、《马》。但这里的现实必须经过一次艺术的转换才出现在诗中，在这个转换的过程中诗人往往要寻求客观对应物，也就需要寻找主客观、感性理性凝结成的一个复合体——意象，这样现实的描述不再出现诗中，再加上强调浓缩，跳跃，时空错位等手法的使用，现实不再活生生地出现在诗里。事实上这个转化过程是将理性和情感转化为思想知觉化的过程，这与"非个人化"理论相配合的。比如《小漆匠》就是主客观、感性理性凝结成的意象，它是劳苦人民的化身，它不再是生活中真实的小漆匠，而是经过诗人理性逻辑推理而成苦难的象征，蕴含着深刻的哲理。

三、表现流动的事物，不求永恒意义

郑敏1986年后的许多诗歌不寻求杂乱现象的统一，更不追求将现象结构成有机的整体加以传达什么固定的意义，即她的创作不再追求一个中心（道、逻辑、理念中心等），这使得郑敏1986年后期的诗歌和她前期的现代主义诗歌以逻辑理念为钢筋架，外加美丽的感性躯体的诗歌结构大不相同，而是在诗歌中追求一种即时的瞬间美或者流动的动态美。

如《圆的窒息》写道："在温暖的黑夜里/一切都是圆形/好像舞蹈者的手臂/拥抱了憩静的安息/年轻的理想在血管里/画着周而复始的圆/熟透了的秋天/又回忆起朦胧的春天/圆，带给人们信任/它不会跌出轨道/在开始里就有了终结/终结又回到开始。/轰隆的响声，狂风撼树/地髓在冲破圆的封锁/刺目的亮光，宇航员/冲出引力的密封圈/虫子冲出苹果的圆/胎儿冲出母腹的圆/象征着封闭和窒息/每一条自圆心出发的力量/咬破、冲破、剪破、突破/无数层懒惰的围墙/与相切的墙外力量结合/在摩擦中熔化了铜墙/解放了的精灵从缺口飞出/却又凝固成一颗新星/在宇宙中开始自己的圆！/这打不破的/圆的窒息。"这里诗人首先向我们描述了圆形是宇宙和人类的一种形态，诗人感受到它的好处是："圆，带给人们信任"，但圆又是封闭和窒息的象征，这样自然界和人类界都向圆挑战："刺目的亮光，宇航员/冲出引力的密封圈/虫子冲出苹果的圆/胎儿冲出母腹的圆。"诗人围绕着"圆形"从自然和人类两个角度展开了正反两个方面的思考，但诗人的沉思没有停止，她仍然运用她擅长的辩证思维，把诗思推向新的更深的层次："在摩擦中熔化了铜墙/解放了的精灵从缺口飞出/却又凝固成一颗新星/在宇宙中开始自己的圆！/这打不破的/圆的窒息。"这首诗的美学特点首先是不遵照因果关系这一条自亚里士多德以来就确立了的西方逻辑概念。这种因果关系一般是指为事物寻找某些超验存在的依据，或者意味着将自然看成因果的长链，每一因素推着另一因素，以致无穷。这种因果关系是西方传统哲学的支柱。在《圆的窒息》中黑夜的圆形、舞蹈者的手臂、血管的圆、密封圈的圆、苹果的圆、母腹的圆的大小、远近、有形无形、平庸的重要的都同时存在、交互作用，形成一种拼贴诗歌结构，但非因果链条中的先后关系，因此并不被固定一点，也没有一个中心，而是组成无限的中心。这样看宇宙万物，自然跳出传统的一个中心，即逻辑或道的形而上学模式，用以代之的是万物在不断运动中不断创造又不断消解的无限多中心论。其次，诗歌在表现动与静的关系上，倾向于瞬间的、流动的动态美。《圆的窒息》中最后一节写道："在摩擦中熔化了铜墙/解放了的精灵从缺口飞出/却又凝固成一颗新星/在宇宙中开始自己的圆！/这打不破的/圆的窒息。"这里旧的事物必然灭亡，而新的事物必须在毁灭旧的事物中才能获得新的形式。诗人重视诗歌内在的流动性，并且诗人认为诗歌内的流动性不是受诗人的情绪影响，这种承认写作是即时、即地、随机的自由运动观点是后现代主义观念。美国后现代主义诗人威廉斯也持有这种观点："他在一首名为《舞蹈》的诗中讲到一切关系、一切事物的相对流动性，正好像在舞蹈中不断地更换舞伴，虽然舞伴间的关系是亲密的但却不是永久不变的，'但只有舞蹈才是可靠的/尽情地占有吧/谁知道结果会是怎样？'他有时用下雪时雪花与人的关系来解释诗中流动的运动：'这阵风雪/将我们围在一起/雪花和我们游戏又抛弃我们/跳舞吧，跳得令人感觉可信。'这种一切都在变，只有变本身是永远不变的想法是典型的后现代主义。"① 郑敏的前期诗歌，用静止的画面承载着她流动的诗情，用各种意象传达着对个体精神和民族未来的思考。她的风格是将丰富多变的思想凝固成静止的雕塑。诗评家张同道说："郑敏的诗是固体的。"② 正如张东在《论郑敏前期的现代主义》中提到的，"她完成了气体诗向固体诗的转变。"③ 这里称郑敏前期诗的风格具有固体雕塑的品质，并不是说郑敏摒弃流动的情绪，而是把情绪投诸于相应事物上，而物象相对静止，具有雕像美。我们可以把郑敏诗歌对于外在物象的观照方式看成静观。静观是诗人与外物之间的一种关系，也是诗人将外在表现为内在感受的一种手段。其理论显然是里尔克的"诗人与物象保持一种距离"的物我观。郑敏在给诗友袁可嘉的一封信中写到："我希望能走入人物的世界，静观其所含的深意，里尔克的咏物诗对我很有吸引力，物的雕塑中静的姿态出现在我

---

① 郑敏：《诗歌与哲学是近邻：结构—解构诗论》[M]，北京：北京大学出版社，1999年，第149页。
② 张同道：《郑敏诗论》，《中国现代文学研究丛刊》[J]，1997年，第1期。
③ 张东：《论郑敏前期的现代主义》，《广西民族学院学报》[J]，2000年，第3期。

们的眼前，但它的静中是包含着生命的动，透视它的静的外衣，找到它动的核心，就能理解客观世界的意义和隐藏在静中的动。"① 郑敏从里尔克那里学到了应该怎样去观察外部静态的事物，怎样经过思考和提炼，最后到达它们的本质。比如《树》这里象征人民，"屹立在那同一的姿态里"是一座雕像。它是高大的，"在它的手臂间移转"；它是慈祥的，"在它的注视下溪水慢慢流去"，它是宽广的，"在的胸怀里小鸟来去"；然而它又是宁静、坚忍的，似乎在祈祷、沉思，"仿佛生长在永恒宁静的土地上"。这里有动态的情思的流动，"手臂间的星斗转移"、"注视下溪水慢慢流去"、"胸怀里小鸟来去"、"祈祷、沉思"，但都统一于"屹立在那同一的姿态里"的树这个相对静止物象上。这里"树"作为"完美的媒介物"，象征人民、象征人民坚韧的生命力、博大的胸怀的形而上学的意义。

四、与生命相通的语言

1984年到1985年期间，诗人郑敏这时努力探索着新的创作道路，那时诗人对美国当代诗歌的研究给了她很多启示。但是对于一个有着丰富阅历和善于思考的诗人，对西方诗歌技艺的接受，再也不像年轻时那样"缺少自己的特殊心态"。② 她前期很多诗歌语言承载着形而上学的充满哲理的意义，如《最后的晚祷》中"世界在重复它的愚昧"，这里"重复"和"愚昧"结合实际是具象与抽象的结合，把诗人对抽象的憎恨充分的实体化了。其他的还有"我们被投入时间的长河；"(《时间》)"装满过渴望。"(《清道夫》)而后期是有选择地吸收西方诗歌半透明的语言特征，来达到她诗歌语言与生命相通的目的。将无意识作为语言之根的郑敏，在后期的诗歌语言中呈现出流动的生命意识。她在接触美国后现代主义诗歌的口语的语言风格时，有着自己的清醒地认识，她反而认为口语的敏捷和活跃能为诗歌带来巨大的活力，另一方面她也承认口语承载的信息薄弱，她意识到，作为文学的语言："一方面要有明确的表层，同时又

---

① 袁可嘉：《西方现代派诗与九叶诗人》，《文艺研究》[J]，1983年，第4期。
② 郑敏：《创作与艺术转换——关于我的创作历程》，《思维·文化·诗学》[M]，郑州：河南人民出版社，2004年，第202页。

有不确定的隐层而且不只一层。"① 而且在骨子里她的"审美观还是渗透着东西方的玄远境界，因此不会介入市民化的口语形式"。②

　　海德格尔曾说过："语言是存在之家。人居住在语言的寓所中。思想者和作诗者乃是这个寓所的看护者"。③ 这里海德格尔认为语言与存在是相同的，不是人说语言，而是人听语言说；庄子说："语有贵也；语之所贵意也。意有所随；意之所随者，不可以言传也"④。海德格尔与庄子也都提到语言的臻境是无声的，中西哲人对于语言的臻境有着相同的领悟，所以在创作中过多的追求喧哗的字词与暗喻可能反而吓跑诗的精灵，反之若能倾听语言背后的"意"，那种虚怀若谷的境界就会使诗人有其独到的领悟，也即聆听到语言。郑敏也曾说："诗的语言的诞生和诗人感到生命的震波是同时的。这时所有的字不再是单个的符号，而成为特殊使命的载体，它们成了诗人自己独一无二的诗语，好像一根细线变成刺绣中的一个有自己意向的踪迹，或者是一种颜料变成油画中充满自己的生命的一笔。这时符号成了语言，这其间载有潜存的语言自己的声音。诗人最激动的时刻是在他听见这种语言对他说的话。"⑤ 下面我们就以《一次约会》来看郑敏的流动的生命语言："我以为我们都老了/但你一次又一次/从天边飞跑而来/伸着你常常的泡沫的手臂/追寻我站在沙滩上的双脚/你送给我苍白的嘴唇/直到我的脚浸在你的/冰凉的碧绿里/你悄悄地/将我脚下的细沙卷走/带回你幽暗的深处/我愈陷愈深/在短暂的片刻/感到生命的弥合/直到退潮时刻催逼着你/你缓缓地离去/我又看见自己的双脚/她走远了/留下长长的湿痕/和海岸一样长/一样曲折/一样费解。"初读这首诗我们会觉得语言很清晰，我们会以为这是诗人和神秘的大海之间的约会。但是透过明朗的语言深处，我们却发现了另外的深层含义。这是诗人的一个特殊的约会，是诗人，现实中诗人和灵魂中诗人的另一

---

① 郑敏：《世纪末的回顾：汉语语言变革与中国新诗创作》，《结构——解构视角：语言·文化·评论》[M]，北京：清华大学出版社，1998年，第108页。
② 郑敏：《郑敏诗集：1979—1999》[M]，北京：人民文学出版社，2000年，第16页。
③ [德] 海德格尔著，孙周兴译：《路标》[M]，北京：商务印书馆，2000年，第366页。
④ 《庄子·天道篇》，转引郑敏：《诗歌与哲学是近邻：结构—解构诗论》[M]，1999年，北京：北京大学出版社，第279页。
⑤ 郑敏：《诗歌与哲学是近邻：结构—解构诗论》[M]，北京：北京大学出版社，1999年，第272页。

个"我"之间的密语和对话,"我以为我们都老了"有一种使人辛酸地落泪的苍凉况味。生命中的肉体的我不可避免的老了,可灵魂的我却像大海一样"飞跑而来"。这沉浸于灵与肉的争辩和思考,也正显现了诗人语言的强大的增值意义的能力和空间可能性。在《无声的话》中展现着无声的话的幻象:"无声的话,不是话/只是震波/聋了的耳朵/能听见它……突然,那听不见的竖琴/琴弦颤动/所有的树叶都颤抖了/他们转过身来/听着树叶的信息/感谢自己是聋子。"这里无声的话的幻象可以看着郑敏对海德格尔的阐释,诗中对"无声的语言"进行了生动地描绘和形而上学的思索,这里不是自己说语言,而是"听语言",让语言自己去说;在《那里》展现的是不知何在的"那里"生命幻象:"那里/大地发出痉挛/那里/新的生命开始了黎明/那里/男人、女人深深扎根……热的、甜的血浆/沸腾在黑暗的深处/那里/生命和死亡进行一次/火山的爆发,"这里充满二元对立的诗歌幻想:新的/旧的,黎明/黑暗,男人/女人,生命/死亡,而这些语言都在"那里"黑暗的深处沸腾交融着生命;在《我们站在》中呈现人们眼前的是"黑郁的树林"的生命幻象:"我们看不见什么/但意识着它的存在/在我们之外/要求进入我们体内/丰收的歌栖息在/黑郁的树林上/美丽的养育者的乳房/寂静填满着空虚/寂静,默契者的无声的国土/生命的汇流,外在的、内在的/你、我、宇宙。"这里"黑郁的树林"这些语言寓含着寂静的无意识幻想,人们只有远离噪声,在寂静里,才能听到生命真实的声音。

五、开放式的诗歌形式

在新诗的形式上,郑敏颇费苦心,做过许多新的尝试。80年代末,在后现代语境里,在解构主义的启发下,郑敏的诗歌写作与其诗学理论并驾齐驱,互相印证。与一般的解构论者不同的是郑敏的诗歌与诗论没有加盟于对西方解构主义哲学思潮的单向度阐释,而是在解构主义热潮里蓦然回首,反省自己在诗歌追寻之路上对于汉语言的背离,以返回语言的故乡。"现在我的漫游已经走向自己的诗歌故乡,中国的古典诗,发现了汉语的魅力与古典诗词在用字、语法方面的灵活与立体性,超时空限制所形成的强烈艺术动感与生命力。"①

90年代郑敏的诗歌的形式主要试图还原汉语言的原初性属性，同时还受西方后现代主义诗歌的部分影响。但是它们共同的特征是突出诗歌的可视性和音乐性。为此她倡导了一系列具体主张："母语中口语与书面语互补"②、让汉字的"视而可识"③重新显现和"如何理解汉语的音乐性"④ 的诗学命题，这些命题则是90年代的郑敏用力集中探索的。这一点与郑敏前期的现代主义诗歌形式也是有所不同的，郑敏四十年代的诗歌主要是向西方学习四十行诗的诗体形式。下面我们可以看看郑敏86年以后后期的诗体开放形式的探索。

（一）诗歌的可视性

关于诗歌的可视性探索，郑敏主要进行了题画诗和具象诗的尝试。郑敏的题画诗创作，按照其对画的处理方式大致有两种：第一种是超越时空联想式。如《心象》集中的《两把空了的椅子——一副当代荷兰画》：画中的两把"空椅子"处于"天色从深紫转向暗蓝"，"鸽群盘旋"，"当天的报纸躺在地上"正"翻着白眼"这样一个叠加的呈现于无甚关联的背景中。这一对空椅子却能提供无限的可能性，它们使诗人展开联想"也许是一对情人"，"也许是两个老人"，"也许是失散多年的朋友"，并在这虚实动静中，领悟到"那不在了的存在/比存在了的空虚/更触动画家的神经"。读者面对抽象的画面以及诗人的发散性诗句，感受到一股动态和无限的可能性在涌动，不禁因这种不定的对话状态而产生无尽的遐想。第二种是反差疏离式。圣母玛利亚将十字架上取下的耶稣放在膝上进行哀悼是米开朗琪罗的名画《哀悼耶稣》的经典定格画面。而诗人以此为题创作的同名诗歌却升腾起另一种感触：母亲们膝盖上不再是那"流血的神圣身躯"，而是"一尊冷硬的金像/从金的十字架上走下/他将压碎母亲的双膝"。孩子们长大后追逐在黄金的身后，变成黄金的俘

---

① 郑敏：《诗歌与哲学是近邻：结构—解构诗论》[M]，北京：北京大学出版社，1999年，第370页。
② 郑敏：《关于如何评价"五四"白话文运动之商榷》，《文学评论》[J]，1994年，第2期。
③ 郑敏：《汉字与解构阅读》，《文艺争鸣》[J]，1992年，第4期。
④ 郑敏：《探索当代诗风——我心中的好诗》，《诗探索》[J]，1996年，第2期。

房，被缚于自己打造的黄金十字架，当他们成为"一尊金像"后，也就意味着母亲永远告别了昔日欢蹦乱跳的天真的孩子。但是母亲将这噩梦独自承担了，无论在什么情况下，她们都是孩子们的港湾，就算双膝会被孩子"冷硬的金像"压碎，她们仍然会拖着老迈的身躯，义无反顾地将孩子从"金十字架上"抱下。这样一幅充满伟大而凝重母爱的情感悲剧式名画，在诗人笔下，赋予了物质至上，金钱万能的时代悲剧特色。

　　谈到郑敏的具象诗尝试主要有两种，一种是通过对文字进行排列构成某一形状。如《舞》

　　　　舞、舞、舞，舞舞舞……
　　　　红色的黑色的　　疯狂
　　　　　邀来无尽的
　　　　　　痛苦的欢乐
　　　　　　　爱披散着头发
　　　　　　　树冠抖动在狂风中
　　　　　生命的无法穷竭
　　　　　青春在天边滑过
　　　　　　没有人想到明天
　　　　　直到音乐突然静止
　　　　　　无穷的神秘
　　　　　　　仍然在运动
　　　　　　　　仍然在进行
　　　　　　　　　仍然、仍然……

　　这里是郑敏观看休斯敦舞蹈团一位红衣长发女郎的独舞而作的诗，诗人希望这首诗的形式能传达诗人对舞者的动态感受。

　　第二种就是诗人自己认定的借用中国古典绝句形式来创作短诗。如《孙闻森在美半岁，寄诗》：

　　　　从千仞的峭壁上俯身注视大洋
　　　　在幽深的山谷里和浓雾同默想

可听见高风中这儿白杨的呼唤
你原也属于月色中这一片荷塘

当然,这种尝试还是非常不成熟的,绝句与现代白话诗可以沟通的地方并不是四句排列这么简单的。但是自古成功在于尝试,同时预示着中国新诗的发展具有巨大的潜力与可塑性。

(二) 诗歌的音乐性

音乐性是一切诗歌的共有属性。虽然郑敏40年代的诗歌也是极其关注音乐性在诗歌空间中的延展,但是40年代的郑敏诗歌的行列、韵脚与节奏,大多参考西方诗歌的形式,如华兹华斯的十四行、里尔克的格式。而90年代的郑敏诗歌则竭力在汉语音乐性上有所突破,如对汉语声调的重视、对古典格律的激活、对古典的借鉴等。这里,声调主要指汉语声调的抑扬顿挫,它被郑敏称为"字内的音乐"。"黎明走过窗外,脚步声/惊醒无数鸟儿在四肢中/河面静静地流过水纹/在沐浴/仰卧柔软人多水面/微蓝的深处/有人?没人?/幻影流过另一个河面/只显现给那双特殊的眼睛。"(《黎明》)虽然该诗作为现代白话诗,再也不能以古典的音调设计自己,但它的流畅、跌宕还是可以传达出诗人被幻影唤醒又目睹幻影幻灭的感伤。同样,格律与节奏也不能以古典诗词的形式化因素来规划诗句,但的确可以通过隐性的、无形的情感来确证形式化的自由。如"车窗外 湖水苍茫/灰云低飞压白了水面/吝啬的小鹿/只将它棕红的脊背/微露在林中/不肯和远来的客人/对视/唯有记忆那在迷宫似的/世情中千回转也没有走失,"(《秋天时的离别》)该诗长短句的顿挫即是感情的节奏。

90年代郑敏除了从古典汉语中学习经验,还从美国后现代主义诗歌中学习了许多诗歌形式方面的经验。美国诗人威廉·卡洛斯·威廉斯的三行体也是郑敏借鉴的对象。威廉斯"是惠特曼以来美国最具有本土意识、坚持走诗歌创作民族化道路的诗人。为了表现现代美国人的思想、情操和生活,他长期坚持不懈地进行具有美国特色的乡土诗试验。"[①]对

---

① 彭予:《二十世纪美国诗歌:从庞德到罗伯特·布莱》[M],开封:河南大学出版社,1995年,第39页。

于诗歌的形式，他要求能够彻底摆脱英国抑扬节奏的束缚，在美国自己的语言中寻找诗的新节奏，于是他提出了可变音步的理论。他经过多次试验认为三行体最能代表这种特点。即每节有三行，第二行比第一行缩进几个字母，第三行比第二行缩进几个字母，每行三音步。他一直在寻找表现美国英语中重音的模式，他认为这种形式解决了现代诗歌的问题。郑敏对这种三行体也进行模仿：

　　她对土地说
　　　要沉默
　　　　沉默在思考中
　　要坚硬
　　　坚硬得能撑起飞跑的队伍
　　　　　愤怒的脚步
　　要松软
　　　松软地埋起
　　　　血泊中高贵（《她和土地》）

但是郑敏写的最多的还是自由体，实践着奥尔森呼吸理论的诗行在郑敏的诗歌里更为普遍。虽然奥尔森继承了威廉斯的可变音步理论，但是奥尔森进一步认为诗的形式应从呼吸的自然节奏中寻找，其基本单位不应是音步，而应是诗行，即经过艺术安排的音节的呼吸群，在诗中起主导作用的应是诗行和音节："头通过耳朵到音节/心通过呼吸到诗行。"① 诗人的呼吸是他感情活动的反射框架，因此诗行的长短应有呼吸的节奏决定（这样也使朗诵）。无论是自言自语的叙述还是描绘心中的幻想，郑敏都是用一种迂缓的说话的节奏，诗行的安排也似乎在说话中呼吸停顿的节奏。她后期的诗歌中随处可以看到这种安排："假如我匆匆走向树林/告诉鸟儿们唱得温柔些/轻轻地，轻轻地/不要惊醒树荫下熟睡的婴儿。"（《假如……然而》）"用背向着玻璃窗/用背向着窗外的雨/我知道/淡黄

---

① ［英］皮特·琼斯著，汤潮译：《美国诗人50家》[M]，成都：四川文艺出版社，1989年，第302页。

的、深棕的树叶/正在萧萧洒下。"（《背向窗外的秋色》）这样的安排让诗歌蕴藏的情绪在不知不觉中呈现了，或许，这也正是从诗人隐藏的无意识中冲出来，遗留事物的痕迹。当然，汉语诗的音乐性不是一个单项的功能性构成。音乐性同样关涉诗人的心灵。如《诗的交响：历史 人》、《诗人与死》可谓1990年代郑敏诗歌对于音乐性追寻的一个尝试。它们的节奏强烈、起伏跌宕，是神、灵、诗一道星空海潮的峰巅集合，强烈的情感与视觉的巨大冲击力一同撞击人们的心灵。

郑敏是从学习解构主义、美国的后现代主义诗歌的和自己86年后的诗歌创作中逐渐形成了自己的后现代主义创作观，这与郑敏前期的现代主义创作观形成鲜明的对比。郑敏的后现代主义创作观是"1. 反对超验本体论。2. 真理多元，或无结论。3. 认为变是一切，不可能预先设计，事物生生灭灭，永不停止，应当抓住此时此刻地的现实生活、给予表达。4. 创作不必寻求杂乱现象的统一，更不必将其结构成有机的整体以传达什么固定的意义。5. 强调创作要追随多变的想象力的流动，没有预定设想，可以自发地随机创作。6. 对文字、文学是否能如实得表达作者的意图，持怀疑或否定的观点。7. 重视事物（包括诗歌）的特殊性、地域性。8. 强调开放式诗歌形式。"①

---

① 郑敏：《诗歌与哲学是近邻：结构—解构诗论》[M]，北京：大学出版社，1999年，第145页。

第四章 郑敏创作思想与当代新诗创作

第一节 郑敏与第三代诗歌

80年代中后期中国诗坛出现了第三代诗歌的反语言、反文化、反崇高和反意境等现象,郑敏认为这种现象是二元对立结构主义思维的再现,反叛的结果是完全否定了语言、文化、崇高和意境,使新诗变得不像诗。郑敏的《今天新诗应当追求什么?》(《思维·文化·诗学》)、《企图冲击新诗的几股思潮》(《思维·文化·诗学》)、《我们的新诗遇到了什么问题?》(《诗歌与哲学是近邻》)和《新诗百年探索与后新诗潮》(《诗歌与哲学是近邻》)等文章对第三代诗歌存在问题提出自己的看法。郑敏用后现代主义的视角看待这些问题,认为反语言、反文化、反崇高和反意境并不是要打倒传统,而是在求变中吸收传统中合理的因子,形成新的诗歌形式。

一、反语言

郑敏在《我们的新诗遇到了什么问题?》中指出:"那种恣意扭曲语言,并没有触及语言有挣脱语法束缚必要的客观性,那种以'新奇'代替艺术的内在需要,所产生的诗有时外形似乎很新,内涵却是陈旧无味的。"① 这里诗人指出当今诗坛有些诗人以语言的陌生化为借口,刻意求新扭曲语言,结果诗中的字不过是一堆芜杂、没有生命的符号。男爵在《和京不特谈真理狗屎》中写道:"扛阳光扛自己都能让我们趴下/趴下就趴下吧/

---

① 郑敏:《我们的新诗遇到了什么问题?》,《诗歌与哲学是近邻:结构—解构诗论》[M],北京:北京大学出版社,1999年版,第272页。

你的温情我的温情狗屎透顶/我们也能坐在一起//在真理的浇灌下/我们茁壮成长/长得很臭很臭/事态也不严重真理都臭/故思理为妙,神与物游。"这首诗把一些轻飘做作的词汇与肮脏矫情的语感糅合在一起,没有任何诗意,只能给人一种萎缩的感觉,仿佛是一个精神病患者的白日痴语一般。对语言任意拆解的更过分者是韩非子的《车号》:"一声/一声/长/长/的/长/长/的/窜进我心里"。这首诗本来是想模仿西方图案诗,结果文字本身排列的花招与游戏没有留下任何深刻的含蕴,仅仅是为解闷而写,变成了纯粹的文字游戏。

当代有些第三代诗人是想模仿美国后现代主义诗歌口语化的写作风格,但是这些年轻人并没有吸收美国后现代主义诗歌口语化写作的精髓。在美国60年代,威廉斯反对艾略特的"非个人化"写作,主张直接书写个人经验,反对他的贵族化语言,主张用美式口语化写作。但威廉斯在口语化写作时说:"文字是根本的因素,在诗中诗人是用字来表达他的感受,因此不将文字的活的生命力还给它,而受过时的甚至死了的文字语言的束缚是无法写诗的,因此他反对美国新诗在语言上受英式的语汇、句法、节奏、声韵的束缚,他认为那一切'将我们绑在我们喜爱的情性及中古主义上'。他说:'让我们回到字上,那些我们极需回归的字,那些洗干净的字。除非我们能通过新铸造的字重新夺回思想的能力,我们简直就沉底了'。"① 这里威廉斯仍然强调文字的生命力和丰富的内涵。威廉斯在《红色手推车》中对诗行和手推车一词语进行扯拼尝试:"这么多的事物都依赖/于/那一辆红色轮子的/推车/它湿漉漉的沾满雨/水/站在一群/白色的小鸡旁边。"这首诗不是将文字看成一种表达的工具或媒介,所引起表达的隔膜或歪曲,而是强调透明的、即时的直接性,因此能捕捉对象的最直接的即时状态。它打破叙述中因果关系,好似从天而降,也可以说是从事态的中途楔入,造成打乱始末秩序,给人无头无尾的突然感,第一节:"这么多的事物都依赖/于"显然让读者意识到在诗人提笔以前他已经观察和思考对象良久,这样就在空间和时间上将诗的上线推向它诞生之前,大大地增加了诗的内涵。诗变成有形的是在诗人顿悟

---

① 郑敏:《威廉斯与诗歌后现代主义》,《诗歌与哲学是近邻:结构—解构诗论》[M],北京:北京大学出版社,1999年版,第148页。

时，他悟到手推车虽平凡，却是不可少。也就是说宇宙间事物不论大小，重要不重要，都是相互的，许多事物依赖于手推车，而手推车又紧傍于一群小鸡，这首诗又颇具禅意。总之，《红色手推车》这首诗虽然打破因果逻辑关系，但是并没有扭曲语言，每一字都是活的生命力并且有丰富的内涵，整首诗又具有一定的意义。

于是郑敏指出当代一些反语言的诗歌，"它们没有诗语自己的声音，就像字典中众多的字的符号并不能自动成为诗的语言一样。诗的语言的诞生和诗人感到生命的震波是同时的。这时所有的字不再是单个的符号，而是成为特殊使命的载体，它们成了诗人自己独一无二的诗语，好像一根丝线变成刺绣中的一个有自己意向的踪迹，或者是一种颜料变成油画中一个充满自己生命的一笔。这时符号成了语言，这其间载有潜存的语言自己的声音。诗人最激动的时刻是在他听见这种语言对他说的话，所以海德格尔说，在创作时诗人首先是听语言，而不是说给语言听；不是表达自己而是被告知。"①

二、反文化

郑敏曾指出："1990 年卖出几十万册的某些诗集，今天不是如浪花一样的不留痕迹吗？以'奇'、'丑'、'大胆'或'青春偶像'来撼动市场并不能达到新诗的真正突破，如果只有一个贫瘠的自我，这些手法只像礼花一样闪出几秒钟的光芒，而经不起回味。被译成几国文字在一方面是一种胜利，但在另一方面也许是一种失败，如果你被认为是西方某些当代诗人在中国的影子而得到接受。为什么你不能就是你自己而得到世界诗坛的认可呢？是的，你应当只是自己，但这样的自我必须有多么丰富的文化个性和诗人风格！"② 郑敏认为当今诗坛的先锋派诗人们在模仿美国后现代派诗的一些路子，在模仿的过程中并没有把后现代派的艺术精华和自己切身的文化经验结合起来，这种表层的模仿只能算作失败的诗歌作品。

---

① 郑敏：《我们的新诗遇到了什么问题？》，《诗歌与哲学是近邻：结构—解构诗论》[M]，北京：北京大学出版社，1999 年版，第 272 页。

② 同上，第 275 页。

第三代有些诗歌通过感觉还原的方法使作品直接进入了直觉无意义阶段。西川有一首《体验》诗："火车轰隆隆地从铁路桥上开过来。/我走到桥下。/我感到桥身在颤栗。//因为/这里是郊区,并且是子夜。/我想除了我,不会再有什么人/打算从这桥下穿过。"这首诗只写了主体"我"与客体"子夜"、"火车"、"桥下"、"郊区"的最初感觉、最初体验与最初真实。没有任何外在理念、价值判断与情感的介入,只有一种平静的感觉呈现,让接受者通过感觉还原,身临其境完成情感体验,再琢磨出感觉中包含的东西。韩东在 1982 年写的《有关大雁塔》:"有关大雁塔/我们又能知道些什么/有很多人从远方赶来/为了爬上去/做一次英雄/也有的还来做第二次/或者更多/那些不得意的人们/那些发福的人们/统统爬上去/做一做英雄/然后下来/走这条大街/转眼不见了/也有有种的往下跳/在台阶上开一朵红花/那就真的成了英雄/当代英雄/有关大雁塔/我们不能知道些什么/我们爬上去/看看四周的风景/然后再下来。"杨炼在写大雁塔时充满了历史的沧桑与文化的厚重感"我被困在这里/已经千年";而韩东则"彻底摒除了文化语义感觉",剔除附加在"大雁塔"上的历史与文化。诗人与大雁塔直接是两个客体的关系,塔的丰富内涵与主体都是陌生的,在互相陌生之间,双方的感觉都是空白,就像与一陌生人擦肩而过,不管那人的历史,就知道刚刚过去的是个人。这些诗歌使用的是现象还原的方法。这种诗歌是重返事物本质,使万事万物处于平等共存状态。胡塞尔的现象学中的高扬"现象"把黑格尔的"现象/本质"抛进垃圾堆,并把一切理性判断和价值规范都"悬搁"起来,从而为科学寻找到一种没有任何先入之见和超验之物的纯粹本原客体。胡塞尔主张按照现象本身去观察现象,排除人的主观介入,达到纯客观之境。这种哲学为第三代诗歌还原事物现象提供了依据。于坚在《对一只乌鸦的命名》中写道:"正像当年/我从未在鸦巢中抓出过一只鸽子/从童年到今年我的双手已长满语言的老茧/但作为诗人我还没有说出过一只乌鸦……/它不是鸟,它是乌鸦/充满恶意的世界每一秒钟/都有一万个借口,以光明或美的名义/朝这个代表黑暗势力的活靶开枪……/这是一只快乐的大嘴巴的乌鸦/在它的外面世界只是臆造。"通常意义的命名是一种符号化的过程,是将任意的所指意义强加于无辜的能指。而作者关于乌鸦的命名是剥掉了关于乌鸦的种种主观所指之意与象征或隐喻的内涵,留下的只是乌鸦作为纯粹的"物"的存在。欧阳江河的《手枪》也是现象还原的代表,此诗开头"手枪可拆开/拆作两件不相关的东西/一件是手;一件是枪",在对"手枪"的不断"拆卸"中与"枪"的整体性作战,将"手枪"这个完整概念一分为二,退去"手枪"约定俗成的观念,还原最初面目。这些诗有对西方后现代主义打破因果逻辑关系的模仿,但是西方后现代主义诗歌在打破因果逻辑关系的前提下,整首诗歌仍然呈现出一定文化内涵和意义。面对这些诗歌就出现了生硬移植的现象,郑敏评价道:"这种生硬的移植来的品种还不能和这里的气候土壤协调起来。我们的痛苦与焦虑、失落与热望像沉淀了几千年的文化的珊瑚礁,在我们的血液里,并不能以这种廉价的移植文化的产品来代替。一位诗人只有真正知道自己,知道他的祖先,知道他的土地才能写出扎下根的诗。无论生活在世界的哪一角,他总应当带着自己的遗产,用它来丰富世界的诗坛,丰富读者,丰富自己。文化传统,几千年的文化遗产是我们和世界文化交流的资本,是我们能跻身于世界文化之林的立足点,也是我们的文化创新的起点。"①

三、反崇高

当今诗坛某些第三代诗人自觉地摆出了自己的位置,不管这个位置是高还是低是对还是错,他们不在乎,他们以普通人自居,"他们不以为生活欠了他们什么,他们也没有什么乱七八糟的使命感,他们是一群小人物,是一群凡人,喝酒抽烟、跳迪斯科、性爱,甚至有时候还酗酒、打架,让那么蓝色的忧伤、散淡的忧郁见鬼去吧。他们要写什么不知道,全干他们是什么,那是孙子,重孙了一代人的事。他们顶顶重要的是生活……"② 在他们笔下没有崇高,没有伟大,只有普通人的事。"它着眼于人的奴性意识,它把凡人——那些流落街头,卖苦力,被勒令退学,无所不为的小人物一股脑的用一杆笔抓住,狠狠地抹在纸上。唱他们的赞歌式打击他们。"③ 李亚伟的《中文系》是写普通人的典范。诗里面的

---

① 郑敏:《我们的新诗遇到了什么问题?》,《诗歌与哲学是近邻:结构—解构诗论》[M],北京:北京大学出版社,1999年版,第274页。
② 《大学生诗报》[N],1985年6月8日。
③ 《1986—1988中国现代诗群大展》[C],上海:同济大学出版社,1988年,第185页。

几个学生是这样的一群人:"亚伟想做伟人/想和古代的伟人一起干/他每天咳着各种各样的声音从图书馆/回到寝室后来真的咳嗽不止/诗人胡玉是个调皮捣蛋鬼/就是溜旱冰不太在行,于是/常常踏着自己的一长发溜进/女生密集的场所用腮/唱着一首关于晚风吹了澎湖湾的歌/二十四岁的敖歌已经/二十四年都没有写诗了/可他本身就是一首诗/永远在五公尺外爱一个姑娘……万夏每天起床后的问题是/继续吃饭还是永远不在吃了/和女朋友卖完旧衣服后/脑袋常吱吱的发出喝酒信号/大伙的拜把兄弟小绵阳/花一个月读完半页后去食堂/打饭也打炊哥/中文系就是这样的/学生们白天朝拜古人和黑板/晚上就朝拜银幕或很容易地/就到街上去凤求凰去……"堂堂正正的中文系学生在作者笔下成为一个个不学无术、玩、恋爱、打架、斗殴的家伙,中文系课没有了神圣性,中文系的学生也成了普通得不能再普通的社会人,他们脱下神圣的外衣走入民间。

还有些诗人以平凡事走入诗中。在以前的诗中有许多重大的题材和事件,都关系到国计民生的大事,有诗人对历史,对社会发出深刻的思考,展示事件的丰富性、复杂性。在第三代诗中,平凡的小事开始进入了诗的领域:"在我们认为什么都可能是'诗':日常生活中的琐事、虚幻的怪诞的胡思乱想,门外一个人的叹息以及阴天里蚂蚁搬家等等,"(新口语宣言)"那些偶然、无谓、不确定的等等琐事成为我们表现人类日常性最为得心应手的契机。"(日常主义宣言)海波在《一个当代诗人的日常生活》中说:"有空就在近的地方散散步/早晚各进一次地窖看看/黄掉一束诗大概要看多少时间/想一想将要到达的流行感冒/预测一排栅又要多少时间/这个蒙面人下午才找到我家/问那狗主人在家吗/那狗昨天叫狗/今天是不是还叫狗"。朱春鹤在《下午》中说:"整整一个下午/都被我们坐在屁股下了/你看我无聊地抽烟/我看你无聊地写诗/一个下午就不见了/风把房门推开又关上/你把嘴张开却不说话/太阳从窗前蹑手蹑脚的走过/我们都没去招呼它/你起身要走了/我说我肚子痛就不送你了/你请走好"。这两首诗都是以普通事入诗的,像记流水账似地记了日常生活,写了一个下午的琐事。诗歌近乎生活现象,日常琐事,什么都可能是诗,这样就将诗歌推向了广泛化、普通化的领域。他们主张自由与随意,不去关心什么未来,对于生命环境显露出急切理解的需要。在对日常事件的处理中,运用从容且较为正规的表达方式、努力缩短抽象观念与理性之间的距离,从而诉诸更广泛的精神现状的表白。毫无意义的生活、毫无意义的事物与个人的生存欲望形成尖锐对峙,逐渐成为你的一部分。人们就陷在一片毫无意义的无尽的盲目之中,他们关照着自己身边的人,日常的事,借助日常生活来抗击着让人望而却步的宏大与崇高,以给周围的世界赋予意义与价值的同时,回返到精神自由状态。正如黄相荣说:"毫无意义是人在完成自身过渡的一种命定形式,诗人正是在灵魂上深刻地感知并把握了人生的本质,才使自身在绝望中获得崇高和价格。"(四方盒子艺术宣言)郑敏在《企图冲击新诗的几股思潮》中指出:"反崇高,在今日诗坛,有时与反虚伪被混为一谈。伪道德、假崇高是任何一种衰退的体制的护身符,自然应当遭到批评,但若因此舍弃以'真善美'作为生命价值的导航,反而歌颂玩世不恭、油滑浮浅,那实在是一种本质性的误导。然而,在一些颇有名气的诗歌中,已流露出这种倾向,某种令缪斯汗颜的迹象已出现。要知道,幽默感是有其审美价值观的,萧伯纳式的幽默,是有它的深意的,绝非市井庸俗下流的情绪所可代替。这个误区目前很有蔓延的趋势。"①

四、反境界

郑敏在《企图冲击新诗的几股思潮》中指出:"境界是诗歌的灵魂,也是价值的最终所在,它并不浮出诗歌的表层,但却以它那不可触摸的光辉照亮全诗,没有境界的诗如珠玉失去光泽。现在有些诗不但缺乏境界,而且有意反境界,以庸俗甚至低劣丑恶泼入诗,以达到践踏美的目的,有时这反映一种玩世不恭的、反美德、恶作剧式的逆反心态和自我宣泄。并希望以人为的丑恶,作为一种强刺激,来获得读者的好奇和注意。"②

当代诗坛第三代的某些诗人提出了"反诗"(或称不变形诗),主张与意象诗抗衡,要求弃绝外在修辞倾向。诗人们直接处理审美对象,似乎只对世人的触动状态进行不动声色的客观描写与恢复,一切极其冷静

---

① 郑敏:《企图冲击新诗的几股思潮》,《思维·文化·诗学》[M],郑州:河南人民出版社,2004年,第188页。

② 同上。

极其平淡,不做文辞夸张,不做情感评价,没有事物关系打破后的再造,没有意象经主观介入后的变形,树就是树,山就是山,石头就是石头,仿佛主体与情绪已完全撤出,诗的总体没有任何意境。如韩东在《你见过大海》写道:"你见过大海/你想象过/大海/你想象过大海/然后见到它/就是这样/你见过了大海/并想象过它/可你不是/一个水手/就是这样/你想象过大海/你见过大海/也许你还喜欢大海/顶多是这样/你见过大海/你也想象过大海/你不情愿/让海水给淹死/就是这样/人人都这样"。阿吾在《三个一样的杯子》中说:"现在三个一样的杯子/两个在桌子上/一个在你手里/手里的一个装着茶/茶是故乡茶/茶水半杯/茶叶沉在底/杯子中午擦过/杯口留一线茶垢/桌子上的两个/各有专门用途/一个用于喝酒/杯中常有酒味/你拿起喝酒的一个/此时无酒味/一个用于喝奶/奶由奶粉冲泡而成/你在桌子上写信/屡有奶气扑鼻/奶气正在扑鼻"。李亚伟在《85年谋杀案》中这样写道:"饮酒时看到/那条小路白而又远/沿途的村庄今天都在等你/现在我已醉了/我要把路关在门外/把毯子盖在头上/毯子白而且好远啊/我能够随便想起你来/人品端庄,从酒馆出来/标准发式,受过高等教育/在路口犹豫/前一段时间我和你回家/走的是一条路/那路白而又远/在路口你拿不准去看朋友还是结婚/很多次醉酒都到此为止/我想不起你那次去了哪里";斯人在《我在街上走》中写道:"我在街上走/其他人也在街上走/起初我走得满/走快的超过了我/走不快的没超过我/后来我想走快点/走快了就超过了/一些刚才超过我的人……"这些诗写得平白如说话,没有诗人的审美意象,这是把生活中的事物毫无感情冷漠地记录下来,也没有诗歌的任何意境和境界可言。

而更有甚者的是有些第三代诗人提出消灭意象的主张。《大学生派宣言》直接提出了"消灭意象"的口号,用来代替意象追求和意象膜拜的是"对语言的再处理的主张","它直通通地说出它想说的,它不在乎语言的变形,而只追求语言的硬度",其目的是造成"对现存诗歌审美观念的毁灭性突破"。我们可以以王正云的《北方》为例:"一棵草一棵草一棵草一棵草一棵树/一棵草一棵草一棵草一棵草一棵树//一丛草一丛草一丛草一丛草一丛树/一丛草一丛草一丛草一丛草一丛树/一丛草一丛草一丛树//在一棵腐树的墓上有一丛草/脸上有墓碑,刻着一个人一生的功绩/一棵草一棵树一丛草/野火之上/是光荣"。这里诗人借助汉字的表形特征和方块形状造成了强烈的"注视"效果,"一棵草"、"一丛草"不厌其烦地陈列在诗句里,以单纯重复的视觉印象代替着意象组合,人们无法从排列整齐的"草"与"树"中寻觅到任何诗意,更谈不上诗歌的境界了。

还有第三代诗歌中诗人实验的手段是把毫不相关的事情"拼贴"在一起。这样写出的诗歌无任何意义和境界可言。《日常主义宣言》中曾说:人类无法提供连续生存的可能性,莫名其妙地散乱成为唯一的心理特征。我们的第二原则是片段意义。毫无意义的事物常常与每个人形成安静激烈的对峙,逐渐成为你所依附的一部分;人类是这样陷入无尽的盲目之中,"共同性"成为一种灾难已久。我们的诗将与同化递反。在这种说法的鼓吹下,我们时常能看到以切割和拼贴手法形成的诗句。如蓝马的《音色》:"很深的地洞里面那种充实动物/已经开始逃之夭夭/蓝色铁轨的弯弯曲曲路面滚着玻璃哑铃/追上前去的反而是我/我像是身外开放的一串动作/被自己的皮肤捆紧在草丛中宣告一声独立/就消失/我修理睡眠的大工具正在斜坡上跟野鹿/同时冒着雨/佯装植物/她说拉开林荫/猫头鹰和山老虎一样清白/而那场瑞雪在拐弯我可以退入茅棚/在户外阵雨的摇晃中/玻璃打雨的反光/使我深感自己的颜色到入梦时还是若有若无。"这里蓝马把不相干的事物相拼贴,拼贴使得句子宛若梦呓一般。还有第三代诗歌拼贴的想象中"闪光摄影",如梁晓明在《等待陶罐上一个姓梁的姿态出现》中说:"如果电影里突然映出我的鼻子/映出我的手正在摸一座高楼的头顶,窗子在我左肩上打开,鸟在我膝盖上谈论爱情,谈论我的大腿从日本伸过来由人用手指悄悄扣动……/这时我背后就一定有一只狼眼逼近/有一只爪了/搭上门环/如果我从天空敏感的口袋里往下看,在落满灰尘的台阶上看见/童年的鞋边有蛇,被单从床上一一跃起,汽车都像长了脚的火柴盒/安徒生像一瓶药,在床头等待着人类的嘴唇。"这里诗人把电影技术中运动图像和变形图像的独特手法运用到诗歌中。作者一开始就提到了电影,而且我们从诗句中看到的图像也像由一些跳跃的片段剪接起来的电影镜头,镜头的转换十分迅速,把非常连续的碎片集合在一起。郑敏在《我们的新诗遇到了什么问题?》中对这类拼贴的诗歌提出了尖锐的批判:"我在打开电视时,忽然悟到当前所谓'先锋'的、流行的拼贴画面的手法,如此频繁地出现在诗中,实在是来自 MTV

的画面技巧,大众媒体技巧与廉价的'现代'情调,对90年代我们的新诗的侵蚀,值得我们警惕。诗人的个性正在被宣传媒体专政。新诗的解放应当从抵制广告的艺术快餐开始。'拼贴'脱离了诗人真正的心灵挣扎和朝圣就是十分廉价的小小花招。诗人们,请不要将你的灵魂交给广告和宣传媒体的商业污染,艺术在商业大潮中必须站稳自己的脚跟。"①

第二节　郑敏与女性躯体写作

80年代中后期一些诗人试图通过女性躯体写作,来对抗男权主义,从而张扬女性的自我。郑敏对这种现象进行了批判。郑敏在《女性诗歌:解放的幻梦》、《读蓉子诗所想到的》(《诗歌与哲学是近邻》)等文章间接地阐述当代女性诗歌寻找女性自我的发展历程:从反抗男性世界的诗歌到双性和谐的诗歌过程。女性主义思想作为后现代主义思想的一部分,郑敏从反对二元对立,主张多元化思维出发,认为当代女性主义诗歌路径并非是非男权即女权或者非女权即男权,而应是追求双性和谐的历程。

在中国80年代初期,女性诗歌较多地受中国社会转型和西方的女权主义运动的影响。"女性主义诗歌的崛起绝非空穴来风,它既是当时社会转型、中心旁落带来的人的内在深度解放和话语空前自由的结果,又受益于弗吉尼·伍尔夫等西方女权主义理论"。② 80年代初是中国社会的转型期,中国正式推行改革开放,有机会提供多层结构性话语空间。追溯至1977—1979年,中国出现了"思想解放运动"。这场运动通过对"两个凡是"的反思,展开了"真理"标准的讨论。在1978年底十届三中全会上,中国社会出现了历史转折,邓小平的闭幕词《解放思想,实事求是,团结一致向前看》,使"人道主义思潮"获得合法空间。"人的解放思潮"带来了女性解放思潮,并使后者不再淹没在国家寓言/改革开放象征体系里,因为女性解放是人解放的一部分,这就是女性文学思潮的深

---

① 郑敏:《我们的新诗遇到了什么问题?》,《诗歌与哲学是近邻:结构—解构诗论》[M],北京:北京大学出版社,1999年版,第283页。
② 罗振亚:《朦胧诗后先锋诗歌研究》[M],北京:中国社会科学出版社,2005年,第273页。

层背景。此外,以往的"男女平等"政策给了女性主体成长空间,新中国的女性参与社会公共事物、拥有一定社会身份,女性主体的获得带来话语的自信,这个事实也是当代女性诗人出现的物质基础。再加上西方弗吉尼·伍尔夫西方女权主义理论等思潮的影响,促使 80 年代初女性诗歌主要表现女性的觉醒,要求和男人平等的主题。罗振亚曾指出:"直到 20 世纪 70 年代中后期,思想解放的阳光雨露滋养,才唤来了中国女性诗歌葱郁蓬勃的艺术春天。舒婷、林子、王尔碑、傅天琳、申爱萍、王小妮等一长串熟悉或陌生的名字,轰然崛起于诗歌的地平线上,新一代夏娃觉醒了";"但说穿了这还是女性主义诗歌的早期形态,他们关心的是整体的人的理性觉醒和解放,代表仅是一代人的觉醒"。① 马丽华用心去拥抱《我的太阳》,"摇动十二万只风铃哗然而来/宇宙间饱和了恢宏和谐的回声/漫过草原一览无余的滩涂/太阳涨起大潮/阳光梳理我汹涌的思绪/思绪伸张为纷披的触须/沿着太阳的轨迹平行运转/在尽是矮个儿草墩的旷野/做一株挺拔的向日葵最适宜/不然谁又能变我为云朵呢/借殷勤的风之翼去接近他/是一座亘古挺立的山岩也好/风蚀为纷纷扬扬的大地微尘/承受他绵绵无尽的爱抚/不然谁能使我与爱之神同在/草叶曳动如经幡招摇/不为祈福专为祈爱/阳光下的生命只诵一字真言/只诵——一字真言/我悄悄说,知道么/造物主为我创造了你/又因你而设计了我/唯我能够破译出/我与你的缘分之谜/我选择诗笔原只为太阳/只为太阳你呀"。孙桂贞在《黄皮肤死亡旗帜》中以孤傲、自信、豪放的性格表达强烈的反叛,向人们宣布自己和男人一样是世界的另一面,"与其完好无损地困守着孤寂/莫如绽破些伤口敞向广宇/与其枯萎时默默地飘零/莫如青春时轰轰烈烈地给你"。

早在 1977 年,舒婷在《致橡树》一诗中以木棉树比喻女子,当她向橡树致意寄情时,一再维护女性独立的人格和尊严,讳言依附和从属,也不赞同一味地奉献,她宣告:"我必须是你近旁的一棵木棉,作为树的形象和你站在一起。"这是女性努力摆脱第二性的心灵呼唤和要求与男人具有平等的地位呼声。作为女性,其人生价值的真切实现,总是同她们的性

---

① 罗振亚:《朦胧诗后先锋诗歌研究》[M],北京:中国社会科学出版社,2005 年,第 272 页。

别自认联系在一起的。传统妇女的性别自认,因不能与男子处平等地位而变得自卑且痛苦,女人的名字一直是屈从的"弱者"。左翼妇女为了做好革命"工具",自觉否定性别自认,把男女平等演化为男女相等,甚至期待"妇女"二字不被特别地提出来。在《致橡树》一诗里,舒婷对历史给予女性位置的反思还只是不自觉的零星闪现,依然还存在着女性为了要跻身社会与历史,不得不以男性标准为自己的标准的事实。这是以消弭女性自己性属为代价的平等,其后面隐藏的同样是不平等。与《致橡树》相比,1981年舒婷写的《神女峰》和《惠安女子》更具有性别意义。在《神女峰》中,女诗人质疑了传说中的守望女子和她所代表的价值观念——"美丽的梦留下美丽的忧伤/人间天上,代代相传/但是,心/真能变成石头吗/为眺望远天的杳鹤/错过无数次春江明月",发出了强烈的反叛声音——"沿着江岸/金光菊和女贞子的洪流/正煽动新的背叛/与其在悬崖上展览千年/不如在爱人肩头痛哭一晚",窥见了这则神话对女性存在的异化和抽空,以毅然的背叛拆解了男人的欲望,揭示了它将女子鲜活的生命风干成一具"残忍"的石头,呼唤男女平等的灵肉一体的现代爱情。同时舒婷在《惠安女子》中也写到:"野火在远方,远方/在你琥珀色的眼睛里/以古老部落的银饰/约束柔软的腰肢/幸福虽不可预期,但少女的梦/蒲公英一般徐徐落在海面上/啊,浪花无边无际/天生不爱倾诉苦难/并非苦难已经永远绝迹/当洞箫和琵琶在晚照中/唤醒普遍的忧伤/你把头巾一角轻轻咬在嘴里/这样优美地站在海天之间/令人忽略了:你的裸足/所踩过的碱滩和礁石/于是,在封面和插图中/你成为风景,成为传奇。"则以凝重的笔触表现了对女性"被看"历史的倾力反抗,剥去了女性被作为封面观赏,成为"风景"与"传奇"的眩光,揭示了女性被侮辱、被损害的真实生存状况,表达了女性要与男性拥有平等地位的心理诉求。然而,从1984年开始,当代女性诗歌出现了躯体写作,用一种极端的方式来对抗和解构男性话语霸权。

一、女性躯体写作诗歌

女性躯体写作诗歌的出现暴露出种种弊端。女性躯体写作高度重视个人化和私人化,使人们过多注重为少数人写,而不是为公众而写。这种写作,"不乏片面的偏执的深度,但也不由自主地减弱了共感效应;激情冲动和'自白话语'暗合天籁,同时也容易造成创作的迷狂。另外过度地制造性别的人为显示,也会陷入自我把玩、孤芳自赏的泥淖,甚至变男尊女卑为女尊男卑的挑逗,最终获得了运作技巧却失去了写作的诗意。"① 针对这些躯体写作的种种弊端,郑敏提出恰如其分而又有远见卓识的批评。郑敏指出:"当西方妇女在大煞男子汉的威风,破骑士对妇女的'礼貌'时,中国妇女从劳动服里退出后要求受到特殊的女性待遇,包括'骑士'、'风度'对妇女的尊敬和怜爱。""当西方的女权运动者唾弃一切传统留给妇女(出于保护她们)的权益,要求受到男子一样的社交待遇时,中国的一些女性反抗却表现在:'请将我当一个女性来对待。'"② 女性躯体写作的诗歌暴露出弊端主要体现为以下两种形式。

(一)女性隐秘生理世界的揭露

女性躯体写作中的女性意识主要表现在女性身体本身所具有的月经、怀孕、流产、生殖、哺乳等生理特征的特殊的感受。首先表现为对女人裸体的自我审视。伊蕾在《独生女人的卧室》注视自己,"四肢很长,身材窈窕/臀部紧凑,肩膀斜削/碗状的乳房轻轻颤动/每一块肌肉都充满激情/我是我自己的模特/我创造了艺术,艺术创造了我/床上堆满了画册/袜子和短裤在桌子上/玻璃瓶里迎春花枯萎了/地上乱开着暗淡的金黄/软垫和靠背四面都是/每个角落都可以安然入睡/你不来与我同居。"林祁在《浴后》同样有着这种孤芳自赏的感觉,"全身镜里走来女娲/走来夏娃/走来我/直勾勾地望着我//收腹 再收腹/乳峰突起/我抚摸着深情似海/我看到/地狱之门/充满诱惑//哦 给我一百次生命/我只愿切实地/做一回女人。"对女性裸体的自我注视,似乎标志着女性性别身份的确认与觉醒。翟永明在这方面尤为典型。在组诗《女人》中展现出女性的种种躯体姿态:"我,一个狂想,充满深渊的魅力/偶然被你诞生。泥土和天空。/三者合一,你把我叫作女人/并强化了我的身体/我是软得像水的白色羽毛体/你把我捧在手上,我就容纳这个世界/穿着肉体凡胎,在阳光下/我是如此炫目,使你难以置信;"(《独白》)"怎样的喧嚣堆积成我的

---

① 罗振亚:《朦胧诗后先锋诗歌研究》[M],北京:中国社会科学出版社,2005 年,第 290 页。

② 郑敏:《女性诗歌:解放的幻梦》,《诗歌与哲学是近邻:结构—解构诗论》[M],北京:北京大学出版社,1999 年,第 395 页。

身体/无法安慰,感到有某种物体将形成/梦中的墙壁发黑/使你看见三角形泛滥的影子/全身每个毛孔都张开/不可捉摸的意义/星星在夜空毫无人性地闪耀/而你的眼睛装满/来自远古的悲哀和快意/带着心满意足的创痛/你优美的注视中,有着恶魔的力量/使这一刻,成为无法抹掉的记忆;"(《渴望》)"身体波澜般起伏/仿佛抵抗整个世界的侵入/把它交给你/这样富有危机的生命、不肯放松的生命/对每天的屠杀视而不见/可怕地从哪一颗星球移来?/液体在陆地放纵,不肯消失/什么样的气流吸进了天空?/这样膨胀的礼物,这么小的宇宙/驻扎着阴沉的力量/一切正在消失,一切透明/但我最秘密的血液被公开/是谁威胁我?/比黑夜更有力地总结人们/在我身体内隐藏着的永恒之物?"(《生命》)

其次,"血"的意象的自怜。血对女性而言,是一种自然而然的躯体特征,"它在带来确证创造力的欢喜同时,也隐藏着创痛的恐惧和无奈的悲哀。成熟女性都恐惧青春的消逝,有种自恋倾向,从身体提取写作资源的视角更强化这一特点"。[①] 这种复杂微妙的体验在女性躯体写作的诗歌那里是表现得比较充分的:"你是我的母亲,我是你的血液在黎明流出的/血泊中你惊奇地看到你自己,你使我醒来;"(翟永明《母亲》)"一次诞生是一种偶然/如一个没有凶手的流血事件/我含着泪水/在襁褓的镜子里发现了自己的原形;"(赵琼《我参与地狱的大合唱》)。这两节写生产的诗不约而同地揭示了女性如何在血的流动中确证了自己,但"没有凶手的流血"又透露出女性在创痛的惧怕中无可奈何地悲哀:"我见到爱/第一眼飞溅出/猩红色思想的潜流;"(童蔚《夜曲》)"我摊开身体,蒙头大睡/血的沉沦无边无际/睡成一张白纸一张兽皮;"(唐亚平《死之表演》)"在柿子成熟之前我想到了生/在柿子成熟之后我想到了死/它们和柿子一起烂掉/在我口袋中一片血红;"(伊蕾《三月的永生》)"傍晚最后一道光刺伤我/躺在赤裸的土地上,躺着证实/有一天我的血液将与河流相混。"(翟永明《证实》)这一类的诗句对血与女人的关系都有很深刻的体验和揭示,含有女性自恋的味道。

---

① 罗振亚:《朦胧诗后先锋诗歌研究》[M],北京:中国社会科学出版社,2005年,第278页。

(二) 性意识和行为的暴露

1984年后女性主义诗歌的一些诗人们往往以一种极端的描写性经验和性欲望来对抗男权话语。这时的"女性主义诗人们不再像舒婷、申爱萍等人那样,或者含蓄典雅欲说还休,或者带灵肉分离的柏拉图色彩,或者仍处被书写的地位,仅仅停浮于女性纯洁、坚贞、甜美的心理和社会属性做文章,她们以女性生命之门的洞开,放纵感性的自己,展现现代女性的精神欲望乃至隐秘飘忽的性体验、性行为,写肉体的占有快乐,把身体语言推向言说的峰顶,从而使古老的爱情书写遭遇了令人惊骇的难堪变奏。"① 但是这时的女性诗歌"总是有不合道德规范之处,不合法律之处,不合祖训祖教之处。"② 翟永明、伊蕾和唐亚平等诗人把女性的性意识表现得淋漓尽致。翟永明的《纹身》写道:"有一个男人合掌膜拜/青色图案安置她内部的丰收/她长期荒凉的地方没有重量/爱情冲涌喉头为她纹身/弄破她的皮肤就像/阳光弄残他的双眼/无根无蒂/无非是两只手将她的内体清算/无非是将真魂实魄/刺入她体内永远保存",这里把性爱如此直接呈示,丝毫不加掩饰,简直触目惊心。这是在欣赏、玩弄爱、性和自己,是在祭奠有宗教般神圣而沉重的肉身之爱,抑或是在男性世界压迫之下的一种被异化而无比强烈的控诉与抗议!伊蕾、唐亚平的诗歌直接呈现出女性的欲望与焦灼,布满水淋淋的感性诱惑,她们在"自白式"语言的狂欢中以自己的肉体与血液为代价向世界赤裸裸地展示了自己,"是谁伸出手来指出没有天空的道路/那只手瘦骨嶙峋/要把女性的浑圆捏成棱角/覆手为云翻手为雨/要把阳光聚于五指/在女人的乳房上烙下焦灼的指纹/在女人的洞穴里浇铸钟乳石;"(唐亚平《黑色洞穴》)"我披散长发飞扬黑夜的征服欲望/我的欲望是无边无际的漆黑/我长久抚摸那黑色的地方/看那里成为黑色的旋涡/并且以旋涡的力量诱惑太阳和月亮/要么放弃要么占有一切/我非要走进黑色沼泽。"(唐亚平《黑色沼泽》)这是多么惊世骇俗的诗句呀!性意识如此毫无禁忌地展示,生命情欲强烈地骚动。这些诗句感情色彩和性意识色彩交织在一起,正如伊蕾

---

① 罗振亚:《朦胧诗后先锋诗歌研究》[M],北京:中国社会科学出版社,2005年,第290页。
② 伊蕾:《选择和语言》,《诗刊》[J],1989年,第6期。

所说：我于是使语言直接切近我的灵魂和肉体，让语言撞击在我的灵与肉上面发出真实可靠的声音。

这些女性诗人们过分地揭露女性隐秘生理世界和暴露性意识和行为，只能把自己置于被男性窥视的地位。"诗人们痛苦的发现，她们对女性意识觉醒的呼喊，在男性中心根深蒂固的社会面前，充其量不过是墙壁内苍白的声音，微弱的影响力丝毫未逸出女性精英的小圈子，受男性中心文化遮蔽的失语焦虑远远没有消除，并且女性意象和性征在商业广告、传媒中逐渐成为商品化符码，依旧是被窥视把玩的'风景'。"① 面对这种现象郑敏郑重指出："当空虚、迷茫、寂寞是一种反抗的呼声时，他们是有生命力的，是强大的回击；但当它们成为一种新式的'闺怨'，一种呻吟，一种乞怜时，它们不会为女性诗歌带来多少生命力。只有在世界里，在宇宙间，进行精神探索，才能找到20世纪真正的女性自我。"②

二、超性别写作的诗歌

怎样找到诗歌中女性的自我呢？郑敏在《女性诗歌：解放的幻梦》中正面回答了这个问题："男性和女性虽然各有特点，从自我的深广上却不再有高低深浅之分，那时就没有必要再从性别上考虑作家了"。③ 这里事实上郑敏已经超越了男性和女性两种性别的分歧，追求无性别之分诗歌写作，这种写作既不同于女性的眼光也不同于男性的眼光来看待世界。1994年陈染在《超性别意识与我的创作》中首先明确提出："异性爱霸权地位终将崩溃，从废墟上将升起超性别意识。""真正优秀的艺术家文学家，不会轻易放弃被异性或同性所迷惑，他（她）有自己的内心情感追求和独立的艺术探索。"④ 某种意义上讲法国女性主义理论家埃莱娜·西苏提出"双性特征"的说法和郑敏提出超性别写作有相似之处。郑敏认为"双性特征"实际上包括了"既不排除某一种性别"，并"增

---

① 罗振亚：《朦胧诗后先锋诗歌研究》［M］，北京：中国社会科学出版社，2005年，第294页。
② 郑敏：《女性诗歌：解放的幻梦》，《诗歌与哲学是近邻：结构—解构诗论》［M］，北京：北京大学出版社，1999年，第395页。
③ 同上，第394页。
④ 陈染：《超性别意识与我的创作》，《钟山》［J］，1994年，第6期。

加了这种差异。"① 她采用了解构主义的策略，消解了男女等级森严的二元对立，同时又不放弃差异与距离，其目的就是要打破既定的性别等级秩序，建立一种新型的两性和谐关系。但这并不会产生一种抹杀了各自的性别规定性，而是更细腻更多样地去观照各自的个性特征，去了解"陌生性或不可减少的其他人的他性。"②

郑敏对90年代女性诗歌的影响首先是从对当代诗歌语言批判开始的，"当代汉语正承着来自多方的干扰、污染与挤压，一是来自多年意识形态灌输所形成的套话，一派官腔，内容空洞令人生厌；另一是来自拙劣的翻译语型，以弯弯绕为深奥；另一派是浑身沾满脂粉气的广告、流行歌曲、片头歌的滥美滥情的庸俗。"③ 另一方面她又谆谆告诫人们："语言有一种隐蔽自己的性能，作者必须用他的悟性去发现他和语言间的一种诗的经验，也就是与语言对话，不要害怕思维会妨碍诗寻找它自己的语言。"④ 由于郑敏的倡导和影响，90年代女性诗歌写作开始关注诗歌语言，向超性别诗歌写作转变。"女性主义诗人们实际上的精神领袖郑敏，自90年代开始对诗歌中的语言问题进行了深入的哲学思考，相继写下《语言观念必须革新：重新认识汉语的审美功能与诗意价值》、《世纪末的回顾：汉语语言变革与中国新诗创作》、《诗歌与文化：诗歌·文化·语言》等一系列关涉诗歌语言的论文，指出语言既被干扰、糟蹋、挤压得伤痕累累面目全非，又潜伏着发现经验和悟性的宝贵资源。郑敏的理论和行文感召，使许多女性诗人对躯体的兴趣逐渐转向语言，意识到语言是诗人的'故乡'，是诗歌存在的居所与形式，唯有从语言切入方能抵达诗歌的本性、本质、本体所在，且纷纷表现出回归词语本身的动向"。⑤ 这里"语言是诗人的'故乡'，是诗歌存在的居所与形式，唯有从语言切

---

① ［法］埃莱娜·西苏：《美杜莎的笑声》，《女权主义文学理论》［M］，长沙：湖南文艺出版社，1989年，第407页。
② ［美］J.希利斯·米勒：《全球化对文学研究的影响》，《文学评论》［J］，1997年，第4期，第78页。
③ 郑敏：《诗歌与哲学是近邻：结构—解构诗论》［M］，北京：北京大学出版社，1999年，第397页。
④ 同上，第279页。
⑤ 罗振亚：《朦胧诗后先锋诗歌研究》［M］，北京：中国社会科学出版社，2005年，第296页。

入方能抵达诗歌的本性、本质、本体所在。"事实告诉人们女性诗歌不能仅仅凭借"女性"来诉说历史，它还必须拥有普泛精神、宇宙整体意识的沟通来达到世界意义的精神深度。西蒙·波伏娃曾指出女性天生具有人类意识的母性特征"女性通过母亲来实现她的生理命运，是自然赋予她的'使命'"。① 郑敏指出真正的女性诗歌提供应是女性自身和人类的双重意识，女性诗歌既是女性的，更是全人类的，性别意识应该淡化。只有具有这样多元化的视角，才能达到超性别写作的高度。

郑敏不仅在理论上对当代女性诗歌提出批判，而且在实际诗歌创作中为中国当代诗歌写作提供了新的可能。她拒绝二元对立的思维方式，以一种多元和宏大的开放视角进行诗歌创作。她具有潜力的诗歌证明女性写作不要仅停留在表达性经验和性别对抗上，相反个体性别和个体经验可以找到共性，并进而在平和理智的对话中承认差异的存在。这时郑敏诗歌中的女性自我回避了两性的（性政治）对抗而达成对人类共同存在的思悟。比如《看不见的鲸鱼》中说："她看不见/那生命最强烈的集中/摸不到/那体积最浓密的集合/亮蓝的海水/围裹着游泳人的苍白肉体/黑郁的森林/掩盖着黑熊的踪迹/她苦苦的/追寻、想象、等待/绝望/再绝望/一天发现/自己已经在它的体内/被包围/抚爱/消化/吸收/她终于找到生命的燃点/当那看不见的鲸鱼/将她吞食、消化时。"这里郑敏对女性生命形而上/形而下的问题进行深深地思考：有形的生命和无形的生命进行相互转换。在《门》这首诗里人们读不到两性对峙的情感紧张，却会发现女性时间对于男性历史饶有意味的"征服"："这扇门不存在于人世/只存在于有些人的命运中/那要走进来的/被那要走出去的/挡住了/十年可以留不下一丝痕迹/一眼却可能意味着永恒"。"门"和"一眼"的空间复合体验，取代了"十年"（历史可载的）时间故事，一切的时间故事，难道不都因在生命中留下刻痕才不朽？这里是郑敏对生命虚无或有形无形"自我"的审视，或是对聚合又分解的"历史"的沉思，既超越又沉淀到人类日常循循不息之中。在《渴望：一只雄狮》这首诗人将压抑体验、女性与时代交流渴望转换为超

---

① ［法］西蒙·波伏娃著，李强译：《第二性》［M］，北京：西苑出版社，2004年，第195页。

现实意象雄狮:"在我的身体里有一张张得大大的嘴/他像一只在吼叫的雄狮/他冲到大江的桥头/看着桥下的湍流/那静静划过桥头的轮船/它听见时代在吼叫/好像森林里象在吼叫/它回头看着我/又走回我身体的笼子里/那狮子的金毛像日光/那象的吼声像鼓鸣/开花样的活力回到我的体内/"既写女性力比多的强大与美,又将力比多的实现日常化为"去赴一个约会",整首诗以出人意料的想象,传达出女性话语神秘莫测的威力。

在郑敏的影响下,90年代一些女性诗人们能够超越性别意识,打破性别的界限,着眼于女性与全人类的讲话,接通女性视角和人类的普泛精神意识,最终实现男性和女性和谐为理想。如"隔着一个未知的世界/我们永远不能了解/你梦幻中的故乡/怎样成为我内心伤感的旷野",(翟永明《壁虎和我》)这里女诗人怜悯壁虎的经验,不再是女性独有而成为笼罩全人类的伟大情怀,诗已上升到对命运沉痛思索的高度。诗人郑敏在《冬天的树林》中写道:"这时我感到心中有什么在静静流去/我感到冬天里我不会再说出话来/生命像阳光一样流逝",那种对四季大地的放眼凝眸,那种对时间的体味敏感,谐和了古往今来所有人们的共性感受,冷静而大气,指向悠远,毫无自恋之狭隘。

第三节 郑敏与当代网络诗歌语言

当前网络诗歌颇为流行,但是大多数网络诗歌语言粗俗直白,严重影响新诗的健康发展。面对这种现象,郑敏从语言和文化的角度出发对新诗的语言本质进行新的诠释,认为新诗的语言承载文化的踪迹,新诗的语言是在人的无意识中,在人心灵的无意识中承载着文化的踪迹。郑敏在《中国新诗八十年反思》中指出新诗发展的四个阶段中语言方面存在的问题。接着在《诗歌与文化——诗歌·文化·语言(下)》(《诗歌与哲学是近邻》)中提出了诗的语言是心灵的书写新的语言观。郑敏认为在后现代主义视角里世界是多元的,而多元的前期是"歧异"("差异")的存在,这种解构的"差异"具有不断创造能力的"trace"("踪迹"),这种"踪迹"往往存在语言的无意识中。

一、新诗语言存在问题的四个阶段

郑敏在《中国新诗八十年反思》中把新诗发展在语言方面存在的问题分为四个阶段。

第一阶段：诗歌语言向古典汉语文化彻底告别的分离阶段（1920—1930年）。

郑敏说："绝对的反传统，要求埋葬古典诗词以换得新诗的诞生。有没有必要将新诗的诞生建立在古典汉语文化，包括诗歌在内的死亡上？当时的激进观点和感情要求这样做。今天看来，这种以消灭传统为新生的前提是幼稚和不明智的。因为传统存在是一个民族的全部文化史，对它只可以在诱导中发展，岂有将其扼杀之理？依附在汉语（包括文学语言和口语及书写）上的全部历史文化的踪迹，我们可以对之擦抹和增减，却绝无消灭之必要和可能，因为在文化里有着民族灵魂的基因，谁又能更改自己民族的基因呢？"[①] 而20年代的诗人只用一种大众能理解的苍白无内涵的语言写出的诗大都失去感人的艺术魅力。如郭沫若在《晨安》一诗中，38行诗有38个"呀"，诗中概念只有一个，就是向全球道早安，如此单调的思维居然写成38行同类的诗句。虽有38个惊叹号和"呀"字，却只让人感到贫乏枯燥。可见如果没有找到合适的诗歌语言，即使诗人自觉感情汹涌澎湃，也无法使它外化为诗。刘大白在《卖布谣》和《割麦过荒》中用了非常口语化和大众化的诗歌语言，结果这种单调贫乏的语言虽然符合了大众的需要，但是诗歌却失去了应有的艺术魅力。在这个时代有些诗人由于他们的成长过程中深深浸沉中国古典诗歌语言，在创作过程中有些富有古典文化内涵的诗语会有意无意地进入诗人的诗作中。这种古典诗语的渗透能化成氛围和无形的痕迹，成为心灵的书写，影响着新诗的节奏、颜色、造型和辞藻。俞平伯先生的《凄然》就明显地揉进了元曲的节奏："只凭着七七八八，廓廓落落，将倒未倒的破屋，粘着失意的游踪，三两番的低回踯躅。"这些传神的诗句，又带有浓郁的传统气息，是因为它在无形中将古典诗语的韵味糅入新诗中，形成新的节奏和氛围。此外，还有徐志摩的《偶然》和戴望舒的《雨巷》等诗都

---

① 郑敏：《思维·文化·诗学》[M]，郑州：河南人民出版社，2004年，第136页。

十分注意字词所带给诗的颜色、情调，以及那种难以捕捉的、依附在字词上面的无形的心灵、情思的痕迹，因而富有无可掩饰的魅力。于是郑敏指出，"二三十年代的诗人在诗歌语言的建构方面是艰难而又充满困惑的。一方面他们多是拥有满腹锦绣的古典诗语，而又不能信手拈来使用，他们摇摆在成熟的古典诗语与粗疏的日常口语之间，举棋不定。"①

第二阶段：诗歌语言基本上进入欧化口语阶段（20世纪40年代）。

郑敏认为："与20世纪初的京腔口语有很大的不同。同时也出现了西式文学语言的辞藻和句法。在好的情况下，这些语言能够负载更复杂的现代思维"。② 到了40年代一些优秀诗人新诗的创作为了不再受京腔口语化的控制，成功地运用了西式文学语言的辞藻和句法表达了20世纪思想感情的复杂。比如卞之琳成功地运用了思想的跳跃，他在《断章》中写道："你站在桥上看风景，/看风景人在楼上看你。/明月装饰了你的窗子/你装饰了别人的梦。"诗人要表达语言表层下无意识里面的复杂内心，这种不连贯紧缩了语言，浓缩了感觉，也因此增加了诗感的强度。这种浓缩的诗歌语言传达了诗人内心智性的思考所获得人生哲理，即超越诗人情感的诗的经验：在宇宙万物乃至整个人生历程中，一切都是相对的，又都是互相关联的。40年代的冯至又是一位典型的代表，他的《十四行集》用朴实的语言载有深邃的哲思，形成一种完全成熟的现代诗歌语言。这与冯至先生既深谙古典汉语，又拥有非常丰富的德国文学语言的素养有关。如《十四行集》第十首这样写道："我们站立在高高的山巅/化身为一望无际的远景，/化成面前的广漠的平原，/化成平原上交错的蹊径。//哪条路、哪道水，没有关联，/哪阵风、哪片云，没有呼应：/我们走过的城市、山川，/都化成了我们的生命。//我们的生长、我们的忧愁/是某某山坡上的一棵松树，/是某某城上的一片浓雾；//我们随着风吹，随着水流，//化成平原上交错的蹊径，/化成蹊径上行人的生命。"这里的平原、蹊径、城市和山川都是朴实的语言，但这些朴实的语言又负载着深邃的生命哲思，我们化成了平原和蹊径，而我们走过的城市、山川又化成了我们的生命，彼此之间互为你我，互相关联，互相呼应。

---

① 郑敏：《思维·文化·诗学》[M]，郑州：河南人民出版社，2004年，第138页。
② 同上，第139页。

年轻诗人中的穆旦完全摆脱了口语的要求。他的语言直接来自无秩序、充满矛盾、混乱的心灵深处，好像从一个烟雾弥漫的深渊升出，落在他的笔下，语言的扭曲、沉重、不正规更真实地表达了诗人的心态，但穆旦的诗语并不缺乏音乐性，只是这不是一种和谐流畅的音乐。他是40年代最早一个以语言宣告他已经走出虚幻理想的人，站在世界的纷乱复杂面前，思考自己的、民族的和人类的命运，即使在《诗八首》这样的情诗中，爱情也不再是两个人间的故事，它和冥冥中一种不可阻挡的力量相联。如《诗八首》中第一首写到："你底（的?）眼睛看见这一场火灾，/你看不见我，虽然我为你点燃；唉，那燃烧着的不过是成熟的年代。/你底，我底。我们相隔如重山！/从这自然底蜕变底程序里，/我却爱了一个暂时的你。/即使我哭泣，变灰，变灰又新生，/姑娘，那只是上帝玩弄他自己。"这里诗人完全摆脱口语化的控制，变成了心灵的语言的书写。"你"的代表是"眼睛"，"我"的代表是"哭泣"。而人之间的距离表现在"你看不见我，虽然我为你点燃"、"我们相隔如重山。"因为这中间的"上帝"这客观的外力让爱情失去真义，"火灾"不过是两个人"成熟的年代的燃烧"，不是心灵的相会，"上帝"代表的是隔离了情人们心灵的重山。上帝使万物在自然程序中不停地蜕变，"我"只能爱一个"暂时的你"，这不是持久不变的力量的爱。暴君般的上帝玩弄着情人们，让"我"多次生死，但"那只是上帝玩弄他自己"。因为"我"变成"上帝"自己，上帝让"我"能够变成"上帝"自己，这样暴君和奴隶都跌入同样的痛苦的关系网中，诗歌的语言就包含着丰富复杂的内涵。

第三阶段：政治术语成为权威的诗歌语言阶段（1950—1979年）。

郑敏认为："通过会议和政治学习，革命大批判和报章评论等各种途径，政治意识形态语汇已经深深渗入日常生活用语和文学语言。文学作品自我否定了其过去的文学语言。这时期的诗歌写作除了用学院派的政治语言，就是民间的政治化口语。'大跃进'迎来歌颂人民公社的全民诗歌运动，农民作家发展出一种文白相间的革命诗体，颇有特色。"[①] 在50年代中国社会发生巨大的变化，诗歌面临的问题是要它为政治服务。政治需要通过诗歌来宣传政策，而不是表达个人的感受和经验。"人"只有

---

① 郑敏：《思维·文化·诗学》[M]，郑州：河南人民出版社，2004年，第142页。

当他符合所规定的典型特点时,才需要表达,并不是每个诗人都可以随意通过诗歌表达自己的情怀。"诗人首先被要求了解'典型'人物应有的感情,而后去歌颂这种感情,或批判这种感情,因为典型有好人与坏人之别,革命的与落后的之别,更不用说反革命的了。在好人/坏人,进步的/落后的,革命的/反革命的这一套二元对抗的逻辑面前,'是非分明',也是不容'讨论'的,剩给诗人的工作就是依照这些设计好的典型去生产诗。"① 在这种政治的压力下,政治倾向以典型控制诗歌语言,结果使诗歌单调、透明。如傅仇的《告别林场》中写道,"让我们在这山上刻下一块树碑,/把我们的历史和预言告诉下一代人:/在祖国第一个五年计划的开头,/正是我们最早走进原始森林的时候;/是我们为祖国采伐了第一批大树,/建设了新型厂房、学校、社会主义道路。/我们走了,留下满山最好的树种,/到二十一世纪,你们上山的时候,/有一座新的无比茂盛的森林,/留给你们采伐,建设共产主义的高楼。/再见了,我们亲爱的林场,/让我们的思想感情永远生在这里。/再见了,未来的共产主义的森林,/请接受二十世纪伐木者的敬礼。"这种诗的语言透明度往往说明他的信息贫乏单调,并不是真正的心灵的书写。在正常的情况下,诗歌的语言所要表达的层次比口语多得多。它有明确的表层,也就是透明的部分,同时又有不确切的隐层,因此时而耐人寻味,时而含蕴深刻。郑敏深刻地体会道:"人们在运用语言时一个重要的艺术就是要如何'显'及如何'隐',表达与反表达,表达什么,半表达什么,隐藏什么。在使用语言者对环境所给予的交流权力不信任时,他的语言往往以伪透明的形式出现。"②

第四阶段:新诗的语言呈现出两种变化阶段(1979年至今)。

1985年前属于朦胧诗阶段。郑敏认为:"它最早走出政治化文学语言的统治,给诗带来一次对早期新诗的回归。此阶段强调诗人作为一个个体抒发的自己的情感,诗歌语言摆脱了概念化,拥有丰富亲切的感性色彩,创作的想象力得到解放,在涉及深刻的思想时,做到语言凝练,意

---

① 郑敏:《结构——解构视角:语言·文化·评论》[M],北京:清华大学出版社,1998年,第106页。
② 同上,第108页。

象新颖，表达有力。"① 如杨炼的《地下森林》(《人与火》组诗之二) 中写道："逃不走的落叶松早已飞惯危险的预感/四周耸立的绝壁，正午时的幽暗/沿着小径，一万年前的那次暴风雨/还在绿色苔藓上反潮/铃兰花旁若无人，跳着舞/开进狰狞的岩石瀑布里//一群巨大的鸟/收拢强有力的黑色羽毛/浑圆深邃的山谷/千万吨针叶形的寂静/在聆听树根下那口血红的钟。"诗中的语言含蓄深邃，诗人在凝练的语言中深蕴诗人对黑白颠倒的历史沉痛的反思，诗的语言已进入心灵书写的层面。这时的朦胧诗人们以一种没有被整肃过的轻松心态，毅然和1949年前的文学语言发生了对话。因此在那时最流行的朦胧诗中几乎找不到"大跃进"式的语言和历届群众运动所留下的政治术语、口语。"他们的诗语改革使不少遗忘了1949年以前文学语言的读者大吃一惊，称之为'崛起'。实则这次语言改革却是符合在对传统的再挖掘中进行的语言变革的规律。在民族与其母语之间的血缘有如亲子之情是不可能完全断绝的；疏远是暂时的。因此早期朦胧诗与40年代穆旦及其他青年诗人的诗风相近也不足为怪，他们追求个人化的抒情、思想的凝练、含蓄和不同惯例的逻辑以及独特的暗喻。"②

1985年以后，中国新诗进入争先恐后追逐"先锋"的阶段。诗派四起，纷纷亮出宣言，但事后证明作品远远赶不上宣言，诗坛陷入空谈理论，作品多而浮，貌似繁荣，实则单调。"诗歌语言或泛散文化，或采用冗长的翻译型句型，或唠唠叨叨，缺乏生命的闪光和想象力的飞翔"。③还有一些叛逆的诗人们，"在反崇高和优美的口号下，主张并不存在什么'诗歌语言'，并且竭力推崇市井的口语和平庸的小我来代替诗歌语言和有崇高意愿的大我"。④ 如诸学伟《理发的故事》中说，"应该听爸爸的话/不应该老长头发而不长胡子/我喜欢那个女孩/就因为没胡子她不理我……"这首诗平淡像一杯白开水，没有任何诗意，更谈不上心灵的书写了。有些第三代诗歌毫无深度，变成描写身边的琐碎与平庸的生活流。

---

① 郑敏：《思维·文化·诗学》[M]，郑州：河南人民出版社，2004年，第142页。
② 郑敏：《结构——解构视角：语言·文化·评论》[M]，北京：清华大学出版社，1998年，第108页。
③ 郑敏：《思维·文化·诗学》[M]，郑州：河南人民出版社，2004年，第144页。
④ 同上，第146页。

如大仙在《工艺品》中写道:"你把我的身体/整齐地叠起来/装在箱子里锁上/送到行李寄存处/你就走了//很久以后人们的撬开这个没人领的箱子时/发现里面我已经/成为一件漂亮的工艺品"。王光明也曾这样评价过第三代诗歌的语言:"主张用口语化,生活化的语言代替人工'陌生化'的知性语言,不强求暗示性、内涵、张力、弹性、音乐性等语言效果,否定诗歌语言与日常语言的界限。"①

二、新诗语言应是心灵书写

从郑敏对中国诗歌四个阶段进行反思,郑敏认为还是把新诗的语言视为心灵的书写的诗歌都应该是优秀的诗歌,而把新诗的语言视为工具的诗歌都是劣质的诗歌。郑敏在《诗歌与文化——诗歌·文化·语言(下)》这篇开始部分就提出语言非工具论,它与无意识有关系,"我们,还有西方,在传统中都认为语言是一种工具,人使用语言,而现在呢,却相反了,这个相反,我想最早是从弗洛伊德开始的,弗洛伊德把人的另一部分给找出来了。在弗洛伊德之前,我们认为人是理性的动物,是长于逻辑思维的理性的动物;而后弗洛伊德探讨的结果是,人除了上意识的理性以外,还有无意识。这个无意识之中,是混沌一片,没有逻辑性的,用诗的语言来说,又是一种不存在的存在。它是无形的,而且是不固定的,但它里边却积累了许多我们的祖先和我们自身的文化沉淀、欲望沉淀,任何不属于我们的逻辑范围,逻辑所不能包括的东西,都在这里面。因此它可称得上是一个地下宝藏。它的影响是非常大的。"于是郑敏认为,"语言的根不在人的逻辑中,而是在人的无意识中。"② 这样语言就不是完全透明的,它既有透明的一面,也有不透明的一面,比如王朔的小说中李冬保称赞那位牛大姐:"唉,毕竟人家是老干部啊!"它的每句话都是透明的,可是你一听却又知道不透明。所以人们发现语言既有有形的一面,也有无形的一面。怎样才能发现起很大作用的无形的语言呢?于是拉康又提出"符号滑动"说。结构主义语言学认为能指和所

---

① 王光明:《现代汉语诗的百年演变》[M],石家庄:河北人民出版社,2003年版,第556页。
② 郑敏:《诗歌与哲学是近邻:结构—解构诗论》[M],北京:北京大学出版社,1999年版,第252、253页。

指是一一对应的。而拉康不同意这种看法,而认为是滑动的能指和漂浮的所指。他认为能指和所指并不能那么死死地、一对一地固定下来,限制了它们的滑动与漂浮性。例如杨柳,按照结构主义语言学的观点认为杨柳这一符号是能指,杨柳这东西的概念是所指。但在中国古诗词中,"折杨柳"则是"告别"的意思,根本与杨柳已经无关,因此杨柳又成了所指,即离别的概念。这里就体现了拉康的能指的滑动的特性。郑敏进一步指出"语言是扎根在我们的无意识之中,而无意识是很复杂的,恒变的,无形的";"有意识有形的语言就像冰山露出的尖,而无意识中语言之根就像冰山隐而不见得底下那部分。"① 海德格尔也有许多理论关于无形的语言认识,"他认为诗歌语言就好像一个生命居住的地方。他用的是being这个字,有人就翻译为'存在',但是据我的理解,海德格尔的'being'就住在语言里这句话,'being'就是生命,活生生的运动中的生命。当然这很复杂,我也不知道自己能否讲清楚。他认为在好的诗歌里,必然有生命的,活生生的东西存在,有这个东西存在,诗人自己才真正对语言及生命拥有自己的经验。"② 德里达也曾说过:"只有当写出来的东西作为符号标记死亡之后,它才作为语言而诞生……"③ 德里达所强调的书写,不是字面的,而是进行在心灵深处的、无意识中的书写。"德里达认为语言是一种心灵的书写,这样语言所包括的就扩大到你整个心灵的活动,包括感情的,和感情以外的思维甚至世间万物的关系,也即老庄所谓的'道'"④。郑敏认为人的这种心灵书写,多少要脱离它的混沌状态,但又要保留它的原始动力,使其进入有形的语言,这样你就没办法支配它,而是它在支配你。郑敏还认为现代语言观不仅把一个人的人格归属到他的心灵书写之下,而且还要归属到整个文化的心灵书写之中。"因为整个文化是整个民族的心灵的脉动和律动,一切感情及思想,都在

---

① 郑敏:《诗歌与哲学是近邻:结构—解构诗论》[M],北京:北京大学出版社,1999年版,第254页。
② 同上,第255页。
③ [法]雅克·德里达著,张宁译:《书写与差异》[M],北京:三联书店,2001年版,第12页。
④ 郑敏:《诗歌与哲学是近邻:结构—解构诗论》[M],北京:北京大学出版社,1999年版,第260页。

里面不停地运转着。从这个角度,可以理解是'话'在对你说,而不是你在说'话'。所以海德格尔特别强调一个诗人,要非常谦虚地去听,而不是自己去自作主张地瞎摆弄语言。用语言进行游戏,或对之实行强暴,或拘束他,都是会伤害语言的。"①

最后,郑敏指出新诗的语言应是心灵的书写,"前一段时间,我们国家的诗歌界突然有很高的呼声,说语言是最重要的,但是他们讲的语言,仍然还是书面的、有形的语言;结果他们对语言的重视却成为对语言的戏弄和强暴的扭曲";"他们没有像冰山下层那部分的无形的语言,而是过分地将上层部分有形语言弄得非常花哨,有时候可以说是强扭,或粗暴地追求怪异"。② 于是郑敏强调新诗应是心灵的书写,接着她又说,"我还是觉得,我们的每位诗人,开发自己的生命力和自己的文化,然后让自己的生命确实不断地在闪光,并把这些闪光保留在自己的语言中,让别人一看就能接受、感受到。"③

---

① 郑敏:《诗歌与哲学是近邻:结构—解构诗论》[M],北京:北京大学出版社,1999年版,第260页。
② 同上。
③ 同上,第261页。

第五章 郑敏创作思想与当代诗歌理论建设

第一节 郑敏与现代主义诗歌建构

当前有一些诗人移植西方后现代主义文论,新诗出现反传统、反文化,反境界和语言直白等现象。面对当前新诗危机,当前诗人怎样学习西方诗学资源,而不失去自己的民族传统呢?唯一健在的著名九叶诗人郑敏(1920—)曾指出:"当21世纪的中国已成了世界的经济大国时,在文化上不致沦为西方中心的牺牲品,我们必须在近十年内竭力挖掘自己古典文化的瑰宝,使它们融入新文化。"①事实上,从新诗发展的角度上讲,当中外诗学相互融合时就能产生优秀的诗歌;反之,则不然。回顾郑敏70年的创作生涯,她在20世纪40年代参与了现代主义诗歌创作,追求"平衡"美学,很好地把中西诗学融合在一起,为当代新诗的发展提供了成功的范例。同时郑敏在当代对现代主义诗歌进行理论上的总结,也为当代现代主义创作提供理论上的指导,为推动新诗的建设做出了贡献。

一、九叶诗人现代主义诗歌的美学追求

现代主义诗歌走中西融合的道路,是某些评论者眼中的"混血儿。"②郑敏和穆旦等九叶诗人在40年代自觉地从事着现代主义诗歌创作,艺术风格上最具先锋性,代表了中国现代主义诗歌一个独特的发展阶段。袁可嘉在"新诗现代化"中对九叶诗派的现代主义诗歌艺术风格进行概括,

---

① 郑敏:《思维·文化·诗学》[M],郑州:河南人民出版社,2004年,第176页。
② 林海音主编:《中国近代作家与作品·我所知道的戴望舒及现代派》[M],台北:台湾出版社,1984年,第56页。

其包括两个方面的含义：第一，在思想倾向上，坚持反映重大社会问题的主张，又保留抒写个人心绪的自由，而且力求个人感受与大众心志相沟通，强调社会性与个人性，反映论与表现论的统一；第二，在诗艺上，要求发挥形象思维的特点，追求知性与感性的融合，注重象征与联想，让幻想与现实交织渗透，强调继承与创新，民族传统与外来影响的结合。① 总体上说，九叶诗人的现代主义诗歌艺术风格就是：寻求诗歌与现实的平衡、时代与自我的平衡，感性与知性的平衡以及中西诗艺的融合。

九叶诗派"平衡"的美学在诗歌内容上强调表现现实与挖掘内心的统一，即客体与主体、社会性与个人性、时代与自我的平衡。他们检视了中国现代派脱离时代的缺陷，又看到新诗现实主义日益狭隘的客观事实，强调诗人忠于时代的观察和感受，也忠实于各自心中的诗艺。他们要求把人生和艺术统一起来，在创作的时候，一方面尽量避免对现实做机械的描摹，另一方面力戒主观滥情的直露宣泄，努力把诗歌建构在外在世界和内心世界的重叠上。从他们的大量诗作中可以看出，他们无时无刻不再展示那外在世界和内心的痛苦与焦虑，他们无时无刻不在思考社会与个人，包括自己矛盾重重的内心世界。九叶诗人这种挖掘内心与过去现代派诗人心灵抒写有所不同。二十、三十年代象征派、现代派诗人大都以"自我"为中心，其个人情感抒发常常流于无病呻吟。而九叶诗人书写自我，却是将自我置于时代的风云际会，个人的悲哀与思索大都与现实扭结在一起，甚至可以说，他们的作品充满了强烈的时代精神和政治倾向，只是他们从不以生活代替艺术，不以政治观念代替自己的思考。他们强调通过诗人的心态，感觉和深切体验体验来反映社会生活，把诗人的情感、意志、人生经验、通过联想和选择、转化、升华为诗的经验。诗的经验是在更深层次、更广泛范围内形成的人生经验的综合与结晶，是蕴含更丰富、体验更深切的人生经验。九叶诗人一方面承受西方现代主义诗潮影响，对人类的精神世界进行深入的挖掘，对人的内宇宙作深入的探讨。另一方面，她又将自我置身于现实，把激烈的内心搏斗、深层的心灵体验与现实人生纠结在一起。

---

① 袁可嘉：《一个民族已经起来》[M]，江苏人民出版社，1987年，第17页。

九叶诗派"平衡"的美学还表现在诗歌艺术思维方式上的知性和感性的平衡。九叶诗派为了打破"情感"对诗歌的诗国的绝对统治，强调"知性与感性的融合"，官能感觉与抽象玄思的统一，使生活的内在经验通过转化而升华为底蕴丰富深厚的诗。他们认为，"现代诗人重新发现诗是经验的传达而非单纯的热情的宣泄，诗应当是一种情绪和思想的综合，"诗应当是一种情绪和思想的综合，从这种观点出发，他们尖锐地批评了"迷信情感"的"浪漫派"与"人民派"——前者迷恋感情的柔与细，后者则陶醉于粗粝的情绪。而九叶诗人在创作中力求知性与感性的融合，注意运用象征与联想。这实际上是以西方现代诗为参照，力求使诗由情绪内质向思想内质、经验内质转化。此前的中国象征派、现代派并没有指示思想，但更多的是抒情，乃至滥情，缺乏有硬度的内涵。而九叶诗人则追求诗情的深沉与诗思的深邃。九叶诗人的创作坚持向感知对象深入，从对象的具体形态中开拓心灵的历史，力求智性与感性的融合，情绪与物象的交融。他们对感性的描写不只是现象的摹仿，而是包含着自然、社会、人生的内容，包含着主体心智的创造。在他们的诗里，感性的东西经过心灵化，而心灵的东西也借感性化而显现出来。

九叶诗派"平衡"的美学重要的一点还表现在诗艺上追求诗学融合。在追求中外诗艺的融合上，九叶诗人继承和超越了以前的现代派。以李金发为代表的象征派，在中外诗艺沟通的试验没有成功，后来戴望舒为代表的现代派把象征的形式与古典的内容结合起来，取得了一定的成效，但在中西融会的过程中未能很好地考虑如何与表现中国现实生活潮流统一起来。九叶诗人吸取前辈的经验教训，站在一个更高的视界审视中外诗艺传统，进行中外诗艺融合的创造性工作。用中国古典诗歌传统去消化融会西方现代诗歌，同时自觉地吸收西方现代诗艺的新因素，发展自己的艺术生命，从而获得一种新的审视眼光。他们的诗歌力求在开拓视野，在广泛吸收欧美象征主义、新感觉主义、意象主义、黑色幽默、荒诞派文学、超现实主义等艺术方法，从而建立起具有相当的开放性、综合性的现代主义诗歌体系。同时，他们又在现代主义的框架下，充分地兼容并蓄现实主义的有益成分，自觉走着现代主义与现实主义相结合的现代化之路。

二、郑敏《诗集 1942—1947》的美学特征

1949 年上海文化生活出版社出版的《诗集 1942—1947》充分地体现了郑敏 40 年代现代主义诗歌艺术成就，这本诗集奠定了郑敏在 40 年代现代主义诗歌史上地位，文章将以《诗集 1942—1947》为例，从心理现实外化、意象智性化、结构戏剧化三个方面来论述郑敏如何参与现代主义诗歌的建构。

（一）心理现实外化

郑敏创作《诗集 1942—1947》的时间正处于民族抗战和民主解放战争的历史阶段。民族的生死存亡、人民的自由与苦难、人的生存环境的恶劣、黑暗与光明的尖锐斗争，这些十分尖锐的命题，一直作为时代的主题，提到每一个有良知的诗人面前。郑敏是生长在民族大觉醒、人民大奋起时代的诗人，她的诗歌创作毫无例外地体现出人民性和民族性。但是如何在尊重"人民本位"立场的同时又不丧失自己独特的艺术个性，是郑敏所面临的严肃课题。当时的文学理论界存在着"人民的文学"与"人的文学"两种立场。评论家袁可嘉认为"人的文学"所坚持的"人的本位"（生命本位），与"人民文学"所坚持的"人民本位"并不是相对立的，"人民的文学"是"人的文学"的一部分。评论家袁可嘉指出："我们必须重复陈述一个根本的中心观念：即在服役于人民的原则下我们必须坚持人的立场、生命的立场；在不歧视政治的作用下必须坚持文学的立场，艺术的立场"。① 在这种立场指导下，就文学与现实的关系方面来说，他反对诗只能表现"某一种模型里的现实"——浮泛的观念反映和描写现实，进一步强调诗人在创作中必须尊重的两个原则：1 "最大可能意识活动的获得"，即"文学所处理的经验领域的广度、高度、深度及表现方式的变化弹性"；2. 肯定"意识活动的自动性"，就是强调诗人在创作活动中的自主性，强调关注现实的创作要"根于心灵活动的自发的追求。"② 归根到底，就是强调心理现实外化。心理现实外化表现为："不去直接地裸露地描写现实生活，而是采取诗人自身内心对现实生活和

---

① 袁可嘉：《论新诗现代化》[M]，北京：三联书店，1988 年，第 124 页。
② 同上，第 26 页。

经验的体验,将它们凝结在一定的艺术意象和情境中,让现实最大限度地内敛化、个性化,然后以最迂回隐藏和给人以更深邃的体味、想象的美的形态传达出来。"① 郑敏自觉地实践着这种心理现实外化。郑敏一方面承受西方现代主义诗潮影响,对人类的精神世界进行深入的挖掘,对人的内宇宙作深入的探讨。另一方面,她又将自我置身于现实,把激烈的内心搏斗、深层的心灵体验与现实人生纠结在一起。

郑敏的创作中,心理现实几乎没有多少现实斗争和广大人民生活的影子,或者这种影子表现得很淡,或隐藏得很深,或与人民的现实生活表面上没有联系,但是因为他们的"个人"本身的心理世界的情感与人民的情感是相通的,他们诗的世界中出现的自我心理现实,也就包孕"大宇宙"的现实。比如在《树》中诗人表面看去是写自然物象,但主要写的是她内心体验中的自然景物,诗人通过内心所感受的树的声音、树的宁静这两种"品格",暗示抗战时代的气氛中诗人对民族力量新生和最后胜利的坚信:"你走过它也应当像/走过一个失去民族自由的人民/你听不见那封锁在血里的声音吗?/当春天来到时,/它的每一只强壮的手臂里/埋藏着千百个啼扰的婴儿。"郑敏的另一首《来到》完全是对"未来"吹着黑沉的大地时一种心里的感觉,"于是,才能像幻境的泄露,/他们只有赞美与惊愕,/你想象:一座建筑那样/凝结在月夜的神秘里,/他们听不见彼此的心的声音,/好像互相挽着手,/站在一片倾泻的瀑布前,/只透过那细微的雾珠/看见彼此模糊了面影。"诗的内涵难于确定,或是人民的心与心的联结,或是自身对于春的到来的欣喜,或是个人领受的爱与爱的感悟,在这里现实生活的影子是以心里感觉形态出现的。

(二)意象智性化

唐湜在《论意象》一文中把意象分为直觉意象和思想意象。他认为直觉意象是直接的抒情,主观的突击;思想意象是间接的抒情、沉潜的深入、客观的暗示。他说:"由灵魂出发的直觉意象是自然的潜意识的直接突起,是浪漫蒂克的主观感情的高涌,由心智出发的智性意象则是自

---

① 孙玉石:《中国现代主义诗潮史论》[M],北京:北京大学出版社,1999年版,第347页。

觉意识的深沉表现,是古典精神的客观印象的凝合"。①直觉意象多为浪漫主义诗人所钟情,智性化意象多为郑敏等九叶诗人所自觉选择。郑敏诗歌中的智性意象总表现为具体事物背后隐藏着比它本身更为深广的意义或意义结构,这些意象包含了郑敏错综的人生经验和理性内涵。这种诗歌艺术思维方式上追求感性和知性的平衡,打破了"情感"对诗歌的绝对统治,强调知性和感性的融合,官能感觉与抽象玄思的统一,使生活的内在经验通过转化而升华为底蕴丰富深厚的诗。这实际上是以西方现代诗为参照,力求使诗由情绪内质向思想内质、经验内质转化。

  郑敏在咏物诗《马》中写到:"它曾经像箭一样坚决/披着鬃发,踢起前蹄/奔腾向前像水的决堤/但是在崎岖的世界/英雄也仍是太灿烂的理想/无尽道路从它的脚下伸展/白日里踏上栈道餐着荒凉/入暮又被驱入街市的狭窄……也许它知道那身后的执鞭者/在人生里却忍受更冷酷的鞭策/所以它崛起劲肌,从不吐呻吟/载着过重的负担,默默前行……",这里鬃发、前蹄、栈道、街市、日暮几个意象的交融构成了一幅骏马前行图,句中"荒凉"、"冷酷"等词语无时不显示着悲戚忧郁的色泽。可在这些意象和情绪背后却隐藏着哲理性的思想:人生旅途,历经磨难;英雄搏击,归于虚无。我们再来看一看《鹰》:"它只是更深更深的/在思虑里回旋/只是更静的/用敏锐的眼睛搜寻/距离使它认清了世界/远处的山,近处的水/在它的翅翼下消失了区别/当它决定了方向/你看它毅然地带着渴望/从高空中矫健下降。""鹰"冷静但不冷漠,敏锐地搜寻着生命的本真意义,它飞离盘旋,象征着圣者在寻找目标进击之前的人生姿态,"鹰"这一意象蕴含着生命的哲理意义。此外,在诗人的笔下的"稻束"、"树"、"池塘"等等也具有深广的理性的思想意义。这种思想意义不是硬性加入的,而是诗人从生活经验出发,在认识的途径中将理性的智慧向心理内化,这种内化的理性思想要通过凝定的意象表现出来,上文所言的"马"、"鹰"、"树"、"稻束"、"池塘"等就是思想凝定的意象。于是和郑敏同时代的袁可嘉在评价这种思想化意象时确切地指出:"雕像是理解郑敏诗作的一把钥匙","深受德语诗人里尔克的影响,和西方音乐、绘画熏陶的郑敏,善于从客观事物引起沉思,通过生动丰富的形象,展开浮想联翩

---

 ① 唐湜:《新意度集》[M],北京:三联书店,1989 年,第 13 页。

的画幅,把读者引入深沉的境界"。① 在后来的年月里,郑敏多次解析里尔克的诗作并声称自己从开始写诗时诗歌意象就深受里尔克的影响,而里尔克的诗歌品质被人们概括为:"使音乐的变为雕塑的,流动的变为结晶的,从浩无涯涘的海洋转向凝重的山岳。"② 于是有人认同郑敏的自我评价,说郑敏的诗歌"完全摒弃了追求音乐的幻动感和流动性的气体诗态,而是转向了追求具有实质性内涵、有金属的碰击声和强烈质感的视觉效果的古体诗态。"③ 唐湜在《论意象》曾高度地概括这种意象的特征:"就是最清醒(mind)与最虔诚的灵魂(heart)互为表里的凝合。"④

(三)结构戏剧化

郑敏在进行现代主义诗歌创作时,十分注重中西诗学的融合,提倡诗的戏剧化。所谓的诗的戏剧化就是要求诗歌不仅仅满足抒情的功能,还应像戏剧那样具有一定的冲突性和较大的情感张力,能够显示心灵深层的运动与变化。这里的"戏剧化"显然是从西方诗学借鉴而来。龙泉明先生指出:"在中国新诗坛,新月派诗人闻一多、卞之琳等最早尝试新诗戏剧化,采用'戏剧性处境'和'戏剧性台词'来营造诗的意境。九叶诗人从前辈诗人那里得到启示,从西方现代派那里获得理论依据,从而发展起各种戏剧化手法,丰富了诗歌的表现手段。他们的戏剧化手法,表现比较明显的是戏剧性结构、戏剧性情景、戏剧性独白与对白等在诗中的运用,诗的戏剧性结构,甚至采用戏剧以矛盾冲突为中心组织完整的戏剧情境的结构方式,以展示丰富复杂的诗歌内涵。"⑤ 郑敏也曾说:"诗的内在结构是一首诗的线路,网络。它安排了这首诗里意念、意象的运转,也是一首诗的展开和运动的路线图。"⑥

袁可嘉在《新诗的戏剧化》一文中认为要突出强调:"诗歌创作中把意志和情感化为诗的经验过程",主张在诗的创作过程中,"要尽量避免

---

① 袁可嘉:《论新诗现代化》[M],北京:三联书店,1988年,第87页。
② 冯至:《冯至学术精华集》[M],北京:北京师范学院出版社,1988年,第483页。
③ 张东:《论郑敏前期的现代主义诗作》[J],广西民族学院学报(哲社版),2000年,第2期。
④ 唐湜:《新意度集》[M],北京:三联书店,1989年,第13页。
⑤ 龙泉明:《中国新诗流变论》[M],北京:人民文学出版社,1999年,第544页。
⑥ 郑敏:《英美诗歌戏剧研究》[M],北京:北京师范大学出版社,1982年,第42页。

直截了当的正面陈述,而应以相当的外界事物寄托作者的意志和情感",像戏剧那样,把人物置于戏剧性的处境中客观展现其性格与命运,使思想成分渗透于艺术转换的过程。同时袁可嘉在《新诗的戏剧化》一文中又指出:"诗的戏剧化的三个方向:第一类比较内向的作者,努力探索自己的内心,而把思想感觉的波动借助于客观事物的精神的认识而得到表现的。这类作者以里尔克为代表。里尔克把自己的内心所得与外界的事物的本质打成一片,而予以诗的表现,初看诗里绝无里尔克自己,实际却表现了最完整不过的诗人的灵魂。"① 九叶诗人中,郑敏在这方面是做得比较好的一位,王泽龙先生曾说:"在九叶的创作中基本呈现出两种戏剧化倾向。一方以穆旦、郑敏、唐湜、唐祈、陈敬容为代表,属于里尔克式"。② 郑敏本人也承认这一点:"我希望能走入物的世界,静观其所含的深意,里尔克的咏物诗对我很有吸引力,物的雕塑中静的姿态出现在我们眼前,但它的静中是包含着生命的动。"③ 她擅长将里尔克式的借助事物本质精神的认识用来表现自我,把情思意绪投诸在客观对应物上,形成了情思流动跳跃而物象相对静止的潜隐结构。

静与动相结合的结构追求在郑敏的《金黄的稻束》中有所体现。《金黄的稻束》前十二行诗对收割后静默地散布在秋野上的稻束做了意蕴深远的表现,他们是一幅静止的画,她们像出现在黄昏路上的"肩荷着那伟大的疲倦"的母亲,"那皱了的美丽的脸"在秋日的田野上"沉思",而这时"收获的满月在/高耸的树巅上/暮色里,远山/围着我们的心边",更显出沉思的肃穆庄严,"没有一个雕像比这更静默"。至此陡然一转,"静默,静默,历史也不过是/脚下一条流去的小河,/而你们,站在那儿/将成了人类的一个思想"。诗人的诗思是跳跃的,从对人世生命的感应转到对历中流动的思考,思想感触层层递进推衍。呈现在读者面前的物象始终是一个由"稻束"("母亲")推出的"雕像"。这里"静中包含着生命的动,透视它的静的外衣,找到它动的核心,就能理解世界的真义

---

① 袁可嘉:《论新诗现代化》[M],北京:三联书店,1988年,第40页。
② 王泽龙:《中国现代主义诗潮论》[M],武汉:华中师范大学出版社,1995年,第56页。
③ 郑敏:《诗歌与哲学是近邻:结构—解构诗论》[M],北京:北京大学出版社,1999年,第409页。

和隐藏在静中的动。""这种静中见动,才使诗篇不致成为单纯的景物诗。"① 郑敏喜欢将视线停留在静止的物象上,捕捉物象静止的凝固美。诗人愈写愈深,愈写愈重,感情层次则波澜起伏、层层递进。与此有异曲同工之妙的诗篇还有《树》、《舞蹈》、《荷花》、《春天》、《小漆匠》、《Renoir 少女的画像》、《濯足》、《马》、《鹰》等。这类善于表现心灵智慧诗的其结构却与三十年代一般的抒情诗不同。这可以从《再别康桥》(徐志摩)与《金黄的稻束》比较看出,前者似起伏的山峦,首尾的复沓回环烘托出一种浓厚的依恋情绪;而后者则是一幅缺少复沓回环的徐徐展动的画轴,它有的只是情思推移。之所以如此,归根结底取决于两种诗歌的差异。前者是主情诗,讲究情绪节奏,需要以回环复沓增强情绪感染的绵长悠远的效应。后者是主智诗,它的目的不仅要使人感动,更要让人深思,它主要讲求智慧节奏,所以它不用复沓回环而求大幅度跳跃。

三、郑敏现代主义诗歌美学对后世的影响

在 40 年代郑敏现代主义诗歌开始在诗坛上受到争议,后来逐渐受到了国内外学者高度的评价。1939 年郑敏考入西南联大外国文学系,后又转入哲学系,在联大度过重要的大学时光。当时在西南联大,名流荟萃、高士如云,知名教授多会于此。在西南联大学习期间自然受到中外诗学的浸润,40 年代初期郑敏开始在香港《大公报》副刊等报刊上发表现代主义诗歌,与穆旦、杜运燮被称为西南联大"三星"。从这时开始,郑敏的现代主义诗歌在诗坛上引起一些重要的评论家的关注。这一时期的研究集中在七月派成员对郑敏诗歌的反面评论和现代派成员对郑敏诗歌的正面评论两个方面。七月派成员对郑敏现代主义诗歌反面的评价如初犊在七月派代表刊物《泥土》上发表文章,指责郑敏"恐怕唯天下的大诗人才有这样活泼而糊涂的想象。"② 张羽发表于《新诗潮》的《南北才子才女的大会串》一文认为《中国新诗》作者的构成是"上海的货色"和"北平'沈从文集团'精髓"的合流,"集中国新诗的一种歪曲倾向的大

---

① 袁可嘉:《现代派・英美诗论》[M],北京:中国社会科学出版社,1985 年,第 385 页。
② 初犊:《文艺骗子沈从文和他的集团》,《泥土》[J],1947 年,第 3 期。

成"，然后全盘否定郑敏的《最后的晚祷》。① 现代派成员的正面评价具有代表性的是袁可嘉、陈敬容和唐湜的评价。1948 年袁可嘉在《诗的新方向》中高度评价了郑敏在艺术和现实之间寻求平衡的诗歌探索，指出："她诗中的力不是通常意义上重量级拳击手所代表的力，却来自沉潜，明澈的流水般的柔和，使人心折。"② 同年，陈敬容在诗论专号《真诚的声音》中又指出郑敏诗歌的强烈的生命意识，称赞她的诗"丰富"、"新鲜"，能叫人看出"一个丰盈的生命里所积蓄的智慧，人间极平常的现象，到她的笔下就翻出了明暗，呈露了底蕴"。③ 1949 年唐湜的《郑敏静夜里的祈祷》对郑敏的 40 年代的诗歌给予全面的评价，文中称郑敏的诗："仿佛是朵开放在暴风雨前历史性的宁静里的时间之花，时时在微笑里倾听那在她心头流过的思想的音乐，时时任自己的生命化入一个个画面，一个雕像，或一个意象，让思想之流里涌现出一个图案，一种默思的象征，一种观念的辩证法，丰富、跳荡，却又显示了一种玄秘的凝静。"这里初步指出郑敏诗歌的雕塑品质。全文采取以直觉为主的批评风格，他选取郑敏 7 首代表作加以评点，于具体诗篇的解剖中抽绎出共同的特点，即诗人善用"哲人的感喟""歌颂着至高的理性"。④

1974 年香港张曼仪等人编写的《现代中国诗选 1917—1949》一书中，对郑敏的诗歌作了以下的评价："也许由于研究哲学的关系，郑敏的诗，往往爱从人生种种情景转向深远的幽思。她不但继承了冯、卞二氏的文体风格，也继承了他们爱好冥想的创作路线。但如冯、卞二人一样，她也并不是一个枯燥的纯知性的诗人，相反地，她有极丰富的想象力。"⑤ 这种评价揭示了郑敏诗歌情知合一的创作特征，同时首次揭示了郑敏与九叶其他诗人的联系和影响。1980 年香港学者钟玲在《灵敏的感触——评郑敏的诗》中第一次将郑敏与冰心、白薇等名家并提，并且将郑敏划入优秀女诗人之列。对于郑敏的诗艺，钟玲在文中评价说："她的诗重感

---

① 张羽：《南北才子才女的大会串》，《新诗潮》[J]，1948 年，第 8 期。
② 袁可嘉：《论新诗现代化》[M]，北京：三联书店，1988 年，第 221 页。
③ 陈敬容：《真诚的声音》，《诗创造》[J]，1948 年，第 12 期。
④ 唐湜：《新意度集》[M]，北京：三联书店，1989 年，第 13 页。
⑤ 张曼仪等编：《现代中国诗选 1917—1949》[M]，香港：香港大学出版社，1974 年，第 247 页。

触的空间和层次，不是静态的，也非用于平铺直叙的方式表达，而是悠然的，跃动的，常有意想不到的转折，带着读者跃入一个全新的境界。"① 这篇文章就结构的巧妙等方面说明郑敏现代主义诗歌艺术的高超。另一位香港学者陈德锦在《折叶脉看叶纹——评〈九叶集〉里郑敏的诗》中指出"郑敏的长处无疑还是她的观察力和塑造意象的新鲜感"，"她诗中个别意象的处理，尤予人新颖耐读的感觉。"② 这篇文章指出郑敏诗歌的意象善于寓哲理于平凡事物中的特点。

国外有部分学者对郑敏现代主义诗歌也给予较高的评价：比利时学者伊歌的《形式、意象、主题：郑敏与里尔克的诗学亲缘》从形式、意象、主题方面论述郑敏现代主义诗歌的如何受到里尔克的影响；荷兰汉学家安乐逸的《中国的十四行：形式的意义》指出郑敏的现代主义诗歌在诗艺上中西融合的贡献。

总之，郑敏现代主义诗歌创作深受里尔克现代主义的影响，她立足于本国现实生活，用中国古典诗歌传统去消化融会西方现代诗歌，同时自觉地吸收西方现代诗艺的新因素，发展自己的艺术生命，孕育了中西诗艺相融合的现代主义诗歌风格。九叶诗人郑敏诗歌现代主义风格与七月诗派强调主观战斗精神、主观拥抱客观的现实主义诗歌风格是迥然不同的。七月诗派特别强调感情的真挚和浓烈，把情感视作诗的生命。他们认为所抒发的感情必须源于诗人心灵的深处，而不能无病呻吟。七月诗歌扎根于现实生活土壤上的歌唱，是与祖国人民的命运相联系的苦难和战斗的声音。因此他们的诗大都有一种鲜明的形象、明晰的主题、明朗的战斗倾向和浓郁的生活气息。他们的诗歌格调朴实而清醒，他们把从种种痛苦遭遇中换来的感受情不自禁地发为浩歌，痛斥、挑战、抗辩，不惜因此流于直露坦率，毫不含蓄委婉。他们的诗常用铺叙、描写和直抒胸臆的手法。40 年代郑敏与现实保持一定距离的现代主义诗歌，给以七月诗派为主沉闷的诗坛注入新鲜的血液. 唐湜曾在《诗创造》中对七月诗派和九月诗派两派诗人这样评价道："让崇高的山与深沉的河来一次

---

① 王圣思编：《"九叶诗人"评论资料选》[C]，上海：华东师范大学出版社，1995 年，第 279 页。

② 同上，第 287 页。

浇铸吧，让大家都以自觉的欢欣来组织一次大合唱吧！"① 这里把七月诗派风格比喻为"崇高的山"，把九月诗派风格比喻为"深沉的河"。如果把七月诗派比喻为"崇高的山"，把九月诗派比喻为"深沉的河"，我们不妨把郑敏称为 40 年代诗坛上一条深沉的河。郑敏在艺术地把握世界的方式上，既不满足于单一的现实主义和浪漫主义，也有别于西方的现代主义，既不抛弃传统，也不排除异己，而是以其对艺术的忠诚、挚爱以及对诗的现代性的自觉追求，进行自己独立的艺术创造。她努力地通过对艺术的有效整合、调整乃至重建来创造具有时代特征的新诗，她成功地挖掘了中国新诗的艺术潜力，不断将诗歌艺术推向深奥、微妙和新奇的领域，从而使其诗歌创作具有了更为丰富复杂的特质和更高的综合性，获得了较高的诗歌美学品格和文化品位。正如唐湜当年在评论郑敏等九叶诗派诗人时所说："他们在诗的天宇上都是严肃的星辰，对历史生活都有一种严肃的气度与反应，也都对新人类的理想生活与艺术的完成有着坚定的追求，我们不能忽视了他们行将投射于未来的问题的火焰。"② 80 年代的"朦胧诗"，实际上就是对郑敏等人的九叶诗派现代主义诗歌的继承。

四、郑敏对现代主义诗歌的理论总结

郑敏在当代对现代主义诗歌进行理论上的总结，也为当代现代主义创作提供理论上的指导。1982 年郑敏出版的《英美诗歌戏剧研究》是一本有关现代主义诗歌创作的理论著作。在探讨英美现代派诗歌怎样形成的过程，对现代主义诗歌的意象、诗歌的结构、诗歌的意境和诗歌的内容从理论的高度进行阐释。《英美诗歌戏剧研究》是九叶派诗人郑敏在停笔 30 年后的一部理论著作。这部著作大部分谈的是诗歌理论，只有书后面的 50 页的篇幅谈的是戏剧理论。我们这里只讨论郑敏诗歌的理论部分。这本专著中诗歌部分由《意象派诗的创新、局限及对现代派诗的影响》、《诗的内在结构》、《英美诗创作中的物我关系》、《英国浪漫主义大诗人华兹华斯的再评价》、《诗的魅力的来源》、《探索与寻找》六个小部分组成。这些部分看似零乱地、随意地组合在一起，但仔细分析我们便

---

① 唐湜：《新意度集》[M]，北京：三联书店，1989 年，第 24 页。
② 同上，第 91 页。

可以发现诗人郑敏是在探寻英美现代主义诗歌是怎样形成的同时，对现代主义诗歌的意象、诗歌的结构、诗歌的意境和诗歌的内容从理论的高度进行阐释。

（一）诗歌的意象。在《意象派诗的创新、局限及对现代派诗的影响》中论述到："意象派在四年内虽然没有写出什么大作品，但却像一个天体，本身虽然毁灭了，却放出很大的能量，影响着诗的世界。它的特点：含蓄、集中、凝练、富感性，为现代派诗倒开了一条全新的途径。尤其是他们关于意象理论，被现代派诗人接过来，加以改造和运用，使得现代派诗和历来的诗都不一样，具有很独特的时代特点。"①郑敏指出意象派的意象的派生、意象的重叠交融和心理的时空对现代派产生深刻的影响。（二）诗歌的内在结构。郑敏在《诗的内在结构》中说"诗的内在结构是一首诗的线路、网络。它安排了这首诗里意念、意象的运转，也是一首诗的展开和运动的路线图。"②"诗与传统的小说、戏剧不同之处是诗的突出的含蓄。这种含蓄常常使它有着不同于上述的文学品种的内部结构。"诗歌的内在结构主要特性是："通过暗示、启发、向读者展现一个有深刻意义的境界。这可以是通过一件客观的事或主观的境遇使读者在它的暗示下自己恍然大悟，所悟到的道理总是直接或间接地与历史时代、社会有关。"③郑敏把诗的内在结构分为两种：一种是展开式结构；一种是高层式结构。（三）诗歌的境界。王国维曾把诗歌分为"有我之境"和"无我之境"，"有我之境，以我观物，故物皆着我之色彩；无我之境，以物观物，故不知何者为我，何者为物。"④郑敏在《英美诗创作中的物我关系》中主要论述英美诗歌怎样从浪漫主义的"有我之境"过渡到现代派诗歌的"无我之境"的过程。郑敏指出："现代派的诗在表达主观和客观方面就跳出了现实主义和浪漫主义各强调其一的倾向。"⑤ 我

---

① 郑敏：《意象派诗的创新、局限及对现代派诗的影响》，《英美诗歌戏剧研究》[M]，北京：北京师范大学出版社，1982年，第9页。
② 郑敏：《诗的内在结构—兼论诗与散文的区别》，《英美诗歌戏剧研究》[M]，北京：北京师范大学出版社，1982年，第42页。
③ 同上，第20页。
④ 转引蔡镇楚：《中国文学批评史》[M]，北京：中华书局，2005年，第440页。
⑤ 郑敏：《英美创作中的物我关系》，《英美诗歌戏剧研究》[M]，北京：北京师范大学出版社，1982年，第52页。

们先回顾一下19世纪浪漫主义诗人中的主客关系。在雪莱的《解放了的普罗米修斯》、拜伦的《曼佛雷德》是以象征手法,借客观之驱(神话或传说)描写诗人主观的精神经历,侧重点是主观因素,客观不过是一个躯壳。实际上他们的诗歌的意境是"有我之境"。但抒情诗人济慈和华兹华斯在物我这个问题上有了创造性的发展。从某种意义上讲,开了现代之风。比如济慈的《希腊古瓶赋》就是一例。在这首诗里济慈结合了古典主义的严谨和浪漫主义的想象,结合了感情的强烈和思想的深邃,是写物中有我,在客观中体现主观的典范,也就是说诗歌境界向"无我之境"迈进。(四)诗歌的内容。郑敏在《英国浪漫主义诗人华兹华斯的再评价》指出:"没有华兹华斯的诗,英国怎样过渡到现代诗是很难想象的。华兹华斯的诗歌和诗歌的理论在十八、十九世纪英诗的发展史上起着承上启下的作用。因此也是英国诗从18世纪不甚兴盛的情况转向十九世纪浪漫主义高峰,又进入光怪陆离的现代诗的过程中所不可缺少的一个环节。"① 18世纪新古典主义的诗歌辞藻华丽,有时带有浓厚的脂粉气,用矫揉造作的词句写上层社会和宫廷生活。他们的诗歌内容脱离了广大群众的现实生活,题材单调贫乏。这时华兹华斯正年轻,受到法国革命的感召,向往新的民主生活,但是他的理想很快就破灭了。他对浮华的宫廷生活是厌恶的。资本主义工业革命后,城市生活人欲横流,腐朽现象使他深恶痛绝,同时他较多接触城市平民和农民,看到他们生活的简陋、贫穷和他们在贫苦中所表现出的种种美德与城市富贵人家的骄奢、贪婪恰成对比。华兹华斯一向认为诗应当写高尚的情操的,诗应当用平民的语言写穷苦人的生活。

郑敏在《诗歌与哲学是近邻:结构—解构诗论》(1999年版)对现代主义诗歌创作观进行了理论上的总结:"1. 承认超验的本体论,希望通过矛盾斗争达到宗教的哲学的最后和谐。2. 真理一元,有标准。3. 强调预先设计,控制,有最终目标的发展,创作也是这样。4. 认为作家要能自觉地将杂乱的生活想象组织成一个有机的整体,并道出其中的意义。5. 创作不是自发的、即席的。6. 文字为表达的工具,文学有表现

---

① 郑敏:《英国浪漫主义大诗人华兹华斯的再评价》,《英美诗歌戏剧研究》[M],北京:北京师范大学出版社,1982年,第74页。

的功能,不怀疑表达会失真。7. 重视事物(包括诗歌)的普遍性、世界性。8. 强调封闭式诗歌形式。"①

事实上,《英美诗歌戏剧研究》和《诗歌与哲学是近邻:结构—解构诗论》在理论层面也对当代诗歌的发展起到了积极的作用。时至今日,郑敏仍然在从事诗歌创作,她以自己的创作实践参与了现代主义诗歌的历史建构,她的现代主义创作风格与理念对 21 世纪新诗创作有很好的启示作用。

第二节 郑敏与后现代主义诗歌的建构

20 世纪 80 年代中期是中国新诗的转型期,这时诗坛期出现了第三代诗歌,有人称它是在西方后现代主义文论影响下而创作出伪后现代主义诗歌,暴露出中国新诗的危机。研究郑敏的翻译及后期创作,对中国后现代主义诗歌的建构具有重要的指导意义。郑敏深受美国的后现代主义诗歌的浸染,于 1986 年翻译了美国当代诗歌,研究总结美国后现代主义诗歌的特征。郑敏吸收了美国后现代主义诗歌的精华,并在中国传统道家诗学的基础上创作出后现代主义诗歌,将中国传统诗学与美国诗学融合在一起。郑敏的翻译还原了美国后现代主义诗歌的真相,积极地参与中国后现代主义诗歌的建构。同时郑敏在当代对后现代主义诗歌进行理论上的总结,也为后现代主义创作提供理论上的指导,为推动新诗的建设做出了贡献。

一、美国后现代主义诗歌与郑敏的诗歌翻译及创作

纵观郑敏一生的诗歌活动有三个重要阶段:第一阶段是现代主义诗歌创作阶段(1940 年代),代表作品是《诗集 1942—1947》;第二阶段是艺术转型阶段(1980 年—1987 年),代表作品是译著《美国当代诗选》;第三阶段是后现代主义诗歌创作阶段(1987 年—2000 年),代表作品是

---

① 郑敏:《诗歌与哲学是近邻:结构—解构诗论》[M],北京:北京大学出版社,1999年,第 145 页。

《郑敏诗集 1979—1999》。由上述可以看出，郑敏的创作思想经历了从现代主义向后现代主义的转变过程，在这一变化过程中，美国后现代主义诗歌对她的影响显得特别重要，美国后现代主义诗歌在郑敏诗歌转型中起到了重要的桥梁作用。郑敏艺术转型阶段恰巧是中国现代主义诗歌转型的时期。

80 年代中期，随着中国改革开放力度的加大，西方的后现代主义思潮开始涌进中国，第三代诗歌明显受到美国后现代主义文论的影响。孙基林在《中国第三代诗歌后现代倾向的观察》中指出第三代诗歌与美国后现代主义之间的联系："80 年代中后期兴起的第三代诗歌，总体上呈现出一种反文化的倾向……这与 60 年代美国反文化的后现代思潮有些相同之处。"①但"第三代"诗人并没真正领悟后现代主义诗歌的精髓，却创作出反文化、反崇高、反境界的诗歌，这种极端自我的诗歌造成了诗坛的混乱。针对"第三代"诗人的反"诗"姿态中包含着的对后现代主义的误解现象，刘纳先生曾经评价说，"用西方'后现代'的标尺衡量，确实在'第三代'数量极大地诗作中只有极少数适合贴上这个'主义'的标签，但这一批诗人在 1986 年的集体亮相却已经显示了某种'后现代'氛围"。②郑敏面对这种现象也有所批评："既然争当先锋，在诗歌理解上往往瞩目西方的最新动态，后现代主义，甚至'解构'理论也被引进到自己的宣言和宏论中。在诗歌写作中为了实现自己的宣言，为了争当先锋派，对西方文艺理论在并没有下工夫研究、理解的情况下，进行了十分肤浅甚至扭曲的'实践'。此外又认定后现代主义是非诗美的，在作品中以骂街为后现代主义的标志。并且又认为先锋是反崇高反文化的，就放心地进行亵渎犯浑，这真是将后现代主义降到垃圾的水平。殊不知金斯伯格和 Beasts 们（垮派）取这个名字是多含义的，他们并非要摧毁整个西方的文化，相反他们认为当代的后工业社会文化亵渎了人类的文明，他们的反抗是为了挽救人类的精神文明，所以'垮掉'（beats）的另一含义是 beatitude，也就是'福祉'，是耶稣对人类精神贫乏者拯救时的福音。不幸在我们这里的诗人中间，却变成砸烂人类文化的造反行动。他

---

① 孙基林：《中国第三代诗歌后现代倾向的观察》，《文史哲》[J]，1994 年，第 2 期。
② 刘纳：《诗：激情与策略》[M]，北京：中国社会科学出版社，1996 年，第 59 页。

们在自己的诗作中不分青红皂白，对人类文化进行砸烂式的亵渎，就连巴黎的博物馆也要洗劫一通，这绝非什么后现代主义，而是极大的误会"。因而，郑敏得出的结论是："我们'先锋'诗人所写的诗与西方后现代主义的诗绝非一码事，虽然主观上也许是受到某片段翻译过来的西方当代文论的启发，但从诗歌理论到实践都和西方后现代主义不在一个层次上，因此没有必要强称之为中国的后现代主义诗歌。"① 事实上，只能说第三代诗歌拥有某种"后现代"的氛围，后现代主义诗歌和"后现代"氛围是有区别的。到底什么是后现代主义诗歌呢？"九叶"诗人郑敏，以自己翻译见证了什么是后现代主义诗歌，并积极地参与中国后现代主义诗歌的建构。

　　1985—1986年郑敏去美国讲学与访问，这期间她深受美国后现代主义的影响。郑敏自己也说过，"我1980年代中期在美国学习，受美国后现代主义诗歌影响较深，1986年我曾编译过《美国当代诗选》。"② 事实上郑敏的《美国当代诗选》已告诉人们什么是美国后现代主义诗歌。美国后现代主义诗歌始于美国二战后50年代，由威廉斯开创，盛行于美国70年代和80年代。二战以后的美国诗歌走进了一个既丰富多彩又不拘一格的新时代。在这个"风格变化多端，除旧立新"的时代里，产生了黑山派、旧金山派、垮掉派、纽约派、新超现实主义等风格各异的诗派。其中一些诗人在"传统诗律的庇护下开始他们的创作生涯（尽管是意味着历史和文学的延续），他们后来充满反叛性地和传统决裂，将他们自己与一些现代主义者或其弟子结合在一起，有些人还搞出了一套个人的美学，一种独特的文风，借此向迄今为止的所有诗歌宣布独立。"③ 霍夫曼的《诗歌：现代主义之后》十分鲜明地肯定了二战以后的诗人们与现代主义的不同，后现代主义的终身追随者伊哈布·哈桑对这类据称是惠特曼嫡系风格的诗派，总结出了其精神特质："这样的风格倾向于太平洋而

---

① 郑敏：《诗歌与文化—诗歌、文化、语言（上）》，《诗探索》[J]，1995年，第1期。
② 同上。
③ [美]丹尼尔·霍夫曼主编，裘小龙译：《美国当代文学》[M]，北京：中国文联出版公司，1984年，第629页。

并非欧洲,着眼于自然甚过文化"。① 詹姆斯·布雷斯林等人认为美国诗歌是一连串中断和创造能量的爆发,因而它常常突然背离原来的特性和方向。他还指出:"50 年代后期发生了一次戏剧性的爆发,《嚎叫》、《生活研究》、《美国新诗》起了决定性的作用"。②

美国后现代主义诗歌是郑敏创作从现代主义诗歌向后现代主义诗歌转变的桥梁,不仅影响到郑敏的翻译,而且还影响到其后现代主义的诗歌创作。郑敏 1985 年去美国访学,1986 年她编译过《美国当代诗选》,接着创作出版了《郑敏诗集 1979—1999》。郑敏在《美国当代诗选》中重点翻译了美国后现代主义诗歌中的垮掉诗派、纽约诗派、黑山诗派和深层意象诗派等诗派的诗歌。《郑敏诗集 1979—1999》就有许多诗歌带有明显的后现代主义诗歌特征。这部诗集大部分是郑敏 1986 年以后创作的诗歌,这里我们重点讨论郑敏从 1986 年到 1999 年诗歌的美学特征。郑敏曾说"第二卷的卷首诗《心象组诗》写于 1986 年,那年自己走出早期的诗歌语言,找到适合新的历史时期的自己的风格诗语。"③ 如果说里尔克只是在诗思方式、生命体验等方面为郑敏现代主义诗风(尤其是早期)的确立起到了不可磨灭的作用的话,那么,在郑敏诗学探索后期扮演了非常重要角色的是法国哲学家德里达的解构思想和美国后现代主义诗歌,而美国后现代主义诗歌对郑敏的后期创作产生了直接的影响,所有这一切发生在 80 年代中期,在那时郑敏实现了自己艺术创作的转型。

二、郑敏诗歌创作及翻译对美国现代主义诗歌的选择与吸收

郑敏认为美国后现代主义诗歌和中国传统道家文化有相同之处,郑敏吸收了美国后现代主义诗歌的精华,并在中国传统道家诗学的基础上创作出后现代主义诗歌。郑敏 1986 年后的诗歌形成了与其 40 年代现代主义诗歌不同的后现代主义风格。这些诗歌具有以下特点:在思维方式上,表现"无意识"中的解构主义思维;诗歌内容上,表现现实生活,偏重

---

① [美] 伊哈布·哈桑著,陆凡译:《美国当代文学 1945—1972》[M],济南:山东文学出版社,1982 年,第 133 页。

② Geoffrey Thurley, The American Moment: American Poetry in the Mid-century [M], London, Edward Arnoed, 1977, p.29.

③ 郑敏:《郑敏诗集 1979—1999》[M],北京:人民出版社,2000 年,第 2 页。

禅佛意识；诗歌意境上，表现事物变化流动的诗意美。这些后现代主义诗歌美学特征明显受到了美国后现代主义诗歌的影响，郑敏身临其境地吸收了美国后现代主义诗歌的精髓，我们可以从郑敏编译的《美国当代诗选》中找到这种影响的渊源。

（一）"无意识"中的解构主义思维

郑敏说："《心象组诗》的写作解放了自己长期受意识压抑的无意识，从那里涌现出一批心象的画面，在经过书写后仍多少保存了初始的朦胧、非逻辑的特点。这些图像并非经过理智刻意组织的象征体，也非由理性编成的符号表象。它们自动的涌现，说明无意识是创造的源泉。"① 这句话告诉人们郑敏诗歌风格转换后艺术思维指向了人们心灵的无意识。这里所说的"无意识"主要指德里达解构主义中的"无意识"。那么什么是解构主义中的"无意识"呢？德里达提出"踪迹说"说，这种"踪迹"，"是一种创造能力，是在不断运动的，本身无形，但能创造一切能力……这种运动就是他所谓的心灵书写"。② 在郑敏看来，这种"踪迹"恰恰是"无意识"的源泉。郑敏指出，"这个无意识之中，是混沌一片，没有逻辑性的，用诗的语言来说，又是一种不存在的存在。它是无形的，而且是不固定的，但它里边却积累了许多我们的祖先和我们自身的文化积淀、欲望沉淀，任何不属于我们的逻辑范围，逻辑所不能包括的东西，都在这里面。"③ 这样郑敏在德里达的解构主义的无意识中找到诗歌创作的新的源泉和方法。一言蔽之，解构主义中"无意识"就是用以一种变化的、多元化的、非理性思维来看待事物的方式。这种思维方式恰好暗合中国传统道家诗学的思维方法。

这里需要指出的是，郑敏前后的诗歌中都存在着无意识和上意识，只不过是前期的诗歌中无意识受逻辑、理性的压抑，诗歌中呈现的是以上意识为主。而后期的诗歌中无意识不再受逻辑和理性的压抑，自然地涌现出，这时诗歌呈现出以无意识为主。郑敏前期的诗作很多都是理性

---

① 郑敏：《郑敏诗集 1979—1999》[M]，北京：人民出版社，2000 年，第 2 页。
② 郑敏：《诗歌与哲学是近邻：结构—解构诗论》[M]，北京：北京大学出版社，1999 年，第 464 页。
③ 郑敏：《诗歌与文化》，《诗探索》[J]，1995 年，第 2 期。

地思考着人的生命应该承担的责任，以及个体在时代中的意义和价值，"诗人总是在沉思中升华，在沉思中创造，使沉思与美达到了真正的契合。"① "在她的诗中，思想的脉络与感情的肌肉常自然和谐地相互应和，……她虽然不自觉地沉潜于一片深情，但她的那种超然物外的观赏态度，那种哲人的感喟却常跃然而出，歌颂着至高的理性。"② 郑敏有着丰富的情感，却不会过分地渲染，而是通过雕塑似的无声去凝集在意象的背后，她真正做到了英美诗人庞德所标举的感情和理智的综合体。郑敏在追忆《金黄的稻束》（40 年代的诗歌）的诞生过程时，明确地将哲学之思视为一种恒定之物，但这样的"静观"并没有回避诗人的自我意识，相反却充溢着一位中国现代诗人所一直追寻的诗歌母题：关怀生命。通过这样的观察方式，诗人从外部的经验世界进入到诗歌的形而上学的层面。而到 1986 年创作《心象组诗》后，郑敏的诗风发生了很大的转变，蓝棣之说："《心象组诗》是郑敏诗的一个重要里程碑。"③所谓"心象"是指那些交叠潜藏于人们无意识深处的变幻莫测、波谲云诡的关于生命内在本质和生存真相的心灵图景。在这里郑敏没有用抽象的哲理将之变成一堆干巴巴的概念，也没有用逻辑推理将之演绎成自说自话、不知所云的呓语，而是在浮动的无意识中捕捉一系列似是而非、似非而是的诗歌形象。在《"云"》中"充满了急躁和爱情"的"云"的无意识幻象："然后，雨云出现了……生命的创造始于搏斗/在爱与恨之间/白云与乌云之间"，这里"云"是流动的无意识幻象，由"白云"到"乌云"，最后得出"生命的创造始于搏斗/在爱与恨之间/白云与乌云之间"的生命真谛。在谈到《心象组诗》创作时郑敏曾说："写作的艺术正在于能使意识接受无意识的暗示和冲动，对于一般作者这是可遇而不可求的，因为每一个来自意识的干预都会使无意识更深更远地逃避开。但纯粹的无意识写作也同样不可能。意识与无意识的对话如何能为作者所窃听是写作艺术转换的关键。每一位大作家在这方面的能力一定是十分纯熟卓越的。而我的尝试只是一次大胆的偷桃行为。"④ 从这组诗的艺术效果来看，诗人较为成

---

① 孙玉石：《郑敏：攀登不息的诗人》，《当代作家评论》[J]，1992 年，第 5 期。
② 唐湜：《新意度集》[M]，北京：三联书店，1989 年，第 143 页。
③ 蓝棣之：《郑敏：从现代到后现代》，《当代作家评论》[J]，1992 年，第 5 期。
④ 郑敏：《郑敏诗集 1979—1999》[M]，北京：人民出版社，2000 年，第 2 页。

功地"窃听"到"意识与无意识内容的对话",顺利地完成了艺术转换。

郑敏的这种用变化的、多元化、非理性思维来看待事物的方式,较多地受到美国后现代主义垮掉派诗歌的多元化、去中心思维的影响。垮掉派诗歌又称为"节拍运动"或"敲打诗派"。"垮掉青年"对战后美国社会现实不满,又迫于麦卡锡主义的反动政治高压,便以"脱俗"方式来表示抗议。他们奇装异服,蔑视传统观念,厌弃学业和工作,长期浪迹于底层社会,形成了独特的社会圈子和处世哲学。50 年代初,他们的反叛情绪表现为一股"地下文学"潮流,向保守文化的统治发动冲击。垮掉派诗人生活放荡不羁,吸毒纵欲,对于社会习俗无所顾忌。垮掉派诗人又称自己为"Beat Generation"。约翰·克莱隆·霍姆斯在纽约《时报杂志》一篇文章中,为"This is Beat Generation"里"beat"一词专门作了解释:这词不只是令人厌倦、疲惫、困顿、不安,还意味着被驱使、用完、消耗、利用、筋疲力尽、一无所有的意思。这可是一语道破垮掉派诗歌的本质,如果去掉垮掉派诗人生活放荡的表面,人们发现垮掉派诗歌的实质是对脱离群众的艾略特式的学院派诗歌一次颇具规模的造反。这与解构主义反对一个中心论,追求无中心的多元思想相一致。

郑敏的《美国当代诗选》收译了垮掉派诗歌中艾伦·金斯伯格的《美国》,这首诗和艾伦·金斯伯格的《嚎叫》同时写成。"它发表于美国反共参议员麦卡锡刚倒台时,诗中讽刺麦氏所倡导的反共作风对共产主义国家的疯狂攻击,与此相对比的是诗人对三十年代的自由空气的怀念和对一些因同情工人运动而受迫害的白人和黑人及诗人自己的思想进步的母亲的敬慕之意。"①《美国》诗歌写道:"美国,我已经将一切交给你,现在我一无所有……我无法再忍耐我自己的思想。/美国,我们什么时候才能够停止人类间的战争?美国,在你这傻瓜情调中我怎能写一首神圣祷歌?"这里表达出诗人对美国强烈的愤怒之情。接着诗人写到:"美国释放了汤姆·慕尼/美国解救了西班牙的忠诚党/美国沙可与范参替不能死/美国,我是斯葛斯郡的孩子们/美国,当我七岁时,妈妈带我去共产党的/密室会议,他们卖给我们毛豆/一张票一把豆/一张票一分镍币/讲演白听,人人像天使一样/人人对工人怀着深情/一切如此真诚/你

---

① 郑敏编译:《美国当代诗选》[M],长沙:湖南人民出版社,1987 年,第 84 页。

不知在 1835 年党有多好/斯葛德·尼林氏一个了不起的好老人/一个真正的负责明理的人。"① 这里表达了诗人对一些被迫害的好人的怀念和赞美之情。正是这些连珠炮般的猛烈轰击，宣泄着美国底层民众要求改变当前专制的政治体制的强烈愿望，这就使金斯伯格的诗作如决堤的波涛、消融的冰河，滔滔不绝，浩浩荡荡，成为一个时代的宣言书！这里艾伦·金斯伯格反传统并不是要否定一切，打倒一切，而是反对一个中心政治体制，追求三十年代自由环境和同情下层人们的多元化思想。

（二）表现现实生活，偏重禅佛意识

郑敏 1986 年后期很重视对现实生活的表达，这里的现实包括客观外在的社会现实与诗人主观的精神现实两方面。这种现实不像传统现实主义那样模仿现实，而是在写现实中表达诗人主观世界中对现实的感受，有时是哲理性的，有时是纯感性的，有时是对人生、社会、人类，甚至人类的前途、真理的探讨等方面的考虑，因此在读这类诗时常常觉得细节很真实，但整体难掌握。诗人往往躲避对自己的经验进行理性的逻辑的分析，而是努力将它的原始的模糊面貌记载下来，当一种震撼人们的思想感情来到时，它往往并不像人们回忆它时那样有秩序。只是当人们在回想时对它进行了理性的分析之后才获得人们所习惯的逻辑程序，郑敏为了表达一些隐藏在意识深处的思想和感情，往往不给予事物以日常习见的外在的逻辑。由于科技主义的盛行和消费主义的滋长促使郑敏将目光转向对大自然、宇宙的重新思考。对现代文明的忧虑引起郑敏对东方文明的兴趣，侧重表现出对自然界的老庄、禅宗式的感受。

在《背向窗外的秋色》中诗人写道："用背向着玻璃窗/用背向着窗外的雨/我知道/淡黄的、深棕的树叶/正在萧萧洒下。"这是客观的自然现象，但是到了诗歌的最后诗人写道，"菊花在干枯时发出特殊的香味/不知最后的握手将是……/人们的面庞渐渐走远/那最后的一触/对时间将是永久，/永久的秘密/只有那驰向'无限'的灵魂/能回答你的询问/但愿宁静安详是/秋天带给一切人的信息。"② 这里诗人把主观的情感融入客观景物中，对秋天那种无限宁静安详的赞美之情隐藏在无意识的深处中，

---

① 郑敏编译：《美国当代诗选》[M]，长沙：湖南人民出版社，1987 年版，第 87 页。
② 郑敏：《郑敏诗集 1979—1999》[M]，北京：人民出版社，2000 年，第 257 页。

诗人只是努力将它原始的模糊面貌记载下来，并不加以理性的逻辑经验分析，让人们自觉的进入秋天宁静的状态之中，体会出秋天无限的安详和静谧。又如诗人在《落叶》中写道："叶子，/自然的日记/一页页地飘落/人们不会遗忘/即使是两千年前的泥俑/也在阳光下重新驾车飞驰。/消逝的时间是地下水/又回到江河湖海/它们见过古人的喜怒/听过琵琶声，像落在玉盘里的珠子，/还有青松浓郁带来哀鸣/都在镜子似的江水上/印下了影子和声响。"①这里诗人把自然界里的各种踪迹还原成原生状态，从而记载着生命本身所具有的价值和意义。这些自然的踪迹从诗人的无意识中涌出，不受外在的逻辑控制，她不模仿现实世界的结构、秩序、外貌，诗人的主观情感完全融入客观的景物之中。此外，《夏季的死亡》还对时间踪迹逝去进行直接的描绘，"夏季的死亡/喷涌出秋天的金黄/当太阳/是逝去的大提琴的颤音/偶然回头/看见耀眼的树冠//睡在沙滩上的肢体/是烘熟的玉米/秋天白色的牙齿将/咬入他的金黄的生命。"②春去秋来，四季更替，通常给人带来时光如梭，岁月荏苒的沧桑感，诗人用"黄金"与"白色"造成视觉效应，像"烘热的玉米"般饱满的"金黄的生命"将被"秋天白色的牙齿咬入"，这是时光在残忍无情地吞噬着朝气蓬勃的机体，是生命的"夏天"在一步步"逝去"，一点点"死亡"。

郑敏40年代的一些诗歌也有许多表现现实的作品，如《小漆匠》、《清道夫》、《人力车夫》、《马》等。但这里的现实必须经过一次艺术的转换才出现在诗中，在这个转换的过程中诗人往往要寻求客观对应物，也就需要寻找主客观、感性理性凝结成的一个复合体——意象，这样现实的描述不再出现诗中，再加上强调浓缩，跳跃，时空错位等手法的使用，现实不再活生生地出现在诗里。事实上这个转化过程是将理性和情感转化为思想知觉化的过程，这是与"非个人化"理论相配合的。比如《小漆匠》就是主客观、感性理性凝结成的意象，它是劳苦人民的化身，它不再是生活中真实的小漆匠，而是经过诗人理性逻辑推理而成苦难的象征，蕴含着深刻的哲理。

郑敏的这种表现现实生活，偏重禅佛意识的审美指向深受美国后现

---

① 郑敏：《郑敏诗集1979—1999》[M]，北京：人民出版社，2000年，第171页。
② 同上，第269页。

代主义诗歌（深层意象派诗歌）的影响，郑敏在《美国当代诗选》曾编译深层意象诗派的代表人物罗伯特·布莱的诗歌《傍晚令人吃惊》。下面就《傍晚令人吃惊》来看看深层意象诗派的特点。"在我们附近有人们不知道的动乱/浪潮就在山那边拍击着湖岸/树上栖满我们不曾看见的鸟儿/渔网装满着黑鱼，沉甸甸地下坠。/傍晚来到，一抬眼，它就在那里，它穿过星星之网而来，/透过草叶的薄膜而来，/静静地踏着水波，这庇护的庙堂。/白昼永无休止，我这么想：/我们有为白昼的亮光而存在的头发；/但最终黑夜的平静水面将上升/而我们的皮肤，像在水下，将看得很远。"①诗的第一节写的是自己与他所处无法知道，但强烈地感觉到其存在的自然环境之间的联系。"不知道的动乱"原文是 unknowndust，是一种多义的词语。这里之所以选译为"不知道的动乱"是取其有运动感，并且是我们所不理解的运动，是一种冥冥中进行的动乱。这样与第二行的浪潮，第三行的看不见的鸟群，第四行的满网的黑鱼组成一个包围着人们，充满了神秘运动，不为人们所理解，但时时被人们意识到的自然界，它"沉甸甸地"，不可见，却又在冥冥中影响着我们的存在。布莱强调人的意识必须和宇宙的意识沟通，否则人只能陷于自己日趋狭窄的意识中，这种追求与自然、宇宙通信息，进行心灵交流的意愿形成深层意象诗派独特的风格。在本诗的第二、三段诗人写傍晚的到来表达一种自然的力量进入人内心感受，他来自遥远的宇宙，因此"它穿过星星之网而来"，但它也早已在我们身边、脚下，因此"透过草叶的薄膜而来"，这是写自然力量无所不在，当我们意识到它的存在时，我们感到"吃惊"，这种和自然交流之感不是每一分钟都有的，因此它的到来给我们神奇之感。这种对大自然的存在的吃惊，也曾使人想起陶渊明"欲辩已忘言"的意境。诗的第三段很具体地写出人永远是自然的一部分，白昼时"我们有为白昼的亮光而存在的头发"，当黑夜如平静的水面淹没一切时"而我们的皮肤，像在水下，将看得很远。"这样就使人永远和自然息息相关，自然包含白昼和黑夜。当明朗和晦暗的不同情况交替发生时，人们都能不断地和自然联系。

---

① 郑敏编译：《美国当代诗选》[M]，长沙：湖南人民出版社，1987年版，第87页。

(三) 表现事物变化流动的诗意美

郑敏1986年后期的许多诗歌不寻求杂乱现象的统一,更不追求将现象结构成有机的整体加以传达什么固定的意义,即她在创作不再追求一个中心(道、逻辑、理念中心等),这与她前期的现代主义诗歌以逻辑理念为钢筋架,外加美丽的感性躯体的诗歌结构大不相同,而是在诗歌中追求一种即时的瞬间美或者流动美。中国传统诗学也包含着这样的审美特征。

如《圆的窒息》写道:"在温暖的黑夜里/一切都是圆形/好像舞蹈者的手臂……与相切的墙外力量结合/在摩擦中熔化了铜墙/解放了的精灵从缺口飞出/却又凝固成一颗新星/在宇宙中开始自己的圆!/这打不破的/圆的窒息。"这里诗人首先向我们描述了圆形是宇宙和人类的一种形态,诗人感受到它的好处是:"圆,带给人们信任",但圆又是封闭和窒息的象征,这样自然界和人类界都向圆挑战:"刺目的亮光,宇航员/冲出引力的密封圈/虫子冲出苹果的圆/胎儿冲出母腹的圆。"诗人围绕着"圆形"从自然和人类两个角度展开了正反两个方面的思考,但诗人的沉思没有停止,她仍然运用她擅长的辩证思维,把诗思推向新的更深的层次:"在摩擦中熔化了铜墙/解放了的精灵从缺口飞出/却又凝固成一颗新星/在宇宙中开始自己的圆!/这打不破的/圆的窒息。"这首诗的美学特点首先是不遵照因果关系这一条自亚里士多德以来就确立了的西方逻辑概念。这种因果关系一般是指为事物寻找某些超验存在的依据,或者意味着将自然看成因果的长链,每一因素推着另一因素,以致无穷,这种因果关系是西方传统哲学的支柱。在《圆的窒息》中黑夜的圆形、舞蹈者的手臂、血管的圆、密封圈的圆、苹果的圆、母腹的圆的大小、远近、有形无形、平庸的重要的都同时存在、交互作用,形成一种诗歌结构,但非因果链条中的先后关系,因此并不被固定一点,也没有一个中心,而是组成无限的中心。这样看宇宙万物,自然跳出传统的一个中心,即逻辑或道的形而上学模式。用以代之的是万物在不断运动中不断创造又不断消解的无限多中心论。其次,诗歌在表现动与静的关系上,倾向于瞬间的、流动的动态美。《圆的窒息》中最后一节写道:"在摩擦中熔化了铜墙/解放了的精灵从缺口飞出/却又凝固成一颗新星/在宇宙中开始自己的圆! /这打不破的/圆的窒息。"① 这里旧的事物必然灭亡,而新的事物必须在毁灭旧的事物中才获得新的形式。诗人重视诗歌内在的流动性,并且诗人认为诗歌内的流动性不是受诗人的情绪影响,这种承认写作是即时、即地、随机的自由运动观点是后现代主义观念。美国后现代主义诗人威廉斯也持有这种观点:"他在一首名为《舞蹈》的诗中讲到一切关系、一切事物的相对性、流动性,正好像在舞蹈中不断地更换舞伴,虽然舞伴间的关系是亲密的但却不是永久不变的,'但只有舞蹈才是可靠的/尽情地占有吧/谁知道结果会是怎样?'他有时用大雪时雪花与人的关系来解释流动的运动:'这阵风雪/将我们围在一起/雪花和我们游戏又抛弃我们/跳舞吧,跳得令人感觉可信。'这种一切都在变,只有变本身是永远不变的想法是典型的后现代主义。"②

郑敏的前期诗歌,用静止的画面承载着她流动的诗情,用各种意象传达着对个体精神和民族未来的思考。她的风格是将丰富多变的思想凝固成静止的雕塑。诗评家张同道说:"郑敏的诗是固体的"。③ 正如张东在《论郑敏前期的前期的现代主义》中提到的,"她完成了气体诗向固体诗的转变"。④ 这里称郑敏前期诗的风格具有固体雕塑的品质,并不是说郑敏摒弃流动的情绪,而是把情绪投诸相应事物上,而物象相对静止,具有雕像美。我们可以把郑敏诗歌对于外在物象的观照方式看为静观。比如《树》这里象征人民,"屹立在那同一的姿态里"是一座雕像。它是高大的,"在它的手臂间移转";它是慈祥的,"在它的注视下溪水慢慢流去";它是宽广的,"在的胸怀里小鸟来去";然而它又是宁静、坚忍的,似乎在祈祷、沉思。"仿佛生长在永恒宁静的土地上"。这里有动态的情思的流动,"手臂间的星斗转移"、"注视下溪水慢慢流去"、"胸怀里小鸟来去"、"祈祷、沉思",但都统一于"屹立在那同一的姿态里"的树这个相对静止物象上。这里"树"作为"完美的媒介物",象征人民坚忍的生命力、博大的胸怀的形而上学的意义。

---

① 郑敏:《郑敏诗集1979—1999》[M],北京:人民出版社,2000年,第43页。
② 郑敏:《诗歌与哲学是近邻:结构—解构诗论》[M],北京:北京大学出版社,1999年,第149页。
③ 张同道:《郑敏诗论》,《中国现代文学研究丛刊》[J],1997年,第1期。
④ 张东:《论郑敏前期的前期的现代主义》,广西民族学院学报[J],2003年,第2期。

郑敏这种表现事物变化流动的诗歌与美国后现代主义纽约诗派有极深的渊源。约翰·阿胥伯莱是对郑敏影响较深的一位纽约诗派重要的诗人，郑敏在《美国当代诗选》曾编译约翰·阿胥伯莱的许多诗歌。他的诗只写人们的思维、情调，不写具体事情。诗抽象、晦涩难懂。约翰·阿胥伯莱的诗常打破了传统的主题、逻辑等方面的因袭。他自己说："我是用一盘子意象招待读者。"① 这些意象常被放在诗的立体结构中，时空转换错位杂陈。他常以变幻无穷的心态看自己和世界，内心永远是动的、变幻的、转换的。这是因为他已经摆脱了常规的时空和有"中心"意识的束缚，这一点是深受解构主义的影响。因此约翰·阿胥伯莱的诗呈现出反理性、反逻辑性和反一贯性。他的《这些湖畔城》就是一首由破碎的意象构成。下面我们看诗的一二节："这些湖畔城，从咒语中长出，／变成善忘的东西，虽然对历史有气。／他们是概念的产物：譬如说，人是可怕的。虽然这只是一例。／／他们出现了，直至一个指挥塔／控制着天空，／用巧妙浸入过去／寻找天鹅和烛尖似的树的枝条／燃烧着，直到一切仇恨者变成无能的爱。"② 在第二节显然是现在和过去的重叠，恨与爱的重叠，今天智慧的与过去的天鹅、树枝是重影。这里我们可以把这一节想象成一幅画。在诗的第一节诗人说湖畔城是一个概念的产物，这就是："认识可怕的"，在第二节这种可怕、仇恨通过燃烧变成"无用的爱"。也许这一切都不能使世界的阴暗扭转过来，所以是无用的。燃烧是在寻找过去中进行的，过去的优美和爱是用无邪的天鹅和燃烧着的树枝做符号，仇恨虽然被转变成"爱"，但对今天的世界爱是无用的。在这四行诗里诗人充分发挥了字的联想力。"浸入"两个字引进天鹅在湖水中将首颈浸入水中的形象，而"烛尖"一字本含有一端纤细逐渐变细的意思，这里用蜡烛这个概念引进"燃烧"的概念，燃烧的树枝又有夕阳中树枝的形象，这样就使得几行诗同时映现几个色彩丰富重叠的形象。这里诗人以一种流动变化的视角打破时空秩序从而呈现出一种含混不清晰的多层次的美。

---

① 郑敏：《诗歌与哲学是近邻：结构—解构诗论》[M]，北京：北京大学出版社，1999年，第176页。
② 郑敏编译：《美国当代诗选》[M]，长沙：湖南人民出版社，1987年版，第11页。

三、郑敏的后现代主义诗歌与第三代诗歌的比较

郑敏从美国的后现代主义诗歌创作中吸取了许多宝贵的经验，注重个人经验，开始了后现代主义诗歌的创作，从而对第三代诗歌"非历史化的诗学"的创作进行了反驳。《郑敏诗集（1979—1999）》中的许多诗歌堪称后现代主义诗歌的典范，和第三代诗歌相比，它的诗歌价值要高出许多。

（一）努力挖掘诗中无意识，而不是刻意的反文化

郑敏在《心象》中着力组诗挖掘诗中的无意识，这种无意识并不是第三代诗歌提倡的反文化，而是在诗歌的无意识中挖掘生命、爱情、语言、欲望、时空、记忆、自然等投向"心象"的或轻或重、或明或暗的文化的面影。在《"云"》（《心象》组诗一第八首）中挖掘了"充满了急躁和爱情"的"云"的幻象："然后，雨云出现了／阴黑了青山／它在天空的地板上狂驰／充满了急躁和爱情／一把抓住海的长发／将她向后推搡／闪电瞧着她的脸／海顺从了它的暴力／月亮黑了／只有海浪敲打着岩石／要进入它的胸膛／但岩岸捏紧／她那撕抓击打着的手／将她劫回他那原始的洞穴……生命的创造始于搏斗／在爱与恨之间／白云与乌云之间"。① 这里"云"是流动的幻象，由"白云"到"乌云"，最后得出"生命的创造始于搏斗／在爱与恨之间／白云与乌云之间"的生命真谛。在《"那个字"》（《心象》组诗一第九首）中秘藏守口如瓶"那个字"的幻象："我耳边响着／'G弦上的旋律'／它不想停下来，／延续、延续，直到…不，请不要说出那个字／让它流连吧／像那古瓶上的新娘／因为那个字之后／一切将只有沉寂。"②这里"那个字"是不能被说出的，它的背后隐藏着无穷的、无形的爱的神秘和力量。在《理想的完美不曾存在》（《心象》组诗一第十首）深含着中"自然界生命的源泉"幻象："一个战役引来／另一个战役／和平，均衡化成荒漠／友谊是冲突的死亡／咬、扭／悦耳和不悦耳的声音／是自然界生命的源泉／假如阴影必须睡在／阳光照耀得大树下／而呻吟

---

① 郑敏：《郑敏诗集（1979—1999）》[M]，北京：人民文学出版社，2000年，第69页。
② 同上，第71页。

必须搅拌入喜悦之歌/这里不会有理想的完美/它从来就不曾存在。"①这里"悦耳和不悦耳的声音"是"自然界生命的源泉",辩证地告诉人们自然界事物的对立与统一的规律,其他事物的战役和和平、阳光和阴影也同样如此,所以说自然界不会有理想的完美存在。

再看看第三代诗人韩东的《有关大雁塔》:"有关大雁塔/我们又能知道些什么/有很多人从远方赶来/为了爬上去/做一次英雄/也有的还来做第二次/或者更多/那些不得意的人们/那些发福的人们/统统爬上去/做一做英雄/然后下来/走进这条大街/转眼不见了/也有有种的往下跳/在台阶上开一朵红花/那就真的成了英雄/当代英雄/有关大雁塔/我们又能知道什么/我们爬上去/看看四周的风景/然后再下来"。② 这里的大雁塔不再是朦胧诗人杨炼的象征着民族命运和人文历史的《大雁塔》,韩东的《有关大雁塔》却以冷漠的姿态指向文化的不可知,"有关大雁塔/我们又能知道些什么",大雁塔不再蕴含着崇高的文化,只不过是一般的物体而已。

(二) 表现现实生活个人感受,偏重禅宗,而不是反诗美

郑敏1986年后的诗歌并不遵循传统现实主义的艺术手法与形式。她不以模仿现实世界的结构、秩序、外貌为自己的创作目标,不追求栩栩如生的艺术效果。相反,她要求在创作中打破现实世界的自然秩序和形式,然后由诗人以自己创造性的力量对素材加以改造,从而产生一个艺术的第二自然。这第二自然包括客观与主观世界,也可以说是渗透着主观的艺术世界。它部分的或全部的失去第一自然的逻辑与外形,这样的艺术的真实具有它自己的艺术逻辑和独立的个人生命。在这第二艺术自然里,有郑敏独特的个人生活感受,并且郑敏喜欢在诗歌里表现出禅宗的美好。如诗人在《落叶》中写道:"叶子,/自然的日记/一页页地飘落/人们不会遗忘/即使是两千年前的泥俑/也在阳光下重新驾车飞驰。/消逝的时间是地下水/又回到江河湖海/它们见过古人的喜怒/听过琵琶声,像落在玉盘里的珠子,/还有青松浓郁带来哀鸣/都在镜子似的江水上/印下了影子和声响。"③这里诗人把自然界里的各种踪迹,还原成原生

---

① 郑敏:《郑敏诗集(1979—1999)》[M],北京:人民文学出版社,2000年,第72页。
② 徐敬亚主编:《中国诗典》[M],长春:时代文艺出版社,2009年,第108页。
③ 郑敏:《郑敏诗集(1979—1999)》[M],北京:人民文学出版社,2009年,第171页。

状态，从而记载着生命本身所具有的价值和意义。这些自然的踪迹从诗人的无意识中涌出，不受外在的逻辑控制，她不模仿现实世界的结构、秩序、外貌，诗人的主观情感完全溶入客观的景物之中，形成一种独立的有生命的艺术真实美。

而第三代诗人曾在《呼吸派宣言》中宣称：我们说诗不过是呼吸而已。美与丑，真与假，善与恶，过去与未来，现在与梦幻，生存与死亡，爱情与凶杀，坟墓与乳房，天空与酒刺，历史与烟圈，……都在吞吐中确定自己的时光空域和张力场，认为"诗是美"只是一种单向的线性的平面的古典主义观念。韩东在《你见过大海》中写道："你见过大海／你想象过／大海／你想象过大海／然后见到它／就是这样／你见过了大海／并想象过它／可你不是／一个水手／就是这样／你想象过大海／你见过大海／也许你还喜欢大海／顶多是这样／你见过大海／你也想象过大海／你不情愿／让海水给淹死／就是这样／人人都这样。"① 诗中不断重复"顶多是这样"、"就是这样"消弭了以往诗人赋予海的所有美好意义，使"大海"还原成一个平常的事物。"你不情愿／让海水给淹死"的现实心理的揭示击破了以往与"海"有关的美好想象，更谈不上有任何诗美。

（三）想象力丰富，注重特殊的意象，而不是刻意拼贴

郑敏1986年后后期的诗歌想象力丰富，重视事物特殊的意象。郑敏把意象和想象当做诗的根本，往往通过丰富的想象和特殊的意象来营造美好的诗歌的意境。在《秋的组曲》中可以说是"树"的整体意象的呈现：秋天的树，"在秋天萧疏的树干上／悬挂着、漂浮着等待，／秋天来呼唤叶子，／时间将它们镀成古铜色、金色／它们的生命全靠那阵阵的风"；（《颤音》）② 深秋的叶子，"一片片，一页页／壁画上涂上层层新色／当人们了解了／红的，黄的，落叶时。"（《落叶》）③ 深秋的林地，"深秋了／每一片叶子都有过绿色／又在寂静的破晓里／染上红、棕、褐、赭／熔化在深山的起伏中／焚烧着自己的躯体"；（《深秋的林地》）④秋的声音，"当银

---

① 洪子诚、程光炜主编：《第三代诗新编》[M]，武汉：长江文艺出版社，2006年，第35页。
② 郑敏：《郑敏诗集（1979—1999）》[M]，北京：人民文学出版社，2000年，第288页。
③ 同上，第290页。
④ 同上，第289页。

色的白桦林还是这样笔直/一阵风就带来/金色的瀑布，棕色的喷泉/落在湿黑的泥地上/这是秋天的叹息。"(《告别》)① 这里树的意象包涵秋天的一切时间无意的流动的过程。

在第三代诗歌中诗人实验的手段是把毫不相关的事情"拼贴"在一起，反对意象。《日常主义宣言》中曾说：人类无法提供连续生存的可能性，莫名其妙地散乱成为唯一的心理特征。我们的第二原则是片段意义。毫无意义的事物常常与每个人形成安静激烈的对峙，逐渐成为你所依附的一部分；人类是这样陷入无尽的盲目之中，"共同性"成为一种灾难已久。我们的诗将与同化递反。在这种说法的鼓吹下，我们时常能看到以切割和拼贴手法形成的诗句。我们可以以王正云的《北方》为例："一棵草一棵草一棵草一棵草一棵树/一棵草一棵草一棵草一棵草一棵树//一丛草一丛草一丛草一丛草一丛树/一丛草一丛草一丛草一丛草一丛树/一丛草一丛草一丛草一丛草一丛树//在一棵腐树的墓上有一丛草/脸上有墓碑，刻着一个人一生的功绩/一棵草一棵树一丛草/野火之上/是光荣"。② 诗人借助汉字的表形特征和方块形状造成了强烈的"注视"效果，"一棵草"、"一丛草"不厌其烦地陈列在诗句里，以单纯重复的视觉印象代替着意象组合，人们无法从排列整齐的"草"与"树"中寻觅到任何诗意。有的第三代诗歌拼贴的像想象中"闪光摄影"。如梁晓明的《等待陶罐上一个姓梁的姿态出现》："如果电影里突然映出我的鼻子/映出我的手正在摸一座高楼的头顶，窗子在我左肩上打开，鸟在我膝盖上谈论爱情，谈论我的大腿从日本伸过来由人用手指悄悄扣动……/这时我背后就一定有一只狼眼逼近/有一只爪子/搭上门环/如果我从天空敏感的口袋里往下看，在落满灰尘的台阶上看见/童年的鞋边有蛇，被单从床上——跃起，汽车都像长了脚的火柴盒/安徒生像一瓶药，在床头等待着人类的嘴唇，"③ 这里诗人把电影技术中运动图像和变形图像的独特手法运用到诗歌中。诗作者一开始就提到了电影，而且我们从诗句中看到的图像也像由一些跳跃的片段剪接起来的电影镜头，镜头的转换十分迅速，将连续

---

① 郑敏：《郑敏诗集（1979—1999）》[M]，北京：人民文学出版社，2000年，第294页。
② 王正云：《北方》，《诗歌月刊》[J]，2006年，第11期。
③ 溪萍编：《第三代诗人探索诗选》[M]，北京：中国文联出版公司，1988年，第78页。

的碎片集合在一起。面对这些现象,郑敏写道:"我在打开电视时,忽然悟道当前所谓'先锋'的、流行的拼贴画面的手法,如此频繁地出现在诗中,实在是来自 MTV 的画面技巧,大众媒体流行技巧与廉价的'现代'情调,对 90 年代我们的新诗的浸蚀,值得我们警惕。诗人的个性正在被宣传媒体专政。新诗的解放应当从抵制广告的艺术快餐开始。'拼贴'脱离了诗人真正的心灵挣扎和朝圣(pilgrimage)就是十分廉价的小小花招。"①

四、郑敏对后现代主义诗歌的理论总结

郑敏的《诗歌与哲学是近邻:结构—解构诗论》、《结构——解构视角:语言·文化·评论》和《美国当代诗选》三本专著,完成了后现代主义诗歌的理论总结。

郑敏在《诗歌与哲学是近邻:结构—解构诗论》总结了美国后现代主义形成的过程及原因。美国后现代主义诗歌始于第二次世界大战后 50 年代,由威廉斯开创,盛行于美国 70 年代和 80 年代。二战以后的美国诗歌走进了一个既丰富多彩又不拘一格的新时代。在这个"风格变化多端,除旧立新"的时代里,产生了黑山派、旧金山派、垮掉派、纽约派、新超现实主义等风格各异的诗派。这其中一些诗人在"传统诗律的庇护下开始他们的创作生涯(尽管是意味着历史和文学的延续),他们后来充满反叛性地和传统决裂,讲他们自己与一些现代主义者或其弟子结合在一起,有些人还搞出了一套个人的美学,一种独特的文风,借此向迄今为止的所有诗歌宣布独立。"②霍夫曼的《诗歌:现代主义之后》十分鲜明地肯定了二战以后的诗人们与现代主义诗人们的不同,后现代主义的终身追随者伊哈布·哈桑对这类据称是惠特曼嫡系风格的诗派,总结出了其精神特质:"这样的风格倾向于太平洋而并非欧洲,着眼于自然甚过文化。"③ 一些评论家称二战以后美国诗歌的变化是由现代主义过渡到后现

---

① 郑敏:《我们的新诗遇到了什么问题?》,《诗探索》[J], 1994 年,第 1 期。
② [美] 丹尼尔·霍夫曼主编,裘小龙译:《美国当代文学》[M],北京:中国文联出版公司, 1984 年,第 629 页。
③ [美] 伊哈布·哈桑著,陆凡译:《美国当代文学 1945—1972》[M],济南:山东文学出版社, 1982 年,第 133 页。

代主义时代。在郑敏《诗歌与哲学是近邻》中曾说:"美国在20世纪初出现了三个诗歌及理论界的怪杰:庞德、艾略特及威廉·卡洛斯·威廉斯。其中在诗歌理论上为20世纪诗歌,包括现代主义及后现代主义,奠定了理论基础的是庞德。仅以《阅读ABC》一书来谈,从中就可以找到20世纪诗歌的现代主义与后现代主义理论的胚芽。在他的理论与文学活动及创作实践的影响下,美国出现了两位有世界影响的大诗人,就是艾略特及威廉斯。有趣的是,他们虽是孪生,却是两个长相全异的兄弟,而且各领20世纪诗坛风骚50年。在50年代以前是庞德——艾略特时代,而在50年以后,美国新诗就进入了庞德——威廉斯时代。这个有趣的现象只能从美国现代主义诗歌在二次大战后,随着西方文艺思潮的发展,也逐渐进入后现代主义这个事实来理解。"① 把美国后现代主义诗歌追溯到20世纪50年代有着深刻的历史原因。

首先,美国在这段历史时期跨入后工业社会,科技迅速发展,经济出现了前所未有的繁荣景象。电视和电脑在美国家庭中的普及,对宇宙空间的探索,各种新的发明创造和新的思维方式的创造性地提出,尤其是弗洛伊德和荣格心理学更广泛、更深入的引进,拓宽了人们的事业和思维空间。60年代侵越战争所激起的空前的反战运动、黑人运动和女权主义运动,对德国法西斯集中营、广岛和长崎原子弹爆炸的痛苦回忆,对环境污染、吸毒等社会问题的忧虑都造成了美国人的心态、想象力和价值观的急剧改变,这势必给新时期的诗人带来新的题材和新的艺术手法。特别是德里达的《论文字》、《声音和现象》、《书写与差异》三部书的出版,宣告了解构主义的确立,形成以德里达、罗兰·巴特、福科、保尔·德·曼等理论家为核心并互相呼应的解构主义思潮。德里达文学批评思想,是以"解构"为显著特征,以"文字学"作为实践的方式,辅以"分延"、"播撒"、"踪迹"、"替补"等手段而形成的一个有机整体,打破西方的逻格斯中心、语音中心,形成了一种"在场"的文学批评思维模式。其次,50年代中后期,艾略特的新批评所确立的美学原则成了绝大多数诗人和批评家的规范,然而,政治经济和社会形势

---

① 郑敏:《诗歌与哲学是近邻:结构—解构诗论》[M],北京:北京大学出版社,1999年,第141页。

的巨变促使不安于现状的第二代和第三代诗人开始寻找新的富于创造的艺术形式,以表现新时代的社会生活和个人经验。他们势必从不同的角度否定新批评派和新形式主义诗人所主张的封闭型的艺术形式,建立起自己的开放型诗歌形式。于是在诗坛上形成了大动荡、大分化、大改组的局面,垮掉派、黑山派、纽约派、深层意象派等也应运而生。

郑敏在《结构——解构视角:语言·文化·评论》中指出美国后现代主义诗歌在思维上是从结构思维向解构思维的转变。结构主义是:"1. 有绝对权威、绝对中心;神、逻格斯。2. 永恒不变,有预定设计,神与理性所设计。3. 有序、真善美的运转。4. 神全知全能、理性是神所赐,也可以全知,有绝对真理,是人可以用理性掌握的。5. 二元对抗,是与非,上帝与魔鬼,推广到各种成对的矛盾的对抗性斗争。6. 有等级的一元统治下的多元世界。"① 而郑敏认为的解构主义是:"1. 无绝对权威、无绝对中心。2. 恒变,无预定设计。3. 无序、'踪迹'运动。4. 宇宙常变故不可预知,因此无绝对的知识真理。5. 多元歧异,非二元对抗矛盾,有互补、互转化的可能。6. 无等级的多元世界。"②

郑敏在《美国当代诗选》译序中总结了美国后现代主义诗歌的特征:"1. 主张彻底摆脱英文诗传统的抑扬格。2. 主张摆脱欧洲中心主义的文化观,发掘美国自己的风土、人情、语言和美洲的神话。3. 反对非主格、无个人的客观文学,而主张深挖诗人的自己意识,并找出意识的形成与环境(地理的、文化的)的内在关系。4. 一切与上述有关的社会生活、社会细节都可以入诗,形成非诗化的倾向,提炼、凝练不再是写诗的首要美学原则。5. 主张开放式的现场创作,使得结构、形式全取决于内容。提出形式是内容的延长的看法。认为诗是能量的网络,使人将能量注入诗中,再通过诗传达给读者。6. 艾略特的作品的文化背景是西方哲学和怀德海(A. N. Whitehead)和布勒德莱(F. H. Bradley)的现代哲学及英国国教的宗教观,而后现代主义的主要文化基础是现代物理的时

---

① 郑敏:《结构——解构视角:语言·文化·评论》[M],北京:清华大学出版社,1998年,第67页。
② 同上。

空观、相对论、拓扑学、荣格的潜意识心理学、人类学以及东方的老庄、佛教禅宗。"①

郑敏在《诗歌与哲学是近邻：结构—解构诗论》总结了后现代主义创作观，其所表现为："1. 反对超验本体论。2. 真理多元，或无结论。3. 认为变是一切，不可能预先设计，事物生生灭灭，永不停止，应当抓住此时此刻地的现实生活、给予表达。4. 创作不必寻求杂乱现象的统一，更不必将其结构成有机的整体以传达什么固定的意义。5. 强调创作要追随多变的想象力的流动，没有预定设想，可以自发地随机创作。6. 对文字、文学是否能如实得表达作者的意图，持怀疑或否定的观点。7. 重视事物（包括诗歌）的特殊性、地域性。8. 强调开放式诗歌形式。"②

综上所述，美国后现代主义诗歌对郑敏的诗歌翻译及创作产生了深刻的影响，郑敏诗歌翻译及创作中的后现代主义诗歌美学特征，表明郑敏深刻地吸收了美国后现代主义诗歌的精髓，而第三代诗歌只是简单地图解了美国后现代主义诗歌的只言片语。同时郑敏在当代对后现代主义诗歌进行理论上的总结，也为后现代主义创作提供理论上的指导。因此，郑敏与后现代主义诗歌的建构，对当今诗坛建设，特别是网络诗歌的建设，起到了积极重要的借鉴和推动作用。

第三节　郑敏新保守主义诗学观的确立

郑敏 1993 年在《文学评论》第 3 期发表《世纪末回顾：汉语语言变革与中国新诗创作》一文，文章指出："在世纪初的白话文及后来的新文学运动中立意要自绝于古典文学，从语言到内容都是否定继承，竭力使创作界遗忘和背离古典诗词，对当时提出应当白话文兼容古典诗词的艺术的学者朱经农、任鸿隽、钱玄同等人的意见也都加以否定，并由陈独秀出面宣布'必不容反对者有讨论之余地'，同时斥明之前后七子及八家

---

① 郑敏编译：《美国当代诗选》[M]，长沙：湖南人民出版社，1987 年，第 248 页。
② 郑敏：《诗歌与哲学是近邻：结构—解构诗论》[M]，北京：北京大学出版社，1999 年，第 145 页。

为'十八妖魔辈',又说'凡属贵族文学,古典文学,山林文学,均在排斥之列'","当时白话文运动所受到四面的包围和压力,胡、陈及郑振铎等人奋力为白话文运动打开局面的勇气和热情值得我们今天的敬重。但是从思维方式和对语言的性质认识,我们在一个世纪的今天,又不得不对他们那种宁左勿右的心态,和它对新文学,特别是新诗的创作的负面影响作一些冷静的思考。总之他们那种矫枉必过正的思维方式和对语言理论缺乏认识,决定了这些负面的必然出现。"① 此文的发表在90年代诗坛引起了强烈反响。由此而引发了一场遍及诗歌界乃至整个学术界关于传统与现代、诗歌语言等问题的广泛论争。围绕该话题出现了一系列论述文章,各种观点相互碰撞,论争异常激烈。范钦林接着在1994年《文学评论》第2期发表了《如何评价"五四"白话文运动——与郑敏商榷》与郑敏进行争论,郑敏马上以《关于〈如何评价"五四"白话文运动〉商榷商榷》一文进行回应。这种争论一直延续到21世纪的今天,其中刘纳先生在2003年《中国现代文学丛刊》中发表了《二元对立与矛盾绞缠:中国现代文学的发难理论以及历史流变的复杂性》是对郑敏《世纪末的回顾——汉语语言变革与中国新诗创作》的回应的重要文章。

20世纪90年代,郑敏继发表《世纪末回顾:汉语语言变革与中国新诗创作》之后,围绕着语言、诗歌和文化之间的关系发表了一系列的文章:《中国诗歌的古典与现代》(《文学评论》1995年,第6期);《诗歌与文化——诗歌·文化·语言》(《诗探索》,1995年,第1、2期);《语言观必须革新——重新认识汉语的审美与诗意价值》(《文学评论》,1996年,第4期);《新诗百年探索与后新诗潮》(《文学评论》,1998年,第4期);《试论汉语的传统艺术特点——新诗向古典诗歌学些什么?》(《文艺研究》,1998年,第4期);《我们的新诗遇到了什么问题?》(《诗探索》1999年,第4期)。这些文章不仅涉及的是有关诗歌创作的问题,而且涉及诗歌语言与文化问题,指向目前文化发展的前沿,更关涉到今天我们对中国现代文化进程的根本态度,所以在当代显得特别重要。正是这些有深刻影响的文章的发表,初步形成了郑敏的新保守主义诗学观。

---

① 郑敏:《世纪末回顾:汉语语言变革与中国新诗创作》,《文学评论》[J],1993年,第3期。

郑敏的新保守主义诗学观总体上是在合理的继承传统文化的基础上体现出对新诗现代性的追求，它的基本思维方式是后现代主义的多元化思维，此种诗学观也充分体现出郑敏的后现代主义创作思想。这种诗学观的形成在 90 年代有着深厚的文化背景和诗学氛围。

一、郑敏的新保守主义诗学观形成的文化背景

在 20 世纪历史风云中，激进主义和保守主义之间呈现出一种相对峙甚至相互循环的形态。到了 20 世纪 90 年代，这一问题不仅与政治经济、意识形态紧密相关，而且与启蒙运动、新儒家、现代性、后现代性和文化民族主义等有着千丝万缕的联系。

近现代中国、西学东渐，中西会通逐渐成为近百年中国学术文化的基本特性。现代中国学术与现代中国文化政治变革，与世界范围内的现代化运动密不可分。无论是世纪初还是 90 年代的世纪末，中国现代化与现代学术命运都休戚相关。可以说，现代化经历几十年知识启蒙的艰难历程和学术思想变革的痛苦历程。90 年代，在向市场经济转轨的大趋势下，新时期的精神神话开始被解构，社会文化出现多元转型。整个 90 年代知识分子都面临着现代化进程中的前沿问题——传统与现代、民族化与西化、本土化与全球化冲突的跨世纪焦虑。"自'五四'以来，现代化与民族化的矛盾就体现在启蒙与救国的双重性上。启蒙即以西方之文明（科学与民主）启中国之蒙昧，从而使之现代化；救国源于当时的'西方'文化强权话语给中国文化带来的颠覆性、侵略性危险，为葆有民族独立必须学西方，而学西方则有可能被西方权力话语所左右。"[①] 因此，启蒙与救国、激进与保守、强国与立国、激进与保守、全球化和本土化的多元对立，使中国现代化之路分外艰难，再加上 90 年代初期又提倡"反和平演变"，启蒙者心态分外复杂，如何站在世界文化语境中以世界性的眼光看中国现代化，便成 90 年代中国学术思想中激进主义与保守主义的世纪之争的焦点问题。

关于什么是激进主义，刘军宁在《保守主义》一文中指出："理性主

---

① 王岳川：《中国镜像：90 年代文化研究》［M］，北京：中央编译出版社，2001 年，第 117 页。

义与激进主义是硬币的两面。理性主义是激进主义的思想基础,激进主义是理性主义的政治表达。激进主义思想偏激、情绪狂热、手段激烈、崇尚暴力和流血、蔑弃个人自由和生命,爱走极端,易从激进革命走向拥戴独裁。""由于受其进步观念的指导,激进主义信奉一种抽象的解放。决裂是解放的先导,解放是决裂的归属。这种解放的后果往往是丧失已有的自由,跌入更加深重的奴役……激进主义极力主张造反有理,打乱才能大治,破字当头,立在其中,彻底决裂,更换人间等等一系列极端路线。"① 在中国1989年巨变以后,美籍日裔思想家福山提出"历史的终结"的看法,而中国政治思想界则提出了"反和平演变"。从这一相互对立的看法中可以看出,80年代到90年代从激进主义的思潮到反激进的保守主义思潮的内在脉络。

激进主义可以分为政治激进主义和文化激进主义。二者既有联系,又有某种程度上的区别。政治激进主义基本特征在于总是从国家政治控制的具体实施上着眼,强调消除纯粹个人的价值意向,而将个体整合到整体性的权力机器上。文化激进主义大抵否定中国传统文化价值观念,又对西方现代文明持怀疑保留贪渎,而希望以文化中间的方式建立新的文化理想秩序。其基本支配了一个世纪中国几代知识分子的文化命运,并影响了20世纪的文化进程和其发展目标。文化激进主义与政治激进主义紧密相关,文化激进主义侧重于现代性启蒙。对于现代性启蒙不同的学者看法不同。康德提出了"何为启蒙",福柯同样提出了"为何启蒙",这是两种对人、对历史、对理想的不同观念的纠结。"现代性启蒙的核心是乌托邦情结,这是启蒙以来的一种最为普遍的心态。启蒙的知识精英以'启蒙'为旨归,以追求知识为根本目的,在现实中追求超验事物,并企求在意义和象征世界中,解决世界人生的重大问题。""启蒙知识精英的合法性在于他们似乎掌握着'启蒙'话语权,这种合法性导致他们必然以乌托邦为其依据而批判现实,并在批判现实中'造神'。然而,这一话语策略使古今中外的启蒙者常常掉进一个陷阱中,即将批判性锋芒

---

① 刘军宁:《保守主义》[M],北京:中国社会科学出版社,1998年版,第202—203页。

集中指向对象，而忘掉指向自己和指向自己'背靠'根基。"① 对激进主义的思维模式和价值取向具有深度性理解的可能是王元化先生。他在《对五四的再认识答客问》中指出："我认为，激进情绪是我们今天不应该吸取的五四模式或思维方式的四个方面之一，因为它趋向极端，破坏力很大。比如，由于反对传统，而主张全盘西化。由于汉字难懂，而要求废除汉字；更激烈者，甚至主张连汉字也一并废掉，索性采用外语。由于反对旧礼教，而宣扬非孝。由于提倡平民文学，而反对贵族文学。……我所说的五四的激进情绪是有特定内涵的。一般讲这个词限定在政治领域内，如某些国家曾有所谓'激进社会党'之类。但我不是把左的称为激进，右的称为保守。有些习惯称为极右的政党，如法西斯等，照我的说法也是激进的。因为我说的激进是指思想狂热，见解偏激，喜爱暴力，趋向极端。这也是就思维模式、思维方式而言的。有些人立场不同，观点两样，在道德品质上也完全相反，但在思维模式、思维方式、行为方式上，也可能是类似，甚至是一样的。"②

20世纪90年代，在对激进主义的强烈反思与批评中，保守主义的声音显得特别洪亮。其实，保守主义和激进主义一样同"现代性"问题紧密相关。在哈贝马斯看来，保守主义有三种不同形态，一种是"老保守主义，"即要求在政治诉求上的一种保守僵化的思维定式，从历史着眼，要退后到"前现代"的生活方式和价值形态上去；第二种是"新保守主义"，即在接受"现代性"的经济方式和技术信息特征的同时，力求减少文化现代主义潜在的破坏性，减少激进主义的浪漫色彩；第三种是"青年保守主义"，则以非中心、边缘化、无主体、无深度的方式，来消解现代性的叙事模式和话语方式，不仅否定了文化的现代性，同时也否定了社会的现代性，可以说是宣告了现代性的彻底消亡。③ 究竟什么是"保守主义"在90年代的中国仍然存在疑问，三种保守主义的差异性也容易为人们所模糊。倒是刘军宁在《保守主义》一书中，对保守主义作料整体性研究

---

① 王岳川：《中国镜像：90年代文化研究》[M]，北京：中央编译出版社，2001年，第122页。
② 王元化：《对于五四的认识答客问》，《文汇读书周报》[N]，1999年5月1日。
③ Richard Wolin, *Introduction in Juergen Habermas*, *New conservation*, cambridge, Mass. [M], Polity Press, 1994.

和正面价值的评价,认为:"保守主义对政治的基本的看法是:由凡人组成的人类社会永远不可能达到尽善尽美的境界,政治与政府的作用与人自身一样都是十分有限的。因此,保守主义赋予政治的功能是调和、平衡、节制社会冲突与社会矛盾,保障公民的财产权与自由权,维护一个自由的、正义的、和谐的秩序。因此,保守主义的根本政治使命是抵制暴政,维护自由,反对使用强制作为解决社会问题和维系社会的基本手段,尽可能扩大社会的自主范围则是缩小政府使用强制手段的最有效的途径。"① 人们一般把保守主义分为旧保守主义、文化守成主义和新保守主义。

（一）旧保守主义。

一般而言,学者们将思想上的新儒家、文化上的国学热称为"旧保守主义"。90年代初期,知识界开始冷静地反思80年代的激进主义思潮,而退回到民族本位文化,崇尚国学研究。于是,关于中国的民族国家身份,中国在世界文化中的地位,中国与世界的跨世纪关系,成为90年代初期进行文化社会定位和民族国家定位的重要内容。可以说,这与80年代的西化倾向迥异的思潮,已经说明90年中国学界的复杂性,中国知识分子心态的矛盾性以及自我学术和学理的内在性。

1. "国学热"特殊历史语境。在90年代出现的国学热有其自身的"历史背景"和话语前提,主要表现在以下几个方面:

首先,从"西学热"转向"国学热"。从50年代到70年代,整个中国学界是以"马列"为标志的"近代西学"热。进入80年代,现代西方思潮涌进了中国,L.维特根斯坦等人分析哲学到海登·怀特等新历史主义;克劳德·列维·施特劳斯的结构主义到德里达的解构主义;尤尔根·哈贝马斯的后现代主义到赛义德后殖民主义,从"方法论"到"本体论"一阵阵热过来。"然而,这种在政治意识形态中变态的激进革命理论和坚持反理性、反乌托邦的理论,使中国学界逐渐丧失了自己传统文化的'根'。言必称西方,骂必向传统,于是出现了马列、现代西学与传统国学三方话语紧张的局面。在80年代末的剧变中激进主义浪潮成为过

---

① 刘军宁:《保守主义》[M],北京:中国社会科学出版社,1998年版,第85页。

去，人们又回眸本国传统文化资源，而开始反省'偏食症'的后果，重新研究传统文化，在文化心理逆转中出现了'国学热'。"①

其次，从关注海外汉学家到形成"汉语学界"。"对中国传统与近现代问题研究，海外汉学家史华兹、狄白瑞、余时英、林毓生、杜维明等可以为其代表。杜维明近年提出的'文化中国'的概念（把研究汉学的西方热闹也包括在内），引起了广泛的回应。"② 杜维明的一段话，说明了新儒家的基本纲领和价值目的："近年来我们有四个议题与此有关。第一个是文明对话希望通过文明对话，促进一种新的涵盖性很大的人文主义出现，对西方启蒙以来的现代价值取向，作出一种价值转换或创造转换的机制。……第二个议题是文化中国。文化中国的兴起，中华民族的再生，除了是一个经济的、政治的力量，还有没有一个新的文化信息？就是说，世界如果要重组，是不是有一种新的价值可以取代竞争性非常强的达尔文主义和以西方为代表的弱肉强食的宰制性非常强的霸权链锁？在这方面，儒家的传统可以提过一些精神资源。这和西方启蒙以来的一些基本价值，比如自由、民主、人权、公义、法治，如何进行一种健康的互动，我们正在考虑中。第三个议题是儒学创新。很多西方文化特有的历史经验和社会经验，这些历史经验和社会经验现在又普适化了。放眼21世纪，将来有一些东亚的地方知识，中国的地方知识可以有普适意义，有全球意义。儒学的创新，是不是有这样的潜力？儒学本来是中国文化的一部分，也影响到日本、朝鲜、越南乃至海外华人社会，可不可进一步在欧美也发挥一定的潜力和作用？这和儒学是否能够为全球伦理提供精神资源有密切的关系。第四个议题是启蒙反思。……发掘传统资源，成为中华民族进一步现代化必须考虑的重大课题。已经经过西方文化洗礼还能够进一步发展的现代新儒家的传统，它所体现的一种涵盖性的人文精神，能不能对18世纪西方启蒙以来人类文明中的各种曲折面相进行反思？这个工作我们在做。"③ 最后，从政治神话、金钱神话到学术研究中的精神价值重建。经历几十年的政治神话灾难之后，中国学术又

---

① 王岳川：《中国镜像：90年代文化研究》[M]，北京：中央编译出版社，2001年，第130页。
② 同上，第131页。
③ 同上。

面临金钱神话的重大的压力。于是在"文人下海","上海扬波"之时,一批感受冷落的学者义无反顾地走向学术深处,潜心于学术研究。"一批学者还渴望通过弘扬传统文化精神而开出'新道统'、'新学统',从而回到'天、地、国、亲、师'传统,并以此作为人生意义的寄托。于是,以纯学术的态度拒斥政治神话、金钱神话,为跨世纪的中国寻找精神价值重建的根基成为今日学术的新品格。"①

2. 将政治与学术分离。张扬纯学术研究,坚持政教分离,是国学热的一个重要品质。事实上,本世纪的政教合一,使严肃的学术研究带有太多的意识形态性。过多的政治活动与激进主义使不少学者徘徊于学术与政治之间,使学术研究未达炉火纯青之境(如梁启超、胡适)。"对纯学术研究而言,安宁平和的心态与浓厚的学术气氛尤为重要,本世纪的学术大师大多在书斋中运思著述(如王国维、陈寅恪)。因此,当代国学将人文精神的重建作为学术之'道',主张在学术上唤醒学术型意识而不局限于细部的实证,并由具体的学术研究去把握中国文化精神,从而找寻一条通向精神家园之路。"②

(二) 文化保守主义

文化保守主义主要以一种反现代性的,反美学的和文化民族的方式出现,是20世纪世界范围内反现代化思潮中的主潮。文化保守主义又称为社会保守主义,强调道德和传统价值,其根本意向是对"现代性"的反动。"就价值取向而言,文化保守主义是一种传统价值守成主义,崇尚传统文化中优美的、人性的、具有人文主义精神的东西,同时也基本承认和认可西方的物质文明成果,希望将中国精神文明成果与西方物质文明成果整合起来而拒绝西方(尤其现代和后现代)的精神文化和宗教道德观念,坚持在中国传统文化的地基上开启中国文化甚至人类文化的未来。其骨子里是一种浪漫主义,为葆有人生的诗意和人生内在的魅力,而反对人性的异化和人的工具化。"③

---

① 王岳川:《中国镜像:90年代文化研究》[M],北京:中央编译出版社,2001年,第131页。
② 同上,第133页。
③ 同上,第141页。

文化保守主义一方面对中国传统文化的弘扬具有积极意义，但是文化保守主义也具有狭隘的民族主义的片面性，值得人们深思："进入90年代，中国民族主义同世界总趋势同步，即放弃了政治意识形态的表达方式，直接诉诸民主主义情绪。一时间文化回归和'寻根'悄然成为社会思想意识的主要现象，各种民俗意识销声匿迹达数十年后，突然全面复活。媒体高倡民族自尊，……这一切，在意识形态权威的支持下，终于把民族主义冲动，从资源分配的角度，也是在社会结构转型中争夺政治权利和文化权利的结果。一方面，他们力图把民族主义变成学术界和社会的强势话语，即霸权话语，以此争夺文化权利；另一方面，力图将民族主义转化为政治意识形态，成为国家政策的依据，以此争夺政治权力。"① 这些话应引起民族主义者反思。

（三）新保守主义

至于什么是新保守主义学者们的观点各不相同，但大致来说，中国学界比较认同以下观点，"新保守主义也的确继承了老保守主义的一些立场，比如说，强调权威的必要性，对传统的高度认同，尊重道德、宗教和精神的价值。……新保守主义在本质上和情绪上都是反激进主义的。在新保守主义者眼里，政治激进主义和乌托邦的冲动都是我们这个时代的政治瘟疫。……新保守主义的'新'至少表现在这样两个方面：第一，它是保守主义在长期的消沉以致后退之后的重新兴起；第二，他是对古典自由主义重新的、更为自觉的、更为密切的认同。所以，离开了古典主义就无法理解新保守主义。"② 另有学者认为："1994年以后，在中青知识分子中，流行着一种以主张民族主义，对抗西方文化为特征的'新保守主义'是因为：第一，流行这种思潮的主体是中青年人，而不是像旧保守主义那样主体是老年人；第二，适应这一思潮的人，很多在西方国家留过学，了解发达国家的情况，而不像旧保守主义那样，很多人不了解外面的情况；第三，流行这一思潮的人，在主张民族主义的同时，

---

① 徐讯：《民族主义》[M]，北京：中国社会科学出版社，1998年，第150—152页。
② 刘军宁：《保守主义》[M]，北京：中国社会科学出版社，1998年版，第246—251页。

也积极地倡导改革开放,而不是像旧保守主义那样对抗改革开放。"① 此外,还有学者认为在文化领域内,80 年代的西学路数和 90 年代中学路数可以发生在几个批评家群体上。如有的批评家 80 年代强调西方式的"现代性"、现代文化乃至后现代文化、后殖民文化,90 年代则宣称现代性在中国应变成中华性。② 这一想象反映出新保守主义者在文化上从热衷西学到热衷国学的变化趋势。笔者认为 90 年代新保守主义对郑敏诗学观影响较大。

二、郑敏的新保守主义诗学观形成的诗学氛围

90 年代,中国诗坛关于现代诗学建构的理论探索活动十分活跃。一方面,研究者大都主张,将 90 年代诗歌放入"五四"以降中国新诗现代性历程中考察,不再简单地把它当作"当代文学"的组成部分去言说。另一方面,这一时期对现代诗歌理论批评、思潮流派、代表诗人等研究的深入,体现在研究者的现实关怀及由此生发的问题意识,且常常落脚于理论形态、批评形态的建设,以期澄清长期困扰中国新诗发展的一些问题。

现代性的引入是建构现代史学的理论前提。九十年代以来诗歌界对现代性问题的关注和谈论,受到文学史、文艺理论界相关研究的启发,并与西方后现代哲学对现代性的反思形成呼应。陈晓明认为,"理论界对现代性抱有极大热情,不仅是因为其新颖的理论视角,更重要的是它具有极大的包容功能:一是呈现出广阔的历史视野,可以包容更长的时段;二是具有理论上的中性色彩,涵盖面更大;三是为理论的融会贯通和学科的综合互渗,创造了前所未有的可能性。"③ 对于 20 世纪中国新诗而言,现代性具有更为独特、丰厚的价值和意义。它内含的反思与自我批判的精神品格,与"过去"决绝告别与断裂的激进立场,相信未来即进步的坚定信念,既与新诗诞生的坎坷的历史情境极其吻合,也与它近百年间跟随民族、国家现代化的坎坷历程相一致。对新诗现代性追求的反

---

① 孙立平、李强、沈原:《中国社会结构转型的中近趋势与隐患》,《战略与管理》[J],1998 年,第 5 期。
② 张法、王一川、张颐武:《从现代性到中华性》,《文艺争鸣》[J],1994 年,第 2 期。
③ 陈晓明:《现代性与文学研究的新视野》,《文学评论》[J],2002 年,第 2 期。

思与批判，可以打破现有研究格局与方法单调、重复的僵局，为新诗研究及批判提供新的理论方案、话语形式。"现代性不是一个不言自明的常识，也不是一个从未被关注的全新理论，它对中国现代诗学建构的渗透，一直是一个客观事实。但是，以往的新诗研究者倾向于认为，现代性是'新诗'、'现代诗'、'现代主义诗歌'这些概念和命名的题中应有之义；而不是相反，将这些概念和命名纳入到现代性框架中重新审视。"① 过去，对现代性的阐说只限于局部问题的讨论，不是作为研究新诗发展的贯穿线索。因此，90 年代中国诗坛对现代性的确认是为了对新诗作整体观照，重新确立新诗的评价标准，解决以往研究中积存已久的困惑。正如臧棣所认为，"如何评价新诗始终是二十世纪文学批评中的一大难题，而运用现代性的追求——这一宏大的现象本身已自足地构成一种新的诗歌传统的历史。现代性的基本特点之一，即它的评判标准是由其自身历史提供的，是一种自我评判，因而，对新诗的评价极其尺度、标准，应当从新诗的现代性追求，以及这种追求所形成的历史中来挖掘，无法外求。"② 王光明认为，包括"新诗"在内的新文学运动，实际上是一场"寻求思想和言说方式的现代性运动"，故有"现代汉诗"一说。它"同时面向美学和语言的现代重构，以现代美学、语言探索的代际特点，体现与中国诗歌传统的差异和延续的关系。"③ 所以，赋予新诗现代性内涵，可以使研究中的诸多难题得到重新阐释的可能，这种重新阐释是否合法、有效，也将一并进入现代性框架，接受持续不断的质疑和批判。

三、郑敏的新保守主义诗学的主要观点

正是由于 90 年代的文化思潮和诗歌界的建构诗歌理论氛围的影响，郑敏的 90 年代一系列文章提出了自己的新保守主义诗学观。郑敏新保守主义诗学观是立足于 90 年代诗坛的现实问题，为理解和解决现实问题而寻求历史传统，从中寻找解决新诗现实问题的方法。福柯说一切历史都

---

① 唐晓渡：《唐晓渡诗学论集》[M]，北京：中国社会科学出版社，2001 年，第 21 页。
② 臧棣：《现代性与新诗评价》，陈超编：《最新先锋诗论选》[M]，石家庄：河北教育出版社，2003 年，第 437—439 页。
③ 王光明：《现代汉诗的百年演变》[M]，石家庄：河北人民出版社，2004 年，第 7—8 页。

是当代史。保罗·利科尔也认为,"只有现实的历史,或者,只有现时的种种潜在的历史。"① 这一现代阐释学的观点说明了现实的历史性和历史的现实性的对流互动,其内在驱动力是为理解现实而在历史中寻求真谛。

郑敏认为 90 年代中国新诗出现了问题,她在《中国诗歌的古典与现代》中谈到:"继朦胧诗后,中国当代新诗创作陷入一种突破西方现代与后现代诗歌创作模式的困境,我们在学习西方后,却面临如何跳出亦步亦趋的境遇这一难题。现在似乎到了一个历史阶段,需要重新发现自己,认识自己的诗歌传统(从古典到今天),使古典与现代接轨,以使今后的新诗创作不再引颈眺望西方诗歌的发展,以获得关于明天中国新诗发展的指南。找回我们的新诗自主权,有赖于对自己手中与脚下的古典诗歌的宝藏的挖掘与重新阐释,这绝不是简单地回归传统,而是要在吸收世界一切最新的诗歌理论的发现后,站在先锋的位势,重新解读中华诗歌遗产,从中获得当代与未来的汉语诗歌创新的灵感。"② 在郑敏看来当代新诗正处于新诗发展史上的第三次转型。郑敏在《世纪末回顾:汉语语言变革与中国新诗创作》中指出新诗的语言有"一次断裂与两次变革",第一次断裂是指五四白话文运动对文言文彻底抛弃(相当于第一次变革),第二次变革是 50 年代政治性语言对汉语的侵害,第三次变革是指 1979 年以后,朦胧诗对现代主义诗歌语言的接续。③ 郑敏认为重新解读中华诗歌遗产,不是简单回归传统,而是从中获得汉语诗歌创作的灵感。郑敏这种新保守主义思想当时诗坛具有先锋性,她并非像那种文化保守主义津津乐道的"一切都是传统的好"、"一切都是古已有之"的狭隘意识。郑敏这种新保守主义思想是以开放、包容心态积极主动地吸收外来最新理论成果,特别是西方 20 世纪以来,从索绪尔、弗洛伊德、海德格尔到拉康、德里达等理论学说中体现的语言学转向,对诗学不可估量的影响。也就是说,解决当代新诗创作问题有赖于对古典诗歌宝藏遗产的重新阐释,这种重新阐释则有赖于对西方语言学、诗学理论的深入

---

① [法]保罗·利科尔著,陶远华、袁耀东译:《解释学与人文科学》[M],石家庄:河北人民出版社,1987 年,第 308 页。
② 郑敏:《中国诗歌的古典与现代》,《文学评论》[J],1995 年,第 6 期。
③ 郑敏:《世纪末回顾:汉语语言变革与中国新诗创作》,《文学评论》[J],1993 年,第 3 期。

研读获得启迪。这一由内向外复以由外转内的循环往复过程，与郑敏阐述的东西方现代主义诗歌创作过程的交流融通是完全一致的，即：西方（英语）诗歌的现代性很大程度上得益于中国古典汉语诗词的启发，转而又为40年代之前的中国现代主义诗歌所借鉴、移植。① 郑敏认为作为西方诗歌现代主义先声，由庞德等人掀起的"意象派"运动，实则得益于汉语和中国古典诗词的启发，而反过来中国现代派新诗又在"意象派"等西方诗歌现代主义寻找灵感。因此，中国的现代派新诗（包括40年代和80年代）其源头实则是"中国古典诗词，经过现代解读，又留学西方，归来后的古典现代性"。② 郑敏立足于重新阐释古典诗歌传统，在古典诗歌中寻找现代性的新保守主义诗学观可以分两大方面：

（一）语言与文化：语言的'踪迹'性与传统文化的继承

从文化与语言方面讨论新诗语言问题，是郑敏新诗理论研究的基本特征，涉及她对白话诗运动的整体评价、对当代诗歌创作困境的分析和对未来汉语诗歌如何在"世界性"中保持独立的"汉语性"的思考。这里的文化主要不是指评价某一诗潮或诗人创作时必须虑及的当下文化背景/文化语境，而是指积淀在汉语语言中的深厚的文化传统/文化心理、因此某种意义上，郑敏的新诗理论可称为文化诗学。她对语言与文化关系的认识主要依据的是西方从结构主义到解构主义语言学理论。主要包括："以索绪尔的语言先在论，符号具有不可变性与可变性的观点，指责白话文运动对母体本质'绝对的否定'是一种'弑母行为'；以德里达的反逻格斯中心论，视口语和书写语为'心灵书写'或'总书写'有形呈现的观点，认为胡适、陈独秀等砍去文言文的书面语权力，以单一白话代替口笔两种语言违反了语言规律；以海德格尔关于诗与思的言说，认为语言的生命（Being，一译'在'、'存在'）在于它有'所云'（Saying，一译'语言说'），诗人的职责是赋予一种语言生命力，不是粗暴地践踏；以弗洛伊德、拉康的无意识论，指出语言的实质不在它喧嚣的表层（意识），而在深处的无声（无意识），在'前语言'阶段的'无'

---

① 郑敏：《中国诗歌的古典与现代》，《文学评论》[J]，1995年，第6期。
② 同上。

中。"① 这些紧密相关的语言学理论,孕育了新的语言观。

1. 语言的'踪迹'性。诗人不可能想当然地抛弃语言的传统。一种语言留存着民族全部历史文化踪迹,有着民族灵魂的基因,可以擦抹和增减,绝无消灭的可能。而新诗草创阶段"绝对反传统",为历史留下巨大创伤。

2. 语言的非工具性。语言并非听命于世人,为世人完成其表达意识工具,人从说到写、从想到认识都不能不受到语言自身生命力的约束。诗人要意识语言的根并不在人的理性逻辑中,而在人的无意识,那里积淀着民族的文化心理、欲望。有意识有形的语言只是冰山露出的尖,而无意识中语言之根是冰山隐而不见得底下那部分。诗人是在倾听"语言说"而不是在"说语言"②。

3. 语言的汉语性。新诗的继续发展面临双重吸收和转换的艰巨任务:一是对古典语的,一是对欧化翻译语言的,其目的则只有一个:"保存汉语的弹性和内蕴的魅力。"③ 郑敏不反对翻译体语言,而是认为翻译语言应该成为现代汉语诗歌的一部分。郑敏是在现代汉语诗歌的框架内讨论这些问题,认为在历经重大的语言断裂后,翻译对于白话文文学语言的建构功不可没,关键是在此过程失却了自己的"主心骨",远离了自己的民主文化和祖先长期积累的智慧,因而有益地吸收蜕变为呆板的模拟或亦步亦趋。

(二)语言与诗歌:古典诗歌的现代性

"西方结构主义、结构主义语言观总体上是探讨人类语言活动与人类存在的复杂性,对如何理解文学语言的启发是在思维性与视野取向的转换上。具体到一个民族的诗歌语言、这种诗歌语言的现代性问题,则需要作更细致的实证性阐释。"④ 郑敏提出新诗应该向古典诗歌学习艺术特

---

① 魏天无:《新诗现代性追求的矛盾与演进:九十年代诗论研究》[M],武汉:湖北教育出版社,2006 年,第 93 页。
② 郑敏:《世纪末回顾:汉语语言变革与中国新诗创作》,《文学评论》[J],1993 年,第 3 期。
③ 郑敏:《中国新诗八十年反思》,《文学评论》[J],2002 年,第 5 期。
④ 魏天无:《新诗现代性追求的矛盾与演进:九十年代诗论研究》[M],武汉:湖北教育出版社,2006 年,第 93 页。

点。她对具体艺术特点的讨论不是着眼于古典诗歌语言的运用形式,而是紧扣它们对新诗现代性的启示意义;也就是说她讨论的不是古典诗歌的"古典性",而是试图敞开古典诗歌长期被遮蔽的现代性因素。这些因素曾经改变西方现代主义诗歌的格局,又为三四十年代中国现代主义诗人吸收。这些"经过现代解读,由留学西方,归来后的古典现代性,"是一个"真正的中西诗学交流的婴儿。"①

从古典诗歌的现代性这一理念出发,可以将郑敏有关古典诗歌艺术特点的现代性细分为以下几个方面:1. 意象。郑敏认为意象除了是使人感知合一的体现而为诗歌带来隽永深长的内涵外,从语言学角度看,其特殊还在于:在意象中能指与所指既非一一对应关系,也不存在"能指的滑动",两者已融为一个复合体;其次,意象的形成是意识活动与无意识猝然接通的表现,无限能量由此源源输出,诗人潜存的生命经验瞬间获得了自己的艺术肉体。2. 时空跳跃。是诗人在创作中越出逻辑思维轨迹向人的无意识深处敞开的体现,与现代诗歌强调强度与浓缩,崇尚心灵的自由飞跃非常吻合。3. 格律。对于平庸的诗人是一种限制,对于真正有才能的诗人却是创造性挑战。诗人应该放弃与之对抗性转入对话,并在它的严格要求下摒弃初始单纯的逻辑思维和线形发展主题,向内挖掘无意识中的生命体验。4. 音乐性。古典诗词定型于某几种格律、词牌、曲调,其中必有汉语音乐性的规律可循,关键是找出原因,使现代汉语诗歌不仅是押尾韵、控制诗行、也能拥有"内韵"。5. 用字。古典诗词特别讲究练字,尤其是动词的使用,达到出神入化的境地,现代诗歌应该追求这种神韵。6. 境界。境界标示着人的心灵状态和精神追求的最高刻度,是西方现代主义诗歌难以企及的。"人在境界中进入完全'无待'得'自由'状态,因此完全自由,完全的'自在'意味着超我,超神,也即完全超'有',与'无'同在。或说:无再无不在。"②

四、郑敏的新保守主义诗学在当代诗歌界的影响

郑敏的新保守主义诗学在 90 年代诗歌界产生了较大的影响:其一,

---

① 郑敏:《中国诗歌的古典与现代》,《文学评论》[J], 1995 年,第 6 期。
② 郑敏:《试论汉诗的某些传统艺术特点——新诗能向古典诗歌学些什么?》,《诗歌哲学是近邻:结构—解构诗论》[M],北京:北京大学出版社,1999 年,第 357 页。

反思了"五四"新文化运动中新诗与传统的断裂;其二,将新诗的研究纳入"现代汉语诗歌"概念之中;其三,对当代新诗写作弊端的批判。

(一) 反思了"五四"新文化运动中新诗与传统的断裂

90年代在当代诗歌界引发了一场关于新诗与传统之间关系的争论,同样是在现代性的视野中,不同的研究者对"五四"新文化运动中新诗与传统之间的关系有不同的看法。持"断裂"说者,认为与新文化运动中的新诗革命,既是社会——文化危机及其催生的生存焦虑的产物,也是与西方现代主义思潮在文艺中表现出的机械强烈的"革命热情"非常相似。因此,新诗的"全盘的反传统主义"是现代性的深刻体现,可称为"世纪标志。"[1] 郑敏则反对"断裂"说,认为正是由于新诗过于激进的"断裂"立场,才导致自身的危机,并波及现在。郑敏的《世纪末回顾:汉语语言变革与中国新诗创作》一文集中了她的这一观点。她从解构主义对现代性的反思入手,认为新诗将自己与传统毫不留情地一刀两断,是二元对立结构的思维产物,贻害无穷。她主张新诗应当积极从古典诗歌中汲取养分,以弥合那条看似不可逾越的鸿沟。这种观点在学术引发广泛争鸣。范钦林接着在1994年《文学评论》第2期发表了《如何评价"五四"白话文运动——与郑敏商榷》与郑敏进行争论,郑敏马上以《关于〈如何评价"五四"白话文运动〉商榷商榷》一文进行回应。1996年,李怡在《传统:误读中的生长》中认为,反传统并不等于传统的中断,因为传统本身不是可以任意割裂又任意接通的。只要存在对传统的"误读",就有传统的不断生长。[2] 1998年,臧棣在《现代性与新诗评价》中也不赞同"断裂"说,但也反对认为新诗的发展取决于它对旧诗的"创造性转换",更反对把两者之间的"继承"关系作为一种模式对待。由于二元对立结构实际上是现代性思维特点之一,他没有简单地予以否定;反之,他认为正是由于这一结构存在,传统才被纳入到现代性框架中,成为现代性开放性观念及其实践系统的有机组成。因此,新诗对传统的反叛只是一种表象,它"只是在现代性为它设定的实践空间内,

---

[1] 唐晓渡:《五四新诗的现代性问题》,《唐晓渡诗学论集》[M],北京:中国社会科学出版社,2001年,第20—21页。

[2] 李怡:《传统:误读中的生长》,《诗探索》[J],1996年,第1期。

拒绝了传统；或者更确切地说，拒绝了传统用它自身的审美范畴逾界来衡量自己。"① 2003 年，刘纳先生在《中国现代文学丛刊》中发表了《二元对立与矛盾绞缠：中国现代文学的发难理论以及历史流变的复杂性》一文作为对郑敏《世纪末的回顾——汉语语言变革与中国新诗创作》的回应。刘纳先生指出不能将五四的传统与创新的对立思维方式简单地看成二元对立的思维方式，其自有复杂的历史意义："新/旧或曰现代/传统的二元对立并不能涵盖五四革命的价值取向。新/旧的对立当然是最重要的时代议题，而胡适为新文学发难的另两组二元对立的概念白话/文言、活文学/死文学则是与新/旧对立存在着明显的交叉。在新文学的旗帜下，陈独秀又列出三组二元对立的概念、国民文学/贵族文学、写实文学/古典文学、社会文学/山林文学。胡适和陈独秀确实以非此即彼的断然的二分法提出，张扬和捍卫革命文学的主张。然而，由于若干二元对立的矛盾之间的绞缠，无论发难者的理论预设还是新文学日后的发展，都呈现出多层次价值坐标的错综。"② 2004 年，陈太胜发表的《口语与文学语言：新诗的一个关键问题——兼与郑敏教授商榷》一文对郑敏在《世纪末的回顾——汉语语言变革与中国新诗创作》一文中将口语误认为白话进行反驳，指出白话是由口语发展而来的文学语言。"新诗创立之初被称为'白话诗'的新诗，并不是口语诗，而是由口语（现代白话）发展而来的文学语言的诗。"③

（二）将新诗的研究纳入"现代汉语诗歌"概念

郑敏提出的重新阐释古典诗歌传统、确立新诗自主权的主张，很大程度上是着眼于语言与传统文化无从割舍的内在联系。她从文化角度考察诗歌语言，借鉴了 20 世纪后期西方语言哲学，特别是解构主义语言思想。表面上看，这好像是在要求今天的诗人学习和运用古典诗歌语言的形式规则；其实，她认为，语言形式的内里有着深不可测的、一个民族及其传统文化心理积淀和审美意识，摇曳着其心灵之火，维系着文明的

---

① 臧棣：《现代性与新诗评价》，《文艺争鸣》[J]，1998 年，第 3 期。
② 刘纳：《二元对立与矛盾绞缠：中国现代文学的发难理论以及历史流变的复杂性》，《中国现代文学丛刊》[J]，2003 年，第 4 期。
③ 陈太胜：《口语与文学语言：新诗的一个关键问题——兼与郑敏教授商榷》，《江汉大学学报》[J]，2004 年，第 6 期。

传承与发扬。可以说立足诗—语言—文化关系而主张的新诗回归传统、破除与传统森严壁垒,从而将新诗研究纳入"现代汉语诗歌"概念之中的观点,富有创见。在国内产生了反响。旅居海外的诗人杨炼在《中文之内》中观点基本上和郑敏的观点一致,他认为字是中文的基因,左右着整个语法关系、思维方式以致生存形态,并在两千多年的精心打磨中臻于完美,因此与其说"诗人写诗",不如说"诗写诗人"。他强调的"中文性",也是指两个层次上的文化个性,即中文相对于其他语言的独特,也就是在中文"活的传统"中写作。这种写作既囊括了过去、现在,也向"未知"敞开。丰富与深化中文性所达至的程度,理所当然地成为衡量诗歌的标准。① 国内的杨立华在《"陈"的力度》中通过对北岛短诗《黑色地图》的解读,就诗歌汉语性提出如下问题:"汉语性仅仅是语言的问题吗?汉语性是否与某种特定的伦理关切有关呢?汉语诗歌应该承载怎样的伦理品质,才算是有了汉语性的汉语诗歌呢?"② 文章虽未就此展开,其提示的汉语性与特定伦理性之间的思路值得重视,已不再局限于语言形式或规范的意义上探讨汉语性。

(三) 对当代新潮诗弊端的批判

郑敏在 90 年代一直坚持对当代新潮诗弊端的批判,从 1988 年的《回顾中国现代主义新诗的发展,并谈当前先锋派新诗创作》到 2001 年《企图冲击新诗的几股思潮》发表,可以看出郑敏始终不放弃对新潮诗弊端的批判职责和权力。郑敏对当代新潮诗弊端批判主要集中在两个方面,"一是他们对新诗传统虚无主义的历史态度,完全拒绝传统,一声'打倒'后即可从零开始的自我幻觉挥之不去;二是不了解西方现代主义诗歌在继承中创新的历史,对西方后现代主义诗歌颠覆中心、拆解深度的精神实质多有误解。"③

1988 年的郑敏在《国际诗坛》发表了《回顾中国现代主义新诗的发展,并谈当前先锋派新诗创作》,此文以回顾历史来澄清当前诗歌界的困

---

① 杨炼:《中文之内》,《天涯》[J],1999 年,第 2 期。
② 杨立华:《"陈"的力度》,《读书》[J],2003 年,第 12 期。
③ 魏天无:《新诗现代性追求的矛盾与演进:九十年代诗论研究》[M],武汉:湖北教育出版社,2006 年,第 89 页。

感,通过梳理现代主义诗歌经验与不足,来反思先锋诗写作的弊端,"本文提到的先锋派的三种倾向在正确掌握时,就有利于中国新诗打开新的领域,反传统的统治而不打倒传统,反理性教条和文化渣滓却不否认理性与文化的重要;写'我'而不将'我'与客观存在割裂。若掌握不当,也可能成为中国新诗的发展和诗人本身的成长带来不少弯路。压制新的和砸烂传统都是我们曾有过的病根,而时间和生命是如此的可贵,我们的评论界的每一声喝彩和指责都会在新诗发展的道路上回荡,让我们好自为之吧。"①

但是,在整个90年代十年间,更年轻的诗人写作状况依然如旧:原来问题没有根除,转以新的面孔在诗坛上大行其道,蔚然成"潮",面对诗坛这种状况郑敏老诗人心急如焚,岂能漠然视之。2001年,郑敏在《文学评论》上发表《企图冲击新诗的几股思潮》一文痛斥它们为"浊流":"新诗正在遭受要冲垮的几股思潮的袭击。它们联合起来,要将诗的整体切成碎块,给予一一破坏,使诗歌成为一个丧失整体生命力的、被拆散的机器。从中国国传统来讲,诗的生命活力包括:意境、主题、音乐性、辞藻、暗喻等的内在联系、交互影响所产生的活力。而这一切目前正遭受割裂后逐项给予破坏,所用的武器是:反崇高、反美、反共性、反文化、反意义、反主题。总之,在二元对抗的思维模式的框框里,这一思潮欲将反字进行到底,以其打倒传统诗歌对真、善、美的诉求,而代之以虚拟、玩世、丑陋、庸俗,并以之显示'先锋'的胜利。"② 郑敏十数年间一以贯之的对传统与创新关系的主张和切身的体验,持续地关注当代诗歌的问题,进行着冷静的批判。

第四节　郑敏论新诗向古典诗歌学习的方法

郑敏在20世纪90年代从后现代主义思维出发,提出新诗怎样向传统

---

① 郑敏:《回顾中国现代主义新诗的发展,并谈当前先锋派新诗创作》,载《国际诗坛》[M],漓江:漓江出版社,1989年,第8辑。
② 郑敏:《企图冲击新诗的几股思潮》,《文学评论》[J],2001年,第1期。

诗歌学习的方法。《中国诗歌的古典与现代》(《文学评论》1995年，第6期)；《试论汉语的传统艺术特点——新诗向古典诗歌学些什么?》(《文艺研究》1998年，第4期)；《关于中国国新诗能向古典诗歌学些什么》(郑敏：《思维·文化·诗学》，河南人民出版社，2004年，第149页)；《新诗与传统》(郑敏：《思维·文化·诗学》，河南人民出版社，2004年，第177页)等一系列论文系统地论述了新诗应该向古典诗歌学习的具体方法，概括地讲，可以分为意象、时空跳跃、用字、格律、音乐性和境界六个方面。

一、意象

郑敏认为意象派生于本世纪初，开始了西方现代主义诗歌，特别是英语体系的现代诗歌，起源于庞德对中国古典文学及诗词感知合一的领悟。意象派认为意象是感性与知性在瞬间的结合而诞生。所以它总是用肉体去思考，思考中不舍弃肉体，也就像抽象意念与具体的有机的结合。郑敏认为意象包括三个层面的意义。

(一) 意象是感性和知性的复合体

意象是诗人为他的主观情绪寻找的"客观对应物"。"感性既包括肉体的魅力又包括情感，而知性则与理性逻辑性有关。从任何一个意象中都可以分析出这两种因素。中国古典诗词总是用意象来表达诗人无以言传的感受与领悟。意象的使用成为中国古典诗词的特殊表述艺术。它避免主题冗长、笨拙的自白，而收冷隽、深刻的效果，大大突出了言之不尽的内涵。"[①] 如"古藤老树昏鸦，小桥流水人家，古道西风瘦马，夕阳西下，断肠人在天涯"(马致远：《秋思》)，这五句中除了"断肠"二字之外都是无主观感情色彩的具体描绘，所绘及的是一些有生命与无生命之物群。然而每一物都是一种由情与智结合成的意象，一串意象组成一首没有主人公在场，然而却充满情感与知性的诗，传达了诗人对生命的某一情况的感受与思索。只有经过诗人将各种感性与知性骤变成一意象，这物才能成为全诗的构成部分。若不然"枯藤""老树""昏鸦"都不过

---

① 郑敏：《中国诗歌的古典与现代》，《诗歌与哲学是近邻：结构—解构诗论》[M]，北京：北京大学出版社，1999年，第313页。

是没有意义的"物"。意象的创造过程正是诗思的创造过程,他们是诗的生命的细胞。诗人天才的活跃与搏动正是在这些意象中。中国古典诗歌集中使用了意象,多半古典诗歌都以意象作为诗的核心。

(二) 意象中的能指与所指合二为一

郑敏认为意象除了是使人感知合一的体现而为诗歌带来隽永深长的内涵外,从语言学角度看,其特殊还在于:在意象中能指与所指既非一一对应关系,也不存在"能指的滑动",两者已融为一个复合体。如卞之琳的风筝与垃圾堆,徐志摩的一片云,闻一多的死水,戴望舒的丁香女郎。郑敏还认为意象与比喻不同,比喻与所指之间的关系是"相似",而意象与所指间的关系不是相似,而是等同,是一体。在一项中已失去能指与所指的区别,能指即所指,二者已合为一个复合体。"意象是诗歌独特的叙述方式,它跳出比、兴,却展开整个诗的情与思的脉络于间接的、跳跃的连缀中。告别了'似',到'是',到一连串的跳跃展现,而后戛然而止,或绵延渐远逝,都是诗歌的绝妙的结构。"①

(三) 意象的形成是意识活动与无意识的猝然接通的表现

意象的形成是意识活动与无意识猝然接通的表现,在意象的创造中意识与无意识之间必须沟通、对话,这样无限能量便由此源源输出,诗人潜存的生命经验瞬间获得了自己的艺术肉体。如庞德的《地铁》中的雨湿后黑树干的鲜艳桃花朵朵也许就理性的逻辑思维的意识活动与无意识的无限能量相接通的表现。这种对话的形成是骤然的,然而又是就存在遗忘中的生命经验在瞬间走进意识,获得了自己的艺术肉体。像雨中有着黑树干的桃花,青春与苍老的两种生命反衬的意象在中国古典诗词比比皆是,有些由于不断被世人增加了层次与内涵。

二、时空跳跃

郑敏认为诗词的时空跳跃是诗词与散文、小说很大的区别之一,是诗人在创作中越出逻辑思维轨迹向人的无意识深处敞开的体现。这种跳

---

① 郑敏:《中国诗歌的古典与现代》,《诗歌与哲学是近邻:结构—解构诗论》[M],北京大学出版社,1999年,第315页。

跃在中国古典诗词中比当代中国新诗出现得要频繁。从时空跳跃的思维过程可分为物理时空跳跃和心理时空跳跃，从时空跳跃的结果的强度与浓缩看可分为秾酽和飘逸两类。

(一) 物理时空跳跃和心理时空跳跃

从时空跳跃的思维过程可分为的物理时空跳跃和心理时空跳跃。物理时空跳跃和心理时空跳跃往往相互交织在一起，只不过以哪种方式为主而已。物理时空跳跃主要是指按照时间的顺序进行创作思路转换的诗歌形式。如苏轼的"永遇乐"，写诗人留宿于已故好友张建封的别墅燕子楼，梦见张的爱妓盼盼。张建封故后盼盼因怀念故情仍留住在燕子楼十余年。苏轼在诗中将这段真挚的爱情的终结于人生命运飘忽联系起来。开头写景："明月如霜，好风如水，情景无限。"但是紧接突然转入到深夜的自然运动："曲港跳鱼，园荷滴露，寂寞无人见。"再接由夜的自然跳入到诗人梦境迷离中："紞如三鼓，铿然一叶，黯黯梦云惊断。"铿然写出深夜落叶声，诗人被落叶声惊醒，然后起床出户，在燕子楼前园中徘徊，但又突然设想他年别人看见自己站在空了的燕子楼前将如何想呢？于是写道："古今如梦，何曾梦觉，但有旧欢新怨。异时对，黄楼夜景，为余浩叹。"这是用历史的第三双眼睛观看人、物、己，得出时空外的超前的景观。"跳跃"至此达到极峰，人类渺小、宇宙无穷，旧欢新怨只是梦境，自身的漂泊，也不过是令人浩叹而已。

古典诗词的心理时空跳跃与古典诗词物理时空跳跃的发展关系略有不同，着重于心理的再安排的表现。在古典诗词中怀古、思乡、思亲、思国、梦幻、醉酒时，时空的突变与情思的波涛起伏互为因果。"中国古典诗词有如中国古典绘画，并不遵守三维透视的时空概念。而是在平面中展开画面，突破了透视的限制；在同一诗的平面上梦幻与真实，过去与今天，天涯与眼前，生与死，同时同地相渗透。空间再也不在静止的时间中存在，时间的运动与空间的转移，在诗人的心灵中不受感官的割裂，进入超表面的状态，达到心灵与自然吻合的自由状态。"[①] 如晏几道在"临江仙"中将过去与今天粘糅在一起。诗写在今天却布满昨日的情

[①] 郑敏:《中国诗歌的古典与现代》，《诗歌与哲学是近邻：结构—解构诗论》[M]，北京：北京大学出版社，1999年，第321页。

调,诗开头就引进梦与醒之间的恍惚:"梦后楼台高锁,酒醒帘幕低垂。去年春恨却来时。落花人独立,微雨燕双飞。"后两句虽说是写诗人的孤独感,但却也包含对过去的回忆,因为这时诗人突然感到过去情景回到今天。是当时的"人"独立?当时的燕双飞?诗的艺术的含混与多解恰恰就在这种似今似昔的朦胧中,也许忽然涌现在诗人的心眼中的是昔时的独立于落花中的情人与飞在微雨中的双燕,由于古典诗词的不拘语法,词句的多解正是其特有的艺术。第二段:"记得小蘋初见,两重心字罗衣。琵琶弦上说相思。当时明月在,曾照彩云归。"为什么要用"两重"与"心字",自然含意是明显的,超出写实的。最有意思的是结尾两句,又一次引起时间地点的错位。"当时","曾"自然属于过去,但一个"在"却又搅乱了时间和地点,可解作当时曾照彩云归的明月今天仍在,或当时有明月照着彩云(爱人)归,可以理解成为今天的感叹或对当初的记忆。汉语的语法的灵活使得"当时明月在"既能是"当时的明月时仍在",也可以是"当时有明月在",或者两者的重叠;含混才是诗人写诗的复杂意识所需要的艺术效果。

(二) 秾酽型和飘逸型

从时空跳跃的结果的强度与浓缩看可分为秾酽型和飘逸型。郑敏认为"强度、浓缩,是跳跃的而必然结果。又由于字数的限定,现代性经常强调的这两种现代性又是好的中国古典诗词所必然拥有的特点,以中国白话诗来论,在情感的浓缩与意境的高度很难与古典诗词相比,或偶有几首达到高、强、浓,也不是稳定的白话诗的通性。古典诗的字数,声韵的规定迫使诗人将其感情的复杂、思路的蜿蜒,都用艺术的浓缩与增强及对比来达到千锤百炼的精确和内聚。"① 秾酽型颇有假山湖石的堆砌的立体感,而飘逸型则有含蕴很深的流畅线条。无论是秾酽型或飘逸型都必须惜墨如金,前者如千仞重叠,后者流畅贯穿,潺潺远逝。

韦应物的"秋夜寄丘二十二员外"就属于飘逸型,更体现出飘逸型的力度。一、二句为平实的叙述:"怀君属秋夜,散步咏凉天。"但三、四句却创造出陡然的跳跃:"空山松子落,幽人应未眠。"在散步时忽然

---

① 郑敏:《中国诗歌的古典与现代》,《诗歌与哲学是近邻:结构—解构诗论》[M],北京:北京大学出版社,1999年,第319页。

看见和听见松子落，本是平常事，为什么会忽然想到"幽人应未眠"呢？这种无意识的联系是永远也解释不清的，因为它属于逻辑思维王国之外的神秘的心灵活动。也许是自然中这清晰的松子落地的声音传递了某种心灵的信息，使世人想到有人应未眠。总之这细如筝弦的契机的神秘隐现于缥缈的色彩之后。

李白的"蜀道难"当属秾酽型的代表，其陡峭、崔嵬的行文与他所描写的蜀道难同样"使人凋朱颜。"象"西当太白有鸟道，可以横绝峨眉巅。地崩山摧壮士死，然后天梯石栈方钩连。上有六龙回日之高标，下有冲波逆折之回川。黄鹤之飞尚不得，猿猱欲度愁攀援……连峰去天不盈尺，枯松倒挂倚绝壁。飞湍瀑流争喧豗，砯崖转石万壑雷。"这种浓缩后的力度，令写新诗的人愕然失语，却又忍不住反复咏读。新诗在意象的跳跃上完全可以与古典诗词比美，甚至可以超过。但在字词浓缩后的力度，由于口语的局限及汉字简化后，若干字词的被淘汰，却无法与古典诗词相比，这种使新诗相形见绌的遗憾，今天已无回天之力。只有坚持对古典诗词的审美能力，或者能寻找出新的艺术途径来表达这种今天使人同样向往的力度。

新诗如何找到它的力度是一个新的课题。郑敏认为，"至于新诗创作，由于它在文本质地上更敏感，如何增强它的词句的力度与内涵更是一个需要耐心通过实践来解决的，古装不可能重穿，但其特点，却由可能被时装所吸收，这里需要极大的艺术洞见与吸收的才能。目前话语已走出三、四年代的初期白话色调与句型，也摆脱了五、六十年代的苏式政治语汇与句型，正在徘徊中寻找自己的时代语言。这种语言的新尝试在最年轻一代诗人中一起显著，但成熟者仍不多，老一辈诗人多半在语言实验上趋向稳妥，在追求浓缩与力度的同时，不愿扭曲白话文的句法如一些年轻诗人所做。"[①]

三、用字

郑敏认为古典诗词特别讲究练字，尤其是动词的使用，达到出神入

---

① 郑敏：《中国诗歌的古典与现代》，《诗歌与哲学是近邻：结构—解构诗论》[M]，北京：北京大学出版社，1999年，第320页。

化的境地，现代诗歌应该追求这种神韵。语义、情感上的歧义与朦胧，以字形图像感染读者视觉而摆脱理性中心的语法观念，都是现代诗歌追求的，又极富东方神韵。古典诗词对字的使用绝非就简单的行动描述，而是充满了特殊的情感、境遇和人格化，既是感性的也是知性的。主要表现在动词、形容词和名词的运用上。

（一）动词的运用

柳永的"竟无语凝噎"，也是神奇的。噎已是气逆，悲伤得难以呼吸吞咽，再加上"凝"字就更沉重了，久久无法将悲痛平服下去。欧阳修的"杨柳堆烟"，也是一个字的点化，烟本无定形，飘忽无踪，用"堆"字却把烟给捕捉到，使柳丝的朦胧茂密风中微摇的姿态得到了雕塑的效果，柳似烟，烟笼柳，这句既可解为烟雾笼在柳丝上，也未尝不可以理解成柳丝茂密如烟。这正是古诗句法的灵活性使得诗句多义。似是而非，似非而是正是今天西方批评家所追求的文本解读的多元性，在古典汉诗词里已存在。杜甫的"旅夜书怀"："星垂平野阔，月涌大江流。飘飘何所似，天地一沙鸥。"星垂使夜空与平野连成一片，月涌使大江淘淘在目。两个平常的动词在这里却成了联结宇宙与大地，人与自然的重胜千钧的两个词，内涵的深邃难以言传，这时诗人只觉得自己已化成天地间的一只自在逍遥的鸥。

吕本中的"驿路侵斜月，溪桥度晓霜，""侵""度"两个动词的人格化作用使得平常的夜景与晨曦顿然含有感情色彩，而且句子的倒装也突出了主要对象：路和桥，这行人前直接的接触对象。但也可不考虑为倒装句，那么意义就更朦胧深远了，驿路不通往人间而是侵入"斜月"，桥不度人间具体的河，却进入"晓霜"，岂不更有哲理和诗之缥缈？可见古典诗词的不拘西方语法宾语主语之分，使多义的阐释更为普遍，也就更有诗意了。

（二）形容词

杜甫在"望岳"中有"齐鲁情未了"，齐在泰山之北，鲁在在泰山之南，泰山之大表现于山之青色自齐至鲁都还没有了结。青字作为山的颜色是形容词，但也未始不能当成发出青色，而成为青遍齐鲁的动词之青，而且是未完成式。一词同时具有多功能也使得中国古典诗词多风貌，胜过西方诗句的过分固定与拘束。在杜甫的"观公孙大娘弟子舞剑器行"中："一剑舞器动四方。观者如山色沮丧，天地为之永低昂。"只需"沮丧"、"低昂"四字就让人感到天旋地转，人群失色，天地中似有一种令人心灵为之颤抖的轰鸣声。四个字能写出这般情景，令人叹绝。

（三）名词

朱敦儒的"晚来风定钓丝间，上下是新月"。"上下"方位名词两个字简洁准确无比，一幅天上月与水中月在风中定格的画面，跃然而生。张继的"日落乌啼霜满天，江枫渔火对愁眠"，对愁眠大约应当是诗人，但在诗中一连串的名词却是眼前的风景，唯有主语不在场，这种将空间都让给景物，却又反过来写主语的心情的诗艺在西方诗中是找不到的，也许按照西方的语法应当是江枫渔火对着忧愁而眠，或者是江枫渔火对着某个人的愁眠。总之，由于主语的不在场，诗句可作多种阐释，这也是一个优点。

此外，广义用字包括用事、用典和套用传统中前诗人的名句。在世纪初白话文文学运动坚决废除用事、用典和套用传统中前诗人的名句，以求创新。但是我们今天回顾几千年的古典文学，用事、用典和套用传统中前诗人的名句却有它独特的诗学功能，用当代的诗学用语就是在当前的文本中引进另一些诗作或历史中已存的一些场景和情感，使它们的踪迹和光影游动于自己诗作的文本中，起到丰富自己诗作、旷达读者的感受和联想的时空的作用，这就是所谓的"互文"效应。我们的古代诗人并没有这个诗学名词，但很多名诗人都在诗歌写作中大量实践这种诗学艺术，而个别评注家也不厌其烦地对用事、用典和套用传统中前诗人的名句进行详注。当读者在读诗时细读这些注解后，立刻会对该诗的内涵、韵味、画面、色彩增加了许多新的感受，因为这些引入的诗句与历史踪迹如同光影闪烁在字里行间，大大丰富了读者的审美感受。有趣的是这些套用名句的做法，是一种自觉的艺术手法，并不给人以剽窃的感觉，因为它不但无意隐瞒名句的原作者，而且正希望读者知道该句的来源。新诗在用典、用事方面极少实践，更少有套用名句一说，因此，也没有注疏这门学问，在一定程度上是对加深新诗的深度和扩大其联想时空及增加其历史内涵的一种损失，并且对历史悠久的诗歌注疏这门学术的荒废，不利于发展新诗的美学。

郑敏认为古典诗词句法、词法有弹性从而给诗歌带来丰富性，她曾感慨地说，"古典汉诗一方面用其字形的图像感染读者的视觉，一方面又摆脱了理性中心（单纯理念，逻辑推理的思维）的语法观念，传递出艺术的'悠然心会，妙处难与君说'（张孝祥念奴娇）的魅力。西方诗的伟大与美几乎都是可以言传的，因为它是西方理性中心的产物，东方的艺术却有这种'难与君说'的不能以言语表达的韵味，这是我们诗歌与艺术的精髓的重要部分。"①

四、格律

格律可以充实诗的活力与多层复杂性。对于没有才能的诗人，格律是强加的，自外面来的限制，诗人被迫去遵守。在本世纪初新诗作者抱着解放自己的想法，抛弃了格律，倾向写自由体诗，而真正有才能的诗人，格律并非负面限制，而是对诗才的积极挑战。郑敏认为，"一旦诗人能与格律建成对话，化对抗为相互启迪，格律的要求成了调动诗人生活存储的内容的力量和刺激。为了满足格律的声、行、节奏的要求，诗人必须放弃初始比较单纯的逻辑思维，与线形进展的主体，而去挖掘自己无意识中或潜意识中库存的生命体验与生活记忆，使之调动起来，进入诗中，满足格律的建构要求。"② 为了达到格律的活力，我们可以学习古典诗词中的节奏和对偶。

（一）诗词的节奏

古典词的节奏是值得我们参考的，这种节奏是由字群的错落有致所形成的，例如柳永的《雨霖铃》："寒蝉凄切，对长亭晚，骤雨初歇。都门帐饮无绪，留恋处兰舟催发。执手相看泪眼，竟无语凝噎。念去去千里烟波，暮霭沉沉楚天阔。多情自古伤离别，更那堪冷落清秋节。今宵酒醒何处？杨柳岸晓风残月。此去经年，应是良辰好景虚设。便纵有千种风情，更与何人说？"其字群的排列为 22，13，22。222，3、22。222，

---

① 郑敏：《中国诗歌的古典与现代》，《诗歌与哲学是近邻：结构—解构诗论》[M]，北京：北京大学出版社，1999 年，第 328 页。
② 同上，第 323 页。

32。3、22，223。223。323！222？3、22。22，2222.322，23？总之，是在2、3、1字群的无穷变化中。其余如岳飞的《满江红》、陆游的《钗头凤》、辛弃疾的《太常引》、苏轼的《定风波》、黄庭坚的《清平乐》、李清照的《醉花阴》等，也都用3、2、1字群组成错落有致的顿挫，表达了情感的起伏、委婉、哀怨等色彩。

（二）诗词的对偶

古典诗的对偶是一种有承受力与开拓性的诗的结构设计。它要求矛盾而共存，在诗句中如梁柱承担着屋瓴，将生活中许多貌似矛盾的现象和诗人生命中复杂的经历带入诗中，大大增加了诗的强度、张力与内涵。千古传诵的名句大都是在满足对偶的情形下诞生的。例如"风急天高袁啸哀，渚清沙白鸟飞回。"（强度对比）；"无边落木萧萧下，不尽长江滚滚来"（打开空间）；"山光忽西落，池月渐东上"（动感速度对比）；"暮从碧山下，山月随人归"（静动对比）；"感时花溅泪，恨别鸟惊心"（人、物之间的恍惚）；"白日依山尽，黄河入海流"（静动对比）。郑敏认为这种诗的格律涉及古典诗词的丰富深邃的内蕴，或许这些能使我们当代人对格律产生无名恐惧与心理障碍。格律诗不必然是佳作，正如自由诗不必然真自由，假自由（滥用的自由）不如真格律（成功的格律），假格律（负面的被动的填充）不如真自由（有形式感的自由）。这就是今天读古典诗给我们的启迪。

五、音乐性

诗歌诞生时"诗"与"歌"是一体的，古典诗词抑扬顿挫、回环婉转的节奏和韵律更是美不胜收。白话自由体诗的音乐性建构在二四年代有过探索，50年代一些诗人在政治抒情诗中也有过尝试，但主导的一面仍然是忽视汉语的音乐性，滥用自由，与将求"音乐耳朵"的西方现代主义诗歌相距甚远。郑敏认为，"古典诗词定型于某几种格律、词牌、曲调，其中必有汉语音乐性的规律可循，关键是找出原因。""但是对这些声律的模式，正如古典诗歌权威老专家启功先生所说，我们只知其然不知其所以然，因此当我们告别古典文学语言，改用日常口语写诗时，很难找到建立符合口语的平仄模式的美学原则。由于缺少这方面的美学理论,今天的新诗很难再音调的平仄搭配、错落有致方面与古典诗歌媲美。但是在诗行的顿挫缓促方面还是可以借鉴古典诗词的诗行音节的安排。"①

学习古典诗歌的音乐性,关键学习古典诗歌以"顿"数作为诗行的节奏规律。古诗以双音节字组成为基本单位,在穿插以单个字。古诗多为二、二组成的四言,五言律诗为二、/一、二,或二、一,七言律诗为二、二、/二、一,或二、二、/一、二。诗行最后的三字称为"三字脚",一定要独立于诗行的头两个字或四个字,自成一组,拉开与前者的时间距离,形成前者的一种拖延的节奏感,如:"床前——明月光"或"锦瑟——无端——五十弦",这种节奏的缓促是吟咏古典诗的基本格调。新诗打破了二三或二二三的节奏结构,提出以不同长短的字群所形成的"顿"数作为诗行的节奏规律如:"只当是/一个梦,/一个/幻想;只当是/前天/我们见得/残红。"以上两行诗选自徐志摩的《翡冷翠的一夜》,都是以不规则的字群组成四顿。总的说来,以口语为基础的当代汉诗只能在不规则的字群中寻找某些自然存在的规律,具有很大的弹性的"顿"就是其中的一种。以一、二、三、四个数量的字混合组成的字群为顿的基础似乎更接近古典诗词的传统,可以进行一些排列组合的实验。

六、境界

郑敏认为,古典诗词的价值观有很大的程度在于境界的高低。辞藻、技巧、主题,往往最后是用来建立一种境界,境界是中国几千年文化的一种渗透入文史哲的精神追求,它是伦理、美学、知识混合成的对生命的体验与评价,它是介乎宗教与哲学之间的一种精神追求,也是中华民族心灵的呼吸,既有形又无形,当诗歌缺少境界时,它顿失光泽,只是一堆字词。西方诗里可以有道德,有宗教,有知识,但却没有这种混合的心灵呼吸。境界是超出感情与理性的,它是诗歌的大气层,其中有来自宇宙的,也有来自地上的。境界是不停的变幻,它是诗人心态与精神的综合。境界标示着人的心灵状态和精神追求的最高刻度,是西方现代主义诗

---

① 郑敏:《诗与传统》,《思维·文化·诗学》[M],郑州:河南人民出版社,2004年,第183页。

歌难以企及的。"人在境界中进入完全'无待'得'自由'状态，因此完全自由，完全的'自在'意味着超我，超神，也即完全超'有'，与'无'同在。或说：无再无不在。"① 郑敏还把境界分为五中类型。

（一）豪情

岳飞的《满江红》几乎句句是悲愤，句句是豪情，尤其是"抬望眼，仰天长啸，壮怀激烈。"李白的《蜀道难》写的是另一种豪情。②

（二）潇洒

苏轼的《念奴娇·赤壁怀古》从写三国伟业入手，继写自身谪居，功名无成，"多情应笑我，早生华发。"至此缩写境界上并无特色，但是人突然在精神上进行了一次升华，笔锋一转，写出下列诗句，使得全诗获得一个新的高度，这就是潇洒："人生如梦，一樽还酹江月。"同调《念奴娇·中秋》也有类似的转折，只是在诗的结尾，诗人从"我醉拍手狂歌"的情况转入"便欲乘风，翻然归去，何用骑鹏冀。水晶宫里，一声吹断横笛，"完成了由人间进入天上的精神升华。潇洒并非毫无人世烦恼，而是能突破烦恼的围困，如"长恨此身非我有，何时忘却营营？夜阑波静谷纹平。小舟从此逝，江海奇余生"（《临江仙》）。又如同一诗人的《定风波》中："回首向来萧瑟处，归去，也无风雨也无晴。"凡此都是诗人的潇洒境界。

（三）婉约含蓄

婉约含蓄更多是一种女性色彩的委婉暗示的审美境界。暗示是带有象征色彩的，多少深意和委婉的思绪尽在不言中。如柳永的"此去经年，应是良辰好景虚设。便纵有千种风情，更与何人说？"（《雨霖铃》）李商隐的《锦瑟》更是一首卓越的委婉含蓄型诗情诗，它既是悼亡，又是诗人一生的体会。所以有很多暗含的曲折思绪和象征的迂回。五十弦的锦瑟和生烟的玉、有泪的珠都是饱含隐义的意象，对于诗的艺术来讲非常

---

① 郑敏：《试论汉诗的某些传统艺术特点——新诗能向古典诗歌学些什么?》，《诗歌哲学是近邻：结构—解构诗论》[M]，北京：北京大学出版社，1999年，第357页。
② 郑敏：《关于中国新诗能向古典诗歌学些什么?》，《思维·文化·诗学》[M]，郑州：河南人民出版社，2004年，第152页。

(四）悲怆

由于亡国恨，李煜的《浪淘沙》和《虞美人》都是悲怆的好作品。如"梦里不知身是客，一晌贪欢"、"独自莫凭栏！无限江山，别时容易见时难"。《虞美人》的第二段可算是字字珠玉，饱含亡国的悲愤。辛弃疾的《菩萨蛮·书江西造口壁》也是一首佳作，充满了悲愤和压抑，又杂有激愤，结尾含蓄的辛酸令人惆怅不已。他的《贺新郎》中"易水萧萧西风冷，满座衣冠似雪，正壮士悲歌未彻"读了令人震撼，深感一种庄严的悲剧痛苦。②

(五）悟性

悟性令人久久回味，而不能穷尽。正是这种不可穷尽得言外之意，使得一首诗可以反复吟诵，读后余意久久不肯离去。以陶渊明的《饮酒》诗为例，全诗讲的是人与自然的关系，虽然"结庐在人境"，但是因为有一种超越人世繁琐的素养，"心远地自偏"，也就不受人世喧嚣的干扰，这是其一。但是全诗更令人感叹的还是"采菊东篱下"那段。飞鸟在这里成了联系人与远山的使者，所以是人在"飞鸟相与还"的面前，有说不出的深邃的感受，这是一种言语所无法表达的感受。这里传达出人和自然的紧密联系，这种天人合一的关系在今天听起来格外亲切。然而他却是出自一位五世纪的中国诗人的笔下，因此更可见中国关于天人关系的这种悟性的高超与绝妙。③

以上是郑敏认为古典诗词可供新诗借鉴的一些特点。可见中国观点诗词的艺术并未过时或死亡，它需要我们挖掘，并将它融入当代诗歌艺术。"今天中国新诗的处境十分窘迫，它一方面无法汲取母语文化的诗歌传统艺术，一方面又不可能以外语文化的诗歌艺术传统取代之，对于语言艺术来讲，语言是不允许代替的，不像音乐、图画都还可以直接以他文化的音乐模式及线条、色彩、形体来替代自己的传

---

① 同上，第153页。
② 郑敏：《关于中国新诗能向古典诗歌学些什么？》，《思维·文化·诗学》[M]，郑州：河南人民出版社，2004年，第154页。
③ 同上。

统，或掺杂在一个作品内，水乳相溶的共存。这就是迫使我们必须在近百年的隔绝后，再次打开通向自己汉诗艺术传统的大门和幽径，舍此我们的新诗将永远是一个流浪儿，一个寄生在他者文化外壳下的寄生蟹，无源之水，无根之木。"①

---

① 郑敏:《试论汉语的传统艺术特点——新诗向古典诗歌学些什么?》,《诗歌哲学是近邻：结构—解构诗论》[M],北京：北京大学出版社,1999年,第362页。

结　语

郑敏从40年代起以西方哲学为诗论资源，开始师法西方现代诗歌，到90年代为诗歌寻找本土之家，让西方的后现代主义哲学与中国传统的道家哲学进行对话是中国诗人进行现代诗歌探索的过程，这个过程也是郑敏创作道路由现代主义到后现代主义转变的过程。正如郑敏在《郑敏诗集·序》中的自述："这是一个知识分子的个案，携带着近80年的世纪痕迹，经历了半个世纪的历史跌宕起伏，现在进行着回忆和沉思，记下自己的生命痕迹。"① 本文将郑敏诗歌创作及其诗学理论作为一个典型个案进行全方位考察，通过郑敏创作道路如何由现代主义向后现代主义转变的过程，来折射出20世纪新诗发展的历程，可以为新诗的建设提供三个方面的启示。

第一，中国新诗的百年的发展，虽然五六十年代出现看似中断的现象，但总体上看是与西方诗歌呈现同步发展的趋势。"五四"初期胡适在白话新诗运动中提出的"八不主义"便是受到美国意象派的影响，"不少海外学者认为这是新诗受外国影响，特别是受美国意象派诗歌影响的显证。譬如20世纪50年代方志彤的论文《中国新诗的意象主义到惠特曼主义——一个失败了的诗学探索》，就提出《文学改良刍议》中的'八不主义'是受了美国意象派诗歌宣言的影响。"② 到20年代中期李金发的《微雨》诗集又和法国的象征主义联系起来。到40年代穆旦和郑敏等人受艾略特、奥登和里尔克的影响，他们创作的现代主义诗歌使中国的现代主义诗歌走向成熟。五六十年代新中国成立后，由于受极左政治的影

---

① 郑敏：《郑敏诗集1979—1999》[M]，北京：人民文学出版社，2000年，第2页。
② 王光明：《现代汉诗的百年演变》[M]，石家庄：河北人民出版社，2003年，第78页。

响，当时新诗所接受的外国影响主要来自苏联，并且由此形成了在五六十年代诗坛上颇受关注的两种基本的诗歌模式：政治抒情诗与生活抒情诗。尽管如此，几千年延续的中国诗歌精神和前两个时期留下的理论实践成果，仍然潜在地影响当代的中国诗歌创作。"因此，在普遍认同现实，转向斗争主题和颂歌风格的潮流中，何其芳、郭小川仍然在诗学和政治学的冲突中发现了诗歌的张力，他们把前代诗人表现的文化记忆与现代经验的冲突，转化成个人的'小历史'与时代'大历史'的紧张，写出了一些让人难忘的作品。"① 而在台湾从 50 年代到 60 年代，主流诗歌流派是现代主义，这时现代主义诗歌追求艺术的抗衡性与超越性，在台湾曾经风光一时，"台湾 50 年代的现代诗潮以三大同仁诗刊《现代诗》、《蓝星》、《创世纪》的先后创刊为起点，以'现代派'的成立为第一个高潮：这是 1956 年 1 月 15 日，在台北民众团体活动中心，以纪弦（1913— ）为发起人，叶泥、郑愁予、罗行、杨允达、林冷、小英、季红、林亨泰、纪弦等 9 人为筹备委员的'现代派'集团正式成立，初次加盟者有 83 人，后又增至 102 人。"② 到了 70 年代后期大陆出现了"朦胧诗"派，这些诗人们"在思想解放运动中，他们内在的生命要求得以复苏，特别是对人格独立、人的尊严的需要的复苏。他们重新思考新诗历史，重新思考外国诗歌，把对历史与现实的反思更进一步提升到对个人命运、价值与诗歌艺术的反思。"③ 在 80 年代中期，以反思人生与艺术、重建诗歌精神为主的"朦胧诗"思潮逐渐退潮，而另一种诗歌思潮开始渐渐活跃于诗坛，这种诗潮被称为"后新潮诗。"（也成为第三代诗歌）这种"后新潮诗"较多是对美国 70、80 年代的后现代主义诗歌简单的模仿。反文化、反艺术、反崇高、反理想是"后新潮诗"的主要艺术旨趣，她是用外国诗歌流来否定传统。总之，百年诗歌潮流的发展大致和西方发展趋于一致。

第二，中国百年诗歌潮流的发展大致和西方发展趋于一致，但中国诗歌有自己的语言特色，既体现了中国诗歌的民族特征，也体现了中外

---

① 王光明：《现代汉诗的百年演变》[M]，石家庄：河北人民出版社，2003 年，第 16 页。
② 同上，第 421 页。
③ 吕进主编：《文化转型与中国新诗》[M]，重庆：重庆出版社，2000 年，第 376 页。

诗学的互补功能。在 80 年代后期，中国诗坛出现了"后新潮诗"诗歌，这种诗歌为了模仿美国的后现代主义诗歌在语言上出现了重大问题。"后新潮诗"的诗人们在写作上追求反语言，"主张用口语化、生活化的语言代替人工'陌生化'的知性语言，不强求暗示性、内涵、张力、弹性、音乐性等寓言效果，否定诗歌语言与日常语言的界限"；拒绝象征、隐喻等复杂技巧，反抗诗歌的抒情性，看重语言自身的繁殖力量，或以"纯粹、任性的语言携带冗繁、纠缠不清、意义矛盾的细节，造成文本的戏剧性或戏谑效果"。① "后新潮诗"的诗人们注意从较少文化惰性的口语、俗语、日常用语中寻求语言的活力，重视语言的实验性。针对这种现象郑敏指出："后新潮诗出现的最大问题是语言问题。'后'派所要表达的是后现代主义的观念，简单地说就是将事物和谐完整的外表击碎，以显露其不和谐的碎裂内核。为了形式与内容的统一，诗歌语言也必须呈现不和谐状态，但语言是先个人而存在的社会、种族的共有的财产，而且是一个种族的意识的模式与造型者，它一旦被破坏，就不再有传达和承载信息、意义的功能，这种语言的顽强独立性使得诗人比音乐家、画家都更难于进入创作的后现代主义。线条、平面、立体、颜色、音符都像零件可以任创作者组装成所需要的绘画雕塑、音乐语言，以体现其意念。因此语言对于后现代主义诗人往往是一个陷阱，谁若想任意摆弄语言，必将受到惩罚。"② "在 80 年代由于经济开放和文化交流，当代汉语诗语几乎完全舍弃了古典与上半世纪的新诗诗语，而转向彻底吸收移植西方语言的翻译体，又由于在半自觉中模仿西方叙事体，及 70 年代美国诗歌的跨派诗体，以致今天的诗语大量的散文化，远离汉诗诗语的凝练、内敛和表达强度。"③ 郑敏认为当今中国诗人应该向中国古典汉诗学习，汉语是象形文字，汉字充满了无意识内涵，新诗的语言应该是心灵的书写。于是郑敏在《诗论汉诗的某些传统艺术特点——新诗能向古典诗歌学些什么？》中指出今天有些新诗作者忽略了汉语诗的特点和中华文化的特点，写出一批非汉语的汉语诗和非西语的西方诗。所以新诗应该学习古

---

① 王光明：《现代汉诗的百年演变》[M]，石家庄：河北人民出版社，2003 年，第 557 页。
② 郑敏：《诗歌与哲学是近邻：结构—解构诗论》[M]，北京：北京大学出版社，1999 年，第 342 页。
③ 同上，第 347 页。

典诗歌语言的简洁凝练和音乐性等特点。郑敏这里并不是要求新诗重新回到古典传统，而是在吸收古典诗歌语言的优点的同时，体现出汉语诗歌的民族性，"今天中国新诗的处境十分窘迫，它一方面无法吸取母语文化的诗歌传统艺术，一方面又不可能以外语文化的诗歌艺术传统取代之，对于语言艺术来讲，语言就是不允许代替的，不像音乐、图画还可以直接以他文化的音乐模式及线条、色彩、形体来代替自己的传统，或掺杂在一个作品内，水乳相溶的共存。这就迫使我们必须在近百年的隔绝后，再次打开通向自己汉诗艺术传统的大门和幽径，舍此我们的新诗将永远是一个流浪儿，一个寄生在他者文化外壳下的寄生蟹，无源之水，无根之木。"① 中国新诗向古典诗歌学习语言，不但体现了自己的民族语言，也体现了中外诗学的互补。郑敏曾说："西方诗歌的现代性，如果以英语诗歌为例，在相当大的程度上是得益于中国古典汉语和诗词的启发。庞德受到芬尼洛沙对汉字的图画性的阐释的影响，创造了英美诗歌最早的现代派理论：意象主义。"② 接着郑敏又说："80 年代中国现代派新诗的出现与复苏，以及 40 年代以前的所谓西式的中国现代派新诗，追其源头实则是中国古典诗词，经过现代解读，又留学西方，归来后的古典现代性是一个真正的中西诗学交流的婴儿。"③

　　第三、新诗的发展在在当代文化转型中具有重要的意义。如何确定当代中国新诗文化价值的切入点呢？作为文学的新诗与社会既定文化价值规范冲突，应该是这个切入点所在。文学运用它对生活表现的敏感触觉和对灵魂世界的透视，描述当今社会的文化冲突，表面上看来，文学似乎能超脱地与文化和平共处。其实不然，"文学与文化作为人类精神的表达方式，在结构上有着一种整体性的矛盾冲突，只要有文学、文化存在，就一定会出现文学审美情感对既定文化价值的冲击、突破现象。"④ 事实上，任何一场新文化运动的兴起，文学都作为文化的突破口，现代

---

① 郑敏：《诗歌与哲学是近邻：结构—解构诗论》[M]，北京：北京大学出版社，1999年，第362页。
② 同上，第311页。
③ 同上。
④ 杨扬：《论文学与文化的内在冲突》，转引吕进主编《文化转型与中国新诗》[M]，重庆：重庆出版社，2000年，第57页。

中国的特别之处，是新诗成为审美情感觉醒的先行者。

80年代中期，在经济体制和政治体制改革的推动下，文化转型进入新时期的第二阶段。1986年10月，《诗歌报》、《深圳青年报》联合推出"中国诗坛1986现代诗群体大展，"诗坛出现所谓"春秋战国"态势，"第三代"是人们"一夜之间"群体登台亮相，他们向社会展示的似乎不是诗作，而是个性凸现的诗人们个体的文化存在。文化转型当时徘徊在体制与物质层面间的关联域，西方文化思潮的全面引进，搅动整个中国文化现实的混乱景观，给了第三代诗歌张扬多元文化主张的机会。这种对当代中国的泛政治文化结构和新文化传统一元化价值取向的猛烈批判，的确收到文化先锋的社会变革功能。

我国的改革开放以建立社会主义市场经济为明确的文化目标，是在邓小平南方讲话发表之后，文化转型得以直入文化结构的观念层面，社会现代性有了前所未有的清醒与远见卓识的阐释，举国上下一时观念更新掀起大潮。在一边完善市场经济法制建设，一边尽量满足市场文化意识强大的社会心理需求之中，以消费和大众传媒为中心的文化扩张，伴随着迅速膨胀的都市规模而咄咄逼人，文化先锋的新诗一时演化为90年代文艺还原复制日常生活狂潮之下的潜流。流行文化的盛行，造就了90年代独特的文化语境。流行是商业化都市生活中大众文化最显著的特征，汪国真诗的流行在邓丽君、费翔的流行歌曲与琼瑶的小说之后。流行文化产品以其绚烂多姿，更贴近当代青年人的情感世界被广为传唱、传阅甚至模仿。由此为青年人提供了展示个性、品味世俗、表达情感的机会，流行文化被青年人作为一种充满生机和感情的文化形式而加以认同。流行文化虽然有浓厚的消遣、娱乐色彩，但其厚重深层的价值内核和文化规范不可漠视。流行文化从根本上体现的是人本主义的价值观，人本主义推崇人的个性与自由，肯定人的价值，称颂人的本能属性，主张享受世俗的欢乐，注重人的现实生活的意义，强调按照人的自然本性生活，重视人的感性体验。流行文化在大陆的流行，与西方人本哲学和非理性思潮在新时期掀起的阵阵热潮几乎同步。然而流行文化从文化规范上强烈反传统、反常规引起了人们对当代各种文化现象深深的反思。

其实第三代诗歌本身是想借鉴西方后现代主义诗歌的，但却没有掌握后现代主义诗歌的精髓。郑敏曾说："我们'先锋'诗人所写的诗与西方后现代主义的诗不是一码事,虽然主观上也许是收到某些片段翻译过来的西方当代文论的启发,但从诗歌理论到实践都和西方后现代主义不在一个层次上,因此没有必要强称之为中国的后现代主义诗歌。如果摆脱西方文化中心论,就会认识到并不是当前西方有什么,我们也必须有什么。但是对西方文论进行深刻地研究,以便探讨我们自己的道路,和进一步解读我们自己的几千年的诗歌传统却是繁荣中国诗歌创作必经之路。"① 这里郑敏强调新诗应该向中国传统诗歌学习,只有这样才能弘扬中国的传统文化,才能在全球化时代保持中国文化的独立性,才能走向中西文化的交流。事实上西方的后现代主义与中国传统道家文化有许多相同之处,"西方后现代主义提出反理性主义,我们中国古代先哲们也很早提出了同样的主张。道家的以'无'释道的思想就是其集中反映。这里的'无'是相对规定性的'有'而言的,此乃对规定性之否定。故老子讲'为道日损',认为道恰恰体现在对理性规定性的消解之中。所以,道家的学说是一种十分自觉、十分彻底的反理性主义。同时,也正是从这种非理性的'道'出发,老子对当时社会中的理性主义思潮予以了无情的摧毁,而为我们推出了人类最早的'反科学治国论'理论。他提出'大道废,有仁义;智慧出,有大伪','绝圣弃知,民力百倍',宣称'其民闷闷,其政淳淳','古之善为政者,非以明民,将以愚之'。我们看到,老子的这一思想后来又被庄子进一步继承,庄子不仅提出'是非之彰也,道之所以亏也'而以'混沌'之死为喻说明理性是人类最大的敌人。"②

新诗的发展如何面对多元化时代呢?"布迪厄曾强调应该张扬文化相对主义,即一方面是'大文化'与'小文化'的对立,只有这样,才可能在一种自由、宽容的价值体系中去把握自己。当然,布迪厄同样强调,他反对那些谴责多元主义的人,也反对那些以多元主义为名去扼杀表达自由的人。"③ 郑敏也说,"在全球化时代,我们一方面要以开放的心态与

---

① 郑敏:《诗歌与哲学是近邻:结构—解构诗论》[M],北京:北京大学出版社,1999年,第247页。
② 贾廷秀:《西方后现代主义与中国传统文化》,《理论月刊》[J],2003年,第2期。
③ 王岳川:《二十世纪西方哲性诗学》[M],北京:北京大学出版社,2000年,第557页。

他文化进行平等的交流，另外一方面要加强文化自我保护意识。最要紧的是通过教育改革，加强我们文化传统的精华智慧的传播，以中国文化固有的美德和崇高的精神来陶冶青少年的心灵，使他们走出一味追求感官刺激和物质的物化的美式生活中心主义，以我们传统文化所内含的价值走出一条符合民族自己的伦理和审美观的现代化道路。"①

同时，我们还应看到郑敏的创作思想在当代中国新诗建构中现实价值。自80年代后，郑敏对中国新诗发展历程和未来道路，提出了自己的一系列的见解和主张。研究90年代诗论，如果离开对她的新诗理论②（从史的角度说，郑敏将1919年白话文改革运动以降的诗歌统成为新诗；从语言角度说，新诗至今都属于现代汉语诗歌/现代汉诗。从新诗形态说，郑敏比较注重现代主义诗歌这一脉；30至40年代是它的形成、发展和趋近成熟期；50至70年代末期是它的消失期；1979年兴起的朦胧诗是现代主义诗歌的复归。朦胧诗后的诗歌被郑敏称为中国式后现代主义诗歌或后新潮诗。这里所说"新诗理论"，主要指郑敏90年代对新诗历史及现时代诗歌状况的批评理论，这两方面是互为一体）的探讨，此研究价值将大打折扣。③（张桃洲认为，在90年代诗学话语中，郑敏是对新诗的批判是最尖锐且最富有实质性和建设性的一个。又说，由于关注的焦点特别集中于汉语与诗歌关系，且提问方式具有某种尖锐性和随之而来的不可避免的失误，所以其论述格外显出代表性和启示意义)，这与其说是因为研究者无法回避其观点曾经引发学术界争鸣的事实，不如说是她的理论本身具有茨维坦·托多罗夫所说的"对话批评"的典范性，为不同研究领域、方向，持相近或不同学术观点的学者提供了加入对话的空间。郑敏的创作思想在当代中国新诗建构中现实价值主要表现为两个方面：

一是深刻的"当代意识"，即对历史问题的研究来自对当代问题反思，以求解惑。这种"当代意识"始终贯穿郑敏创作思想，是她区别于众多新诗史研究者的一个标志。后者的研究者虽然也会触及现实，也会

---

① 郑敏：《思维·文化·诗学》[M]，郑州：河南人民出版社，2004年，第107页。
② 张桃洲：《试论郑敏诗思与诗学言路的共通性》，《诗探索》[J]，1999年，第1期。
③ 同上。

将显示作为历史的组成部分,究其实,现实只是他们顺历史之河漂流而下的一个停靠的码头,或者,是历史地形图上圈过的一个标记。"郑敏则采取的是类似法国年鉴派历史学家所说的'倒溯'的历史研究法。这种'倒溯'指向两个叠合的源头,一是从自己的现代汉语诗歌回溯到中国古典诗艺的源头,一是从西方现代主义诗学回溯东方诗学的源头。"① 她认为,对这共有的久被尘封的自己的源泉深入挖掘,重新发现古典诗学蕴藏的丰富性现代性资源,是中国当代新诗首要的、关系到自身存亡的任务,"读古典文史哲及诗词,想现代问题,"② 这句话道出了历史研究的真正意图。如她一再提及的,历史不是僵死的、一成不变的,需要今人以自己的感受和体验去激活它。历史是一个连续同一体,同时又是不断变化的,在这两种对立属性中,历史研究最终目标被设定在"逼近现实的轮廓。"③ 有趣的是,"倒溯"研究法并没有使郑敏成为新诗专家,而一再强化她留给人们的坚定、绝不妥协的当代批评家形象。郑敏对现实问题,及当代青年诗人的新诗实验和创新的批判集中在两个方面,一是他们对新诗传统虚无主义的历史态度,完全拒绝传统,一声"打倒"后即可以从零开始自我幻觉挥之不去;二是不了解西方现代主义诗歌在继承中创新历史,对西方后现代主义诗歌颠覆中心、拆解深度实质多有误解,以致得其皮毛认其血液。郑敏的"当代意识"集中体现在这样一系列文章中:《世纪末回顾:汉语语言变革与中国新诗创作》(1993年,第3期《文学评论》);《中国诗歌的古典与现代》(《文学评论》1995年,第6期);《诗歌与文化——诗歌·文化·语言》(《诗探索》,1995年,第1、2期);《语言观必须革新——重新认识汉语的审美与诗意价值》(《文学评论》,1996年,第4期);《新诗百年探索与后新诗潮》(《文学评论》,1998年,第4期);《试论汉语的传统艺术特点——新诗向古典诗歌学些什么?》(《文艺研究》,1998年,第4期);《我们的新诗遇到了什么问题?》(《诗探索》1999年,第4期);《企图冲击新诗的几股思潮》(《文学评论》,

---

① 魏天无:《新诗现代性追求的矛盾与演进:九十年代诗论研究》[M],武汉"湖北教育出版社,2006年,第89页。
② 郑敏:《新诗百年探索与后新诗潮》,《文学评论》[J],1984年,第4期。
③ [法]马克·布洛赫著,张和声等译:《历史学家的技艺》[M],上海:上海社会科学院出版社,1992年,第25页、第138页。

2001年,第6期)。

二是以自我经验为参照,包括个人写作经验、博览中外诗歌的心得和对当代诗歌写作实践的介入。"自我经验在何种程度上、以何种方式表达才具有较高的可靠性暂且不论,它至少保证了论者的看法是经过自己的仔细观察和慎重思考,带着自己的体温和心跳的;也不妨说,真正严肃的学者无不把自我经验的形成和表达看成是研究的旨趣所在,也正是那些出自自我经验的常常引起人们的争议。"[1] 福柯对此曾说,他的理论工作都是建立在自己的经验基础上,并总是与自己周围发生的事情有关系,只有如此你才能保证在"自己看不见的事物"中,在各种制度与人际关系中,"辨认出裂缝、无声的震惊和机能失常。"[2]

面对中国当代新诗危机,有两种不同的批评的声音。一种如福柯所言,虽然对危机的批判毫不留情、振聋发聩,但却是一位乐观主义者,批评者的心态是出于相信事情会发生改变,不管这种改变现在看来是如何缥缈、脆弱,原因是他意识到"事情将更多地与其所处的具体的环境和形势有关,而不是被捆绑在一种必然性上面;事情将更具有一种随意的性质,而非不言而喻的;事情将更为复杂,更有临时性和历史性,而不是由不可避免的人类学常识来决定。"[3] 郑敏就属于这一类的危机论者,郑敏对现代、后现代哲学家、思想家的倚重不仅是为了移植他们的理论观点,或许更应该说,他们这种"在自己看见的事物中"、"在自己的经验基础上"从事理论工作的态度和方式是心有灵犀的。"郑敏的焦虑是思想者的焦虑,她的直言甚至或抨击乃是因为她自己看见了、自己经历了就不能不说,而批评不需要诗歌的含蓄蕴藉。"[4] 另一种亦如福柯所言,自诩拥有"当下评判"的绝对话语权力,以为公众、诗歌读者对危机懵懂无知,或尚未达到他们所认可的醍醐灌顶式的梦醒,故常作"死亡"

---

[1] 魏天无:《新诗现代性追求的矛盾与演进:九十年代诗论研究》[M],武汉:湖北教育出版社,2006年,第87页。

[2] [法]米歇尔·福柯著,严锋译:《权力的眼睛——福柯访谈录》,上海:上海人民出版社,1997年,第101—102页。

[3] 同上,第53页。

[4] 魏天无:《新诗现代性追求的矛盾与演进:九十年代诗论研究》[M],武汉:湖北教育出版社,2006年,第88页。

断言。而他们的研究常常根据自己并未见到的事物、在自我经验之外进行，这种类似道听途说的妄下断语、复述别人的理论观点却自认为玄机。想象那些人动辄为诗歌的"危机""末日"痛心疾首，疑心当它下葬时连挽联、吊唁者、花圈都不会有："朦胧诗之后二十年，成绩最坏的是诗，最不受欢迎的也还是诗。时下的新诗正走向穷途末路，最后一个忧心忡忡的问题是，为新诗准备后事的时候已经来到了吗？新诗是否在一个不太远的将来，在没有挽联、鲜花、没有遗容瞻仰者的情况下悄然离去？"①面对这些人，福柯的经验是有用的。他认为，"说今天所有的事物都是空洞的、荒芜的、乏味的"，这些"不断重复的断言"，"明显地来自一帮人，他们自己什么事也不做，还以为别人也同他们一样。"② 郑敏以自己的经验为参照，使其成为一位现代意义上的批评家，既不会因为说出危机的既成事实而自认职责已尽，事不关己，也不会因揪心于危机而谦卑地把历史的全部重负揽在自己的肩上，而是"要把不可企及之物尽可能地划归我们自己所能支配的范围之中"。③

郑敏创作思想为新诗理论研究提供了一些新的课题，也提供交流与对话的平台。就此，本人试提出几点疑惑。

一是对待二元对立的一元化态度。二元对立结构是后现代性对现代性思维方式的一种理论发现；没有这一发现作研究参照，后现代性的无中心论、多元结构论无从显现。"郑敏正是借助后现代性的发现，批判'五四'白话文改革运动先驱在看待文言文/白话文、传统/创新等方面的非此即彼。但是，二元对立结构既是现代性思维方式的痼疾（在后现代性看来），也应当视为现代性思想资源的重要部分，是现代性对古典性思想特征的有意识的继承，一味地贬斥它不是历史研究的正确态度。"④ 岳黛云在谈到美国学者宇文所安发现孔子文学思想中内含的"三阶段论"

---

① 代讯：《新诗会消亡吗？——兼评当代新诗与古典诗歌传统》，《文艺评论》[J]，2001年，第3期。

② [法] 米歇尔·福柯著，严锋译：《权力的眼睛——福柯访谈录》[M]，上海：上海人民出版社，1997年，第105页。

③ 同上，第53页。

④ 魏天无：《新诗现代性追求的矛盾与演进：九十年代诗论研究》[M]，武汉：湖北教育出版社，2006年，第93页。

时指出,在中西文论比较中,"西方的二元结构正是提供了一个新的视点和角度来考察中国的特殊认识方式;没有前者的比照就不会对后者产生特殊的敏感于帮助。"[①] 结构固然有助于多元性、开放性的思想体系和认识方式的建立,但是忽视它曾经具有的巨大历史作用,忽视它的存在对于研究者重新认识事物"特殊的敏感"触发力,也是思想"一元化"的表现。

二是将西方语言学理论运用于对中国古典诗学传统的重新解读和阐释,的确有创见。但是,这种运用如果不能与现代汉语言学理论相结合,其阐释成果多大程度上为现代汉语诗歌写作所吸收和转化,仍然是存疑的。与文言文相比较,现代汉语诗歌与现代汉语的关系更为密切,前者既受现代汉语基本语法规则的约束,又不断打破其约束而为现代汉语提供新的语言材料。这里同样存在自由与不自由的互动,"现代汉语是在现代白话文基础上,通过吸收翻译语体的成分逐步成型和稳定的,汉语学理论研究也借鉴了西方现代语言学理论的成果,它对现代汉语的性质、特征、语法结构、修辞、语境等考察和认识,对于建构现代汉语诗学是不可少的。"[②] 郑敏这方面的忽视,与她重文言轻当代日常用语不无关系。当然,这也是诗学研究者共同的薄弱之处。

"郑敏创作思想研究——兼及1940年以降中国新诗发展动向的考察"是一个有意义的论题,然而由于本人的学术刚开始起步,尚缺乏深厚的理论积累,所以对许多问题的探讨还仅限于一般的现象描述,未能深入展开。书中存在的疏漏和不足之处,敬请各位专家指正。

---

① 乐黛云:《中国文论:英译与评论·序言》[M],上海:上海社会科学院出版社,2003年,第3页。
② 魏天无:《新诗现代性追求的矛盾与演进:九十年代诗论研究》[M],武汉:湖北教育出版社,2006年,第93页。

主要参考文献

［1］孙玉石：《中国初期象征派诗歌研究》，北京大学出版社，1983年出版。

［2］孙玉石：《中国现代诗歌艺术》，人民文学出版社，1992年出版。

［3］乐黛云、王宁主编：《西方文艺思潮与二十世纪中国文学》，中国社会科学出版社，1990年出版。

［4］袁可嘉：《欧美现代派文学概论》，上海文艺出版社，1993年出版。

［5］孙玉石：《中国现代诗导读》，北京大学出版社，2007年出版。

［6］黄药眠、童庆炳主编：《中西比较诗学体系》（上、下），人民文学出版社，1991年出版。

［7］王永生主编：《中国现代文学理论批评史》，贵州人民出版社出版，1988年版。

［8］黄曼君主编：《中国近百年文学理论批评史》，湖北教育出版社，1997年版。

［9］杨匡汉、刘福春：《西方现代诗论》，花城出版社，1988年出版。

［10］李怡：《中国现代新诗与古典诗歌传统》，西南师范大学出版社，1994年出版。

［11］龙泉明：《中国现代作家审美意识论》，武汉大学出版社，1993年出版。

［12］曾小逸主编：《走向世界文学：中国现代作家与外国文学》，湖南人民出版社，1985年出版。

[13] 蓝棣之：《现代派诗选—前言》，人民文学出版社，1986年版。
[14] 唐湜：《九叶诗人："中国新诗"的中兴》，上海教育出版社，2003年版。
[15] 唐湜：《新意度集》，三联书店，1990年。
[16] [意] 克罗齐著，白春仁、晓河等译：《美学原理》，河北教育出版社，1988年。
[17] 伍蠡甫、胡经之：《西方文艺理论名著选编》，北京大学出版社，1986年版。
[18] 袁可嘉：《论新诗的现代化》，三联书店，1989年。
[19] 温儒敏等：《中国现当代文学学科概要》，北京大学出版社，2005年。
[20] 钱理群、温儒敏、吴福辉：《中国现代文学三十年》，北京大学出版社，1998年。
[21] 朱光潜：《朱光潜全集》，安徽教育出版社，1987年。
[22] 刘福春：《新诗纪事》，学苑出版社，2004年。
[23] 孙玉石：《中国现代主义潮史论》，北京大学出版社，1999年。
[24] 孙玉石：《中国现代解诗学的理论与实践》，北京大学出版社，2007年。
[25] 孙玉石：《戴望舒名作欣赏》，中国和平出版社，2002年。
[26] 蓝棣之：《现代诗的情感与形式》，人民文学出版社，2002年。
[27] 江弱水：《卞之琳诗艺研究》，安徽教育出版社，2002年。
[28] 邓程：《论新诗的出路》，中国社会科学出版社，2004年。
[29] 陈太胜：《梁宗岱与中国现代主义诗学》，北京师范大学出版社，2004年。
[30] 王书婷：《新诗节奏和意象的理论与实践》，华中科技大学出版社，2007年。
[31] 龙泉明：《中国新诗的现代性》，武汉大学出版社，2005年。
[32] 龙泉明：《中国新诗流变论》，人民文学出版社，2005年。
[33] 王泽龙：《中国现代主义诗潮论》，华中师范大学出版社，1995年。
[34] 林焘、耿振生：《音韵学概要》，商务印书馆，2004年。

［35］吕进：《文化转型与中国新诗》，重庆出版社，2004年。

［36］骆寒超：《20世纪新诗综论》，学林出版社，2001年。

［37］骆寒超：《中国现代诗歌论》，江苏人民出版社，2001年。

［38］欧阳江河：《站在虚构这边》，三联书店，2001年。

［39］史成芳：《诗学中的时间概念》，湖南教育出版社，2000年。

［40］绿原译：《里尔克诗选》，人民文学出版社，1996年。

［41］张辉：《冯至未完成的自我》，文津出版社，2005年。

［42］张桃洲：《现代汉语的诗性空间》，北京大学出版社，2005年。

［43］陈超：《中国先锋诗歌论》，人民文学出版社，2007年。

［44］刘士杰：《走向边缘的诗神》，山西教育出版社，1999年。

［45］刘继业：《新诗的大众化和纯诗化》，北京大学出版社，2008年。

［46］余虹：《中国文论与西方诗学》，三联书店，1999年。

［47］杨匡汉：《中国新诗学》，人民文学出版社，2004年。

［48］陈方竞：《文学史上的失踪者：穆木天》，北京大学出版社，2007年。

［49］魏天无：《新诗现代性追求的矛盾与演进》，湖北教育出版社，2006年。

［50］蒋登科：《九叶诗人论稿》，西南师范大学出版社，2006年。

［51］王岳川：《后现代主义文化研究》，北京大学出版社，1995年。

［52］王力：《汉语诗律学》，上海教育出版社，1982年。

［53］王光明：《现代汉诗的百年演变》，河北人民出版社，2003年。

［54］王圣思编：《"九叶诗人"评论资料选》，华东师范大学出版社，1995年。

［55］刘纳：《诗：激情与策略》，中国社会出版社，1999年。

［56］高秀芹、徐立钱：《穆旦：苦难与忧思铸就的诗魂》，文津出版社，2007年。

［57］刘祥安、卞之琳：《在混乱中寻找秩序》，文津出版社，2007年。

［58］王家新、孙文波：《中国诗歌九十年代备忘录》，人民文学出版社，2000年。

[59] 谢冕：《谢冕论诗歌》，江西高校出版社，2002年。
[60] ［德］里尔克著，冯至译：《给一个青年诗人的十封信》，三联书店，1994年。
[61] 吴尚华：《中国当代诗歌艺术转型论》，安徽教育出版社。
[62] 洪子诚、刘登翰：《中国当代新诗史》，北京大学出版社，2005年。
[63] 程光炜：《中国当代诗歌史》，中国人民大学出版社，2003年。
[64] ［法］雅克·德里达著，汪堂家译：《论文字学》，上海译文出版社，1999年版。
[65] ［法］雅克·德里达著，张宁译：《书写与差异》，三联书店，2001年。
[66] ［法］丹纳著，傅雷译：《艺术哲学》，人民文学出版社，1997年。
[67] 朱立元：《当代西方文艺理论》，华东师范大学出版社，2003年。
[68] 王夫之：《姜斋诗话》，上海古籍出版社，1978年。
[69] 郑敏：《思维·文化·诗学》，河南人民出版社，2004年。
[70] 郑敏：《诗歌与哲学是近邻：结构—解构诗论》，北大出版社，1999年。
[71] 郑敏：《郑敏诗集：1979—1999》，人民文学出版社，2000年。
[72] 郑敏：《结构——解构视角：语言·文化·评论》，清华大学出版社，1998年。
[73] 郑敏：《英美诗歌戏剧研究》，北京师范大学出版社，1982年。
[74] 郑敏：《诗集1942—1947》，上海文化生活出版社，1949年。
[75] 郑敏：《寻觅集》，四川文艺出版社，1986年。
[76] 郑敏：《心象》，人民出版社，1991年。
[77] 郑敏：《早晨，我在雨里采花》，香港突破出版社，2000年。
[78] 郑敏译：《美国当代诗选》，湖南人民出版社，1987年。
[79] 叶维廉：《中国诗学》，三联书店，1992年。
[80] 刘若愚：《中国诗学》，长江文艺出版社，1991年。
[81] 冯文炳：《谈新诗》，人民出版社，1991年。

[82] 梁宗岱：《诗与真·诗与真二集》，外国文学出版社，1984年。
[83] 卞之琳：《人与诗：忆旧说新》，三联书店，1984年。
[84] 朱自清：《新诗杂话》，作家书屋，1949年。
[85] 陆耀东：《二十年代中国各流派诗人论》，中国社会科学出版社，1986年。
[86] 李怡：《中国现代新诗与古典诗歌传统》，西南师范大学出版社，1994年。
[87] 奠自佳、余虹：《欧美象征主义诗歌赏析》，长江文艺出版社，1988年。
[88] 朱寿桐：《情绪：创造社的诗学宇宙》，上海文艺出版社，1991年。
[89] 吕进：《中国现代诗学》，重庆出版社，1991年。
[90] 陈远征：《现代中国的诗人与诗派》，湖南师范大学出版社，1994年。
[91] 章亚昕：《诗思维：生命的陀螺》，明天出版社，1992年。
[92] 游友基：《中国现代诗潮与诗派》，广西师范大学出版社，1993年。
[93] 柯文溥：《中国新诗流派史》，海峡文艺出版社，1993年。
[94] 陆耀东：《徐志摩评传》，陕西人民出版社，1986年。
[95] 易竹贤：《胡适与现代中国文化》，武汉大学出版社，1993年。
[96] 陈丙莹：《戴望舒评传》，重庆出版社，1993年。
[97] 周棉：《冯志传》，江苏文艺出版社，1993年。
[98] 章德厚、张福贵、章亚昕：《中国现代诗歌史论》，吉林教育出版社，1995年。
[99] 祝宽：《五四新史诗》，陕西师范大学出版社，1987年。
[100] 许霆：《新诗理论发展史》（1917—1927），甘肃文化出版社，1994年。
[101] 杜运燮、袁可嘉、周与良编：《一个民族已经起来——怀念诗人翻译家穆旦》，江苏人民出版社，1987年。
[102] 刘扬烈：《诗神·炼狱·百色花》，北京师范学院出版社，1991年。

［103］ 杜荣根：《寻求与超越》，复旦大学出版社，1993年。

［104］ 章亚昕：《现代诗美流程》，山东文艺出版社，1991年。

［105］ 吕家乡：《诗潮·诗人·诗艺》，江苏文艺出版社，1991年。

［106］ 陈仲义：《诗的哗变》，鹭江出版社，1994年。

［107］ 刘增杰主编：《中国解放区文学史》，河南大学出版社，1988年。

［108］ 王富仁：《文化与文艺》，北岳文艺出版社，1990年。

［109］ 吴思敬：《心理诗学》，首都师范大学出版社，1996年。

［110］ 王岳川：《二十实际西方哲性诗学》，北大出版社，1999年。

［111］ 向世骏、冯禹：《儒家的天伦》，齐鲁出版社，1991年。

［112］ 陈来：《古代宗教与伦理》，三联书店，1996年。

［113］ 黄侃：《文心雕龙札记》，中华书局，1962年。

［114］ 袁宝泉、陈智贤：《诗经探微》，花城出版社，1987年。

［115］ 朱东润：《诗经三百探故》，上海古籍出版社，1981年。

［116］ 顾颉刚：《古史辨》第3册下编，上海古籍出版社，1982年。

［117］ 郭沫若：《中国古代社会研究》，人民出版社，1954年。

［118］ 张西堂：《诗经六论》，商务印书馆，1957年。

［119］ 余冠英：《诗经选》，人民出版社，1956年。

［120］ 游国恩等：《中国文学史》，人民文学出版社，1963年。

［121］ 王运熙：《乐府诗伦述》，上海古籍出版社，1996年。

［122］ 陈植锷：《诗歌意象论》，中国社会科学出版社，1990年。

［123］ 闻一多：《神话与诗》，上海古籍出版社，1956年。

［124］ 叶嘉莹：《迦陵文集》，河北教育出版社，1997年。

［125］ 宗白华：《艺境》，北京大学出版社，1987年。

［126］ 浦振元：《中国艺术意境论》，北京大学出版社，1995年。

［127］ 高友工、梅祖麟著：《唐诗的魅力》，上海古籍出版社，1989年。

［128］ 马新国：《西方文论史》，高等教育出版社，1994年。

［129］ 伍蠡甫：《欧洲文论简史》，人民文学出版社，1985年。

［130］ 张秉真等：《西方文艺理论史》，中国人民大学出版社，1994年。

［131］马靖福：《西方文艺理论基础》，辽宁大学出版社，1986 年。

［132］刘勰著，范文澜注：《文心雕龙》，人民文学出版社，1958 年。

［133］钟嵘：《诗品》，人民文学出版社，1961 年。

［134］司空图：《诗品集解》，人民文学出版社发，1963 年。

［135］严羽著，郭绍虞校注：《沧浪诗话》，人民文学出版社，1961 年。

［136］朱熹：《诗集传》，上海古籍出版社，1980 年。

［137］朱熹：《楚辞集注》，上海古籍出版社，1979 年。

［138］朱熹：《朱子语类》，中华书局，1986 年。

［139］王夫之：《周易外传》，中华书局，1977 年。

［140］王夫之：《唐诗评选》，文化艺术出版社，1961 年。

［141］王夫之：《明诗评选》，文化艺术出版社，1997 年。

［142］王夫之：《古诗评选》，文化艺术出版社，1997 年。

［143］何文焕辑：《历代诗话》，中华书局，1981 年。

［144］丁福保辑：《历代诗话续编》，中华书局，1983 年。

［145］王国维：《人间词话》，人民文学出版社，1960 年。

［146］王应麟：《困学纪闻》，辽宁教育出版社，1998 年。

［147］李之仪：《姑溪居士文集》，清宝米斋抄本。

［148］叶燮：《已畦集》，康熙二弃草堂刻本。

［149］王慎中：《遵严先生文集》，明隆庆五年刻本。

［150］王阳明：《王阳明全集》，上海古籍出版社，1992 年。

［151］徐渭：《徐渭集》，中华书局，1983 年。

［152］郭绍虞：《中国历代文论选》，上海古籍出版社，1980 年。

［153］姚际恒：《诗经通论》，中华书局，1958 年。

［154］刘熙载：《刘熙载集》，华中师范大学出版社，1993 年。

［155］谢榛：《四溟诗话》，人民文学出版社，1961 年。

［156］魏庆之编：《诗人玉屑》，上海古籍出版社，1978 年。

［157］王世贞：《〈艺苑卮言〉校注》，罗中鼎校注，齐鲁出版社，1992 年。

［158］张少康、卢永璘：《先秦文论选》，人民文学出版社，

1999年。

［159］郑樵：《六经奥论》，青藤花榭刻本。

［160］蔡景康编：《明代文论选》，人民文学出版社，1998年。

［161］郁元、张明高编著：《魏晋南北朝文论选》，人民文学出版社，1998年。

［162］顾龙振编：《诗学指南》，清乾隆敦本唐刻本。

［163］于安澜编：《画论丛刊》，人民美术出版社，1989年。

［164］汤用彤：《魏晋玄学论稿》，上海古籍出版社，2001年。

［165］贺昌群：《魏晋清谈思想初论》，商务印书馆，1999年。

［166］郭绍虞：《中国文学批评史》，百花文艺出版社，1999年。

［167］张少康：《夕秀集》，华文出版社，1999年。

［168］张少康等：《文心雕龙研究史》，北京大学出版社，2001年。

［169］叶舒宪：《诗经的文化阐释》，湖北人民出版社，1994年。

［170］马兴荣：《词学论稿》，华东师范大学出版社，1986年。

［171］方智范等：《中国词学批评史》，中国社会科学出版社，1994年。

［172］夏承焘：《月轮山词论集》，中华书局，1979年。

［173］胡云翼：《宋词研究》，巴蜀书社，1989年。

［174］叶嘉莹：《迦陵轮词丛稿》，上海古籍出版社，1980年。

［175］龙榆生：《龙榆生词学论文集》，上海古籍出版社，1997年。

［176］陈寅恪：《金明馆丛稿二编》，上海古籍出版社，1980年。

［177］林庚：《唐诗综论》，人民文学出版社，1987年。

［178］钱钟书：《管锥编》，中华书局，1979年。

［179］钱钟书：《谈艺录》，中华书局，1984年。

［180］苏雪林：《唐诗概论》，商务印书馆，1947年。

［181］刘大杰：《中国文学发展史》，初版上卷1941年，下卷1949年，中华书局出版，百花文艺出版社。

［182］冯友兰：《中国哲学史新编》第6册，人民出版社，1989年。

［183］傅道彬著：《晚唐钟声》，东方出版社，1996年。

［184］徐中玉主编：《中国古代文艺理论专题资料丛刊·意境、典型、比兴篇》，中国社会科学出版社，1994年。

［185］徐中玉主编：《中国古代文艺理论专题资料丛刊·通变篇》，中国社会科学出版社，1992年。

［186］唐圭璋编：《词话丛编》第1册，中华书局，1986年。

［187］张璋、职承让、张骅、张傅宁编：《历代词话》，大象出版社，2002年。

［188］廖可斌：《明代文学复古运动研究》，上海古籍出版社，1994年。

［189］郭绍虞：《汉语语法修辞新探》，商务印书馆，1979年。

［190］启功：《汉语现象论丛》，中华书局，1997年。

［191］燎原：《海子评传——扑向太阳之豹》，海南出版公司，2001年。

［192］佛雏：《王国维诗学研究》，北京大学出版社，1987年。

［193］王攸欣：《选择·接受与疏离》，三联书店，1999年。

［194］吴晓东：《象征主义与中国现代文学》，安徽教育出版，2000年。

［195］赵毅衡：《远游的诗神》，四川人民出版社，1987年。

［196］俞建章、叶舒宪：《符号：语言与艺术》，上海人民出版社，1988年。

［197］叶舒宪：《神话——原型批评》，山西师范大学出版社，1987年。

［198］黄晋凯等编：《象征主义·意象派》，中国人民大学出版社，1989年。

［199］孙玉石：《中国出奇象征派诗歌研究》，北京大学出版社，1983年。

［200］刘西渭：《咀华集》，上海文化生活出版社，1936年。

［201］叶维廉：《寻求跨中西文化的共同文化规律》，北京大学出版社，1987年。

［202］艾青：《诗论》，人民文学出版社，1982年。

［203］鲁迅：《鲁迅全集》，人民文学出版社，1979年。

［204］郭沫若：《文艺论集》，人民文学出版社，1979年。

［205］郭沫若：《沫若文集》第7卷，人民文学出版社，1958年。

[206] 郭沫若：《沫若文集》第 10 集，人民文学出版社，1959 年。
[207] 郭沫若：《沫若文集》第 14 集，人民文学出版社，1963 年。
[208] 郭沫若：《沫若文集》第 12 集，人民文学出版社，1960 年。
[209] 《中国当代文学研究资料·郭沫若专集》，四川人民出版社，1984 年。
[210] 陈独秀：《独秀文存》，安徽人民出版社，1987 年。
[211] 陈独秀：《陈独秀文章选编》，三联书店，1984 年。
[212] 闻一多：《闻一多全集》，三联书店，1982 年。
[213] 梁宗岱：《梁宗岱批评文集》，珠海出版社，1998 年。
[214] 胡风：《胡风评论集》，人民文学出版社，1984—1985 年。
[215] 朱自清：《朱自清文集》，江苏教育出版社，1990 年。
[216] 茅盾：《茅盾全集》第 18 卷，人民文学出版社，1989 年。
[217] 茅盾：《茅盾全集》第 19 卷，人民文学出版社，1991 年。
[218] 何其芳：《何其芳文集》，人民文学出版社，1982—1984 年。
[219] 彼得·琼斯编，裘小龙译：《意象派诗选》，漓江出版社，1986 年。
[220] 袁可嘉：《一个民族已经起来》，江苏人民出版社，1987 年。
[221] 王佐良：《王佐良文集》，外语教学与研究出版社，1997 年。
[222] 曹元勇编：《蛇的诱惑》，珠海出版社，1997 年。
[223] 胡适、周作人：《论中国近世文学》，海南出版社，1994 年。
[224] 胡适：《胡适文存》，黄山书社，1996 年。
[225] 达尔文：《物种起源》，科学出版社，1972 年。
[226] 丹皮尔：《科学史》，商务印书馆，1975 年。
[227] 曾乐山：《中西哲学的融合》，安徽人民出版社，1991 年。
[228] 梁守涛：《英诗格律浅说》，商务印书馆，1979 年。
[229] 林庚：《问路集》，北京大学出版社，1984 年。
[230] 王力：《王力文集》第 2 卷，山东教育出版社，1985 年。
[231] 王力：《王力文集》第 9 卷，山东教育出版社，1988 年。
[232] 王力：《王力文集》第 11 卷，山东教育出版社，1990 年。
[233] 王力：《王力文集》第 14 卷，山东教育出版社，1989 年。
[234] 王力：《王力文集》第 15 卷，山东教育出版社，1989 年。

［235］王力主编：《古代汉语》，中华书局，1999年。

［236］吕叔湘：《吕叔湘文集》第2卷，商务印书馆，1990年。

［237］吕叔湘：《吕叔湘文集》第4卷，商务印书馆，1992年。

［238］张世禄：《张世禄语言论文集》，学林出版社，1984年。

［239］伍铁平：《语言和文化论文集》，北京语言文化大学出版社，1997年。

［240］范晓：《汉语的句子类型》，书海出版社，1998年。

［241］杨琳：《汉语词汇与华夏文化》，语文出版社，1996年。

［242］蒋绍愚：《近代汉语研究概况》，北京大学出版社，1994年。

［243］蒋绍愚：《唐诗语言研究》，中州古籍出版社，1990年。

［244］蒋冀骋、吴福祥：《近代汉语纲要》，湖南教育出版社，1997年。

［245］王维辉：《东汉——隋常用词演变研究》，南京大学出版社，2000年。

［246］程湘清主编：《先秦汉语研究》，山东教育出版社，1982年。

［247］赵克勤：《古汉语词汇概要》，浙江教育出版社，1987年。

［248］林仲湘：《古汉语词汇常识》，贵州人民出版社，1986年。

［249］《语言学论丛》第6辑，商务印书馆，1980年。

［250］黄伯荣、廖序东：《现代汉语》，高等教育出版社，1990年。

［251］胡适：《白话文学史》，东方出版社，1996年。

［252］郭锡良：《汉语史论集》，商务印书馆，1997年。

［253］向熹：《诗经语言研究》，西川人民出版社，1987年。

［254］冯胜利：《汉语韵律句法学》，上海教育出版社，2000年。

［255］申小龙：《中国文化语言学》，吉林教育出版社，1990年。

［256］马建忠：《马氏文通》，商务印书馆，1983年。

［257］［日］吉田敬一著，李淼译：《中国文学的对句艺术》，吉林文史出版社，1989年。

［258］［英］伯克，李善庆译：《崇高与美》，上海三联书店，1990年。

［259］［古希腊］亚里士多德：《诗学》，人民文学出版社，1962年。

［260］周国平：《尼采与形而上学》，湖南教育出版社，1990年。

[261] 邓晓芒:《灵之舞》,东方出版社,1995 年。

[262] 陈修斋主编:《欧洲哲学史上的经验主义和理性主义》,人民出版社,1986 年。

[263] [德] 尼采著,张念东、凌素心译:《权力意志》,商务印书馆,1994 年。

[264] [德] 尼采著,黄明嘉译:《快乐的科学》,漓江出版社,2001 年。

[265] [德] 尼采著,周国平译:《悲剧的诞生——尼采美学文选》,作家出版社,1986 年。

[266] [德] 费尔巴哈著,荣震华译:《基督教的本质》,商务印书馆,1984 年。

[267] 邢贲思:《费尔巴哈的人民主义》,上海人民出版社,1981 年。

[268] 张庆熊:《自我、主体国际性与文化交流》,上海人民出版社,1999 年。

[269] [德] 胡塞尔著,李幼蒸译:《纯粹现象学通论》,商务印书馆,1992 年。

[270] [英] 维特根斯坦著,贺绍甲译:《逻辑哲学论》,商务印书馆,1996 年。

[271] [俄] 别林斯基著,王恩衷编译:《别林斯基选集》,国际文化出版社公司,1989 年。

[272] [古希腊] 柏拉图著,朱光潜译:《文艺对话集》,上海文艺联合出版社,1956 年。

[273] [俄] 别林斯基:《别林斯基选集》,上海文艺出版社,1963 年。

[274] 褚孝泉:《语言哲学——从语言到思想》,三联书店,1991 年。

[275] [美] 苏珊·朗格著,刘大基、傅志强、周发祥等译:《情感与形式》,中国社会科学出版社,1986 年。

[276] [德] 卡西尔著,甘阳译:《人论》,上海译文出版社,1985 年。

[277] [德] 黑格尔:《美学》,朱光潜译,商务印书馆,1995 年。

[278] [瑞士] 荣格著,冯川等译:《心理学与文学》,三联书店,

1987年。

［279］丁子春主编：《欧美现代主义文艺思潮新论》，杭州大学出版社，1992年。

［280］徐友渔、周国平、陈嘉映、尚杰著：《语言与哲学》，三联书店，1996年。

［281］刘小枫：《拯救与逍遥》，上海人民出版社，1988年。

［282］［德］海德格尔著，孙周兴译：《人，诗意地栖居》，上海远东出版社，1995年。

［283］俞宣孟：《现代西方的超越思考——海德格尔的哲学》，上海人民出版社，1989年。

［284］钱穆：《中国文化史导论》，商务印书馆，1994年。

［285］张世英：《天人之际》，人民出版社，1995年。

［286］朱光潜：《朱光潜全集》，安徽教育出版社，1987年。

［287］黄子平：《灰阑中的叙述》，上海文艺出版社，2001年。

［288］姜耕玉：《20世纪汉语诗选》，上海出版社，1999年。

［289］杨匡汉、刘福春编：《中国现代诗论》，花城出版社，1985年。

［290］杨绍年编选：《中国新诗序跋选》，湖南文艺出版社，1998年。

［291］温儒敏：《新文学现实主义的流变》，北京大学出版社，1988年。

［292］张德祥：《现实主义当代流变史》，社会科学文献出版社，1997年。

［293］废名：《论新诗及其他》，辽宁教育出版社，1998年。

［294］Langer, susane Katherina (knanth): *Feeling and form*. New-York, Scribner, 1953.

［295］Henry Paolucei: *Hegel on the art*. New York, Ungar, 1979.

［296］Schopenhauer: *The World as Will and Representation*, translated by E. f. J. Payne. New York, dover publication, 1966.

［297］Edmund husserl: *Phenomenology and Crisis of Philosophy*. Harper & Row, publishers, inc, 1965.

[298] Friedrich Nietzsche: *The Will to Power* : *on Attempted Transvaluation of All Values*; translated by Anthory Ⅲ. Ludovici. London: George Allen & Unwin, 1910.

[299] Fiedrich Nietzsche: *Der Will zur Macht*: *Wersuch Einer Umwertung Aller Werte*. stuttgart: kroner 1996.

[300] David Hume: *A treatise of human nature*. Harmandsworth, Middlasex: Penguin, 1984.

[301] Rene Dscartes: *Meditations on firt philosophy*. Indianapolics, Hackelt pub. co. , 1993.

[302] Abrans, m. h. (meyer homard): *A Glossary of Literary terms*. New York: Rinehort and Winston, 1981.

附录1 《在现代主义和后现代主义之间——郑敏先生访谈录》

（载《电子科技大学学报》2008年，第6期）

郑　敏　周礼红

(时间：2008年5月1日，地点：清华大学家属院)

郑敏，女，著名诗人及评论家，1920年9月出生于北京，1939年考入西南联大学习外国文学，入学后转入哲学系，攻读西方古典哲学，1943年毕业于西南联大哲学系。1948年赴美留学，入布朗大学。1950年转入伊利诺州立大学研究院，1952年获美国布朗大学英国文学硕士学位，1955年回国，1956—1960年在中国科学院文学所进行英国文学研究工作。1961年起为北京师范大学外国语言文学学院英美文学及西方文论教授、硕士生博士生导师。讲授课程：莎士比亚、英国浪漫主义诗歌、17世纪玄学诗歌、当代美国诗歌、20世纪西方文论、解构主义评论、中国现当代诗歌。作者于2008年5月1日在清华大学家属院郑敏的家进行采访，现在根据当时录音材料把对话内容整理如下：

周礼红（以下简称周）：郑老师，您是当今诗坛不可多得的老诗人，无论是诗歌创作还是诗论都产生了深刻的影响，以前采访您老的人也比较多，今天我仅想就现代主义和后现代主义一些问题向您老请教。郑老师，您40年代的诗歌能否称得上自觉的现代主义？

郑老师（以下简称郑）：我的40年代的诗歌可以称得上是自觉的现代主义，只不过到了80年代中期我才转换我的诗歌艺术风格。

周：有人说你的40年代诗歌是经过冯至先生熏陶后间接地受里尔克现代主义的诗歌的影响，您觉得这种说法妥当吗？

郑：我对于十四行诗的第一次接触是通过冯至的《十四行集》，接着我又读了冯至翻译的里尔克诗歌，后来又大量的读过英文版的里尔克的诗歌，至于德文版的里尔克的诗歌我是读的较少。因为当时我的德文没有英文好。

周：郑老师您认为80年代中期到90年代的诗歌在90年代的诗坛地位如何？能否称得上是中流砥柱？

郑：我要绕开你这个话题来回答，很多事情是相对的，中国40年代是中国新诗大发展的好时机，当时流行文坛的文学有：英美文学、法国文学、德国文学、日本文学和少量的苏联文学，那时诗坛上卞之琳和王佐良等人始终追寻艾略特的现代主义，冯至受德国里尔克现代主义的影响，但后来因为政治中断了，整个中国文学开始单一地转向苏联文学，很多诗人开始转入幕后，直到1955年我从美国回国后中国政治稍稍变得开朗，接着又是轰轰烈烈的"文化大革命"，诗歌开始以政治为中心，为政治鼓吹，在形式上追求假大空。当时书店能见到的外国文学仅仅是苏联文学，直至1978年后，思想开始解放，诗坛重新开始活跃起来：英美文学、法国文学、德国文学、日本文学开始各就各位，当时也有人研究苏联文学，但主要是俄罗斯文学。这是国内的情况，国外则是第二次世界大战以后，诗歌中心开始由英国向美国转移，到了70年代，美国变成诗歌的中心。原因在于英国艾略特的诗歌是绅士诗歌，后期艾略特的诗歌力求在思想上走向平民，但他诗歌的形式仍然是古典的、深奥难懂的。而当时的美国诗歌却进行了极大地诗体解放，从绅士走向平民化。美国诗歌走进美国人的现实生活，触及美国的文明，他们关注生活细节，人性不再是完美高尚的。他们的语言极其口语化，但寓意深刻，背后隐藏着无穷的哲理。（不过，从2004年开始，我又看到了美国诗歌有向深奥的现代主义诗歌回归的迹象，他们重新思考物质文明和精神文明问题）。1978年左右我国诗歌从苏联革命式走出来，青年诗人却误入个人情感的狭小天地，没有一点思想，越来越束缚诗歌的发展。现在俄罗斯把我国抛得很远，转型后的俄罗斯文学发展很快，它原来是欧洲体系。我们现在有点困难，当前诗坛白话诗歌底子太薄，口语匮乏，主要是教育跟不上，大学教育不联系创作，仅进行一些知识的传授，没有创新，文学虽说不为政治服务，但文学要有理想。人文教育要重视起来，要研究中国古典文化，中国老庄哲学思想很值得研究，他们的思维方式和现代解构主义是相同的，孔孟思想百分之百的和结构主义一致，他们抱着形而上学的道德永存思想不放。而解构主义是挑刺的。

周：郑老师认为当代诗坛很薄弱，那您应是中流砥柱啊！

郑：不敢当啊，不恰当，当代诗坛是多元共生的形态。

周：您86年以后的很多诗歌能否称得上是后现代主义诗歌？

郑：可以算是后现代主义诗歌吧！我80年代中期在美国学习，受美国后现代主义诗歌影响较深，86年我曾编译过《美国当代诗选》。

周：有人说您86年以后的很多诗歌称得上是中国后现代主义诗歌，您怎样看待这种说法。

郑：我不承认是中国式的后现代主义，很多美国后现代主义诗歌是受中国古典诗歌影响的，比如后现代主义中的反讽在中国古典诗歌中都能找到相似的地方，像李商隐的诗歌就值得很好的研究。美国后现代主义诗歌中跳跃性也是与中国古典诗歌有相识之处。

周：反讽是不是86年以后诗歌的艺术特征之一？

郑：后现代主义诗歌很关注现实生活，在口语化的语言中常蕴含着对生活严肃的思考，应该说是其中的艺术特征之一吧！

周：戏剧化是不是86年以后诗歌艺术的又一特征？

郑：是的，有很多诗歌具有戏剧化特征。

周：郑老师，在您的后现代主义诗歌中感性、知性和悟性哪种比例占分量较大？

郑：我在写诗的时候，首先是由具体的事物触动，我不会去写那些我没有见过的所谓的重大的政治事件，没有触动内心的事情是不可能有悟性的，再加上我是学哲学的，我往往会把具体的物象上升到哲学的高度。总体来说，这三者当中悟性一般处在最高层，它是一首好诗的具体体现。

周：郑老师，我想把您的86年以后的诗歌和第三代诗歌、个人化写作诗歌以及70后的下半身写作诗歌一起对比研究，您看行不行？

郑：我觉得这样对比研究不太合适，就拿新时期的诗歌来说吧，朦胧诗的代表人物北岛和舒婷等人当时对"文化大革命"中苏联式的假大空诗歌十分不满，开始从观念进行反叛，不再受教条的束缚，着重刻画心理感受，关注个人情感抒发，从诗歌史的角度来说并没有创新，只能称为现代主义的复兴。接着诗坛就混乱了，一类是跟着传统走，另一类是超前派，这种超前派的诗人往往把毫不相关的词语拼贴在一起，结果不知所云。倒是有人把我和牛汉一起研究。

周：您诗中的"不存在的存在"是一个繁复深沉的命题，他指向存在"虚无"本质。它的根源能否说成是无意识？

郑：可以说成是指向无意识中无声、黑暗和混浊的深层世界。

周：1998年是郑老师的创作高产的一年，您好像不再执著于"寂寞"咏叹和抒写，而是将它扩散为一种"不存在的存在"并且丰富、深化了它的内涵，这种判断正确吗？

郑：基本可以这样判断吧！

周：有人说您的40年代的诗歌是雕塑，能不能看成是浮雕？

郑：这个很难区别，因为浮雕是雕塑的一种，不过我认为我的诗歌四周都是立体的雕塑。

周：1988年以后的诗中，您是否认为时间是最根本、最深刻的"不存在的存在"？

郑：我诗歌中的"时间"主要是受我所学的哲学的影响，很少考虑地域性问题，这样有好的一面，也有不好的一面，不好的一面是诗歌中哲理太概念化，我早期受冯至影响较大，他学的是哲学，创作是诗歌，而我学的也是哲学，创作也是诗歌，我们的背景是相同的，并且冯至的诗歌里也存在着太概念化的毛病。好的诗像美人一样既要有丰满的形体又要有高贵的灵魂。比如杜甫的许多诗就是这样在看似平淡的诗句中蕴含着深刻的哲理。小周，希望你这次采访结束后多研究一下中国古典诗歌的古典性和现代性之间的关系。中国古典诗歌才是丰富的源泉。

周：好的，我会牢记郑老师的教诲的。

附录2 郑敏诗歌创作与批评年表检索

1920年
出生在北京闷葫芦罐胡同,生父姓王,留法国和比利时的学者,主攻数学,曾任悉尼公使。

1922年
因家庭贫困过继给姨妈。养父姓郑,是郑敏生父留法德好友。养父是河南一位矿山工程师,充满了自由、平等、博爱的理想,很快成为同盟会德会员。这时郑敏从北京去了河南。

1925年
父亲开始教郑敏学习算数,希望她将来学习自然科学,可是郑敏偏偏喜欢《西游记》、《水浒》、《红楼梦》、《三国》和《小说月报》等书籍。

1930年
郑敏和母亲回北京,因为是一个"自学"儿童,便插入公立小学四年级。

1931年
"九一八"事件后,郑敏全家迁往南京,在那里郑敏开始了关键的中学生活。郑敏的国文老师是一位北京大学毕业生,她强调坚强刻苦地自学和独立的能力。在她的鼓励下郑敏打开了广阔天地。当时"世界文库"是郑敏痴爱的读物,通过它郑敏接触了西方文学的精华和有哲学深度的散文。《简·爱》、《冰岛渔夫》是郑敏特别喜爱的小说。此外还有鲁迅先生的杂文,周作人的散文和古典诗词。

1939年
郑敏考入西南联大外文系,入学后又转入哲学系,但在选课和旁听时郑敏却选了闻一多先生的楚辞、沈从文先生的中国小说史,和冯至先生的歌德等文学课程。

1943 年

郑敏毕业西南联大哲学系,毕业论文:《柏拉图的诗学》。

1948 年

郑敏去美国进修,攻读硕士。

1949 年

《诗集 1942——1947》,上海文化生活出版社,这本诗集是巴金先生亲自编辑的。这一年中美断交,郑敏在美国过着半工半读的生活,接触了下层人民,培养了郑敏的强烈的爱国主义情感。

1950 年

郑敏申请从布朗大学转入伊利诺州立大学继续读研究生。

1952 年

郑敏在美国完成论文,获得布朗大学英国文学硕士学位,论文题目是《约翰·顿的玄学诗》,这一年郑敏和自动化原理的中国留学生童诗白结婚。

1955 年

郑敏在中美日内瓦会议后,在周恩来总理的帮助下,和自己的爱人童诗白回国。此后,郑敏就留在中国社科院外文研究所工作。

1957 年

因胡风集团的牵连,被打成右派。

1961 年

因在反右倾中说错了话,被调到北京师范大学教书。主要讲授的课程有莎士比亚、英国浪漫主义诗学、17 世纪玄学诗歌、当代美国诗、20 世纪西方文论、解构主义评论。

1979 年

郑敏开始恢复诗歌写作,这是写的第一首诗《诗呵,我又找到了你》,郑敏又开始了诗歌创作。

1980 年

郑敏和王辛笛、唐湜、唐祈、陈敬容、曹辛之、杜运燮、袁可嘉等人聚集在一起准备出版《九叶集》,同年郑敏开始重新研究美国当代诗歌，它使郑敏走出40年代对诗歌的看法和追求。

1981 年

参编《九叶集》，《九叶集》出版。这一年郑敏开始指导硕士生，并发表短文《弥留》在（美）《秋水》上，同年，《黪黑得手》，发表于《榕树文学丛刊》，1981年，第3期。

1982 年

北京师范大学出版社出版《英美诗歌戏剧研究》。

1983 年

郑敏完成《寻觅集》的创作，但未出版。

1984 年

郑敏领略到第二次世界大战后美国诗歌的创新之处。它在两个层面上超出40年代的现代主义诗歌，一个是所谓的开放的形式，另一个是对"无意识"与创作关系的认识。这二者结合起来成了当代诗歌突破40年代现代主义诗歌的后现代主义的特点。《我的小传》见《创作》，1984年，第2期；《从〈荒原〉看艾略特的诗艺》，见《外国文学研究》，1984年，第3期。

1985 年

郑敏开始作访美学者，美国加州大学圣地亚哥文学院访问教授；这时郑敏开始深入研究德里达的解构主义，认识到德里达最理论的两个核心：一个是非中心论，一个是否认二元对抗。散文《刘妈的秘密》，《福建文学》，1985年，第3期；《klim奶粉罐》，《福建文学》，1985年，第7期。

1986 年

郑敏继续作访美学者，美国明尼苏达州立大学任名誉研究员，1986年因在美国两岸举行个人诗歌朗诵获河西名誉市民称号；1986年作为中国接触学者，应美国科学院对华学术交流委员会的邀请进行了两个月的学术访问。1986年开始指导博士生。《寻觅集》，1986年，四川文艺出版社。

1987 年

译著：《美国当代诗选》，1987年，湖南人民出版社；诗集《寻觅集》获全国作协及诗刊社1987年最佳十册诗集奖；《美国当代诗与现实》,见《美国当代诗选》代序,1987年。

1988 年

《短文三则》,《青年文学》,1988年,第3期;《〈唐祈诗选〉序》,1988年,人民文学出版社。《诗人与矛盾》,见《一个民族已经站起来》,1988年,江苏人民出版社;《足迹与镜子》,见《诗刊》,1988年,第8期。

1989 年

《梁秉钧的诗》,见《香港文学》,1989年,第4期;《天外的召唤与深渊的探险》,见《世界文学》,1989年,第4期;《女性的诗歌:解放的幻梦》,见《诗刊》,1989年,第6期;《保罗·迪曼的解构观与电影〈红高粱〉》,见《电影艺术》1989年,第2期。

1990 年

《解构主义与文学批评》,见中国社科院《外国文学评论》,1990年,第2期;《威廉斯》,见《外国著名文学家评传》,1990年,山东教育出版社;《渴望:一只雄狮》(欣赏),见《中国新诗名篇鉴赏辞典》,1990年,四川辞书出版社;《约翰·阿胥伯尔,今天的艾略特?》,见《外国文学》,1990年,第4期。

1991 年

诗集《心象》,1991年,人民文学出版社;诗集《早晨,我在雨里采花》,1991年,人民文学出版社;《两种文学史观:玄学的与解构的》,见香港中文大学《二十一世纪》,1991年,第3期;《自由与深渊—德里达的两难》,见香港中文大学《二十一世纪》,1991年,第4期;《评论之评论——谈朱大可的"迷津"》,见香港中文大学《二十一世纪》,1991年,第17期;1991年获国家教委一万元科研基金;1991年获国务院高等教育突出贡献特殊津贴。

1992 年

《汉字与结构阅读》,见《文艺争鸣》,1992年,第2期;《20世纪祖国大陆文学评论与西方结构思维的撞击》,见《当代作家评论》,1992年,第4期;1992年入选英国剑桥国际名人传中心出版的国际知识分子名人录第10版(International Who's Who of Intellectuals, Tenth Commemorative Edition);1992年入选英国伦敦欧罗巴出版有限公司的国际妇女节名人录（The International Who's Who of Women）;《诗人·读者·美和真理》（美），见《秋水》1992春季（笔名：晓鸣）。

1993 年

《世纪末的回顾：汉语语言变革与中国新诗创作》，见《文学评论》，1993 年，第 4 期;《从对抗到多元——谈杰姆逊学术思想的新变化》，见《外国文学》，1993 年，第 4 期;《不可竭尽的魅力》，见《诗季》1993 年，秋之卷;《诗与后现代》，见《文艺争鸣》，1993 年，第 3 期;《闷葫芦之旅》，见《作家》，1993 年，第 4 期;《我的爱丽丝》，见（台）《联合文学》，1933 年，第 17 期。

1994 年

《关于〈如何评价"五四"白话文运动〉之商榷》，见《文学评论》，1994 年，第 2 期;《中华文化传统的继承：一个老问题的新状况》，见《文艺争鸣》，1994 年，第 2 期;《漫谈中华文化传统的革新与继承》，见上海《学术月刊》，1994 年，第 6 期;《语言符号的滑动与民族无意识》，见《文艺争鸣》，1994 年，第 5 期;《飘来的云块》，《中文散文》，1994 年，第 5 期。

1995 年

《何谓"大陆新保守主义"》，见《文艺争鸣》，1995 年，第 5 期;《文化 政治 语言三者关系之我见》，见香港中文大学《二十一世纪》，1995 年，第 6 期;《中国诗歌的古典与现代》，见《文学评论》，1995 年，第 6 期;《诗歌与文化》（上、下），见《诗探索》，1995 年，第 1 期、第 2 期。

1996 年

《20 世纪围绕语言之争：结构与解构》，见《诗探索》，1996 年，第 1 期;《学术研讨与政治情节》，见《上海文学》，1996 年，第 5 期;《语言观必须改变》，见《文学评论》，1996 年，第 4 期。

1997 年

《结构思维与文化传统》，见《文学评论》，1997 年，第 2 期。

1998 年

《结构—解构视角：语言·文化·评论》，1998 年，清华大学出版社;《试论汉诗的传统艺术特点》，见《文艺研究》，1998 年，第 4 期。

1999 年

《诗歌与哲学是近邻：结构—结构诗论》，1999 年，北京大学出版社；《传统与现代笔谈：重建传统意识与新诗走向成熟》，见《文艺研究》，1999 年，第 1 期；《对 21 世纪中华文化建设的期待》，见《文艺研究》，1999 年，第 3 期；特刊《传统与现代笔谈：重建传统意识与新诗走向成熟》，见《文艺研究》，1999 年，第 1 期；《对 21 世纪中华文化建设的期待》，见《文艺研究》，1999 年，第 3 期特刊。

2000 年

《解构主义在今天》，见《文学评论》，2000 年，第 4 期；《伊萨卡日记》（组诗，前言及诗 7 首），见《人民文学》，2000 年，第 2 期；《距离与别离套曲》（6 首），见《诗潮》，2000 年，第 3—4 期；《郑敏的诗》（2 首），见《诗刊》，2000 年，第 1 期；《伊萨卡日记—游美小记》（2 首），见《诗刊》，2000 年，第 5 期。

2001 年

《企图冲击中国新诗的几股思潮》，见《文学评论》，2001 年，第 6 期；《我的几点意见》，见《当代作家评论》，2001 年，第 2 期；《我对新诗的几点意见》，见《诗潮》，2001 年，第 11—12 期；《给沉默者之歌》，见《诗刊》，2001 年，第 1 期；《思与无》（12 首），见《诗潮》，2001 年，第 3—4 期。

2002 年

《教育与跨学科思维》，见《中国大学教学》，2002 年，第 6 期；《忆冯至吾师—重读〈十四行集〉》，见《当代作家评论》，2002 年，第 3 期；《诗与悟性》，见《诗刊》，2002 期，第 3 期。

2003 年

《神交》（外 5 首），见《人民文学》，2003 年，第 1 期；《郑敏新作 5 首》，见《诗刊》，2003 年，第 1 期；《郑敏诗五首》，见《诗潮》，2003 年，第 5—6 期；《黑夜，哀巴比伦》，见《诗网络》（香港），2003 年，第 6 期；《全球化时代的诗人》，见《诗潮》，2003 年，第 1—2 期；《诗与历史》，见《香港文学》，2003 年，第 8 期。

2004 年

《卷首语：诗与诗的形式美》，见《诗刊》（上），2004 年，第 11 期；

《记忆的云片》,见《诗刊》(上),2004 年,第 1 期;《名家新作手迹:〈无题〉——致理想》,《诗刊》(下),2004 年,第 9 期;《看云及其他》,《人民文学》,2004 年,第 5 期;《关于诗歌传统》,《文艺争鸣》,2004 年,第 3 期;《最后的和弦》,《诗潮》,2004 年,第 7—8 期;《关于汉语新诗与其诗学传统十问》,《山花》,2004 年,第 1 期;《面对全球化:给五千年中华文化传统以当代的解读》,《中国文化研究》,2004 年,第 2 期;《〈金黄的稻束〉和它的诞生》,《名作欣赏》,2004 年,第 4 期;《丧钟为谁敲响》,《香港文学》,2004 年,第 1 期;《诗,哲理,和我》,《香港文学》,2004 年,第 7 期。

2005 年

《心灵的低语》,《人民文学》,2005 年,第 4 期;《新作五首》,《诗刊》(上),2005 年,第 3 期;《全球化与中华文化传统的复兴》,《粤海风》,2005 年,第 4 期;《在黑夜与黎明之间》,《粤海风》,2005 年,第 3—4 期。

2006 年

《生命,多么神奇》,《人民文学》,2006 年,第 1 期;《新世纪回顾结构与解构型思维的发展》,《粤海风》,2006 年,第 2 期;《20 世纪 40 年代的一代诗人与中国新诗》,《诗潮》,2006 年,第 3—4 期;《我与诗》,《诗刊》,2006 年,第 1 期;《春天的沉思》,《诗刊》,2006 年,第 1 期。

2007 年

《开始或停止》,《人民文学》,2007 年,第 1 期;《无题——致理想》,《诗探索》,2007 年,第 2 期。

2008 年

《画永远悬挂在画室的墙壁》和《短诗一束》,《人民文学》,2008 年,第 2 期;《最后的里程(外一首)》,《诗刊》,2008 年,第 9 期;《一直走下去就是明天(外一篇)》,《青春》,No. 6;《中国新诗与汉语》,《诗探索》,2008 年,第 1 期;《我的春天的到来》,《诗探索》,2008 年,第 2 期。

2009 年

《设想》,《人民文学》,2009 年,第 5 期;《〈生死朗读〉:乱世里,如此一般强的爱情》,《安徽文学》,2009年,第7期;《如此一般强的爱情》,《青春》,2009年,第7期;《拿什么来鉴定爱情(外三篇)》,《散文百家》,2009年,第9期;《最后的诞生(外一首)》,《诗潮》,2009年,第1期。

附录3　郑敏诗歌创作研究索引

[1] 张羽：《南北才子才女的大串会》，《新诗潮》，1948年，第7期。

[2] 袁可嘉：《诗的新方向》，《新路周刊》，1948年，第1卷第17期。

[3] 陈敬容：《真诚的声音》，《诗创造》，1948年，第16期。

[4] 张曼仪等编：《现代中国诗选1917—1949》，香港大学出版社，1974年。

[5] 钟玲：《灵敏的感触——评郑敏的诗》，原载香港《八方》文艺丛刊第三辑，1980年。

[6] 陈德锦：《折叶看脉文——评〈九叶集〉里郑敏的诗》，原载香港《诗风》双月刊11卷，第107期，1982年。

[7] 袁可嘉：《西方现代派与九叶诗人》，《文艺研究》，1983年，第4期。

[8] 黄修己：《中国现代文学简史》，中国青年出版社，1984年。

[9] 唐湜：《新意度集》，三联书店，1989年。

[10] 唐湜：《九叶在闪光》，《新文学史料》，1989年，第4期。

[11] 袁可嘉：《论新诗的现代化》，三联书店，1989年。

[12] 罗振亚：《严肃而痛苦的探索：评四十年代的"九叶"诗派》，《中国现代文学研究丛刊》，1990年，第1期。

[13] 孙玉石：《郑敏：攀登不息的诗人》，《当代作家评论》，1992年，第5期。

[14] 蓝棣之：《郑敏：从现代主义到后现代主义》，《当代作家评论》，1992年，第5期。

［15］张同道：《生命的风旗：论冯至〈十四行集〉》，《中国现代文学研究丛刊》，1993年，第4期。

［16］张同道：《中西文化的宁馨儿：中国现代主义诗的特质研究》，《文学评论》1994年，第3期。

［17］张同道：《中国现代诗与西南联大诗人群》，《中国社会科学》，1994年，第6期。

［18］陈卫：《论九叶集的艺术品格》，《江西师范大学学报》，1995年，第8期。

［19］王圣思选编：《"九叶诗人"评论资料选》，华东师范大学出版社，1996年。

［20］刘静：《"九叶"诗派的艺术个性》，《学术界》，1996年，第3期。

［21］张同道：《郑敏诗论》，《中国现代文学研究丛刊》，1997年，第1期。

［22］荒林：《郑敏诗歌：女性现代性文本》，《广东社会科学》，1998年，第2期。

［23］蒋登科：《论郑敏早期诗歌中关于生命状态的思考》，《诗探索》，1999年，第1期。

［24］张桃洲：《诗思与诗学言路的共通性》，《诗探索》，1999年，第1期。

［25］邱景华：《郑敏的解构诗学》，闽东日报，1999年12月6日。

［26］张宗福：《个体生命意志与中国现实语境结合——九叶派诗歌论》，《西南民族学院学报》（哲社版），1999年，第1期。

［27］刘纳：《诗：激情与策略》，中国社会出版社，1999年。

［28］孙玉石：《中国现代主义潮史论》，北京大学出版社，1999年。

［29］王家新、孙文波：《中国诗歌九十年代备忘录》，人民文学出版社，2000年。

［30］张东：《论郑敏前期的现代主义诗作》（上）（下），《广西民族学院学报》（哲社版），2000年，第2期。

［31］张岩泉：《论九叶诗派的抒情表达方式》，《海南师范学院学报》（人文社会科学版），2001年，第6期。

［32］黄岚：《九叶诗人的语言建构》，《云南民族学院学报》（哲社版），2001年，第4期。

［33］蒋登科：《论郑敏早期诗歌观照生命的多维视野与理性光辉》，《淮南师范学院学报》，2001年，第1期。

［34］蒋登科：《九叶诗派与中国诗歌的文体意识》，《西南师范大学学报》（人文社会科学版），2001年，第4期。

［35］刘慧珍、魏占龙：《生命不息　探索不止——谈郑敏在新时期的创作》，《语文学刊》，2001年，第6期。

［36］姚国建：《论郑敏诗歌的语言魅力》，《修辞学习》，2003年，第3期。

［37］刘纳：《二元对立与矛盾绞缠：中国现代文学的发难理论以及历史流变的复杂性》，《中国现代文学丛刊》，2003年，第4期。

［38］谭桂林：《论郑敏的诗学理论及批评》，《广东社会科学》，2003年，第3期。

［39］唐湜，《九叶诗人："中国新诗"的中兴》，上海教育出版社，2003年。

［40］王光明，《现代汉诗的百年演变》，河北人民出版社，2003年。

［41］谭桂林：《论郑敏的诗学理论及其批评》，《广东社会科学》，2003年，第3期。

［42］张立群：《执着的轨迹——论郑敏的新诗"史论"》，《诗探索》，2004年。

［43］霍俊明：《〈朝圣者的灵魂——郑敏诗歌创作与理论研讨会〉综述》，《诗探索》，2004年。

［44］张玉玲：《论八十年代后期郑敏诗歌的探索》，《文学评论》，2004年，第1期。

［45］陈太胜：《口语与文学语言：新诗的一个关键问题——兼与郑敏教授商榷》，《江汉大学学报》（人文科学版），2004年，第6期。

［46］邓程：《新诗与传统和语言的复杂关系——兼对郑敏的回应》，《江西社会科学》，2004年，第2期。

［47］张玉玲：《论郑敏1940年代诗歌的美学特色》，《兰州大学学报》（社会科学版），2004年，第6期。

［48］康苗：《论郑敏诗歌写作的性别姿态》，西南师范大学硕士论文（电子版），2004年。

［49］徐美恒：《论郑敏诗歌意象的天人合一境界》，《诗探索》，2004年。

［50］姚国建：《论郑敏诗歌的艺术特征》，《安徽大学学报》，2004年，第3期。

［51］张岩泉：《"第二个童年"试论九叶诗人新时期的诗歌创作》，《福州大学学报》，2004年，第4期。

［52］霍俊明：《朝圣者的灵魂：涉险之旅的哲性光辉》，《北京师范大学学报》，2005年，第5期。

［53］曾立平：《论郑敏诗歌意象的文化蕴涵》，湖南师范大学硕士论文（电子版），2005年。

［54］洪子诚、刘登翰：《中国当代新诗史》，北京大学出版社，2005年。

［55］张桃洲，《现代汉语的诗性空间》，北京大学出版社，2005年。

［56］朱滨丹：《诗的传统——从郑敏先生的两篇文章谈起》，《文艺争鸣》，2005年，第1期。

［57］伍明春：《诗与思比邻而居——论郑敏1979年后的诗歌与诗论》，《海南师范学院学报》，2005年，第5期。

［58］蒋登科：《九叶诗派与中国诗歌的道德审美理想》，《贵州社会科学》，2005年，第3期。

［59］张岩泉：《坚忍的期待与行动的意义——九叶诗人20世纪40年代生命主题探析》，《人文杂志》，2005年，第5期。

［60］曾立敏：《牵手死亡　郑敏诗歌死亡意象解析》，湖南文理学院学报，2005年，第1期。

［61］王泽龙：《九叶诗派意象艺术的现代化追求》，《河北学刊》，2006年，第5期。

［62］伊歌：《形式·意象·主题：郑敏与里尔克的诗学亲缘》，《诗探索》，2006年，第1期。

［63］蒋登科：《九叶诗人论稿》，西南师范大学出版社，2006年。

［64］魏天无：《新诗现代性追求的矛盾与演进》，湖北教育出版社，

2006年。

［65］赫学颖：《郑敏诗歌的性别姿态及当下意义》，重庆职业技术学院学报，2006年，第6期。

［66］蔡世连，张玉玲：《走向文化综合——论郑敏1940年代的诗歌创作》，《齐鲁学刊》，2006年，第1期。

［67］李永毅：《由实入虚：郑敏诗歌的晚年转型》，《重庆社会科学》，2006年，第11期。

［68］徐妍，王洪涛：《哲学如何生成了郑敏诗歌》，《郑州大学学报》，2006年，第3期。

［69］张琰：《郑敏新诗形式观探寻》，《华中师范大学研究生学报》，2006年，第3期。

［70］钱晓宇：《郑敏诗歌创作观及其对传统文化的理解》，《钦州师范高等专科学校学报》，2006年，第4期。

［71］（台湾）蔡明谚：《略论40年代中国现代诗——以冯至、郑敏和穆旦》，《华文文学》，2007年，第2期。

［72］张桃洲：《从里尔克到德里达——郑敏诗学资源的两翼》，《徐州师范大学学报》，2007年，第4期。

［73］姚建国：《知性的塑形——论郑敏诗歌的意象化与结构形态》，《安徽理工大学学报》，2007年，第2期。

［74］钱晓宇：《郑敏题画诗与具象诗创作的形式美尝试》，《钦州学院学报》，2007年，第1期。

［75］王永：《郑敏诗论探赜》，中国诗歌研究（第四辑），2007年。

［76］张大为：《在"空无"的水银湖面上倾听——论郑敏的"东方诗魂"》，中国诗歌研究（第四辑），2007年。

［77］刘玮：《胶片1979—1999：心象的摄影——〈郑敏诗集〉读后》，中国诗歌研究（第四辑），2007年。

［78］王珂：《幸好诗坛有郑敏——论郑敏的诗品、人品和文品》，中国诗歌研究（第四辑），2007年。

［79］刘士杰：《幽思哲思深邃 想象意象奇妙——论郑敏的诗》，中国诗歌研究（第四辑），2007年。

［80］章燕：《在斑斓的色彩中呼唤灵动的哲思——论郑敏诗歌中的

哲学基质》，中国诗歌研究（第四辑），2007 年。

[81] 王永：《郑敏应站在人类思想的前沿》，《三月风》，2008 年，第 2 期。

[82] 张立群：《"文化保守"及其普泛性——论 20 世纪 90 年代诗人的心态》，《青岛科技大学学报》，2008 年，第 1 期。

[83] 魏来：《从有意识的凝聚到无意识的释放——论郑敏的诗》，《现代语文》，2008 年，第 3 期。

[84] 唐梅秀：《对存在意义的诗意追寻——郑敏后期诗歌解读》，《理论与创作》，2008 年，第 8 期。

[85] 周礼红：《在现代主义和后现代主义之间——郑敏访谈录》，《电子科技大学学报》，2008 年，第 6 期。

[86] 孙良好：《不老的生命之歌——有关郑敏的生存境况和研究现状的描述和梳理》，《海南师范大学学报》，2009 年，第 1 期。

[87] 周礼红：《论现代主义诗歌中节奏与意象的关系——以 40 年代郑敏的现代主义诗歌为例》，《东北师范大学学报》，2009 年，第 4 期。

[88] 周礼红：《郑敏与〈九叶集〉》，《深圳大学学报》，2009 年，第 6 期。

[89] 周礼红：《〈寻觅集〉——现代艺术思考》，《艺术教育》2012 年，第 3 期。

[90] 周礼红：《当代女性诗歌批评：女性自我寻找的历程》，《海南师范大学学报》，2012 年，第 4 期。

[91] 周礼红：《从〈心象〉到〈郑敏诗集〉：对个人写作的坚守》，《南方文坛》，2012 年，第 4 期。

[92] 周礼红：《郑敏与现代主义诗歌建构——以〈郑敏诗集 1942—1947〉为例》，《深圳大学学报》，2012 年，第 5 期。

附录4　郑敏个人写作的坚守

摘要：郑敏的个人写作包括两个时期：个人写作的初创时期——开始对第三代诗歌"非历史化的诗学"的创作进行反驳；个人写作的成熟阶段——进行"大诗"创作，践行"介入的诗学"。这一变化过程也折射出中国诗坛从80年代主张一种"非历史化的诗学"到90年代"介入的诗学"的变化，也体现了郑敏的知识分子精神。

关键词：个人写作；介入诗学；此在；叙事性

对于"个人写作"，学术界的评价虽然尚有较大的不同，但大都肯定其价值。从总体上看，"个人写作"并非仅仅是风格写作和个性写作，而是具有更高层面的建构意向。[1]它"拒绝普遍性定义的写作实践"，是对"十七年"以后的意识形态写作和80年代包括政治诗、文化诗在内的集束性写作做定向反拨的结果。[2]显然，个人在这里不是指每一位从事写作的单独个体，而是特指拥有"独立之精神，自由之思想"的积极分子形象。一九九一年，诗人王家新将个人写作界定在"知识分子精神"上，强调它对当下诗歌写作的重要性："一个知识分子诗人只能通过内省来达到对现实更深刻'介入'——他并非逍遥于时代之外，但他却是坚持'个人'的写作角度来观看这个世界的。"[3]在我们看来，郑敏的"个人写作"就体现了这种知识分子精神，其创作轨迹表征了中国诗歌从80年代主张"非历史化的诗学"到90年代"介入的诗学"的变化。

郑敏（1920—　）是唯一健在的"九叶"诗人，同时又是著名的诗论家。郑敏的个人写作包括两个时期：第一个时期是个人写作的初创时期，从1985年到1989年，这一时期郑敏开始对第三代诗歌"非历史化的诗学"的创作进行反驳，主要诗歌收集在《心象》中；第二个时期是个人写作的成熟时期——从 1990 年到 2000 年，这一时期郑敏进入"大诗"创作的"介入的诗学"阶段，主要诗歌收集在《早晨，我在雨里采花》和《郑敏诗集》两部集子里。

一、个人写作的初创时期（1985 年—1989 年）

在 1985 年之后，朦胧诗和 90 年代诗歌之间出现了新诗发展中的一个"转换期"。这个时期出现了一个价值多元、诗体多样的生气勃勃的局面。这时诗坛出现了第三代诗歌，它们称自己的诗歌是后现代主义诗歌，郑敏却不以为然，针对"第三代"诗人的反"诗"姿态中包含着对后现代主义误解的现象，郑敏就有所批评："既然争当先锋，在诗歌理解上往往瞩目西方的最新动态，后现代主义，甚至'解构'理论也被引进到自己的宣言和宏论中。在诗歌写作中为了实现自己的宣言，为了争当先锋派，在对西方文艺理论并没有下工夫研究、理解的情况下，进行了十分肤浅甚至扭曲的'实践'。此外又认定后现代主义是非诗美的，在作品中以骂街为后现代主义的标志。并且又认为先锋是反崇高反文化的，就放心地进行亵渎犯浑，这真是将后现代主义降到垃圾的水平。殊不知金斯伯格和 Beats 们（垮派）取这个名字是多含义的，他们并非要摧毁整个西方的文化，相反他们认为当代的后工业社会文化亵渎了人类的文明，他们的反抗是为了挽救人类的精神文明，所以'垮掉'（beats）的另一含义是 beatitude，也就是'福祉'，是耶稣对人类精神贫乏者拯救时的福音。不幸在我们这里的诗人中间，却变成砸烂人类文化的造反行动。他们在自己的诗作中不分青红皂白，对人类文化进行砸烂式的亵渎，就连巴黎的博物馆也要洗劫一通，这绝非什么后现代主义，而是极大的误会"。因而，郑敏得出结论"我们'先锋'诗人所写的诗与西方后现代主义的诗绝非一码事，虽然主观上也许是受到某片段翻译过来的西方当代文论的启发，但从诗歌理论到实践都和西方后现代主义不在一个层次上，因此没有必要强称之为中国的后现代主义诗歌。"[4]事实上，只能说第三代诗歌拥有某种"后现代"的氛围，后现代主义诗歌和"后现代"氛围是有区别的。刘纳先生曾经评价说，"用西方'后现代'的标尺衡量，确实在'第三代'数量极大的诗作中只有极少数适合贴上这个'主义'的标签，但这一批诗人在 1986 年的集体亮相却已经显示了某种'后现代'氛围"。[5]而郑敏的《心象》中85年后的诗歌可以真正称得上是后现代主义诗歌。这时的郑敏不再像《寻觅集》中那样关心国家的、人民的利益的集体的写作，而是从美国的后现代主义诗歌创作中吸取了许多宝贵的经验，注重个人经验，开始了后现代主义诗歌的创作，从而对第三代诗歌"非历史化的诗学"的创作进行了反驳。和第三代诗歌相比，《心象》的诗歌价值要比许多第三代诗歌的价值要高出许多。

（一）努力挖掘诗中无意识，而不是刻意的反文化

郑敏在《心象》组诗挖掘诗中的无意识，这种无意识并不是第三代诗歌提倡的反文化，而是在诗歌的无意识中挖掘生命、爱情、语言、欲望、时空、记忆、自然等投向"心象"的或轻或重、或明或暗的文化的面影。在《"云"》（《心象》组诗一第八首）中挖掘了"充满了急躁和爱情"的"云"的幻象："然后，雨云出现了/阴黑了青山/它在天空的地板上狂驰/充满了急躁和爱情/一把抓住海的长发/将她向后推搡/闪电瞧着她的脸/海顺从了它的暴力/月亮黑了/只有海浪敲打着岩石/要进入它的胸膛/但岩岸捏紧/她那撕抓击打着的手/将她劫回他那原始的洞穴……生命的创造始于搏斗/在爱与恨之间/白云与乌云之间"，这里"云"是流动的幻象，由"白云"到"乌云"，最后得出"生命的创造始于搏斗/在爱与恨之间/白云与乌云之间"的生命真谛。在《"那个字"》（《心象》组诗一第九首）中秘藏守口如瓶"那个字"的幻象："我耳边响着/'G弦上的旋律'/它不想停下来，/延续、延续，直到…不，请不要说出那个字/让它流连吧/像那古瓶上的新娘/因为那个字之后/一切将只有沉寂"。这里"那个字"是不能被说出的，它的背后隐藏着无穷的、无形的爱的神秘和力量；在《理想的完美不曾存在》（《心象》组诗一第十首）深含着中"自然界生命的源泉"幻象："一个战役引来/另一个战役/和平，均衡化成荒漠/友谊是冲突的死亡/咬、扭/悦耳和不悦耳的声音/是自然界生命的源泉/假如阴影必须睡在/阳光照耀得大树下/而呻吟必须搅拌入喜悦之歌/这里不会有理想的完美/它从来就不曾存在。"这里"悦耳和不悦耳的声音"是"自然界生命的源泉"，辩证地告诉人们自然界事物的对立与统一的规律，其他事物的战役和和平、阳光和阴影也同样如此，所以说自然界不会有理想的完美存在。再看看第三代诗人韩东的《有关大雁塔》："有关大雁塔/我们又能知道些什么/有很多人从远方赶来/为了爬上

去/做一次英雄/也有的还来做第二次/或者更多/那些不得意的人们/那些发福的人们/统统爬上去/做一做英雄/然后下来/走进这条大街/转眼不见了/也有有种的往下跳/在台阶上开一朵红花/那就真的成了英雄/当代英雄/有关大雁塔/我们又能知道什么/我们爬上去/看看四周的风景/然后再下来"。这里的大雁塔不再是朦胧诗杨炼的象征着民族命运和人文历史的《大雁塔》，韩东的《有关大雁塔》却以冷漠的姿态指向文化的不可知，"有关大雁塔/我们又能知道些什么"，大雁塔不再蕴含着崇高的文化，只不过是一般的物体而已。

（二）表现现实生活个人感受，偏重禅宗，而不是反诗美

1985年后郑敏的诗歌并不遵循传统现实主义的艺术手法与形式。她不以模仿现实世界的结构、秩序、外貌为自己的创作目标，不追求栩栩如生的艺术效果。相反，她要求在创作中打破现实世界的自然秩序和形式，然后由诗人以自己创造性的力量对素材加以改造，从而产生一个艺术的第二自然。这第二自然包括客观与主观世界，也可以说是渗透着主观的艺术世界。它部分的或全部的失去第一自然的逻辑与外形，这样的艺术的真实具有它自己的艺术逻辑和独立的个人生命。在这第二艺术自然里，有郑敏独特的个人生活感受，并且郑敏喜欢在诗歌里表现出禅宗的美好。如诗人在《落叶》中写道："叶子，/自然的日记/一页页地飘落/人们不会遗忘/即使是两千年前的泥俑/也在阳光下重新驾车飞驰。/消逝的时间是地下水/又回到江河湖海/它们见过古人的喜怒/听过琵琶声，像落在玉盘里的珠子，/还有青松浓郁带来哀鸣/都在镜子似的江水上/印下了影子和声响。"这里诗人把自然界里的各种踪迹，还原成原生状态，从而记载着生命本身所具有的价值和意义。这些自然的踪迹从诗人的无意识中涌出，不受外在的逻辑控制，她不模仿现实世界的结构、秩序、外貌，诗人的主观情感完全融入客观的景物之中，形成一种独立的有生命的艺术真实美。而第三代诗人曾在《呼吸派宣言》中宣称：我们说诗不过是呼吸而已。美与丑，真与假，善与恶，过去与未来，现在与梦幻，生存与死亡，爱情与凶杀，坟墓与乳房，天空与酒刺，历史与烟圈，……都在吞吐中确定自己的时光空域和张力场，认为"诗是美"只是一种单向的线性的平面的古典主义观念。"呼吸派"成员岸海的诗《关于琼瑶的 G.Q》就能使我们对青年诗人的反"美"有一些理解："荡过取乐者肥厚

的唇皮／是一种白昼永恒的方式／依旧追寻／为满足感情我故弄玄虚／找遍阴洞的疑问／无声无息你影在贫血的骚动／照理，我应用自己的汗衫／去快活林阳光／自由自在地在厨房生产／然，你巧克着少女心血／并粉红起处女的夜朦胧雨朦胧／情戏错乱漫着在水一方／——经历悄然无耻地触摸／我去海滩窥视女人的情景／而许多仿佛值得纠缠的记忆在廉价地游荡／多半沾满了空虚肉体／装腔作势的泪水／给路人的水杯解了渴／卖得三分钱。"诗人故意把词语摆弄得十分别扭。"贫血们"、"阳光"等动词与名词的颠倒使用造成了变调的效果。"爱惨了"的故事被拆解成滑稽可笑而又丑陋驳杂的碎片。这首诗被拆解的支离破碎，更谈不上有任何诗美。

（三）想象力丰富，注重特殊的意象，而不是反诗意

郑敏1985年后期的诗歌想象力丰富，重视事物特殊的意象。郑敏把意象和想象当做诗的根本，往往通过丰富的想象和特殊的意象来营造美好的诗歌的意境。在《秋的组曲》中可以说是"树"的整体意象的呈现：秋天的树，"在秋天萧疏的树干上／悬挂着、漂浮着等待，／秋天来呼唤叶子，／时间将它们镀成古铜色、金色／它们的生命全靠那阵阵的风"；（《颤音》）深秋的叶子，"一片片，一页页／壁画上涂上层层新色／当人们了解了／红的，黄的，落叶时；"（《落叶》）深秋的林地，"深秋了／每一片叶子都有过绿色／又在寂静的破晓里／染上红、棕、褐、赭／熔化在深山的起伏中／焚烧着自己的躯体"；（《深秋的林地》）秋的声音，"当银色的白桦林还是这样笔直／一阵风就带来／金色的瀑布，棕色的喷泉／落在湿黑的泥地上／这是秋天的叹息"（《告别》）这里树的意象包涵秋天的一切时间无意的流动的过程。

而第三代诗人则以粗暴姿态向意象宣战。《大学生派宣言》直接提出了"消灭意象"的口号，用来代替意象追求和意象膜拜的是"对语言的再处理的主张"，"它直通通地说出它想说的，它不在乎语言的变形，而只追求语言的硬度"，其目的是造成"对现存诗歌审美观念的毁灭性突破"。我们可以以王正云的《北方》为例："一棵草一棵草一棵草一棵草一棵树／一棵草一棵草一棵草一棵草一棵树／／一丛草一丛草一丛草一丛草一丛树／一丛草一丛草一丛草一丛草一丛树／／在一棵腐树的墓上有一丛草／脸上有墓碑，刻着一个人一生的功绩／一棵草一棵树一丛草／野火之上／是光荣"。这里诗人借助汉字的表形

特征和方块形状造成了强烈的"注视"效果,"一棵草"、"一丛草"不厌其烦地陈列在诗句里,以单纯重复的视觉印象代替着意象组合,人们无法从排列整齐的"草"与"树"中寻觅到任何诗意。

(四)注重诗的形式实验探索,而不是刻意拼贴

在新诗的形式上,郑敏颇费苦心,做过许多新的尝试。在《心象》中郑敏的新诗形式尝试主要有两种:一种是题画诗,是根据别人的美术作品而创作的具有视觉形式的诗歌。如《两把空了的椅子——一副当代荷兰画》:画中的两把"空椅子"处于"天色从深紫转向暗蓝","鸽群盘旋","当天的报纸躺在地上"正"翻着白眼"这样一个叠加的于无甚关联的背景中,这一对空椅子却能提供无限的可能性,它们使诗人展开联想"也许是一对情人","也许是两个老人","也许是失散多年的朋友",并在这虚实动静中,领悟到"那不在了的存在/比存在了的空虚/更触动画家的神经"。读者面对抽象的画面以及诗人的发散性诗句,感受到一股动态、无限的可能性在涌动,不禁因这种不定的对话状态而产生无尽的遐想。

还有另一种根据诗歌的音乐性而实验的诗歌。这是郑敏从美国后现代主义诗歌中学习一些诗歌形式方面的经验。美国诗人威廉·卡洛斯·威廉斯的三行体便是郑敏借鉴的对象,"威廉斯是惠特曼以来美国最具有本土意识、坚持走诗歌创作民族化道路的诗人。为了表现现代美国人的思想、情操和生活,他长期坚持不懈地进行具有美国特色的乡土诗试验。"[6]对于诗歌的形式,他要求能够彻底摆脱英国抑扬节奏的束缚,在美国自己的语言中寻找诗的新节奏,于是他提出了可变音步的理论。他经过多次试验认为三行体最能代表这种特点。即每节有三行,第二行比第一行缩进几个字母,第三行比第二行缩进几个字母,每行三音步。他一直在寻找表现美国英语中重音的模式,他认为这种形式解决了现代诗歌的问题。郑敏对这种三行体也进行模仿:

　　她对土地说
　　　要沉默
　　　　沉默在思考中
　　要坚硬

>   坚硬得能撑起飞跑的队伍
>   愤怒的脚步
>   要松软
>   松软地埋起
>   血泊中高贵（《她和土地》）

在第三代诗歌中诗人实验的手段是把毫不相关的事情"拼贴"在一起。《日常主义宣言》中曾说：人类无法提供连续生存的可能性，莫名其妙的散乱成为唯一的心理特征。我们的第二原则是片段意义。毫无意义的事物常常与每个人形成安静激烈的对峙，逐渐成为你所依附的一部分；人类是这样陷入无尽的盲目之中，"共同性"成为一种灾难已久。我们的诗将与同化递反。在这种说法的鼓吹下，我们时常能看到以切割和拼贴手法形成的诗句。如蓝马的《音色》："很深的地洞里面那种充实动物/已经开始逃之夭夭/蓝色铁轨的弯弯曲曲路面滚着玻璃哑铃/追上前去的反而是我/我像是身外开放的一串动作/被自己的皮肤捆紧在草丛中宣告一声独立/就消失/我修理睡眠的大工具正在斜坡上跟野鹿/同时冒着雨/伪装植物/她说拉开林荫/猫头鹰和山老虎一样清白/而那场瑞雪在拐弯我可以退入茅棚/在户外阵雨的摇晃中/玻璃打鱼的反光/使我深感自己的颜色到入梦时还是若有若无。"这里蓝马把不相干的事物相拼贴，拼贴使得句子宛若梦呓一般。有的第三代诗歌拼贴的像想象中"闪光摄影"。如梁晓明的《等待陶罐上一个姓梁的姿态出现》："如果电影里突然映出我的鼻子/映出我的手正在摸一座高楼的头顶，窗子在我左肩上打开，鸟在我膝盖上谈论爱情，谈论我的大腿从日本伸过来由人用手指悄悄扣动……/这时我背后就一定有一只狼眼逼近/有一只爪子/搭上门环/如果我从天空敏感的口袋里往下看，在落满灰尘的台阶上看见/童年的鞋边有蛇，被单从床上——跃起，汽车都像长了脚的火柴盒/安徒生像一瓶药，在床头等待着人类的嘴唇，"这里诗人把电影技术中运动图像和变形图像的独特手法运用到诗歌中。诗作者一开始就提到了电影，而且我们从诗句中看到的图像也像由一些跳跃的片段剪接起来的电影镜头，镜头的转换十分迅速，将连续的碎片集合在一起。

二、个人写作的成熟时期（1990 年—2000 年）

《早晨，我在雨里采花》中《诗人与死》（1990 年）和《郑敏诗集》中《生命之赐》（1994 年）两首大型组诗的发表标志郑敏个人写作走向成熟期。王光明在《现代汉语的百年演变》中对郑敏的个人写作在 90 年代新诗的发展中给予很高的评价："事实上有各种各样的个人化。资深老诗人的'个人化'方式是社会主题的人生化。尽管社会与人生须臾不可分离，但重心显然不同。无须多提灰娃、郑玲那些面向个人记忆和人生经历的，她们的诗歌写作和被关注，本身便是这种倾向的直接见证。而郑敏这个有沉思气质的'九叶'诗人，包括组诗《诗人与死》、《生命之赐》以及许多短诗，更是一种生命创伤的感悟和飞翔。"[7]这时期郑敏诗歌大致出现以下三种特质。

（一）个人的方式对历史的反思

历史意识对个人写作观念的形成起着至关重要的作用。王家新说："我想我们现在需要的正是一种历史化的诗学，一种和我们的时代境遇及历史语境发生深刻关联的诗学。"[8]西渡也认为，80 年代主张一种"非历史化的诗学"，到了 90 年代，"诗歌对历史的处理能力被当作检验诗歌质量的一个重要标志，也成为评价诗人创造力的一个尺度"[9]。这里所说个人写作中的历史意识是指一种历史眼光。当下生活一旦进入文本，即汇入历史长河，成为文学传统的一部分。因此，诗人必须时时以历史眼光来打量自己的写作和一个时代的写作在传统中的位置，同时也说明历史意识与现实认识之间存在一种双向对流的关系：缺乏历史意识，人们对于现实的认识会陷入迷惘；对现实无动于衷、漠不关心的人，其历史意识必定十分淡薄。所以在个人写作中，历史从不意味着僵死的过去，而始终与现实纠缠在一起，影响和制约着诗人对于现实情景的个人化感受。在《死的幻想》（《郑敏诗集》）写到："寒潮卷来鹅毛大雪/迷蒙、迷蒙、迷蒙的原野……/15 世纪的火焰和柴禾的噼啪/照亮了殉难者的黑夜/没有能喊出愤怒的破裂喉管/蓬乱的头发和血迹/雪白化成翅膀/慢慢地、慢慢地/圣桑的白天鹅拍向死亡/女性的柔韧的钢的肢体/头颅滚落在白雪中/舞蹈者微仰着脸/踢脚过头/脚尖旋转/用忧郁的目光/带走死者的幽灵/头颅滚向星空/在宇宙中/留下一颗卫星。"这首诗向我们描述了在纷飞的迷蒙的原野，由"15世纪的火焰和柴禾的噼啪"所照亮的"殉难者的黑夜"场景。诗人从自己潜意识的自由活动中，捕捉了那么多历史的幻想，其中有暴力者手段的残忍，被屠杀者的种种惨状，还穿插着一个舞者忧郁的目光，飘逝的身影，并将它们与飘飞的大雪、迷蒙的原野等现实背景交织在一起，组成一幅幅飘忽不定，看似纷乱实则已与诗人的潜意识有密切关联的审美意象，通过它们，我们仿佛看到一幕幕历史的惨剧，那是生命、灵魂与美在暴力下遭践踏的可怕下场。这里诗人对历史进行沉痛的反思，用以警告后人们不要失去理性，重蹈历史的覆辙。在《圣桑的死之舞》、《木乃伊》、《致阿宾诺尼》、《英雄们》、《从疯狂中醒来》、《音乐的祈祷》中都充满个人写作的历史意识。

（二）进入"此在"的现实生活

个人写作既无从逃避历史与传统，也无从逃避现实，相反，对于个人的强调正是为了唤醒历史意识，以便更好地介入现实，以个人化的方式承担现实赋予诗人的责任和使命。王家新在分析"非历史化写作"给80年代诗歌带来的严重后果时曾说："我们曾一再逃避作为一个诗人的责任，但我们却未能避开历史的捉弄。因此，如何使我们的写作成为一种与时代的巨大要求相称的承担，如何重获一种面对现实、处理现实的能力和品格，这是我们今天不得不考虑的问题。"[10] 从这个角度来说，我们也可以把个人写作称为"介入的诗学"。尤为可贵的是，郑敏作为一位知识分子诗人并没有仅仅为生活和社会画像，而是在介入生活现实的过程中又兼顾思想的批判和建树。郑敏的力作《诗人与死》是以1989年一位"九叶"诗人的死为感情出发点而写成的。这不仅是一般的悼亡之诗那样抒发一种浅白的悼亡之情，而是纠结着神话片断，生者与亡灵之间对话，把人的自况上升到对生命与死亡的形而上学沉思。"诗人与死"不仅是某个具体事件，而是非诗时代的一个尖锐隐喻，隐喻着所承受的时间之伤和精神之痛，该组诗11首中写到："冬天已经过去，幸福真的不远吗/你的死结束了你的第六十九个冬天/疯狂的雪莱曾妄想西风把/残酷的现实赶走，吹远。/在冬天仍然是冬天，仍然/是冬天，无穷尽的冬天/今早你这样使我相信，纠缠/不清的索债人，每天在我的门前/我们焚烧了你的残余/然而那还远远不足/几千年的债务/倾家荡产，也许/还要烧去你的诗束/填满贪婪的焚尸炉。"这里诗人直面现实，冬天之后仍然是冬天，这里的冬天或许暗指现代人日益扩张的精神荒原，而那难缠的索债人索要的是那早已被肆意透支的几千年的文化记忆，暗指现代人的文化精神的荒芜。"焚尸炉"指发达的物质主义时代拥有一副强劲的胃，不少轻弱的诗人和诗歌被消费。如果把11首和10首联系起来我们会发现郑敏对现实批判更深刻。第10首写道："我们都是火烈鸟/终生踩着赤色的火焰/穿过地狱，烧断了天桥/没有发出失去身份的呻吟/然而我们羡慕火烈鸟/在草丛中找到甘甜的清水/在草丛上有无边的天空邈邈/它们会突然起飞，鲜红的细脚后垂。"这里表现出知识分子的自尊、自爱，尽管受尽磨难，但却绝不可'失去身份'所谓的"士可杀不可辱"的知识分子的正直精神。这样通过新老两代知识分子的对比呈现出当今社会某些知识分子的软弱与虚荣，从而表批判了当今社会人们精神生活的匮乏。对当今社会物欲横流，精神荒芜批判的诗歌还有《玻璃窗》、《天真的梦》、《苦了，莫奈的百合》、《那忘记人们的诗人》。除此之外，在《"也许"》诗人还表现了对生态环境遭到破坏的思考："天空昨天蔚蓝/今天灰蒙蒙/明天也阴雨/也许大风降温/在'也许'中我已经输过/长长的一串念珠/'也许……'一个无法回答的问题。"

（三）叙事性的倾向

如何进入现实生活，这就涉及90年代诗歌叙事性的特点，叙事性特征的出现是诗歌进入现实生活的一种方式。叙事性成为90年代诗歌的显著的特点，它是对抒情性的放逐，在许多文本中清晰可见；它既不同于以往的叙事诗，也不同于在文本中掺入叙事因素的抒情诗。有论者说，"叙事的90年代并不是对抒情的80年代的彻底背离，而是有礼貌、有风度的继承"，因为"抒情存在于所有的动作"，[11]这样叙事性又确实促使人们重新思考诗歌的抒情性。作为叙事性反拨，对象的抒情性，并非泛指诗歌感情的抒发，而是专指现代汉语诗歌、尤其是新时期以来的诗歌，偏执于抒发个人情感，以致"抒情过滥"。作为抒情性对立面的不是叙事性，而是叙事性中溶解的"经验"，即在对世界冷静、理智的凝视中获取的复杂的日常生活经验、个人生存经验等等。[12]而"抒情过滥"则是在以控诉、反思为社会主导心理的支配下，80年代诗人普遍推崇的拒绝现实生活、向往理想梦境的写作风尚。这是一种"终止了文体同具体事物之间的联系"的"不及物的写作"：一面是空洞、虚幻、缥缈的美学价值，一面却是非常实用的社会学价值。[13]总之，叙事性的内涵可以这样来把握：它不是要驱逐渗透于文字间的感情，不是用叙事性取代抒情性，也不是认为叙事性优于抒情性的单向思维方式。而是在向往和培育一种与中年写作观念对应的"中年情感"，一种成熟的情感，少了冲动、宣泄、直截了当，多了克制、舒缓、气定神闲。在《生命之赐》在这首诗中不仅以自己一系列富有个性的诗歌创作，来充分展示诗人旺盛的创作力，而且诗人用一种沉静、舒缓地笔调来讴歌创造力和生命的感受。如"秋天的死亡是如此迷人／像群群飞鸟，四散飘下／落在微吐着浅黄的槽上／秋天的死亡是如此深沉／纷纷扬扬的落叶潇潇洒洒／留给你的是无边的默想"（《生命之赐·二》）；"啊，生命的飞箭，生命的弦琴／再度苏醒，起飞，欢唱，吟诵／率领着洪荒远古时代的恐龙／和深海的五彩藻丛，高山的黑色森林／在渺小的人类的心灵的广阔天空／画下一道道德智慧：无形、无影、无踪。"（《生命之赐·七》）"林径的温暖掩盖了无数记忆／寂寞蜿蜒于无人的山谷／载着多少车痕轨迹／一条似有似无的道路。在青春时它带来生命的追寻／在成熟是支撑着沉重的脚步／穿过荒野、坟场、沙漠／还有那被无名风雨欺骗的心／历史使人们难以胜诉／愈伟大的心愈知道什么是寂寞。"（《生命之赐·九》）

郑敏个人写作坚守的经历了两个时期，从80年代中期个人写作的探索时期到90年代的"大诗"的创作时期，从而形成个人写作的三个特质即个人的方式对历史的反思进入"此在"的现实生活和叙事性的倾向，这一过程也折射出中国诗坛从80年代主张一种"非历史化的诗学"到90年代"介入的诗学"的变化。

参考文献

[1] 可参阅李志清《现代诗：作为生存、历史、个体生命话语的特殊"知识"——陈超先生访谈》，《学术思想评论》第二辑，辽宁大学出版社1997年版，第151页，王家新《当代诗学的一个回顾》，《诗神》1996年，第9期。

[2] 王光明：《在非诗的时代展开诗歌：论90年代的中国诗歌》，《中国社会科学》，2002年，第2期。

［3］冯至：《冯至与我们这一代人》，载《读书》，1991 年，第 7 期。

［4］《诗歌与文化—诗歌、文化、语言（上）》，《诗探索》，1995 年，第 1 期。

［5］刘纳：《诗：激情与策略》，中国社会科学出版社，1996 年，第 59 页。

［6］彭予：《二十世纪美国诗歌：从庞德到罗伯特·布莱》，河南大学出版社，1995 年，第 39 页。

［7］王光明：《现代汉语的百年演变》，河北人民出版社，2003 年 9 月版，第 616 页。

［8］王家新：《夜莺在它自己的时代——关于当代诗学》，载《诗探索》，1996 年，第 1 期。

［9］西渡：《历史意识与九十年代诗歌写作》，见孙文波等编《语言：形式的命名》。

［10］王家新：《阐释之外：当代诗学的一种话语分析》，载《文学评论》，1997 年，第 1 期。

［11］敬文东：《诗歌中的九十年代》，载《读书》，1996 年，第 6 期。

［12］参见张曙光等：《写作：意识与方法——关于九十年代诗歌的对话》，见孙文波等编《语言：形式的命名》，第 362 页，人民文学出版社，1999 年。

［13］参见肖开愚：《九十年代诗歌：抱负、特征和资料》，载《学术思想评论》第一辑，辽宁大学出版社，1997 年。

此文载于《南方文坛》，2012 年，第 4 期

后 记

　　此书的选题从 2006 年就开始了，时至今日已经七年了，终于断断续续把它写完。在当今社会想写一本诗歌方面的专著应该是艰难的事情，就如同我的一位同事所言：写书比生孩子还难，生孩子虽痛但肚子有货，而写书肚子既痛又没有货。俗话说人过三十不学艺，而我这个早已过而立之年的人，却要写本专著，真是人生难得一搏。七年的岁月漫长而短暂，说其漫长因为七年来与冷板凳为伴而感受到写书之苦；说其短暂是因为自己的书写得粗糙而倍感时光的可贵。岁月匆匆，逝者如斯，借这本凝聚着自己心血的书稿付梓之际，对曾经帮助过它问世的人们表示由衷的感谢。

　　首先，感谢华南师范大学的袁国兴教授，他是我博士论文的指导老师，在这本书中倾注着他无限的心血和汗水，时而耳提面命地耐心教诲，时而在电话里真诚地鼓励，又时而在邮件中细心地指导。他是一位治学严谨的老学者，他的学识和人品令我敬佩。其次，要感谢的是深圳大学。这所年轻学府给我提供了优美的校园环境和良好的学术平台。她的课堂、讲坛、图书馆与生活设施为学者营造出一种浓郁的文化氛围，正是在这个温馨的环境中我感受到了大集体的温暖和充满人性的关怀。感谢胡经之老师、陈继会老师、王晓华老师、吴俊忠老师和黄永健老师在本书具体写作过程中给予的指点和教诲；感谢段书伟、于晓峰等老师给予我生活上的关心与帮助。再次，感谢深圳职业技术学院的张克博士和北京师范大学的吕发红博士提供的资料和指导。最后，感谢家里的亲人无私支持与关心，父母、兄弟和姐妹都在精神上给我默默的鼓励。他们的关心让我在焦虑与寂寞中顶住压力，在孤独与苦闷中顺利地完成书稿。

　　2006 年 6 月，我大致确定本书以郑敏的创作思想为选题，2008 年 5

月1日我去清华大学家属院采访郑敏先生,并把采访录整理成文章发表;接着我去北京图书馆复印1940年代大公报上刊登郑敏诗文的原始资料;再次谨慎地斟酌本书的选题,直至最后几十次地反复修改书稿。2010年10月,我又去北京采访郑敏,请教她在写作过程中遇到的问题。我在写作的过程中曾经掉发、断齿、大病直至做手术,这些都是我难忘的记忆。